La buena gente

La buena gente

Ursula Werner

Traducción de Cristina Martín

Barcelona • Madrid • Bogotá • Buenos Aires • Caracas • México D.F. • Miami • Montevideo • Santiago de Chile

Título original: *The Good at Heart*
Traducción: Cristina Martín
1.ª edición: noviembre de 2017

© 2017, Ursula Werner. Publicado por acuerdo con Touchstone,
un sello de Simon & Schuster.
© 2017, Sipan Barcelona Network S.L.
Travessera de Gràcia, 47-49. 08021 Barcelona
Sipan Barcelona Network S.L. es una empresa
del grupo Penguin Random House Grupo Editorial, S. A. U.

Printed in Spain
ISBN: 978-84-666-6226-0
DL B 18680-2017

Impreso por Unigraf S.L.
Avda. Cámara de la Industria, 38
Pol. Ind. Arroyomolinos n.º 1
28938 - Móstoles, Madrid

Para Geoffrey

A pesar de todo, todavía sigo convencida de que la gente tiene buen corazón. Sencillamente, no puedo basar mis esperanzas en la confusión, el sufrimiento y la muerte. Veo que el mundo poco a poco va transformándose en un paisaje yermo, oigo el fragor del trueno cada vez más cercano y que también nos destruirá a nosotros, percibo el sufrimiento de millones de seres; y aun así, si levanto la vista hacia el cielo, pienso que todo va a salir bien, que esta crueldad también tocará a su fin, y que de nuevo reinarán la tranquilidad y la paz.

ANA FRANK

Prólogo

1938

La persuadieron las margaritas. Centenares de margaritas en miniatura, *gänseblümchen*, que asomaban por encima de la hierba y la saludaban mecidas por la suave brisa que soplaba sobre el lago. Pocas cosas más crecían allí: un joven manzano, un castaño de gran tamaño al borde mismo del camino, un cerezo en mitad del prado, un alto sauce a la orilla del agua. Lo demás era hierba sembrada de margaritas.

Visto de lejos, aquel terreno parecía inhabitable. Conforme se acercaban, Edith ya había empezado a tomar una decisión negativa. La desvencijada cerca de madera que rodeaba la finca y la nube de polvo que iba dejando el automóvil a lo largo del sendero sin asfaltar no transmitían precisamente un mensaje de bienvenida. Aún más descorazonadoras eran las vías del tren que discurrían paralelas al camino, a menos de cincuenta metros del perímetro de la finca. Edith ignoraba los horarios de los trenes que pasaban por allí, pero aunque pasara solo uno al día ya bastaría para destrozarle los nervios.

Sin embargo, cuando vio las margaritas perdonó todos los defectos que presentaba aquel lugar. Se quitó los zapatos y las medias de lana para rozar con los pies descalzos los delicados pétalos de las flores, y a continuación los hundió con suavidad en el manto verde y aterciopelado que formaban las hojas. Oskar la tomó de la mano, y juntos atravesaron andando la pradera hasta la orilla del lago. Había una estrecha playa de guijarros separada del agua por una tupida barrera de juncos y ramas de sauce. Buscaron algún cisne, pero lo que vieron fue una pareja de somormujos negros que habían anidado en la orilla. La ribera opuesta del lago era una sucesión de bosques verdeazulados y salpicados de pueblecitos blancos. Y al fondo se elevaban las cumbres de los Alpes suizos, perfiladas en un tono gris perla.

Eso era todo, se dijo Edith.

Cuando, en los primeros años de la estancia de ambos en Berlín, Oskar le contó su sueño de poseer una casa donde pasar las vacaciones, era solo eso: un sueño. El sueldo de Oskar como funcionario apenas bastaba para pagar el alquiler del diminuto piso en el que vivían. Así y todo, en la oscuridad de la noche, mucho tiempo después de que se hubiera apagado la última lámpara de aceite, y con el pestillo echado en la puerta, ambos se metían juntos bajo el edredón de plumas y construían su casa hablando en susurros, piedra a piedra, baldosa a baldosa, ventana a ventana, un año tras otro.

Justo estaban imaginando el interior cuando la Mano Negra asesinó al archiduque Fernando y su esposa Sofía en el decimocuarto aniversario de su boda, y con ello catapultó a Europa a la guerra. En los pocos meses que transcurrieron hasta que Oskar fue reclutado para el frente, siguieron imaginando el vestíbulo desde la cama: una puerta de entrada gruesa, de roble, adornada con relieves de zorros y gatos, hiedras y azucenas; un suelo de mármol italiano, rosa claro con vetas de marfil y marrón; tres mesas de ébano de estilo antiguo, en las que siempre, todo el año, habría flores frescas. Mientras Oskar mandaba soldados de infantería en Francia, continuaron trabajando en la cocina, la planificaron en su mayor parte intercambiando cartas que eran severamente censuradas: la pesada encimera de madera de roble que abarcaría el rincón noreste y rodearía la mesa de los desayunos, amplia y sólida para soportar masas para hornear y huevos pasados por agua puestos en hueveras pintadas a mano; la pared sur cubierta de armarios de cocina, uno de los cuales —el del fondo a la derecha, donde guardarían los licores y el chocolate— estaría cerrado con llave, fuera del alcance de los niños; la cocina de hierro forjado, con lumbre de carbón. La antiestética reserva de carbón la ocultarían en otro sitio, quizás en un sótano.

El día en que su hija Marina cumplió cinco años, instalaron una claraboya en el techo del dormitorio principal, para contemplar las estrellas por las noches y los trazados de las gotas de lluvia por el día. Cuando su hijo Peter falleció de neumonía antes de cumplir los tres años, la pena que los invadió sirvió para sembrar un jardín entero de rosas y zarzamoras, dalias y narcisos, alfombras de pensamientos morados y negros salpicados de nomeolvides azul claro. Lentamente, con el paso de los años, al tiempo que Marina se hizo demasiado mayor para llevar vestiditos de falda acampanada y trenzas y terminó yéndose a vivir a su propio piso con su marido, la casa fue tomando forma habitación por habitación, se fue cubriendo de mullidas alfombras persas de color granate y de visillos de encaje belga, todo pensado hasta el último detalle, sin reparar en gastos.

Entonces ascendieron a Oskar.

Empezaron a mirar terrenos. Oskar se concentró en los campos que rodeaban Berlín, a fin de permanecer cerca de la familia de Marina y ver a sus nietas. Pero Edith deseaba alejarse todo lo posible de Berlín, ella y su familia. Aquella ciudad estaba experimentando cambios peligrosos, y temía el efecto que ello podía tener en sus seres queridos. Cuando Oskar la llevó a que viera las diversas parcelas de tierra que había estado examinando, no dijo nada. Oskar no la presionó. Ya hablaría, como siempre, cuando quisiera. Y en efecto, una noche, bajo el edredón, susurró:

—¿No sería maravilloso disfrutar del paisaje de los Alpes?

Oskar era un hombre complaciente. Empezó a mirar en el sur. Y ahora estaban examinando aquella finca situada al borde de un lago enorme, el Bodensee. Se volvió hacia Edith.

—Es un buen terreno, y tiene una excelente vista de las montañas.

Ella le sonrió.

—Me gustan las margaritas.

Iniciaron la construcción de inmediato. Empezaron por el garaje, que debía estar justo al lado del camino, cerca de las vías del tren. La vivienda se levantaría más próxima al lago. Justo acababan de terminar el tejado sobre las paredes de cemento que guardarían el coche, cuando estalló otra guerra.

DÍA 1

18 de julio de 1944

1

El día que el ejército alemán abrió fuego contra sus propios ciudadanos de Blumental fue el mismo en que se obró el milagro de *Pimpanella*. Era una mañana de verano fresca, la primera vez que el sol prometía brillar tras cuatro días de fría llovizna. Rosie despertó temprano, saltó de la cama y bajó corriendo al piso de abajo. Desde que cumpliera los cinco años, se le permitía ir a ver si las gallinas habían puesto huevos. La encantaba meterse a gatas en la pequeña caseta que alojaba a las cuatro gallinas, introducir la mano en cada ponedero y mover los dedos con suavidad entre la paja y la estopa, palpando, en busca de aquella forma ovalada y lisa, aún tibia tras haber estado bajo la gallina y con la cáscara ligeramente blanda.

También le encantaban las gallinas, sobre todo *Pimpanella*. La pequeña y esbelta *Pimpanella* era lo más parecido a una mascota para Rosie. Era la única gallina que no le picoteaba los pies en el gallinero. Y ella la protegía contra su abuelo. La última vez que este vino de Berlín para hacerles una visita, declaró que *Pimpanella* no servía para nada porque nunca había sido capaz de poner un huevo. Una «vergüenza de gallina», así la llamó. Y se puso a perseguirla por el corral con la tapa de una cazuela, gritándole que fuese fuerte y arrimara el hombro para contribuir a la guerra.

Aquella mañana, Rosie subió la escalera de mano que llevaba al gallinero y se metió en él. Fue visitando todos los ponederos: primero el de *Nina* (un huevo), luego el de *Rosamunde* (uno también), después el de *Hanni* (ninguno, pero es que *Hanni* tenía por costumbre poner los huevos en cualquier sitio), y, por último, *Pimpanella*. Lara y Sofía, las hermanas mayores de Rosie, ya ni siquiera iban a examinar el ponedero de *Pimpanella*, porque en el año entero que hacía que la tenían jamás habían encontrado nada en él. Pero Rosie tenía fe en la gallinita. Había que tener fe en las cosas buenas, porque, si no, había cosas malas de sobra para asustarlo a uno. Como cuando en la panadería de Berlín se veían soldados que solo tenían media cara. O que les faltaba un brazo o una pierna. O las dos cosas.

Rosie palpó con delicadeza todo el ponedero de *Pimpanella*, empezando por el lado más próximo a ella. Nada. Sin desanimarse, volvió a empezar, y esta vez introdujo los dedos un poco más hondo. Apareció a mitad de camino, al final de la capa de heno compactado sobre el que solía sentarse *Pimpanella*: un huevo enterrado bajo unos tres centímetros de paja. A continuación, para su sorpresa, encontró otro más, justo al lado del primero. ¡Dos huevos! ¡Gemelos!

Fue un día maravilloso. Rosie iba a tener que acordarse de llevarle a *Pimpanella* unos cuantos picos de zanahorias como regalo especial. Pero por el momento recogió todos los huevos en la chaqueta del pijama y regresó a la casa. La vivienda, pequeña y cuadrada, se hallaba situada en el extremo norte de la finca, pegada al camino que discurría paralelo a las vías férreas, que llegaban hasta la ciudad. Sus paredes de estuco estaban cubiertas de varias capas de hiedra y madreselva, que serpenteaban alrededor de los marcos ennegrecidos de las ventanas y ascendían hasta las losetas del tejado. Dada aquella capa de verdor y lo diminuta que era la casa en comparación con el vasto jardín que la rodeaba, era muy fácil que alguien que pasara por el sendero del lago en dirección sur no se percatara siquiera de su presencia.

Sin embargo, para la familia Eberhardt, aquella casa era suficiente. En ella podían vivir cinco personas, si bien un poco apretujadas, y en ocasiones seis o siete, cuando su padre regresaba del frente oriental o cuando el abuelo, que trabajaba en Berlín, venía de visita. La última vez que su padre estuvo en casa venía tan flaco que parecía un fantasma, y todas las noches se despertaba gritando. No se quedó mucho tiempo, la guerra lo reclamó.

Cuando Rosie entró en la cocina, la halló desierta salvo por el aroma a pan recién hecho. Depositó los huevos en la cesta que había sobre la mesa. Por la manecilla grande del reloj supo que se había retrasado.

Corrió al exterior de la casa, donde la estaba esperando Sofía. A lo lejos se oyó silbar al tren de las ocho en punto. No les quedaba mucho tiempo. Su carrera diaria por ver quién de las dos llegaba primero al paso inferior tendría que empezar ya mismo.

Sofía miró a Rosie.

—Ni siquiera te has vestido todavía.

—No he tenido tiempo —contestó Rosie—. ¡Rápido, que ya viene el tren!

—De acuerdo, pero no te doy ventaja, porque vas descalza. Preparados... listos... ¡ya!

Sofía, que era dos años mayor que Rosie y le sacaba por lo menos una cabeza de estatura, no tardó más que unos segundos en situarse por delante, con sus trenzas rubias agitándose contra sus hombros. Rosie corría solo unos pasos por detrás de su hermana con los puños apretados. El abuelo le había dicho que eso la ayudaría a ganar más velocidad. Casi le pisaba los talones a Sofía.

—Me estoy acercando, me estoy acercando... —amenazaba.

Sofía miró brevemente a su espalda, sacó la lengua y aceleró en el último tramo. Rodeó la esquina que había en la base del puente unos pasos antes que Rosie, en el preciso momento en que los tres vagones del tren sacudían las viguetas de acero por encima de sus cabezas. Ambas se quedaron allí, encorvadas y jadeantes.

—Mira, Rosie —dijo Sofía—. ¡La barricada ha desaparecido!

Dos días antes, al finalizar la carrera, estuvieron a punto de chocar contra un enorme montón de troncos apilados debajo del puente. Alguien había talado todos los árboles de un bosquecillo cercano y los había amontonado unos sobre otros. La arboleda que había entregado sus ramas se veía, todavía hoy, desnuda y avergonzada. Los muñones que aún conservaba se elevaban mudos hacia el sol, como si siguieran bajo los efectos del trauma de la decapitación sufrida.

Durante dos días, aquel improvisado muro había interrumpido todo el tráfico por el estrecho camino que discurría junto al lago entre las poblaciones de Blumental y Meerfeld. Todo el mundo sabía que aquella barricada era obra del capitán Rodemann, y el silencioso odio que ya sentían hacia él por haber alterado sus vidas cobró renovada intensidad.

El capitán Heinrich Rodemann, un joven de diecisiete años que se encontraba al mando del 26.º Batallón de Infantería de Hohenfeld, albergaba grandes expectativas de alcanzar fama como militar. Siempre había imaginado que se forjaría una reputación en el campo de batalla, y eso que hacía solo ocho meses que participaba en la guerra. Al igual que el Führer al que con tanto orgullo servía, a Heinrich Rodemann no le preocupaba la reciente invasión de Normandía por parte de los Aliados. Poseía una gran fe en la maquinaria militar de Alemania, y compartía con el Führer esa intensidad de ego que insta a luchar con más ahínco y resistencia cuanto más próximo parece el final.

A finales de junio, cuando Berlín lo envió al sur a investigar los rumores de una posible incursión de los franceses en territorio alemán, el capitán, rebosante de entusiasmo, se tomó muy en serio el encargo. Decidió establecer su cuartel en un pueblo situado en el extremo oeste del lago Bodensee. Blumental tenía la ubicación ideal para sus propósitos. Al parecer, nadie sabía con exactitud si aparecerían las tropas francesas ni cuándo, pero el capitán Rodemann estaba empeñado en cumplir su misión y deseoso de poner en acción su adolescente vehemencia castrense. Sus soldados montaron el campamento en los viñedos que rodeaban la iglesia católica de Birnau, al este del pueblo, mientras él tomaba la mejor habitación que había en el único albergue del poblado, el Gasthof zum Löwen. Dos veces al día enviaba equipos de exploradores a averiguar si había algún indicio de presencia francesa, y dos veces al día sus esperanzas se veían frustradas con informes negativos. Para matar el tiempo, hacía desfilar a sus tropas por el mercado del pueblo. Los soldados pasaban junto a la estatua de bronce y cubierta de cagarrutas de paloma de Albrecht Munter, el primer alcalde de Blumental. Atravesaban desfilando el pequeño barrio comercial, en el que había un quiosco de periódicos, una joyería, una tienda de ropa, una farmacia, una carnicería y la panadería de las tres hermanas Mecklen. Luego continuaban por el paseo del lago, cuyos cafés al aire libre tenían las sillas y mesas apiladas unas contra otras, resignadas a la herrumbre que iba mellándolas con cada tormenta de verano.

A fin de aplacar la frustración de ver postergadas sus ambiciones, el capitán Rodemann requisaba gallinas, leche fresca y verduras de los granjeros de la zona, y prácticamente vació la bodega del vinatero. Pero ni siquiera esas comodidades lograron apaciguar su impaciente irritación, que iba en aumento. Diariamente despachaba telegramas a Berlín en los que describía con exagerado detalle las tareas de reconocimiento del terreno llevadas a cabo en las últimas veinticuatro horas, y se lamentaba de la continua ausencia de indicios de una supuesta ofensiva francesa. Transcurridas tres semanas, Berlín se hartó, y Rodemann recibió la orden de sacar de allí sus tropas. Rodemann, por iniciativa propia, decidió levantar un impedimento que detuviera a los franceses, en caso de que llegaran. Ordenó a sus hombres que construyeran una barricada, y estos rellenaron el paso inferior del puente con troncos de árboles.

Nadie se atrevió a quitar la barricada, al menos enseguida, y desde luego no a la luz del día. Los suministros que normalmente llegaban por la carretera del sureste se recondujeron por un camino menor, sin asfaltar, pensado para los granjeros y los rebaños que utilizaban las praderas situadas junto al bosque de Birnau. Al final del primer día, la barricada ya había provocado el choque de un carro de heno contra una furgoneta que transportaba carne, el atasco de dos camiones de gran tamaño en el barro junto a los pastos para el ganado, y que las ovejas, perplejas, hubieran conocido toda una ristra de nuevos epítetos. Discretamente comenzaron a menudear las quejas acerca de aquella situación, primero en conversaciones entre dos o tres personas, y después entre las mujeres que acudían a la panadería de las Mecklen y entre los hombres que frecuentaban la taberna del pueblo. Al finalizar el segundo día, a todo el mundo se le había agotado la paciencia, y un grupo de ciudadanos de Blumental, en actitud resuelta y envalentonados por unas cuantas jarras de cerveza, deshicieron el amontonamiento de troncos al amparo de la oscuridad.

Marina Thiessen estaba fuera, en el corral, hablando con su vecina por encima de la valla, cuando llegó Rosie corriendo por el sendero de entrada para vehículos.

—*Mutti, Mutti!*[1] ¡Han desbloqueado el camino!

—Calla, Rosie —replicó Marina, levantando la mano y lanzando una mirada ceñuda a su hija—. Estoy hablando de ello con *frau* Breckenmüller.

A Rosie le caía bien *frau* Breckenmüller. Vivía en la casa de al lado y tenía las mejillas coloradas como las abuelas de los cuentos de hadas. También le caía bien *herr* Breckenmüller, a pesar de que era pescador y con frecuencia olía a pescado, porque había ayudado a su abuelo a construir un columpio en el manzano. El verano anterior, después de

1. En alemán, «mamá». (*N. de la T.*)

que ella hubiera pasado una mañana entera suplicándole que instalara un columpio, su abuelo fue a la casa de los Breckenmüller a pedirles que le prestaran unos metros de cuerda. Rosie se acordaba de *herr* Breckenmüller acodado en la valla, a su lado, dando caladas a su cigarro puro con una media sonrisa en la cara, mientras el abuelo lanzaba la cuerda por encima de una rama del manzano para sujetar la tabla del columpio.

—¿Seguro que has apretado bien los nudos, Oskar? —preguntó *herr* Breckenmüller.

—Deja de dar voces —gruñó el abuelo—. ¿Crees que no sé hacer un nudo?

Herr Breckenmüller sonrió y le guiñó un ojo a Rosie. Sabía algo que no quería revelar.

—Ya está —anunció el abuelo al tiempo que agarraba las cuerdas que sujetaban la tabla del columpio—. Voy a probarlo yo una vez, Rosie, y después será todo tuyo.

Con la tabla del columpio colgando debajo, retrocedió unos pasos, levantó los pies y se impulsó antes de apoyar las posaderas en la tabla. El nudo de la cuerda se deshizo inmediatamente y el abuelo aterrizó en el suelo con un golpe sordo.

—*Scheisse und verdammt nochmal!*

Rosie nunca había visto a su abuelo tan enfadado, y durante unos instantes tuvo miedo. El abuelo se incorporó despacio, todavía maldiciendo en voz alta y frotándose las posaderas. Pero cuando se volvió y vio a su nieta, de inmediato le cambió la expresión. Rosie vio que las arrugas que se le habían formado alrededor de la boca y los ojos se alisaban, y que su rostro volvía a relajarse y adoptar la leve sonrisa que ella conocía.

Herr Breckenmüller se esforzó en contener la risa. Luego, aplastó el cigarro y echó a andar lentamente en dirección al manzano.

—Para llevarse bien con las cuerdas hace falta ser pescador —comentó al tiempo que le guiñaba un ojo a Rosie con gesto de complicidad.

Esta mañana, Rosie echó a correr hacia el manzano para columpiarse mientras su madre hablaba con la vecina.

—Sí, Karl los ha ayudado a desmontar la barricada esta misma mañana, antes de salir en la barca —decía *frau* Breckenmüller—. Yo he intentado disuadirlo, no quería que tomara parte en ello.

—La autoridad del capitán Rodemann es sacrosanta. —Su madre apretó los puños y los hundió en los bolsillos del delantal—. Por supuesto que debemos tener cuidado de no tocar el grandioso edificio militar de árboles muertos construido por ese gran oficial, aunque él mismo no sea más que un cerdo. —Marina escupió la última palabra.

Frau Breckenmüller soltó una exclamación ahogada y se apresuró a inclinarse por encima de la valla para taparle la boca a Marina con la mano. Rosie detuvo el columpio.

—Tú no eres inmune, ¿sabes? —la advirtió *frau* Breckenmüller—. Por más que tu padre trabaje para el Führer. Acuérdate de los Rosenberg. La gente puede desaparecer de la noche a la mañana.

Marina asintió con la cabeza y apartó los dedos de *frau* Breckenmüller que le tapaban la boca.

—Ven, Rosie. Vamos a desayunar. —Se fijó en que su hija estaba descalza y frunció el ceño—. Mejor todavía, ven a vestirte.

—¡Oooh, sí! —De repente Rosie se acordó de los huevos que había puesto *Pimpanella*—. ¡Tienes que ver la gran sorpresa!

Cuando Rosie y Marina entraron en la cocina, la abuela estaba hablando por teléfono. Normalmente, Rosie habría corrido a preguntarle con quién estaba hablando (habitualmente era su abuelo), pero el teléfono todavía era una novedad. En Blumental había muy pocas familias que tuvieran uno en casa, y la mayoría de la gente, si deseaba hacer una llamada, se veía obligada a utilizar el de la oficina de correos. Sin embargo, su abuelo era una persona importante en Berlín, de modo que ellos sí que tenían teléfono. Mayormente lo empleaban para llamarlo a él.

Rosie deseaba que ojalá su abuelo no tuviera que quedarse trabajando en Berlín mientras el resto de la familia vivía en Blumental, pero, tal como le recordaba él con frecuencia, todo el mundo tenía que hacer sacrificios por la guerra. Mucho tiempo atrás, cuando ella era muy pequeña, vivían todos en Berlín. Sofía y la abuela estuvieron a punto de morir la noche que cayeron las bombas, tras lo cual se mudaron a Blumental. Rosie no recordaba nada de aquella noche. Y, por lo visto, Sofía tampoco, porque cada vez que ella se lo preguntaba se ensimismaba y susurraba:

—No me acuerdo.

Rosie sacó a su madre del cuarto donde estaba el teléfono y se detuvo junto a la mesa de la cocina.

—Mira, *Mutti* —le dijo, indicando la cesta—. ¡Huevos!

Marina sonrió con gesto de duda.

—Uno, dos, tres... cuatro huevos. Es maravilloso, Rosie. *Nina, Rosamunde* y *Hanni* están trabajando de firme.

—No, no, de *Nina* y *Rosamunde* solo hay dos huevos —la interrumpió Rosie—. Los otros dos son de *Pimpanella*. Estaban dentro de su ponedero, debajo de la paja. Los dos.

—Probablemente se los birló a las otras gallinas cuando no miraban —terció Lara, que en ese momento entraba en la cocina arrastrando las zapatillas.

—¡Nada de eso! Ha puesto los huevos ella sola. —Rosie fue hasta su hermana mayor y le propinó un puñetazo en el estómago. Lara rio y la apartó sin esfuerzo.

Justo entonces apareció Edith, una vez finalizada la conversación con Oskar.

—¿Qué dice Oskar? —le preguntó Marina al tiempo que ponía una olla al fuego—. ¿Qué noticias hay de Berlín?

—Oskar está en Fürchtesgaden, no en Berlín —informó Edith—. Al parecer, el Führer sentía la necesidad de respirar el aire de las montañas y pidió al gabinete que se desplazara con él para tener la reunión semanal.

—Hum. Da la sensación de que nuestro Führer está arrancando a todo el mundo de su vida normal porque «sentía la necesidad» —comentó Marina, y lanzó un resoplido.

En ese momento se abrió de golpe la puerta y entró Sofía.

—¡La gata de Irene Nagel ha tenido gatitos! —anunció.

—¡Gatitos! —Rosie dejó la cesta de huevos en manos de Edith. Los gatitos eran peludos y suaves, despedían calor y eran muy inquietos. Parecían bolitas de plumas—. ¿Podemos ir a verlos, *Mutti*? ¿Abuela? Por favor, ¿podemos? —rogó a su madre con gesto de impostada súplica.

—Lo cierto, Rosie, es que tu abuelo me ha dicho que esta mañana necesita que lo ayudes con un proyecto especial. —Edith le rodeó los hombros con los brazos y se dirigió a las tres—. Puede ayudar todo el mundo. Necesitamos confeccionar una bandera nueva para ponerla en la ventana. Será roja, blanca y azul.

Marina levantó la vista. También la levantó Lara, que estaba mirándose las uñas.

—Esos son los colores de Francia —dijo.

Resultó que la llegada del ejército francés no era totalmente un producto de la febril imaginación del capitán Rodemann. Un despacho de la inteligencia alemana informó haber avistado un pequeño batallón francés que se dirigía al sureste, en dirección a la frontera de Alemania, hacia el lago. En la conversación que mantuvieron por teléfono, Oskar le dijo a Edith que aún se encontraba a varios días de distancia y que probablemente no había motivos para preocuparse. De todos modos, la instó a que tomara precauciones. Y le aconsejó que cambiara la bandera.

La que ondeaba en la ventana del segundo piso del hogar de los Eberhardt era, como todas las demás banderas que lucían las casas de Blumental, la del Tercer Reich. Una de las primeras leyes promulgadas por el Führer mandaba que todos los hogares de Alemania exhibieran dicha bandera en un lugar prominente. En Blumental, el hecho de que todos los vecinos cumplieran con dicho decreto no era tanto una demostración de lealtad y fe inquebrantable en la nación como el triunfo de los esfuerzos que había hecho el *bürgermeister* para salvaguardar su persona.

El día en que la ley entró en vigor, mucho antes de que comenzara la guerra, Hans Munter, el alcalde, o *bürgermeister*, de Blumental, estuvo a punto de atragantarse con el huevo pasado por agua que estaba comiendo mientras leía el periódico matinal. En él se decía que el gobierno haría responsable al alcalde de cada localidad de cualquier transgresión que cometiera cualquier ciudadano. Ello supuso una conmoción para Munter, cuya forma de gobernar se basaba en la política del *laissez-faire*, arraigada en el convencimiento de que había que dejar en paz a todo el mundo y evitar a toda costa la confrontación. Pero ¿se podía confiar en que todos los vecinos acatarían la ley sin que interviniera él? Eso no lo sabía, y tampoco deseaba averiguarlo.

Haciendo un uso diligente de los fondos municipales para emergencias, Munter no tardó en asegurarse de que se distribuyeran banderas nacionales del Tercer Reich a todas las familias de Blumental y se colgaran de modo visible en las fachadas de todas las viviendas. Lo que temía Oskar, y lo que le dijo a Edith al teléfono, era que un batallón invasor francés no se mostraría nada amable con una localidad que exhibía la esvástica en todas las ventanas. ¿No sería más prudente sustituirlas por banderas de Francia o, si era imposible hacerse con una, por una bandera blanca de rendición? Tras sopesar el estricto cumplimiento del decreto del Führer con la preocupación por la seguridad pública —incluida la de su propia familia—, Oskar llegó a la conclusión de que la balanza se inclinaba a favor de cambiar las banderas.

Edith coincidió con él. Después de desayunar, fue sin dilación a la casa de los Dupont, que tenían parientes en París, para comunicarles las noticias que le había dado Oskar y solicitar su ayuda. La familia Dupont rebuscó entre las banderas francesas que habían guardado de las celebraciones del Día de la Toma de la Bastilla y generosamente las donaron a muchos vecinos. Las familias que no recibieron una bandera de Francia pidieron pañales de tela blanca a las familias que tenían niños pequeños. Para la hora del almuerzo, Blumental había logrado transformarse en un oasis francófilo, y todo el mundo aguardaba con inquietud la posibilidad de una ocupación francesa.

Cuando el capitán Rodemann, tras partir de Blumental con su batallón y marchando hacia el este, recibió un telegrama que contenía el mismo informe que dio lugar a la llamada telefónica de Oskar, se sintió tan eufórico que casi se cayó del caballo. ¡Por fin el ejército francés se dirigía hacia la orilla norte del lago! Naturalmente, si todavía se encontraba en Francia, tal como decía el informe, faltaba como mínimo una semana para que alcanzara el Bodensee. Era posible que atravesara la Selva Negra o que siguiera el curso del Rin a lo largo de la frontera con Suiza hasta el lago. De un modo u otro, Rodemann estaba decidido a interceptarlo, y así, imaginando ya las consecuencias, a consolidar su derecho a un sitial en la historia militar, primero por haber restaurado y retenido el frente meridional, y después por haber dado un giro a la guerra que llevaría a Alemania inexorablemente a la victoria. Viró hacia el oeste y ordenó a sus hombres que avanzaran a paso ligero.

El obstinado capitán y sus tropas regresaron a Blumental preparados para la batalla. De hecho, Rodemann se hallaba tan obcecado en su inminente victoria que al principio no reparó en las banderas de franjas rojas, blancas y azules que pendían en todos los edificios junto a los que pasaba el batallón según iba desfilando por la calle principal. No obstante, las banderas entraban y salían de su percepción consciente con regularidad, conformando de manera lenta pero implacable una perniciosa pancarta de disensión y rebelión, una pancarta de apoyo popular al enemigo. Dobló la esquina para dirigirse al sitio donde había construido aquella perfecta barricada, una barrera inexpugnable hecha de troncos, y en el que ahora había... nada. Se volvió a mirar la calle que acababa de recorrer. Las banderas ondearon de nuevo, burlonas, riéndose de él con sus tres colores. Y Rodemann explotó de furia.

Rosie y Sofía habían pasado la mañana tiñendo un pañal blanco con zumo de moras y grosellas, en un intento por confeccionar una bandera francesa para la ventana del piso de arriba. Acababan de colgarla ya terminada en la ventana del dormitorio cuando las llamó su madre para que bajasen a almorzar.

Fue una comida tranquila a base de pescado y unas patatas pequeñas cogidas en el huerto de Edith. Rosie se sentó junto a Sofía en el banco de madera, enfrente de Lara, la cual insistía en ocupar una silla para ella sola. Rosie comió deprisa, deseosa de ir a casa de Irene Nagel a ver los gatitos. Irene le había dicho a Sofía que eran cinco. Ciertamente, en ninguna casa se necesitaban tantos gatos; tarde o temprano, la madre de Irene regalaría algunos, y Rosie y Sofía querían ser las primeras de la cola en pedir uno. Rosie se puso a juguetear con los visillos de encaje, luego arrancó una de las violetas africanas que crecían en macetas en el alféizar de la ventana y empezó a quitarle los pétalos de uno en uno al tiempo que recorría con la mirada a los presentes.

Su madre y su abuela estaban muy calladas, pero eso era normal cada vez que llamaba el abuelo. En ocasiones, este les daba alguna noticia de su papá, que estaba fuera, luchando en Francia. Antes había estado en Rusia, pero resultó que se quedó atrapado en aquella ciudad rusa, y cada vez que el abuelo llamaba, su madre agarraba con ansia el teléfono y al terminar la conferencia se mordía el labio. Había pasado todo el invierno mordiéndose el labio.

Miró a su madre para ver si ahora estaba mordiéndose el labio, pero hoy su madre únicamente tenía los labios fuertemente apretados. Rosie movió las piernas con impaciencia. Sofía aún tenía en el plato dos patatas y bastante pescado. Le dio una patadita por debajo de la mesa.

—Come más deprisa —la instó.

Edith, al percatarse de la impaciencia de su nieta, se levantó de la silla y fue hasta el armario donde guardaba el chocolate.

—Oye, Rosie —le dijo—, ¿por qué no te comes una chocolatina de menta mientras esperas?

A Rosie la encantaban las chocolatinas de menta. Desenvolvió el papelito rosa de aquella y, sosteniéndola con los dedos, empezó a darle lametones para que le durase más. Tan solo se la metió entera en la boca un poco más tarde, ya finalizado el almuerzo, cuando necesitó las manos para secar los platos. Sofía iba lavando y Rosie secando, pasando el paño por el plato mojado al tiempo que, con la lengua, daba vueltas a la chocolatina en la boca.

Pecka pecka pecka. Rosie levantó la vista al oír el ruido. Había sonado como un pájaro carpintero. Uno bastante ruidoso, y muy cerca de allí. Por lo general, solo oía a los pájaros carpintero cuando daba paseos con su madre por el bosque de Birnau. Pero allí estaba otra vez. Fue hasta la ventana de la cocina para intentar verlo, pero entonces sucedieron tres cosas de forma simultánea: una de las botellas de leche vacías que estaban colocadas en la puerta de la casa se tambaleó y se rompió en pedazos, a Sofía se le cayó al suelo una olla que estaba lavando, y Marina bajó del piso de arriba como una exhalación y entró en la cocina diciendo a voz en grito:

—¡A los cañaverales! ¡Ya! ¡A los cañaverales!

La reacción que adoptaba la familia Eberhardt ante los bombardeos aéreos y otros peligros militares era la misma que adoptaban las demás familias que vivían junto al lago: salir inmediatamente de la casa y esconderse en la espesura de juncos que crecían en la orilla. Aunque los bombardeos aéreos eran más bien raros en aquella zona tan al sur, había habido algunos en la cercana Friedrichshafen que habían obligado a poner en práctica dicho plan de evacuación. Las niñas odiaban esconderse en los cañaverales. Era un lugar húmedo que daba miedo, y se hacía incómodo pasar hasta una hora y media de pie en el agua, inmóvil. En verano, el agua estaba templada y llena de sanguijuelas; en invierno estaba horriblemente fría.

En menos de un minuto, Edith y Lara estaban ya saliendo por la puerta de la casa y corriendo por el prado en dirección al lago. Todos los vecinos de los alrededores hacían lo mismo, vociferaban, lanzaban chillidos y se afanaban por alcanzar rápidamente la relativa seguridad que proporcionaba la tupida vegetación. Sofía estaba aún junto al fregadero, hecha un ovillo al lado de los cacharros que Rosie acababa de secar. Rosie sabía que su hermana estaba intentando hacerse lo más pequeña posible para que el peligro no la viera y pasara de largo. Dicha táctica le había funcionado en Berlín.

Pero Marina sabía dónde encontrarla.

—¡Fuera! ¡Sal! —chilló Marina.

Agarró a Sofía por el brazo y la levantó del suelo de piedra sobre el que se había hecho un ovillo. Aunque ella se resistió, la obligó a salir de la casa y luego, a duras penas porque la pequeña ya había crecido demasiado para que ella pudiera llevarla en brazos, la levantó en vilo y echó a correr en dirección al lago.

Rosie reconoció la expresión de pánico en el rostro de su madre al cruzar la cocina. Era una expresión que decía: «¡Huye! ¡Ya!» Por un instante, Rosie se sintió confusa porque no entendía qué peligro podía representar un pájaro carpintero, pero ahora había más ruidos procedentes de la calle, ruidos que ella había oído por la noche en Berlín antes de que se mudaran. Armas de fuego. Sí, se dijo Rosie al tiempo que sus pies echaban a correr, debían de ser armas de fuego cuyos proyectiles percutían contra las casas de piedra. Sabía que el fragor de ametralladoras significaba poner en práctica el plan de evacuación, y a ella se le daba muy bien el plan de evacuación.

Justo acababa de alcanzar la puerta que daba al jardín de atrás cuando se acordó de *Hans-Jürg*. Estaba aún arriba, en su cama. El osito *Hans-Jürg* había estado siempre con Rosie. Ella le tenía gran devoción, en parte porque era el único otro miembro de la familia que tenía los ojos marrones, iguales que los suyos. No podía dejarlo solo, rodeado de fuego de ametralladoras. De modo que, mientras su madre salía a toda prisa de la casa arrastrando a Sofía tras de sí, ella cruzó el cuarto de estar a todo correr en dirección a la escalera.

Con cada peldaño que iba subiendo, sabía que no debía asustarse ni hacer caso del estruendo de las armas, cada vez más potente, lo cual significaba que los soldados, quienesquiera que fueran, se encontraban ya en su calle, aproximándose a su casa. No debía, no podía, permitir que aquellas nociones penetraran en su cerebro. En vez de eso, se puso a pensar en *Hans-Jürg. Hans-Jürg.* «*Hans*, y pongo el pie derecho en un peldaño; *Jürg*, y pongo el pie izquierdo en el siguiente. *Hans*, derecho; *Jürg*, izquierdo. *Hans, Jürg. Hans, Jürg.*» Al llegar a lo alto de la escalera, estuvo a punto de tropezar con la vieja alfombra. Apoyó la mano un momento para recuperar el equilibrio y acto seguido echó a correr hacia la izquierda, hacia su habitación. De inmediato se dio cuenta de que *Hans-Jürg* le agradecía que hubiera vuelto a buscarlo. Estaba sentado encima de la colcha de un rosa desvaído, sonriéndole con su boca negra, de hilos gruesos y ligeramente ladeada.

Llevándolo apretado entre sus brazos para protegerlo, volvió a bajar las escaleras corriendo y cruzó la casa y el jardín, tan deprisa que no tuvo tiempo para sentir miedo. Atravesó a la carrera los pensamientos de su abuela, pasó junto al cerezo lleno de frutos —en el que precisamente el día anterior había estado con Sofía jugando a ver quién escupía más lejos el hueso de la cereza en el jardín de los Breckenmüller—, salvó los repechos formados por las madrigueras de los topos y salió por la cancela que había en la valla trasera. Esta vez no tenía importancia que la dejase abierta.

Huyendo de las balas, saltó por encima de las piedras de la orilla, se internó en la espesura de los cañaverales y se metió en el agua. Notó cómo el lodo se le pegaba a las sandalias. Se detuvo de pronto, jadeante. Hasta aquel momento había hecho caso omiso del terror. En cambio ahora sintió que se le agarraba a las costillas y le paralizaba los pulmones. Le costó inhalar aire. Rompió a sollozar y apretó el osito contra su pecho.

—¡Rosie! —la llamó su madre. Apartó un manojo de juncos y se abrió camino a través de la turbia mezcla de lodo y agua del lago—. ¡Chist! Estoy aquí, Rosie, aquí.

La niña sintió que los brazos de su madre la rodeaban y la estrechaban con fuerza. Apretó la cabeza contra el cuerpo de su madre y hundió el rostro en la basta lana de su falda. Poco a poco, el aire que respiraba fue tornándose cálido y mentolado, un recordatorio de la chocolatina de menta.

—Esto es una locura —dijo *frau* Dachmaier cuando Marina y Rosie regresaron al grupo vadeando el lodo—. Yo creía que los franceses eran gente civilizada. ¿Cómo es posible que disparen a civiles?

Los dos hijos mayores de los Dachmaier, Boris y Jan, habían partido dos de los juncos más largos y se habían puesto a jugar como si estuvieran disparando ametralladoras. Salpicaban agua todo alrededor.

—¡Basta! —les siseó Lara—. ¡Dejad de hacer ruido!

Alargó una mano, agarró el junco que empuñaba Boris y lo partió por la mitad. Los chicos la miraron furiosos.

—No creo que... sean... los franceses... quienes están... disparando. —El viejo *herr* Schmidt hablaba de forma medida y meditabunda, como si él mismo fuera uno de los relojes que había reparado durante toda su vida y solo fuera capaz de emitir pocas palabras por segundo. Sacudió en un gesto negativo su cabeza cubierta de canas y después se volvió hacia Edith y enarcó las cejas, como invitándola a que diera su opinión.

—Pues los rusos no pueden ser, ¿no? —dijo *frau* Dachmaier—. Nunca han llegado tan al sur. Ni tan al oeste, si vamos a eso.

Rosie observó que su madre miraba fijamente a *herr* Schmidt.

—No —respondió Edith al fin—. Tampoco son los rusos. Solo hay un batallón que esté cerca de aquí, y no pertenece al enemigo. Es de los nuestros. Es Rodemann.

Los vecinos guardaron silencio y dejaron que las palabras de Edith quedasen flotando entre los cañaverales.

El capitán Rodemann estaba furioso. El levantamiento de la barricada constituía un flagrante desprecio hacia su autoridad, una criminal falta de respeto hacia un oficial alemán. No cabía duda de que el hecho de levantar aquella barricada ayudaría e incitaría al enemigo a hacer una incursión en territorio alemán. Y también estaban todas aquellas banderas francesas en las ventanas del pueblo a modo de burlonas lenguas que se mofaban de él a su paso. Cuanto más analizaba la situación, más le olía a traición. Al parecer, Blumental había sido un refugio para la Resistencia, desconocido hasta el momento. Alguien iba a tener que responder por aquello, alguien que fuera visible para toda la comunidad. El *bürgermeister*.

Mientras se encaminaba hacia la casa del *bürgermeister*, Rodemann permitió que sus hombres disparasen sus fusiles y metralletas contra los rosales de los jardines y contra los parques infantiles y los salones de las casas, y también que persiguieran a todo aquel que intentara huir. No le preocupaba que vaciasen los cargadores de manera indiscriminada, porque los residentes de Blumental necesitaban experimentar las consecuencias de la deslealtad. Finalmente encontró su objetivo, porque la escasa y menguante mata de pelo rubio que conservaba Hans Munter no fue lo suficientemente densa para servirle de camuflaje en medio del rebaño de ovejas de su vecino.

El capitán llevó a Hans Munter a punta de pistola a través del pueblo, hasta la loma donde se elevaba la iglesia católica. Era un cerro muy empinado, y Hans vio que apenas podía hacer otra cosa que subirlo dando trompicones. Las salchichas y los *schnapps* de fresa que había comido durante tantos años le estaban pasando factura, y tenía la sensación de haber perdido el control de las piernas.

Munter había pasado toda su vida eludiendo con éxito las guerras en que se embarcaba su país. La primera lo pilló demasiado joven, y de la segunda quedó exento porque, como era *bürgermeister*, se le encargó enviar a Berlín una partida de hombres de Blumental aptos para el servicio militar, y convenientemente se olvidó de añadir su propio nombre. Le había causado gran pena y dolor encontrar muchos de aquellos mismos nombres en las listas de bajas que se mandaban al pueblo todos los meses, y fue personalmente a visitar y dar el pésame a cada una de las familias que perdían un hijo o un padre. Todas las primaveras, al llegar el Día del Veterano de Guerra, encendía velas por los que ya no estaban. De ese modo intentaba Hans contribuir al esfuerzo que hacía el país por la guerra sin ofrecer de hecho su vida.

Pero ahora comprendió que a la guerra no se la podía engañar. Había venido a cobrarse un precio, en la forma del cañón de una pistola que lo empujaba para que siguiera avanzando. No estaba más dispuesto ahora a entregar su vida de lo que había estado cuatro años atrás. Tan solo brillaba una minúscula chispa de esperanza en medio del pánico que le atenazaba la mente: negociar humillándose y pidiendo perdón.

Se daba cuenta de que el capitán Rodemann estaba muy enfadado. Y también de que él mismo, de un modo incomprensible, debía de ser culpable de algo. Llegó a la conclusión de que debía buscar la oportunidad de pedir perdón al capitán por lo que fuera que lo tenía tan furioso. Si asumía la responsabilidad de dicha transgresión, fuera la que fuese, si se mostraba contrito y sincero y le ofrecía al capitán las reparaciones que este le exigiera, era seguro —posible— que todo volviera a la normalidad.

Continuó avanzando con esfuerzo, ordenando a sus pies que no se detuvieran. Desconocía por qué el acto de pedir disculpas tenía que celebrarse en el cerro más alto del pueblo, delante de la iglesia. A lo mejor era porque el capitán era una persona religiosa.

Las ametralladoras llevaban un rato en silencio. Rosie esperaba junto a sus hermanas mientras los adultos abrían un hueco entre los juncos para otear el sendero del lago, atentos a cualquier peligro. Transcurridos unos minutos, regresó Marina vadeando el agua y les indicó con una seña que salieran a la orilla. Las niñas se quedaron muy quietas mientras sus padres las examinaban en busca de sanguijuelas.

Rosie estaba demasiado impaciente para esperar a su madre, así que ella misma se examinó las piernas. Ni se sorprendió ni se molestó al descubrir una sanguijuela pequeña pegada a su pantorrilla. Se la desprendió, la arrojó al cañaveral y se agarró de la mano de Sofía.

—Vamos, Sofía, *Mutti* y la abuela van a ir al mercado a cerciorarse de que a los demás no les ha pasado nada —dijo Rosie, tirando de su hermana y golpeando el suelo con los pies para sacudirse el barro.

Para cuando llegaron al centro del pueblo, la mayoría de los residentes habían salido de sus escondites. Salieron de armarios roperos y bañeras. Emergieron entre sacos de patatas en los sótanos. Abandonaron pajares y gallineros quitándose las plumas y los hierbajos adheridos a la ropa. Bajaron de los manzanos. Y confluyeron hacia el mercado. El instinto de establecer contacto con amigos y vecinos, de hacer inventario, de estrecharse las manos, darse palmaditas en el hombro y abrazar a los niños, era universal. Al parecer, todos se encontraban sanos y salvos.

Las dos únicas personas que faltaban eran Hans Munter y el joven Max Fuchs. Y precisamente cuando Johann

Wiessmeyer, el pastor protestante, estaba consolando a la madre de Max, apareció este entrando a la carrera en el pueblo. Venía del bosque de Birnau, donde había permanecido escondido.

—¡Van a ahorcar al *bürgermeister*! —gritaba—. ¡Venid deprisa, van a colgarlo!

Hans Munter seguía esperando la oportunidad de aclarar la situación. Cuando el capitán Rodemann se detuvo bajo el antiguo tejo situado en el perímetro del camposanto, Hans intentó hablar, pese a que apenas lograba controlar su vejiga y tenía los brazos fuertemente sujetos por dos soldados fornidos.

—Perdón, *herr* capitán —empezó—. Si me permite que le diga...

—¡Silencio! —vociferó Rodemann. Señaló a un soldado que estaba detrás del *bürgermeister* y le ordenó—: Tú, trae una cuerda y átala a esa rama de ahí.

Una vez que el joven larguirucho hubo salido disparado cuesta abajo, Rodemann lanzó un resoplido de irritación, extrajo una navaja de la funda que llevaba en la cadera y empezó a limpiarse las uñas.

—Capitán, yo creo que... —probó Hans de nuevo.

Rodemann se volvió hacia el *bürgermeister* y lo señaló con la navaja, en gesto amenazante.

—¿No le he dicho que no hable? ¿Acaso no le he ordenado que guarde silencio? ¿Voy a tener que meterle una patata en la boca?

Rodemann no soportaba aquellas interrupciones. Necesitaba mantener viva su cólera. Desde que descubriera que la barricada había sido desmantelada hasta que sus hombres encontraron a Munter, su furia no había menguado un ápice. Tenía un plan que se le había ocurrido en el punto álgido de dicha furia, y requería furia para llevarlo a la práctica. Pero primero aquella interminable caminata hasta lo alto de la loma, y ahora el retraso en encontrar una cuerda resistente, todo ello había desviado su cólera y permitido que fuera disminuyendo. Su rabia era como una ola que había ido creciendo poco a poco con la promesa de alcanzar su punto culminante y romper, y en cambio ahora estaba desgastándose mansamente en la orilla y amenazando con volver al océano. Rodemann quería que su cólera estallase; necesitaba una colisión, algún tipo de catarsis. Estaba decidido a no dejar que se le escapara, al menos hasta que hubiera llevado a cabo su plan.

Para cuando volvió el soldado trayendo un largo trozo de cuerda de cáñamo —requisado, al final, de un par de caballos atados a un arado que nadie atendía—, la llamada urgente de Max ya había reunido a los vecinos de Blumental a los pies del cerro de Birnau. De hecho, al capitán lo complació que hubieran acudido por iniciativa propia; para cosas como aquella era mejor tener público.

Rosie quería acudir a Birnau con su madre y los Breckenmüller. Y Lara también. Pero Marina les dijo que regresaran a casa con Edith, y esta afirmó que aquello no era un espectáculo adecuado para los niños, ni siquiera —miró a Marina con intención— para los adultos. Sofía no dijo nada.

Rosie tardó menos de quince minutos en volver a salir de la casa a hurtadillas. Lara había subido a toda velocidad, jadeando y resoplando, al dormitorio de las niñas en el preciso instante en que se cerró la puerta principal, a pesar de que Edith les había sugerido que se juntaran todas en el cuarto de estar a tomar un té con galletas y leer un cuento ilustrado de las *Aventuras de Kasperle* que tenía junto al sofá. Sofía había accedido de buena gana; en cambio, Rosie dijo que estaba cansada.

—*Hans-Jürg* y yo necesitamos un ratito de descanso —afirmó al tiempo que se volvía hacia las escaleras. Y, para acallar posibles sospechas, le advirtió a Sofía—: ¡Pero no te comas todas las galletas! Bajaremos dentro de un rato.

Al llegar a lo alto de la escalera, Rosie esperó unos minutos que se le antojaron horas mientras su abuela calentaba agua en la cocina de hierro. Cuando finalmente oyó el familiar soniquete de la dulce voz que ponía Edith cuando contaba un cuento, entró de puntillas en el dormitorio de los abuelos, se subió a la enorme cama situada bajo la claraboya, estiró la mano para abrirla y, a continuación, se izó hasta encaramarse y salir al tejado. No se llevó consigo a *Hans-Jürg*; el osito tenía miedo a las alturas.

Rosie conocía bien la ruta, dado que Sofía la había utilizado innumerables veces para hacer que el rato de la siesta pasara más deprisa. Cruzó el tejado, descendió por la escalera de mano del desván, que nadie usaba, y con un saltito aterrizó en el porche trasero. Acto seguido tuvo que agacharse para atravesar la puerta sin hacer ruido y pasar por el lateral de la casa donde se hallaba la cocina. Quitó el pestillo a la cancela de hierro que daba a la calle y dejó que volviera a caer hacia atrás, contra las anémonas, mientras ella echaba a correr hacia la loma que llevaba a Birnau.

Abriéndose camino entre la gente, aminoró el paso al aproximarse al pequeño grupo en que se encontraba su madre, de pie junto a *frau* y *herr* Breckenmüller. Marina y Myra estaban fuertemente cogidas de las manos. Justo por debajo de ellas, cerca del viñedo, había una carretilla llena de racimos de uvas. Rosie corrió a esconderse detrás de la carretilla para ver y oír todo lo que sucediera sin que la descubrieran.

Tres soldados estaban amarrando una gruesa cuerda a una rama del tejo que había en la cumbre del cerro. Dejaron colgando una larga lazada en forma de improvisado nudo corredizo. Rose había visto lazadas similares en fotografías de los periódicos, pero esta parecía distinta: colgaba torcida y el nudo no parecía muy apretado. Los soldados maldecían entre sí al tiempo que intentaban asegurar uno de los extremos de la cuerda. Rosie vio que Karl Breckenmüller se inclinaba hacia su esposa y le decía «mal nudo» en un susurro cargado de alivio y desdén.

El capitán Rodemann ordenó a sus hombres que llevaran al *bürgermeister* hasta el árbol. Hasta aquel momento Hans Munter se había abstenido de hablar, pero ahora ya no le quedaba nada que perder.

—Por favor, *herr* capitán, esto es innecesario —suplicó. Rodemann hizo caso omiso—. Todo ha sido un error —continuó el *bürgermeister* con la voz rota. Un soldado lo empujó hacia un taburete de los que se usaban para ordeñar que habían colocado sus compañeros debajo de la cuerda, y le indicaron con señas que se subiera a él—. Pido perdón por lo que sea que le haya enfurecido. Perdóneme. Lo siento mucho —rogaba *herr* Munter mientras le pasaban el lazo de la soga por la cabeza. Por el tobillo que le quedaba al descubierto resbaló un reguerillo de líquido. El capitán observó unos instantes cómo goteaba hasta el suelo y después se acercó al reo.

—Disculpas aceptadas —dijo, y acto seguido dio una patada al taburete.

Hans Munter no tuvo siquiera un momento para notar cómo se le cerraba la cuerda alrededor del cuello. El nudo se deshizo casi de inmediato al acusar su peso, y cayó al suelo con un golpe sordo. Permaneció allí en silencio, resollando contra el polvo. No le apetecía moverse; abrigaba la esperanza de que, si se quedaba muy quieto, todo el mundo creería que estaba muerto. La causa: un repentino ataque al corazón o una apoplejía, debidos al estrés de la situación. Era perfectamente posible. En cualquier caso, no había necesidad de atraer la atención sobre sí mismo.

Rodemann descubrió de nuevo su furia.

—¡Idiotas! —ladró a sus soldados—. ¿Es que ninguno de vosotros sabe hacer un nudo decente? —espetó a su batallón, y luego se dirigió hacia el grupo de vecinos del pueblo, ahora congregados en lo alto del sendero. Se inclinó hacia Gerhard Mainz, el carnicero, y le preguntó con furia contenida—: ¿No hay nadie aquí que sepa hacer un nudo? —Rosie vio que Myra Breckenmüller tiraba del brazo de su marido para hacerlo retroceder y esconderse un poco más entre los presentes—. ¿Y bien? —Rodemann clavó la mirada en el carnicero y no la desvió.

—El... el pescador —susurró el carnicero.

—¡El pescador! —canturreó Rodemann, y acto seguido recorrió la multitud con la mirada—. Muy bien, ¿dónde está ese pescador?

Rosie contuvo la respiración, con la esperanza de que nadie identificara a su amigo. Pero, aunque varios vecinos acertaron a bajar la vista en respuesta a aquella pregunta, otros muchos, de manera instintiva, volvieron la cabeza hacia *herr* Breckenmüller. Rosie observó, con horror, cómo el pescador liberaba el brazo de la mano de su esposa, le daba un beso en la mejilla y, en silencio, se abría paso entre la multitud. «¡No, no vayas!», le gritó mentalmente Rosie. Vio que su madre rodeaba con un brazo a Myra Breckenmüller.

—No le ocurrirá nada —dijo—. No se verá afectado.

Pero Myra hizo un gesto negativo con la cabeza.

—Si tiene que hacer el nudo de la soga que ahorque y mate a Hans, sí que se verá afectado.

Rosie vio que Karl Breckenmüller subía despacio por la cuesta, en dirección al tejo. Tomó el extremo de la cuerda que colgaba, hizo una amplia lazada y empezó a darle vueltas sobre sí misma, apretando con fuerza. Cuando terminó de hacer los nudos que iban a sujetar la lazada en su sitio, el conjunto le pareció a Rosie una serpiente enroscada y con la boca abierta. El *bürgermeister* permanecía debajo, encogido sobre sí mismo. Ni siquiera parecía estar despierto del todo. Se balanceaba de un lado al otro, con las manos atadas a la espalda. Dos soldados lo instaban a que se mantuviera erguido, mientras otro les gritaba a ellos y al reo. Entonces, en el preciso momento en que pasaban la soga en forma de serpiente por la cabeza del *bürgermeister*, Rosie vio el caballo que se acercaba.

Procedía del lado contrario a la plaza de la iglesia, y sus cascos repiqueteaban contra el enlosado. A lomos de él venía un soldado muy alto, un general, porque llevaba un uniforme igual al que guardaba su abuelo en el armario. El caballo venía al galope, pero el general lo refrenó hasta ponerlo al paso para acercarse al tejo. Tenía la mirada fija en el capitán Rodemann. Cuando se acercó un poco más, Rosie observó que el general era moreno, y cuando lo tuvo todavía más cerca reconoció sus ojos marrones y sus gruesas cejas, aquellas maravillosas cejas tupidas que tanto le gustaba acariciar.

El general Erich Wolf condujo su caballo hasta donde se encontraba el capitán, pero no desmontó. Agradeció llevar aún puesto el uniforme que había vestido aquella misma mañana para la reunión que había tenido en Fürchtesgaden con el Führer. No le gustaba vestir de uniforme más que cuando era absolutamente necesario, pero, como tenía prisa, no se había entretenido en cambiarse de ropa. Sentado en la silla de su caballo, apreció la justicia poética que entrañaba poder mirar, literalmente, desde las alturas a un capitán arrogante. Se sintió complacido cuando vio que Rodemann se encogía.

Este ya conocía al general Wolf. No le agradaba recordar el breve tiempo que había pasado trabajando en la oficina del general en Berlín, antes de que le ordenaran una misión de campo. El general tenía una secretaria sumamente atractiva, una mujer que rechazó sus insinuaciones (cosa impensable, probablemente era lesbiana), y que por consiguiente intentó mancillar su reputación acusándole de descuidos y negligencias que sin duda eran responsabilidad de ella. A pesar de los esfuerzos que hizo Rodemann después de aquello para congraciarse con el general, estaba bastante seguro de que este tenía muy mala opinión de él.

El capitán levantó una mano para indicar a uno de sus hombres que suspendiera provisionalmente el ahorcamiento. Hans Munter, liberado de los soldados que lo aferraban, volvió a derrumbarse en el suelo. El general dirigió una breve mirada al *bürgermeister* y seguidamente situó su caballo entre el capitán y sus subordinados, para que, si Rodemann se atrevía a dar otra orden, estos no lo vieran.

—Capitán Rodemann —exclamó—. ¿Qué está ocurriendo aquí, exactamente?

Al capitán se le notaba agobiado, y por un instante fue incapaz de articular palabra. Después respiró hondo, cuadró los hombros y, en el tono más imperioso que pudo encontrar, exclamó:

—¡Insurrección, señor! He descubierto, sin ayuda de nadie, que la localidad de Blumental es un semillero de la Resistencia y que...

—¡Basta! —lo interrumpió el general. Ordenó a su caballo que diera unos pasos hacia él y se inclinó para mirarlo a los ojos—. ¿Le extraña que al Tercer Reich le esté costando tanto ganar esta guerra, teniendo comandantes como usted, que desobedecen órdenes directas? ¿Que se desvían de su deber e intentan aliviar su aburrimiento mezclándose en los asuntos de las mismas personas a las que deberían proporcionar protección? —Sostuvo la mirada del capitán durante largos instantes, y después, muy despacio, volvió a levantar la vista—. Yo no estoy preocupado por este pueblo ni por sus vecinos. Y tampoco tengo claro por qué habría de preocuparse usted, dado que tiene órdenes estrictas del Führer de interceptar al ejército francés, ¡que en estos momentos se dirige hacia aquí!

Dicho esto, Wolf introdujo la mano en su guerrera y extrajo un papel. Lo sacudió con un golpe de muñeca para desplegarlo y lo agitó ante la cara de Rodemann, que lo miraba con perplejidad.

—Esto es un telegrama de Berlín. Contiene una orden que me ha sido reiterada por el Führer esta misma mañana, en Fürchtesgaden. ¿Sabe lo que dice?

Rodemann abrió la boca, pero no salió ningún sonido de ella. El general no le esperó.

—Les ordena a usted y sus hombres que rechacen la incursión francesa. Sin embargo, no entiendo la confianza que tienen Berlín y el Führer en su capacidad para cumplir dicho encargo. Nada de lo que he observado en usted, ni hoy ni en el pasado, sugiere que tenga usted una sola pizca de competencia. —Volvió a doblar el telegrama—. De todos modos, no me corresponde a mí cuestionar al Führer, que le ha dado a usted una orden directa. Y me atrevería a decir... no, más bien estoy seguro, que él no aprobaría esta... —volvió a inclinarse hasta quedar a escasos centímetros del capitán, como si fuera a darle un bocado con los dientes— esta digresión.

Rodemann estaba conmocionado. Era verdad que se había olvidado completamente de los franceses. ¿Cómo había podido permitir que sucediera tal cosa? El ejército francés era su baza para triunfar, el arma que le daría la gloria, el catalizador para alcanzar la fama, ¿y había perdido de vista su grandioso objetivo por culpa de unos insignificantes aldeanos? Adoptó la posición de firmes, miró a los soldados que todavía se encontraban junto a Munter, ahora postrado y al parecer inconsciente, levantó la mano en el aire y anunció:

—¡Sí, mi general, señor! ¡Interceptaremos al enemigo de inmediato!

Y, a continuación, en una tempestad de órdenes y taconeo de botas, Rodemann y sus hombres se pusieron en marcha hacia el oeste, hacia el enemigo.

Rosie salió disparada hacia el general.

—¡Erich! ¡Erich! ¿Me dejas subir al caballo contigo?

—¡Rosie! —Sorprendido de ver a la pequeña, Erich Wolf desmontó y la tomó en brazos. Después, le plantó un beso en la mata de rizos castaños al tiempo que la subía a la silla—. ¿Sabe tu madre que estás aquí?

—No, pero ha venido, y ahora verá que estoy contigo. ¡Oooh! ¡Qué alta soy desde aquí! ¡Lo veo todo!

Volvió la mirada hacia el tejo, donde el doctor Schufeldt estaba inclinado sobre Hans Munter, examinando su respiración y sus latidos. Lo ayudaba *frau* Breckenmüller, que sostenía la cabeza del *bürgermeister* en su regazo y le murmuraba palabras de consuelo. A Rosie le pareció oír a *frau* Breckenmüller nombrar varias clases de salchichas y carnes. Luego volvió la cabeza cerro abajo, hacia el lugar en que se hallaba congregada la multitud, y vio a Marina viniendo hacia ella. Por suerte, no se la notaba enfadada.

—¡Erich, es maravilloso que hayas venido!

Su madre no pareció reparar en ella. Miraba a Erich como si llevara muchos años sin verlo, cuando de hecho se habían visto justo el verano anterior, en Meerfeld. Rosie lo sabía porque también estuvo allí, con Sofía, y habían echado migas de pan a los cisnes. Lara se había quedado en casa con la abuela, que alegó que no estaba preparada para ver a Erich. Rosie no entendió aquello. ¿Qué necesitaba la abuela para estar preparada?

Cuando vivían en Berlín, Erich acudía al parque que había cerca del colegio de Lara para jugar con ella en los columpios. Iba casi todos los días y se ponía junto a los columpios con su uniforme ribeteado, esperando a que Marina, Sofía y Rosie dejaran a Lara en el colegio. Marina se refería a él llamándolo «tío Erich», pero dijo que en realidad no era su tío porque no era hijo de los abuelos. Solo estuvo viviendo en la misma casa que ellos, antes de que su madre se casara. Todo aquello resultaba demasiado confuso para Rosie, así que ella simplemente lo llamaba Erich. Y se le daba genial empujar el columpio. Lo empujaba con tanta fuerza como ella le pedía, haciéndola elevarse cada vez más alto. Después de los columpios, Marina solía dejar a Rosie y Sofía jugando en la arena mientras ella se sentaba con Erich en un banco.

Ahora, Rosie contempló a su madre y a Erich desde lo alto del caballo. Estaban el uno frente al otro, Erich cogiendo los brazos de Marina.

—De todas formas, tenía que venir —estaba diciendo él—. Aunque, cuando salí esta mañana de Fürchtesgaden, no sabía que Rodemann había entrado en Blumental. Al acercarme, me llegaron rumores de una escaramuza en una de las localidades del lago, de modo que apreté el paso. —Esbozó una sonrisa—. Mi automóvil se averió en Schwanfeld, pero conseguí que me prestaran un caballo. Es mi medio de transporte favorito, como sabes.

—Pues es un milagro, la verdad. Quién sabe lo que habría ocurrido si no hubieras intervenido —contestó Marina—. Has debido de venir a todo galope. Menos mal que estás en forma, de lo contrario en estos momentos estarías en el hospital al lado de Hans Munter, recuperándote de un infarto o de agotamiento.

—Sí, el Tercer Reich me mantiene en buena forma —replicó Erich, palmeando el flanco del caballo—. Esta yegua se ha esforzado al máximo, la pobre. Imagino que llevaba mucho tiempo sin realizar semejante esfuerzo.

Rosie se animó de pronto.

—¡Pues entonces se merece una recompensa! Podemos darle unas zanahorias.

—Sí, Rosie, eso le encantará —respondió Erich.

—¿Y los franceses, Erich? —Marina estaba mirando hacia el lago, como si buscase indicios de soldados desfilando a lo lejos. Rosie le siguió la mirada, pero no vio nada.

El general se encogió de hombros.

—Estamos recibiendo informes contradictorios. Esta mañana estaba claro que se dirigían a la frontera sureste; en cambio, el telegrama que recogí en Schwanfeld dice que van en dirección contraria. A lo mejor se enteraron de que Rodemann venía a interceptarlos. —Sonrió—. Yo no me preocuparía mucho por los franceses, Marina. Oskar lamenta haber alarmado a todo el mundo. Viene de camino hacia aquí, llegará mañana.

—¿El abuelo va a venir? —Rosie se puso a dar brincos de alegría en el lomo del caballo—. ¡Tenemos que decírselo a la abuela! Erich, ¿me llevas montada a caballo hasta mi casa? ¿Puedo, *Mutti*? ¿Y puede quedarse a cenar? Por favor.

—Rosie, será un honor para mí acompañarte hasta tu destino. Pero lo de cenar... —Titubeó y miró a Marina—.

No estoy seguro de que deba quedarme. No sé qué opinaría Edith al respecto.

Rosie se dispuso a fruncir el ceño con gesto de enfado y protestar, pero Marina dio su aprobación.

—Ya ha pasado suficiente tiempo, ¿no crees?

La felicidad de Rosie era completa. Iba montada en un caballo, un caballo de verdad, con su tío favorito y su madre caminando a su lado. Y cuando llegaran a casa, Sofía la vería montada en aquel caballo. Y Erich iba a quedarse a cenar. Y podría comerse el último huevo que había puesto *Pimpanella*.

—*Mutti*, ¿puede comerse Erich uno de los huevos de *Pimpanella*? —preguntó.

—¿Los huevos de *Pimpanella*? —repitió Erich asombrado—. Eso quiere decir que ha puesto más de uno.

—¡Dos! Es otro milagro —dijo Marina riendo—. Seguramente ya no tiene más que poner, pero eso no se lo digas a Oskar.

Continuaron camino a casa. Los cascos del caballo iban levantando un fino polvo gris que se arremolinaba a su espalda. Rosie, desde su atalaya, dedicó un momento a volver la vista hacia el tejo. Tuvo que entornar los ojos para distinguir, entre aquellos pequeños torbellinos de polvo, la soga que aún colgaba de la rama. Seguía allí, balanceándose despacio adelante y atrás, un recordatorio de cuán repentinamente podían cambiar las cosas.

2

Edith decidió cenar. Habían pasado varias horas desde que Marina y los Breckenmüller se fueran a Birnau, y prefería estar haciendo algo para no preocuparse. Si hubiera sucedido algo en lo alto de aquel cerro, a esas alturas ya se habría enterado. A Max Fuchs se le daba muy bien propalar las noticias por todo el pueblo. Decidió suponer que todo iba bien.

Respiró hondo y cerró los ojos brevemente para refugiarse en el consuelo que le proporcionaba su cocina. Adoraba aquella casa. Por supuesto, no se parecía en nada a la que Oskar y ella habían imaginado; no habían tenido tiempo de construir nada grandioso cuando tomaron la decisión de mudarse con la familia al sur, lejos de los bombardeos aéreos que tenían lugar en el norte. Al principio, la única estructura que pudieron levantar sobre aquella parcela fue el garaje. La guerra impidió construir nada más. Lograron apañarse para las visitas en verano amueblando el espacio del garaje con elementos básicos. Dos años atrás, cuando se mudaron ya para pasar todo el año, ampliaron la vivienda contratando a obreros locales para que añadieran una segunda planta, no muy grande, y un sótano.

Edith sabía que cuando terminara la guerra Oskar le sugeriría que construyeran una casa más grande, la que ambos habían diseñado mentalmente de manera tan vívida, pero ella no quería abandonar aquel pequeño hogar improvisado, con aquellas ventanas emplomadas que silbaban con el viento y su ruidosa escalera de madera de pino. En cualquier caso, no tenía idea de dónde iban a poder levantar una estructura nueva. Aunque la parcela era grande, el huerto estaba ya tan aprovechado que Edith no se imaginaba arrancando sus plantas. Simplemente, no había espacio donde construir. No, cuando terminara la guerra no habría ninguna casa nueva.

Cuando terminara la guerra. Aquello era difícil de imaginar. E imprevisible, igual que un animal rabioso. La mejor posibilidad que tenía uno de sobrevivir consistía en reunir a los miembros de la familia, alejarlos lo más posible del frente y buscar un refugio. Edith sabía que hasta la fecha había tenido suerte, pero lo sucedido este día le recordó que, por más que se dijera que estaban protegidos, la guerra seguía existiendo. Los demenciales capitanes Rodemann que había en el mundo seguían disparando directamente a las personas que ella amaba. Y, además, estaba Sofía. Dejó escapar un suspiro. El trauma psicológico que sufría Sofía de resultas del bombardeo de aquella noche en Berlín era una preocupación constante.

Oyó risas fuera de la casa. Era la risa de Rosie. Creía que la niña estaba en el piso de arriba. Pero, claro, seguramente la muy diablilla había salido al jardín a jugar en algún momento. Se dirigió a la puerta del porche para decirle que entrara, cuando de pronto apareció Marina. Su gesto sonriente le dijo todo cuanto necesitaba saber acerca de Hans Munter. Lanzó un profundo suspiro de alivio.

—Ah, ya has vuelto. Así pues, todo ha salido bien.

—Bueno, por lo menos Hans no ha muerto. Parece que no sufre nada grave. —Marina meneó la cabeza, le costaba creer todo lo que había soportado aquel día el *bürgermeister*—. Va a quedarse con el médico esta noche, por si acaso.

—Gracias a Dios. —Edith tomó el delantal que colgaba de un gancho de la pared y se lo pasó por la cabeza—. Ha sido demencial lo de ese capitán, disparando al azar por las calles del pueblo. Temí que no recuperase la cordura.

—Yo no diría que la haya recuperado precisamente —repuso Marina—. Solo se le ha recordado cuál era su verdadero objetivo. Ahora se ha ido de nuevo en busca de ese esquivo ejército francés.

—Pues es una bendición. —Edith bregaba con las cintas del delantal—. Pero ¿qué es lo que ha devuelto la cordura a nuestro querido capitán?

Marina lanzó una mirada a la puerta que daba al cuarto de estar y fue a decir algo, pero de pronto se contuvo. Edith estaba demasiado ocupada con el delantal para darse cuenta; en la mano derecha tenía la cinta derecha, pero la izquierda se le había escapado. Estaba palpando a su espalda, intentando pillarla de nuevo, cuando sintió dos manos grandes que atrapaban las suyas.

—Edith.

Era una voz que conocía muy bien, una voz que en otra época había oído a diario en su hogar de Berlín. Un tono de barítono, como de una ola que se eleva desde el fondo del mar, casi tan conocido para ella como la voz de tenor que poseía Oskar. Llevaba cinco años sin oír aquella grave resonancia y, al reconocerla inesperadamente en su cocina, tuvo que agarrarse de la encimera para no perder el equilibrio.

Erich.

Edith siempre había considerado que Erich era el regalo que le había dado Dios a cambio de haberse llevado a su querido Peter, el pequeño malogrado. Siempre había pensado que el destino le había traído a Erich hasta ella. Él necesitaba una madre, y ella echaba de menos a un hijo.

Se quedó muy quieta, al tiempo que los ojos se le humedecían. Aquel día, antes de la guerra, en que se dio cuenta de lo que había hecho Erich, se enfadó tanto con él que pasó los cinco años siguientes negándose a verlo. Marina y las niñas se habían reunido con él en Berlín, e incluso una o dos veces en Meerfeld tras la mudanza, pero ella no había ido. Al principio se sintió profundamente traicionada, interpretó su transgresión como una falta de respeto hacia todo lo que Oskar y ella habían hecho por él. Pero era más que eso. Ella lo había querido mucho, lo había tratado como a un hijo. Sí, eso era, lo había considerado hijo suyo.

Pero, naturalmente, no lo era. Y había tenido que recordarse una y otra vez aquel detalle.

Edith se había aferrado a su pena durante mucho tiempo, mucho más del necesario. Mientras tanto, la guerra prosiguió, y se libraron batallas en las que Edith sabía que Erich participaba, y no pudo evitar temer por él. Del mismo modo que temía por Franz, el marido de Marina. Aunque, siendo sincera consigo misma, ¿no había temido más por Erich? ¿Acaso no le había preparado más desayunos a él? ¿Es que no había vivido con él en la misma casa, lavado su ropa, limpiado su habitación? Después de Stalingrado, cuando Franz regresó a casa convertido en una sombra de lo que había sido, Edith estuvo a punto de gritar. Si aquello podía pasarle a Franz, ¿qué cabía esperar de Erich? Anhelaba verlo. Y aquel anhelo ansioso fue disipando lentamente su enfado.

Erich le tomó la mano con timidez —dicha inseguridad se la había causado ella misma— y no la soltó, y ella tampoco intentó zafarse. Tras un prolongado silencio, Edith se volvió y levantó la vista. Erich no estaba en absoluto cambiado, aquellos ojos suyos, marrones y profundos, seguían conservando una expresión de calma y seguridad.

—Dios mío, ¿es posible que aún hayas crecido otro poco, Erich? —Pretendía permanecer en territorio seguro.

Erich lanzó una carcajada.

—¿Que si he crecido? No. Tengo el pelo más gris, eso es indudable, pero no soy más alto.

—Pues entonces será que yo me estoy encogiendo como una vieja grulla.

—¿Quién se está convirtiendo en grulla? —interrumpió Rosie, que entró en la cocina dando saltitos y se encaramó a la espalda de Erich.

—¡Uf! —exclamó él con sorpresa. Luego atrapó las piernas de Rosie con los brazos y empezó a girar en una pirueta.

En ese momento Edith oyó reír a alguien en la puerta. Sofía había bajado por fin del piso de arriba.

—Luego te toca a ti, Sofía —le aseguró Erich al tiempo que dejaba de dar vueltas y depositaba a Rosie en el suelo.

Esta se incorporó de inmediato, fue hacia su hermana y empezó a tirarle del brazo.

—¡Sofía, Sofía! ¡Ven a ver el caballo! Hay un caballo en el jardín, y yo lo he montado. ¡Y también puedes montarlo tú!

—¿Un caballo? —A Edith le pareció haber entendido mal.

—Sí, *Mutti*, un caballo de verdad —confirmó Marina—. Me parece que en este preciso momento se está comiendo nuestros tréboles. Pero no te preocupes, que Erich se lo llevará enseguida.

—¡Oh, no! Enseguida, no —se quejó Rosie—. ¿No podemos jugar con él un rato? ¿Hasta la hora de cenar? Por favor. —Dio un leve codazo a su hermana al tiempo que le susurraba algo al oído. Sofía asintió, animada de pronto.

—Por favor, abuela —rogó esta.

Edith no podía resistirse a Sofía, y sospechaba que Rosie lo sabía perfectamente. No era la primera vez que admiraba lo ladina que era su nieta pequeña.

—Está bien, de acuerdo. Pero no pasará aquí la noche, ¿entendido?

Rosie y Sofía bailaron de alegría, y a continuación salieron corriendo al exterior. Dos segundos más tarde Rosie volvió a entrar.

—Abuela, ¿podrías darme las zanahorias que habías apartado hoy para mí?

—Pensaba que esas zanahorias eran para *Pimpanella* —replicó Edith a la vez que las cogía de la encimera.

—A *Pimpanella* no le importará —aseguró Rosie quitándoselas de la mano—. Ella también está emocionada con el caballo.

—Eso lo dudo mucho —dijo Edith, dirigiéndose a Marina y Erich mientras Rosie volvía a salir disparada—. A lo mejor convendría que salierais a aseguraros de que las niñas no suben a las gallinas encima de ese caballo. Y procurad que a Erich lo vean los vecinos, tal vez así se acallen los rumores acerca del pastor Wiessmeyer.

Erich hizo un alto en la puerta.

—¿El ministro? —preguntó.

—Basta ya, *Mutti* —dijo Marina—. No volvamos a empezar con eso. —Y se volvió hacia Erich—. No hay nada. Estoy casada, y todo el mundo lo sabe.

—Pues claro que lo saben todos, querida. —Edith cogió la pesada olla de hierro y la colocó encima de la cocina—. Pero tu marido ya lleva mucho tiempo ausente, y la gente se extraña del mucho tiempo que pasas tomando té con el ministro.

—Pero tomar una taza de té con un religioso es una actividad inocua —terció Erich.

—Ese hombre no es católico —replicó Marina, frunciendo los labios—. De modo que no, no es una actividad inocua, por lo menos en Blumental.

Edith se imaginó a Johann Wiessmeyer abriendo unos ojos como platos si alguien insinuara que él podía representar algún peligro.

—Tonterías. Ese hombre es una persona encantadora, a ti te caería bien, Erich. Lo que ocurre es que Marina se niega a adaptarse a la diferencia de actitudes que hay aquí. Actúa como si aún estuviera en Berlín.

—*Mutti*, solo tomamos té, por el amor de Dios. Y en un establecimiento público. Si a la gente eso le parece reprobable, pues que así sea. —Marina agarró a Erich del brazo—. Ven conmigo, general. Vamos a dejarnos ver.

Edith se tragó la reprimenda que iba a soltarle. Llevaba años luchando contra la rebeldía de su hija. Antes de la guerra, era una cuestión de decoro que Marina no llamara la atención sobre sí misma de manera indebida. Pero en la actualidad era más una cuestión de supervivencia. Marina era cabezota, siempre iba a serlo, y Edith se había resignado a que había muy poco que ella pudiera hacer al respecto.

Lo mejor era aceptar las cosas que uno no podía controlar, pensó contemplando las patatas y los puerros que tenía ante sí, y ejercer el control donde uno pudiera ejercerlo. La sopa era totalmente controlable. Tomó una patata y a continuación un cuchillo para pelarla.

3

Las campanas de Birnau estaban dando las siete cuando el pastor Johann Wiessmeyer llegó al pie de la colina de Stahlberg. Aunque ya iba con retraso, se tomó unos instantes para escuchar las cuatro notas que formaban el acorde de Mi mayor saltando unas sobre otras. Tañidos intemporales, pensó Johann, que sonaban cada cuarto de hora, de día y de noche, siempre iguales, inmutables. Las campanas de Birnau se oían incluso más allá de los campos circundantes, hasta en el interior del pueblo, donde competían con otras más modestas: las de su iglesia protestante. Su tañido era alegre y vibrante, abierto y acogedor, igual que la iglesia donde habitaban.

Johann contempló la frontera de Suiza, al fondo del lago. La primera vez que vio aquella lisa extensión de agua —años atrás, con su hermana Sonja y el esposo judío de esta, Berthold, desde el coche— acababa de comenzar la lucha mental y moral que ahora conocía tan bien. Sonja y Berthold se habían marchado pronto de Berlín.

—De momento solo están boicoteando los comercios de los judíos y despidiendo a los profesores judíos de la universidad —había dicho Berthold—. Más adelante, ¿quién sabe?

Johann recordaba nítidamente el primer día de aquel boicot de 1933, cuando él estaba todavía en el seminario. Acababa de salir de la estación de metro de Alexanderplatz. Echó a andar hacia Kaiserstrasse y de pronto vio que varios soldados habían cerrado el paso a una anciana que intentaba entrar en una carnicería señalada con la estrella de David dibujada con tiza blanca. La mujer debía de tener más de ochenta años, posiblemente noventa, a juzgar por su encorvada espalda y el blanco níveo de su cabello. Estaba furibunda, y no se sentía en absoluto intimidada por los uniformes que tenía ante sí.

—¡Yo compro donde me da la gana! ¡Pienso comprar la carne a quien yo decida comprarle la carne! —gritaba levantando en alto su cesta de la compra y agitándola delante de los soldados con gesto amenazador. Su actitud desafiante y su indignación deberían haber sido algo generalizado, pero no lo eran.

Qué lejos parecían ya aquellos días transcurridos en Berlín. ¿Era el miedo a perder su trabajo o el antisemitismo latente lo que impedía a sus colegas de la universidad firmar aquellas primeras peticiones de protesta contra las actuaciones cada vez más opresivas del gobierno en aras de la pureza racial? Johann se consideraba un hombre que intentaba vivir la verdad de Dios en todos los aspectos de su vida, pero ahora, al mirar atrás, comprendió cuán insignificantes habían sido sus acciones. Escribir y distribuir tratados y ensayos cuidadosamente redactados, afirmar que Dios se encuentra presente en todos los hombres con independencia de la raza... Todo ello no habían sido más que leves bofetadas a la pusilánime comunidad de católicos. Con el tiempo, sus afirmaciones se hicieron más audaces —la verdadera Iglesia debía abrazar tanto a los alemanes como a los judíos—, y buscó a su público fuera del mundo académico. Pero tan solo consiguió atraer la atención sobre sí mismo, y más de una noche la pasó en el calabozo, del cual lo sacaron solo para ponerlo bajo la custodia de su primo Gottfried Schrumm, un abogado del Ministerio de Defensa.

Fue necesario que su querida hermana emigrase para que despertara su imperativo espiritual. Sonja, que solo era once meses más joven que él, prácticamente era gemela suya y, desde luego, su mejor amiga durante toda su infancia. Ella fue su compañera en el piano a cuatro manos cuando Johann pensó en hacerse músico. Más adelante, cuando decidió estudiar teología, y el resto de su familia, de mente académica y pensamiento agnóstico, cuestionó dicha decisión, fue ella la que lo defendió. «Johann me habla de Dios todas las noches, desde que éramos pequeños —les dijo—. Nadie sabe más de Dios que Johann.»

En la Universidad de Berlín, Johann estuvo saliendo con Beate, una joven de cabello negro azabache y belleza deslumbrante, mientras que Sonja, decidida a no quedarse atrás, se enamoró del hermano de Beate, Berthold. Pero la impetuosa y romántica Beate se aburrió de las serenas filosofías de Johann y se escapó a España con un artista. La única unión que quedó entre ambas familias fue la de Sonja con Berthold.

En la Noche de los Cristales Rotos, en 1938, Sonja y Berthold llevaban cinco años casados. Aunque Johann había bautizado a Berthold en el cristianismo, la joven pareja no se sentía segura. De modo que mientras los dueños de comercios judíos barrían los cristales rotos de sus escaparates, Sonja, entre lágrimas, empezó a hacer el equipaje. Johann estaba demasiado preocupado por su seguridad para intentar disuadirla. Ocho meses después de la conversión de Berthold, una noche Johann terminó llevándolos en automóvil hasta la frontera suiza, con documentos falsos proporcionados por Gottfried. Aquella misma frontera, justo en la otra orilla del lago.

Aquella noche, viendo cómo desaparecían Sonja y Berthold en un banco de niebla, Johann vio abrirse una ventana, una oportunidad para actuar de una manera coherente con sus ideas. En aquel lugar la frontera era porosa: un lago grande, bosques densos, pueblos pequeños y carreteras también pequeñas. Lo que se necesitaba era un guía, un pastor que supiera moverse por allí. Un pastor espiritual. Y Johann tuvo suerte, porque dos años más tarde surgió una vacante en una pequeña parroquia de aquel pueblo, Blumental.

Un sonoro «¡Uf!» interrumpió la ensoñación de Johann. Había sido una voz de niño. Johann volvió la mirada hacia la estación de Blumental Este, la pequeña terminal del tren de cercanías que había dejado de transportar pasajeros desde el inicio de la guerra.

—*Verdammt nochmal!* —maldijo la voz desde la parte de atrás del edificio de madera.

Johann siguió la estela de aquellos gruñidos salpicados de juramentos y llegó a la parte posterior de la estación, donde vio a un muchacho de pelo polvoriento y vestido con harapos que estaba intentando situar una roca grande debajo de una de las ventanas.

—¿Necesitas ayuda?

Johann decidió no reprocharle los juramentos. El rostro de Max Fuchs ya estaba sonrojado a causa de la vergüenza y el remordimiento. Observó la enorme piedra y se maravilló de que Max, escuálido como estaba, hubiera tenido suficiente fuerza para moverla siquiera.

—¡Pastor Johann! Ah, bueno, sí... gracias, señor —farfulló Max sin saber muy bien si lo habían pillado transgrediendo alguna ley.

—¿Y en qué voy a ayudarte, exactamente? —le preguntó Johann al tiempo que se remangaba la camisa y se agachaba junto a la roca.

—Pues... Willie me ha ayudado antes, pero no hemos podido mover esta piedra hasta la ventana, pesa mucho.

Y siguió lanzando un torrente de palabras mientras Johann hacía uso de toda su fuerza y todo su peso para mover el enorme pedrusco. El chico hablaba igual que el caudal de un arroyo crecido por las lluvias, las ideas chocaban contra las orillas y se dispersaban en todas direcciones.

—Oh, ah, sí, pastor Johann, a la derecha, sí, eso es. En realidad no quería que Willie me ayudase, porque no quería compartir con él la gloria de haber dado caza a los espías. Quiero cazar a los espías yo solo. Eso, contra la ventana, así. Aún no he visto ninguno, pero es cuestión de tiempo. Porque este es el lugar perfecto, ¿no?, y sé que Willie querrá llevarse parte del mérito, claro. Así, perfecto. Muchas gracias, señor.

—¿Espías? —Johann dio un último empujón a la roca para que quedase directamente bajo la ventana. A continuación se secó la frente con el antebrazo—. No tenía noticias de que hubiera espías por aquí.

—Claro que no, señor, cómo iba a tenerlas —replicó Max mientras se encaramaba a la roca y se ponía de puntillas para mirar a través del cristal sucio—. Pero si usted fuera un espía que intentara infiltrarse desde el sur, este sería el sitio perfecto para esconderse, ¿no? Sobre todo, porque ya no lo usa nadie. Está apartado. Y junto a una vía férrea. Y aquí solo paran dos trenes: uno por la tarde y el otro... —bajó la voz para terminar en un susurro—: a medianoche.

—Hum. —Johann fingió reflexionar sobre aquel punto, procurando que no se le notase la preocupación que le producía la inconsciente perspicacia que había demostrado Max—. Sí, supongo que sí. —El muchacho estaba inspeccionando el interior de la estación desde su atalaya; oteaba la sala de izquierda a derecha. Johann decidió mantener un tono ligero—. ¿Y bien? ¿Alguna señal de infiltración?

—No, todavía no. Pero es posible que hayan venido y se hayan marchado. Seguramente andan espiando por ahí —respondió Max con el rostro pegado al cristal—. Podrían regresar en cualquier momento. ¡Hay que estar vigilantes!

—Desde luego.

Johann fue hasta la ventana y le apoyó una mano en el hombro. Max era un chico tenaz e imaginativo, y si se había interesado por el tema de los espías, no iba a abandonarlo fácilmente. Pero aquella semiabandonada estación de Blumental Este desempeñaba una función importante en el traslado de paquetes hacia Suiza que llevaba él a cabo, y la inocente curiosidad de Max tenía el potencial de complicar gravemente dichas operaciones. Johann iba a tener que buscar la manera de tener a Max entretenido cuando hubiera envíos en tránsito, o bien buscar otra casa franca. Por el momento, bastaría con mandar al chico a casa.

—¿Sabes, Max?, resulta ciertamente encomiable el servicio que estás prestando a la comunidad, velando por la seguridad de todos. Pero después de lo que le has hecho pasar esta tarde a tu pobre madre, creo que lo mejor es que vuelvas a casa a cenar.

El tono de Johann no dejaba lugar a discusiones. Max comprendió. Asintió con la cabeza y se bajó de la roca.

—Sí, señor.

Los dos echaron a andar en dirección al camino, en silencio. De pronto, Max se volvió hacia Johann y le tendió la mano.

—Gracias, señor. Agradezco sinceramente su ayuda. Y también su... su... —Buscó en vano la palabra «discreción».

—No le diré una palabra a nadie, Max —le aseguró Johann al tiempo que le estrechaba la mano—. Y dale recuerdos a tu madre de mi parte.

Las campanas dieron la media hora. Johann emprendió el regreso a la colina Stahlberg. Quedaban treinta minutos para el ensayo del coro y había mucho que hacer.

4

Si Oskar volvía a casa el día siguiente, pensó Edith, sería necesario rellenar de carbón la lumbre. El hecho de que Oskar estuviera en casa implicaba cocinar mucho. Ya había decidido ir al mercado por la mañana. Cogió el pequeño cubo para el carbón que guardaba detrás de la cocina y se encaminó hacia el sótano.

Le gustaba el sótano. El suave abrazo del carbón húmedo y la casi completa oscuridad le calmaban los nervios. Allí abajo, entre la montaña de carbón y la montaña de patatas, el pulso de la casa latía firme y calladamente. Combustible y comida, todo lo necesario para estabilizar el caos familiar. Allí era donde ella guardaba sus reservas: la mermelada de cerezas, la jalea de manzana, el dulce de pepinillos y los otros productos cuidadosamente recolectados en su huerto.

Normalmente, Edith habría mandado a buscar carbón a una de las niñas, probablemente a Lara, porque Rosie era demasiado difícil de sujetar y Sofía tenía un miedo cerval a las habitaciones subterráneas. A Lara no le daban miedo el sótano ni la oscuridad, aunque se encontraba en esa etapa de la vida en que cualquier petición de ayuda por parte de Edith o Marina le suponía, en su mente, un sacrificio supremo o un gran compromiso, y hoy Edith no tenía ganas de pelear con ella.

Bajó con el cubo por la estrecha escalera de piedra, mal iluminada por la bombilla desnuda que colgaba en el centro del techo. Puso el cubo en el suelo y se agachó para llenarlo de carbón. Oskar llegaría al día siguiente. Ese pensamiento le infundió una cálida oleada de felicidad y esperanza. Reprimió la vocecilla interior que le decía que debería aprovechar aquella visita para formularle una vez más una serie de preguntas. Preguntas acerca de sus responsabilidades, de las acciones que llevaba a cabo en nombre del Führer. Lo que sabía y lo que no sabía acerca de los objetivos del Führer a largo plazo. Preguntas que la acuciaban cuando se quedaba a solas. Pero la única vez que se las expresó a Oskar, el invierno anterior, él montó en cólera. Edith razonó que disponían de muy poco tiempo para estar juntos, y que no deseaba estropearlo trayendo a colación temas desagradables y difíciles.

Llevaban juntos... treinta y cinco años aquel próximo septiembre. Y seguía queriéndolo con tanta plenitud e intensidad como el día en que se casaron. Era un hombre al que creía conocer muy bien. Un hombre afable, aficionado a las *bratkartoffeln* y los *spätzle*; un hombre valiente y patriótico sin excusas, cuyo inquebrantable sentido del deber para con sus comandantes y sus soldados le había hecho ganarse una profunda lealtad o un respeto a regañadientes; un abuelo entusiasta y caprichoso; un marido generoso y afectuoso. Y, además, recordó Edith con una sonrisa, un bailarín extraordinario. Desconocía dónde podía haber adquirido dicha habilidad, así que decidió que debía de ser innata. Su baile favorito era el vals.

A ella no se le daba demasiado bien el vals. Había tomado con *frau* Winkler las clases de rigor para entrar en sociedad solo porque en Postdam constituían un rito de paso para las jóvenes que se aproximaban a la edad de contraer matrimonio. Y porque su madre había insistido en que las tomara. Le decía que con aquel físico no iba a acercársele ningún pretendiente, así que más le valía aprender a bailar. Pero desde el principio *frau* Winkler le dio su opinión, y luego con una regularidad embarazosa, de que carecía de talento para el baile y que era una de esas muchachas raras y lamentables con las que practicar no servía de nada. De modo que durante su primera temporada de bailes de primavera en Berlín, contando dieciséis años y alicaída por las críticas de *frau* Winkler, pasó las veladas bebiendo sidra con su tía en las mesitas de café que se colocaban alrededor de los salones de baile para las solteronas, las acompañantes y las ancianas.

Nadie se sorprendió más que ella la noche en que aquel joven soldado de cabello trigueño se dirigió hacia ella con paso resuelto. Edith no lo conocía, aunque lo había visto en otras ocasiones, en otros bailes. Les sacaba una cabeza a los demás hombres presentes en la sala. Y, por si eso no bastara para llamar la atención, cuando empezó a sonar la música y él empezó a moverse por la pista, su cuerpo fue pura fluidez de movimiento. Con sus pasos y sus giros lograba expresar el lirismo y la fuerza que transmitían los acordes de la orquesta. Resultó inolvidable.

Edith no esperaba que aquel joven se fijase en ella. No tenía motivos para dudar del juicio que había hecho su madre sobre su atractivo físico, sobre todo cuando a las jóvenes que tenía alrededor siempre las sacaban a bailar y ella permanecía sentada. Si su tía y ella hubieran estado más de una hora en el baile, habría fingido que le dolía la cabeza para poder marcharse. Por desgracia, aún era demasiado temprano.

Pero entonces Oskar la sacó a bailar. De entre todas las damiselas que había en aquel salón, la había elegido a ella. Se levantó con cierta inseguridad, preparada para protestar hasta que una mirada severa de su tía la hizo morderse la lengua, lamentando ya el hecho de que su primer baile, con un hombre que era un bailarín consumado, sin duda iba a ser también el último.

Pero no había necesidad de preocuparse. En los brazos de Oskar, y guiada por su seguridad, apenas tocó el suelo. Él la sujetó firmemente y la hizo evolucionar por la pista dando vueltas y vueltas. Los otros bailarines, los músicos y las luces, todo giraba alrededor de ella en una mancha borrosa y multicolor. Más tarde su tía le contaría que la forma en que se movían ambos le había recordado un cometa, pues se habían desplazado por el enorme salón de baile describiendo amplias parábolas, sorteando y esquivando a las demás parejas, mientras la larga y resplandeciente cola del vestido de Edith iba surcando el aire como una estela luminosa. Para Edith, el baile terminó casi en un santiamén. Al acabar se sintió un tanto mareada, y tuvo que pasar varios minutos sentada, bebiendo agua y con la vista fija en el suelo.

Jamás se había sentido tan segura, tan cuidada, como en los brazos de aquel hombre. Y el modo en que la miró cuando finalizó el baile... Fue la primera vez que ella sintió que la veían, que la veían de verdad. Lo que resultó todavía más asombroso y embriagador, aunque ni aun en la actualidad lograba entenderlo, fue lo que Oskar le dijo más adelante, lo que le repitió con una maravillosa regularidad a lo largo de los años: que ella le parecía la mujer más hermosa que había visto jamás.

Unos años después, cuando quedó claro que Oskar iba a convertirse en una parte permanente de su vida, recibió clases particulares de *frau* Winkler, la cual le enseñó cómo sostener la cabeza en los giros para evitar marearse. Felizmente, aquello era una habilidad para la que *frau* Winkler determinó que Edith sí que poseía aptitudes, y al cabo de unas cuantas semanas de clases, declaró que Edith ya era una experta en el tema.

Hacía mucho tiempo que no bailaban juntos, reflexionó Edith mientras subía las escaleras de regreso a la cocina. Atravesó el vestíbulo cargando con el cubo lleno de carbón, todavía sonriendo al recordar aquellos primeros bailes, y a punto estuvo de tropezar con Marina, que estaba poniéndose el abrigo.

—Volveré tarde, *Mutti*, no hace falta que me esperes —dijo la joven, enrollándose un pañuelo en la cabeza.

—¿Tarde de dónde? —preguntó Edith, confusa.

—¡Vamos a cantar! —exclamó Rosie al otro lado de la puerta de la cocina, arrastrando tras de sí su abrigo azul.

—La que va a cantar soy yo, tonta. Tú solo vas a acompañarme —la corrigió Marina. Se arrodilló y ayudó a Rosie a introducir los brazos por las mangas, y después le abrochó los botones.

—Te acompañaremos Erich y yo, los dos —dijo Rosie.

Edith recorrió la habitación con la mirada. Estaba vacía.

—Erich se reunirá con nosotras en el camino de Birnau —explicó Marina respondiendo a la pregunta no formulada de Edith al tiempo que abrochaba el último botón del abrigo de Rosie—. Ha dicho que no nos preocupemos por el caballo, que en cuanto regrese se lo llevará.

—Voy a darle otro besito de buenas noches —anunció Rosie, y salió por la puerta antes de que nadie pudiera impedírselo.

Marina titubeó ante la puerta.

—Te agradezco que hayas permitido que Erich se quede a cenar con nosotras. Para él ha significado mucho.

—Espero que todos podamos seguir adelante —respondió Edith. Se acordaba del miedo que había experimentado, cinco años atrás, de que la familia se deshiciera. Pero tal cosa no había sucedido.

Marina miró a su madre.

—Tú eres la única que no ha querido seguir adelante.

Edith se encrespó.

—No era un paso adelante, sino... no sé, un paso al lado, o en oblicuo.

—Tú querías que no me acercase a Erich.

—No; lo que quería... —Edith se interrumpió. Ya no sabía lo que quería cinco años atrás. Supuso que sería mantener la familia unida, impedir que alguien resultase herido. La guerra había dejado de lado el cumplimiento de dicho deseo.

—Se hace tarde, tengo que irme. —Marina le dio la espalda y se marchó.

Edith cerró despacio la puerta. Su preciosa puerta de roble, profusamente grabada con relieves de flores de lis y criaturas fantásticas. Se la había regalado Oskar por su cumpleaños. De alguna manera se las había ingeniado para pasarla por la aduana. Quizá porque provenía de Turquía, un país en el que ella se imaginaba a un ancestral artesano inoculando el misticismo de Mesopotamia en sus grabados, Edith experimentaba la sensación de que aquella puerta tenía algo de mágico. Era como si poseyera un poder secreto y sus estrías llevaran dentro una fuerza oculta que protegía lo que estuviera detrás de ella. Pasó la mano por la cola de uno de los pavos reales. No era una mala puerta para tenerla en tiempo de guerra, se dijo.

5

Johann continuaba experimentando un breve momento de placer y sorpresa cada vez que penetraba en el lugar sagrado de Birnau. Aquella iglesia de estilo rococó, vestida de dorado y rosa, resultaba alegre y llamativa. Rezar entre sus muros de mármol blanco marfil y entre sus columnas recubiertas de rosas era como estar en el interior de un helado. Por todas partes había cupidos danzarines, desnudos y sonrosados, desde el balcón adornado con filigranas que protegía los altos tubos del órgano hasta el techo de la nave, donde retozaban sobre un trampantojo pintado al fresco que representaba un cielo azul y unas cuantas nubecillas blancas.

«Menudo contraste con el mundo exterior», pensó mientras avanzaba por el pasillo central. Y con las austeras iglesias de Berlín. Tras pasar por delante del altar, se detuvo frente a la puerta que conducía a la escuela dominical. Entonces sacó el gran manojo de llaves que le había dado el padre Georg. El hecho de que él fuera el custodio de dichas llaves era otra intervención divina en su vida. Tres años antes, recién llegado de Berlín, sentado en un café junto al paseo del lago tarareando su himno preferido mientras estudiaba cómo llevar a cabo su plan, no se percató del religioso que tenía sentado al lado. Pero momentos después el padre Georg se acercó a su mesa y le imploró que se hiciera cargo del coro de Birnau.

—Me siento honrado de que quiera encargarme esa misión —respondió Johann—. Pero debe saber que yo no soy católico.

—Bah, aquí el catolicismo no tiene nada que ver —replicó el padre al tiempo que hacía un gesto con la mano para quitar importancia al asunto—. Usted tiene una hermosa voz de tenor y es capaz de llevar una melodía.

—Pero...

—Pero nada, amigo mío. Posee usted un don, y debe compartirlo. Además, las esposas de los lecheros, cuyas voces, he de advertírselo, serían capaces de arrancar las plumas a un gallo, estarán mucho más deseosas de cantar para un hombre joven y apuesto antes que para un viejo arrugado como yo.

Sí, los senderos de Dios eran inescrutables. Aquel coro resultó la tapadera que él necesitaba para su pequeño grupo. Manoteó un momento con el manojo de llaves. Sintió a su espalda la mirada del *Honigschlecker*, una estatua de un infante desnudo, todo cremoso y sonrosado, ataviado con una capa de oro macizo. Su rechoncho cuerpecillo se retorcía en torno a la colmena que agarraba con un brazo, mientras se chupaba un dedo que goteaba miel pura. En cierta ocasión, Marina le había comentado que el *Honigschlecker* le recordaba a su hermano pequeño, Peter, y que cada vez que pasaba por delante de él le sonreía con complicidad. Johann se fijó en que el dedo untado de miel no apuntaba hacia la boca sino hacia el cielo, a modo de recordatorio de que Dios estaba siempre allí, presente en todo lo que hacían los seres humanos.

Hasta hacía poco, Johann no había dudado de que Dios presenciaba todos sus actos. Estaba convencido de haber recibido un claro mensaje la noche que se quedó mirando cómo huían Sonja y Berthold hacia Suiza en busca de seguridad, un mensaje que se confirmó cuando lo nombraron presbítero de Blumental. Y siendo custodio de las llaves del padre Georg, había podido, relativamente deprisa y en secreto, ejecutar el plan que se había trazado. A las pocas se-

—68—

manas de su llegada, Blumental se convirtió en un punto de descanso un poco caótico, pero bastante exitoso, para los refugiados que huían del este de Europa hacia Suiza.

Eran mayoritariamente familias polacas y judías que huían de la destrucción y la exterminación que asolaban sus pueblos. No existía una ruta estándar, y la senda secreta que llevaba hasta Blumental cambiaba constantemente, debido a que los informantes acababan delatándola de vez en cuando y a que los transportes eran interceptados. En los tres últimos años, Johann y su pequeño círculo habían conseguido pasar diez grupos de refugiados sanos y salvos al otro lado de la frontera. Su primo Gottfried Schrumm, del Ministerio de Defensa, había sido una pieza fundamental del engranaje, pues le suministró impresos oficiales para los visados y sellos del gobierno que le vinieron muy bien a la hora de falsificar la documentación necesaria para trasladar a los refugiados hasta un lugar seguro. Y había sido Gottfried el que recientemente le había proporcionado otro instrumento, mucho más radical, de oposición política: el maletín que guardaba en su armario ropero.

Encendió las luces del rincón que utilizaban los niños para leer. «La fe no es un interruptor de la luz —le había dicho Marina en una ocasión—, no se puede encender así como así.» Él estaba de acuerdo: la fe era más bien una hoguera que había que cuidar con mimo, y que ardía despacio y constante. Pero en Marina el fuego de la fe se había extinguido. Johann no era ningún evangelizador, era de la opinión de que todo el mundo debía tener permiso para creer lo que quisiera. Así y todo, si alguien mostraba interés por Dios, tal como parecía el caso de Marina, él estaba dispuesto a escuchar en actitud compasiva.

Hubo una época en la que Marina sí que creía en Dios, según le contó, quizá con igual intensidad que la suya. Pero su fe quedó destrozada por la guerra. No conseguía entender cómo podía permitir Dios que existiera alguien como el Führer, ni que este ejerciera tanto poder e influencia sobre una parte tan extensa del mundo. ¿No debería Dios ordenar a su Iglesia, a sus seguidores, que se alzaran contra un hombre así? Sin embargo, la Iglesia católica no hacía nada. Y la protestante tampoco hacía nada. ¿Cómo podía Dios consentirlo?

Johann había escuchado los razonamientos de Marina sin responder nada, con más afinidad de la que estaba dispuesto a dejar ver. Respecto a la pregunta principal, la existencia de Dios, no tenía ninguna duda. Él jamás había cuestionado que existiera, porque había sido lo bastante afortunado como para experimentar a Dios personalmente y todos los días. Simplemente, sabía que Dios era una presencia incontrovertible en su vida y en el mundo, y apoyándose en esa convicción buscaba lo más posible vivir la palabra de Dios. Sí, el Führer también existía en este mundo, y se toleraba que hubiera guerras, pero ello no se debía a que Dios nos hubiera vuelto la espalda, sino a la intemporal e inalterable presencia del mal, que, tal como decía claramente la Biblia, había sido creado junto con el hombre desde que se fundara el Paraíso.

Una risa estridente interrumpió la ensoñación de Johann. Era Käthe Renningen, la costurera. Resultaba imposible no reconocer aquellas carcajadas, tan similares en el timbre a la voz discorde que tenía cuando cantaba. Rápidamente acercó las sillas que iba a necesitar y entró de nuevo en la iglesia. Allí encontró a Käthe y la directora del coro, Gisela Mecklen, poniéndose las túnicas.

—Buenas tardes, señoras. Hoy se han adelantado.

—Mis dos gemelas están ejercitando sus pulmones —dijo Käthe con voz cansada—. He venido en cuanto mi madre se ha hecho cargo de ellas.

—A lo mejor tienen la intención de presentarse a una prueba para ingresar en nuestro coro.

—¡Dios santo, espero que no! Este es el único refugio que tengo. ¡Prométeme que no les permitirás entrar hasta que tengan por lo menos trece años!

—No, trece no —la previno Gisela—. Cuando tengan esa edad, habrá motivos muy distintos para mantenerlas bien lejos de ti. Mejor cuando cumplan los veinte.

Käthe movió la cabeza en gesto de consternación.

—Dime que no lo dices en serio.

—Pues claro que te está tomando el pelo. —Johann le rodeó los hombros con el brazo—. Baja conmigo a la cocina a tomar un té mientras esperamos al resto del grupo. Y, Gisela, ahora me acuerdo de que te pedí que vinieras temprano porque necesito pedirte un favor.

Gisela entornó los ojos igual que un gato midiendo a un pajarillo. Johann casi percibía las vibraciones de su cerebro haciendo cálculos. Las hermanas Mecklen eran muy maquinadoras. Desde la desaparición de la familia Rosenberg, Johann no se fiaba totalmente de ellas. Aunque no tenía pruebas fehacientes de que Gisela y Regina Mecklen hubieran tenido nada que ver con la rápida y súbita partida de los Rosenberg de Blumental, sabía que la presencia de dicha familia en el pueblo y el hecho de que hubiera ocupado un importante inmueble comercial era una espina que las Mecklen tenían clavada en el costado. Los Rosenberg eran panaderos, unos panaderos excelentes, y también los principales competidores de las Mecklen en el negocio. La panadería Rosenberg había estado situada en la plaza, justo enfrente del Münster, la iglesia más antigua del pueblo. Johann siempre había ido a comprar el pan al establecimiento de los Rosenberg, porque eran capaces de transformar la harina de centeno en un sabroso *brötchen*, una hazaña que las Mecklen francamente no sabían igualar.

Israel y Miriam. Y sus hijos Isaac y Rachel. Johann había añadido sus nombres a sus oraciones cuando, una mañana, encontró la panadería cerrada y vio dentro a Regina Mecklen, tomando medidas para unas cortinas. Se fueron así, sin más.

Johann no quería deberle nada a Gisela Mecklen, pero esa tarde necesitaba su ayuda.

—¿Podrías hacerte cargo de dirigir el coro después del descanso? El padre Georg me ha pedido que le eche una mano en la rectoría, y no quiere esperar a que terminemos para irse a la cama.

Probablemente, Johann ni siquiera tenía necesidad de servirse del sacerdote como excusa, porque sabía que Gisela no le iba a negar el favor. Marina le había dicho que las hermanas Mecklen eran grandes admiradoras suyas. Según ella, admiraban a los hombres de Dios, en particular a los hombres de Dios solteros y de fe protestante, que eran libres de casarse. Aunque las dos hermanas mayores, Regina y Gisela, estaban casadas, la pequeña, Sabine, no lo estaba. Los que iban de visita a la casa Mecklen sabían que pasaban muchas veladas debatiendo acerca de los solteros disponibles en las inmediaciones de Blumental y acerca de lo buenos o malos que eran para maridos. Johann había sido analizado a fondo, y las Mecklen habían llegado a la unánime conclusión de que, si bien era un poco distante y formal, y lamentablemente no era panadero, le iría bastante bien a Sabine.

Tal como esperaba Johann, Gisela respondió con una sonrisa. Probablemente pretendía congraciarse con él y parecer modesta, pero la expresión de sus cejas y su sonrisa ladeada transmitían más bien un mensaje burlón.

—Por supuesto, pastor Wiessmeyer. Para mí es un placer hacerle cualquier favor que me pida. —Calló unos instantes y añadió—: Lo mismo que sin duda haría usted por mí.

Hay que ver lo que costaba hacer la obra de Dios, pensó Johann. A menudo requería cosas imprevisibles. Pero, fuera lo que fuese lo que Gisela tuviera en mente, Johann se sintió seguro de poder protegerse. Esa noche tenía otras cosas de qué preocuparse.

6

La luz del atardecer, ya menguante, permanecía aún en la superficie del lago, reacia a entregarse a las sombras de la noche que se aproximaban poco a poco desde las montañas. Los colores estaban empezando a difuminarse, gradualmente se aplanaban y se disolvían en un monótono matiz grisáceo. El camino que subía hacia Birnau, que unas horas antes se hallaba abarrotado de gente y polvo, ahora se veía desierto, convertido en una sinuosa cinta de piedras y arena coronada por la fachada rosa de la iglesia. Resultaba fácil olvidar que, hacía menos de siete horas, aquel había sido el emplazamiento de un intento de ejecución.

Rosie corría por delante de Marina y Erich, y de vez en cuando hacía un alto para examinar los caracoles que emergían de su sopor diurno escondidos en la vegetación y se dirigían lentamente hacia las praderas que había al otro lado del camino. El que terminó cogiendo con la mano no estaba batiendo ningún récord de velocidad.

—¿Puedo llevármelo a casa, *Mutti*? —preguntó sosteniéndolo a la distancia de un brazo delante de Marina, la cual, sobresaltada, dio un paso atrás—. Podría meterlo en uno de los frascos que usa la abuela para la jalea y darle de comer cosas del huerto.

—Rosie, ya hemos hablado de esto otras veces. ¿Te acuerdas del año pasado, cuando encontraste aquella tortuga?

Marina se arrodilló al lado de su hija. No quería llevar la tortuga a casa, la cual, cuando dejó de ser una novedad, cayó en el olvido para todos los miembros de la familia, hasta que un día Marina se la encontró muerta en una caja de cartón, bajo la cama de Rosie.

Esta no mostró el menor remordimiento.

—*Petzi* estaba enferma, por eso se murió. Además, esto no es una tortuga, es un caracol. Y... —levantó la mano en el aire con caracol y todo— ya tengo cinco años.

Marina se volvió hacia Erich, que se había tapado la mitad inferior de la cara con la mano y guiñaba los ojos, conteniendo la risa. «¡Un poco de ayuda, por favor!», le rogó vocalizando con los labios.

—Rosie. —Erich apoyó una mano en su cabecita—. ¿Qué te parece si me das el caracol y yo te lo cuido hasta que volvamos a casa?

La niña puso cara de duda.

—¿Dónde vas a ponerlo?

Erich se desabotonó el amplio bolsillo de la parte delantera de su guerrera de lona.

—Aquí dentro, y cuando volvamos a casa, tú le buscarás un buen sitio en el jardín.

Rosie, ya más tranquila, era toda sonrisas. Metió con sumo cuidado a su nueva mascota en el bolsillo de Erich y acto seguido echó a correr por el sendero.

—Cobarde —le reprochó Marina a Erich al tiempo que le propinaba un ligero cachete en broma—. Edith va a matarte.

—Ya veremos si aún se acuerda del caracol cuando volvamos.

—Oh, seguro que se acordará.

Marina observó a su hija, que iba y venía a saltitos por el sendero, entonando una cancioncilla inventada sobre la marcha, que hablaba de una rana y un caracol. Admiraba su fortaleza, un rasgo que la había sorprendido después de tener a Lara y a Sofía, que tenían un carácter más apacible y reaccionaban de manera sumisa al mundo que las rodeaba.

Estaba claro que todos los niños eran diferentes, pero Marina tenía el convencimiento de que la guerra había influido mucho a la hora de moldear el carácter de sus hijas. Lara y Sofía habían conocido los tiempos de paz y los echaban de menos; Rosie, no. Un elemento muy importante a la hora de tomar la decisión de abandonar Berlín había sido el deseo de proteger a las niñas, y no solo de los bombardeos aéreos y los tiroteos, sino también del hecho de verse enfrentadas diariamente a la pérdida y la desesperación. Como aquel soldado adolescente que vieron una tarde de invierno en un café de la Kaiserallee: estaba sentado a una mesa, junto a la ventana, ofreciendo solo su perfil derecho a los viandantes porque el izquierdo se lo había destrozado una granada. Lara se encogió al verlo y Sofía hundió el rostro en las faldas de su madre; en cambio, Rosie, por entonces de solo tres años, se quedó muy quieta, mirándolo fijamente, y le sonrió. Lo único que conocía Rosie era la guerra. Para ella era normal que existiera un ambiente de miedo, y era una niña empeñada en tener su infancia.

Erich interrumpió sus pensamientos.

—Bueno, ¿y cuánto tiempo llevas en ese coro? No sabía que supieras cantar. —Hizo un alto para mirarla—. Y yo que pensaba que lo sabía todo de ti.

Inesperadamente, Marina notó que se ruborizaba. Luego rompió a reír y señaló a Rosie, que iba coloreando el aire de la tarde con las notas de su canción.

—Yo diría que canto más o menos tan bien como mi hija. Menos mal que Johann Wiessmeyer no es demasiado puntilloso. Llevan soportando mi presencia casi un año. Me pongo al fondo, al lado de Elle Benz, que tiene una voz muy potente y se ocupa de que a mí no se me oiga.

—Ah, tú y el famoso Johann Wiessmeyer. La relación de la que todo el mundo habla, por lo visto —comentó Erich.

¿Estaba tomándole el pelo? ¿O le pareció detectar un sentimiento herido? Buscó la mano de Erich y le hizo doblar el codo para caminar del brazo con él.

—Somos amigos —dijo apoyándose en Erich, en su solidez. El calor de su cuerpo la relajaba—. Johann Wiessmeyer es mi... en fin, supongo que se podría decir que es mi consejero espiritual.

Él enarcó las cejas.

—¿Tu consejero espiritual? No sabía que necesitaras uno.

—Y no lo necesito. —De repente se sintió cansada—. Por aquí las cosas son difíciles. El ambiente es muy conservador, muy católico. Los vecinos sospechan de nosotros simplemente porque no asistimos a la iglesia con ellos.

A Marina jamás se le olvidarían los primeros meses que pasó en Blumental, el fuerte choque cultural que le supuso. No estaba acostumbrada a que su conducta fuera escudriñada a cada minuto por personas a las que apenas conocía y que sacaban inquietantes conclusiones acerca de las actividades inocuas —pero, vistas en retrospectiva, poco meditadas— de la familia. Por ejemplo, el primer verano que fueron a Blumental de vacaciones, antes de trasladarse allí de forma permanente, Oskar sugirió que celebraran la Noche de San Juan quemando una bruja. Sacaron una escoba vieja, unos cuantos globos y serpentinas, papel y, como toque final, unos pocos fuegos artificiales. Las niñas se divirtieron confeccionando una bruja de vivos colores, deforme y contrahecha, y le hicieron una cabeza de paja adornada con pensamientos y malvarrosas. Antes de prender fuego a las bengalas de los brazos y a los petardos del cabello, Oskar le dio un respetuoso beso a aquella reina pagana. A continuación, todos se apartaron y contemplaron la magnífica explosión. Aquel pequeño ritual, sumado al hecho de que Edith y Marina no acudieron a misa el domingo, hizo que, a ojos de Blumental, aquella familia quedara clasificada en la categoría siguiente a la de los gitanos. Desde la mudanza, Edith se había esforzado mucho por redimir su reputación.

A Marina la preocupaba menos lo que pensara la gente y, en cambio, valoraba la amistad del pastor.

—Johann es una buena persona con la que conversar. Además, aquí no tengo mucho donde escoger. Fue sugerencia suya que me inscribiera en el coro. Se supone que no pertenece a ninguna denominación, pero, por lo que he visto hasta ahora, él y yo somos los únicos no católicos. Al menos de esta forma tenemos algo de presencia en la comunidad religiosa. Así parecemos menos peligrosos.

—Cuesta trabajo creer que alguien pueda considerar peligrosa a tu familia —dijo Erich—. Pero entiendo lo que me explicas, Marina. Ojalá pudiera serte de alguna ayuda.

—Oh, hoy nos has ayudado mucho. Apareciendo esta tarde, y el modo en que rescataste al pobre Hans Munter... El capitán Rodemann es un hombre muy odiado en el pueblo, y después de lo que hiciste a todo el mundo le entraron ganas de invitarte a cenar. Y tú nos elegiste a nosotros. —Marina recuperó el buen humor al recordar la expresión de horror que se dibujó en el rostro de Rodemann—. Nuestro estatus ha mejorado multiplicándose por mil. Señor —hizo una profunda reverencia e inclinó la cabeza—, me siento honrada de estar en su presencia.

Erich volvió a tomarla de la mano y la instó a que se incorporase.

—El honor es todo mío.

Marina temblaba ligeramente; siempre se emocionaba al sentir el contacto de aquel hombre, al que casi conocía de toda la vida. La primera impresión que tuvo de él, la noche en que Oskar lo trajo a casa al terminar la Gran Guerra, fue que era un hombre muy callado. Callado y desgarbado, como si todavía no hubiera aprendido a manejarse con sus largas extremidades. Marina tenía cuatro años; Erich, diecinueve y, un detalle del que ella se enteró más adelante, acababa de quedarse huérfano. Tras firmarse el armisticio de Compiègne, el soldado raso Erich Wolf empezó a hacer los preparativos para regresar a casa, cuando de pronto le dieron la noticia de que sus padres habían fallecido en la epidemia de gripe española. Le correspondió a Oskar el triste deber de entregarle el telegrama. Con las bendiciones de Edith, Oskar invitó al muchacho a que se alojara con ellos en Berlín hasta que recobrase el «equilibrio emocional», así lo expresaron. Erich se quedó doce años con la familia.

Marina se incorporó tras el saludo, y no rechazó la mano que le ofrecía Erich. Caminaron un rato juntos, siguiendo la voz cantarina de Rosie. En la otra orilla del lago se elevaba la luna por detrás de un horizonte formado por las copas de los árboles, un enorme globo dorado que se posaba sin prisas sobre el agua para supervisar los daños sufridos durante el día.

—¿Cuánto tiempo puedes quedarte?

—Un día o dos, no más, creo. Hay asuntos en Berlín que...

—Basta —le dijo Marina—. Ya tengo suficiente secretismo con mi padre. Si tú también has de tener secretos conmigo, no quiero saber que existen. —Todo eran secretos y duplicidades. Ella se preguntaba si cuando terminase la guerra alguno de ellos recordaría cómo decir la verdad.

Llegaron a la vía del tren que cruzaba cerca del andén en desuso de Blumental Este. Rosie, a pesar de su terquedad, aún se detenía antes de cruzar las vías, y esperó a que llegaran Erich y Marina. Él la agarró de una mano y ella de la otra, contaron hasta tres y la levantaron en vilo para que saltara por encima de las vías agitando los pies en el aire. Al llegar al pie de la loma que se elevaba al otro lado, Rosie se quejó.

—¿Podéis llevarme en brazos? Ya es la segunda vez que subo esta cuesta hoy, y no creo que... —su voz adquirió un tono quejumbroso en el que Marina reconoció la frase que solía decir Oskar— no creo que mi corazón pueda soportarlo.

—Hum, ¿a sus cinco añitos ya tiene problemas de corazón? —Erich se arrodilló y pegó la oreja al pecho de la niña—. Por lo que parece, tu corazón va bien, pero será mejor no correr riesgos. —Subió a Rosie a sus hombros—. Vas a navegar con las orejas. Para girar a la izquierda me tiras de la izquierda, para ir a la derecha me tiras de la derecha. Pero con suavidad, o de lo contrario este caballo te arrojará al suelo antes de que puedas decir *heinzelmännchen*.

Marina contempló cómo subían los dos al galope cuesta arriba. Cuando ella misma alcanzó la cima, habían aparecido nubes que tapaban parcialmente la luna. Ahora el débil resplandor apenas iluminaba el empedrado que había detrás de Birnau y proyectaba una luz tenue sobre el viñedo que se extendía desde la plaza hasta el lago. Aunque no alcanzaba a distinguirlo con aquella semioscuridad, Marina sabía que en medio de aquel viñedo se encontraba el antiguo monasterio, abandonado hacía mucho tiempo pero todavía lo bastante intacto para ofrecer refugio a los obreros de temporada que vendimiaban la uva antes de la guerra. Hoy la plaza se veía vacía y muda; todos los miembros del coro que se habían quedado fuera unos minutos más para ver la puesta de sol ya se habían metido en la iglesia.

—En fin, tengo que marcharme —dijo Marina al tiempo que se inclinaba para dar un beso a Rosie—. Tú quédate con el tío Erich, ¿de acuerdo? Nada de escaparte y esconderte por ahí, y menos de noche. Y nada más llegar a casa te vas a la cama.

—¿Nada más llegar a casa? ¿No tengo que lavarme los dientes?

—Buen intento. Ya sabes qué he querido decir.

Erich miró a Marina.

—Dime a qué hora debo volver a recogerte. No quiero que regreses a casa caminando a oscuras.

—Eres muy amable, pero me acompañará Myra. Creo que acabo de verla entrar —respondió con una sonrisa.

Erich tomó a Rosie de la mano.

—Bueno, ¿qué ruta prefieres para volver? ¿El lago o el bosque? —le preguntó.

—¡Oooh, el bosque! Ahora está oscuro y da mucho miedo —respondió la pequeña, abriendo mucho los ojos—. Pero tienes que contarme un cuento en el que salga un lobo.

—De acuerdo, pues un cuento de un lobo será. —Erich guiñó un ojo a Marina por encima de la cabeza de la niña.[1]

—Y cuando lleguemos a casa, le prepararemos una camita a mi caracol en el jardín.

Marina reprimió una carcajada. Conocía demasiado bien a su hija.

1 «Lobo» en inglés es *wolf*, igual que el apellido de Erich. De ahí que guiñe el ojo. *(N. de la T.)*

7

Erich Wolf no tuvo que ir muy lejos para devolver la yegua que le habían prestado. El granjero de Schwanfeld le había dicho que podía devolvérsela a su primo Fritz Nagel, que vivía en el extremo oriental de Blumental, a un breve paseo a caballo desde la casa de los Eberhardt. Erich gustosamente habría ido cabalgando hasta Schwanfeld solo para pasar más tiempo a caballo, pero, como siempre, antepuso el bienestar del animal. No quería cansar demasiado a la yegua. Claro que había disfrutado de unas horas de descanso en el jardín de los Eberhardt y se había reanimado gracias a las zanahorias y los tréboles que se había zampado, así que Erich decidió utilizarla para la corta distancia que había hasta el hogar de los Nagel, y a un paso lento y cómodo.

Aquella yegua de pelaje castaño era un animal obediente y de buen carácter. Desde luego no era tan bonita como su semental *Arrakis*, pero es que *Arrakis* era un caballo árabe y, por lo tanto, ponía el listón muy alto, inaccesible para cualquier animal de granja. Sin embargo, aquella yegua era mejor que la mayoría de los animales de granja: era una Oldenburg. Había reconocido la marca en forma de coronita que llevaba en el flanco cuando la vio pastando en una tupida pradera. Fue aquella marca lo que lo incitó a requisarla en nombre del ejército alemán, sabedor, por la experiencia que poseía en la caballería, de que los caballos Oldenburg no tenían parangón en cuanto a fuerza y agilidad. Aquella tarde, la yegua había estado a la altura de lo que se esperaba de su linaje, y Erich estaba decidido a tratarla como la reina que era.

Había caído la noche sobre los árboles y tejados. No se oía ningún ruido, a excepción del regular tableteo de los cascos contra la tierra apisonada. Erich no recordaba la última vez que había cabalgado de noche. ¿Pudo ser en Stalingrado, año y medio antes? Había sido una misión de reconocimiento verdaderamente infernal, incluida dentro del plan trazado por el mariscal de campo Manstein para quebrar el dominio que tenían los soviéticos en aquella zona y rescatar al ejército alemán atrapado en el interior de la ciudad. Aquella terrible noche, en la que su regimiento de caballería se aproximó al río Myshkova bajo la luna llena, estalló una súbita ventisca. Se agruparon todos para esperar a que pasase, sin darse cuenta de que, al apiñarse juntos en un terreno que poco a poco iba transformándose en un paisaje blanco y reflectante, el color negro de los caballos convertiría estos en un blanco fácil para los tiradores rusos. De un total de cien caballos y cien jinetes, tan solo regresaron quince pares. Erich alargó una mano y palmeó a la yegua en el pescuezo.

Por aquel motivo se había alistado en la caballería cuando ingresó en el ejército. De algún modo, instintivamente, sabía que iba a necesitar el apoyo de otro ser vivo para hacer frente al trauma de la guerra, que el rítmico subir y bajar de una suave caja torácica contra sus muslos le calmaría el corazón, y que el movimiento de una cola empapada de barro dispersando las moscas le aliviaría la tensión cuando estuviera en lo alto de una colina esperando a recibir la orden de atacar. *Loki*, el caballo que le había servido de montura en la Gran Guerra, era un magnífico semental, un gigantesco y orgulloso penco gris de Hannover, de diecisiete manos de alzada. Aunque podía ser tan travieso como el dios nórdico del que había tomado el nombre, superaba a los demás caballos que había tenido Erich, antes y después, en que no conocía el miedo. Nada asustaba a aquel caballo, ni el fuego, ni las ametralladoras ni los obuses de mortero. *Loki* galopaba en medio de todo ello sin titubear, y su fanfarronería animaba al resto del regimiento.

Ciertamente, si no hubiera sido por *Loki*, tal vez Erich nunca hubiera conocido a Oskar. Erich rememoró los días en que atravesaron Bélgica durante la contienda. Habían acampado justo al este de Mons, con el Segundo Cuerpo del ejército, cuando *Loki* comenzó a mostrarse inquieto. A pesar de sus espléndidas cualidades, tenía debilidad por los dulces y un asombroso instinto para olfatear el azúcar, y cuando ambas cosas entraban en acción no hacía ningún caso de las formalidades de la cadena de mando. En las inmediaciones del campamento, una afortunada partida de exploradores del Tercer Cuerpo del ejército conducida por Oskar encontró un alijo de azúcar y un barril de manzanas en un granero normando abandonado. Cuando Oskar ordenó al cocinero que preparase unas manzanas caramelizadas para el regimiento, fue inevitable que *Loki* acudiera a guardar fila con los soldados, aun cuando lo habían amarrado a una estaca a varios kilómetros de allí, junto a la tienda de Erich. Más tarde, Oskar le comentó a Erich que estaba convencido de que un caballo tan emprendedor como aquel debía de tener un jinete igual de intrépido, de modo que, movido por dicha convicción y por la curiosidad, se subió a lomos de *Loki* y regresó para conocer al hombre que lo montaba. Poco después Erich y su caballo fueron transferidos al regimiento de Oskar.

Avanzando lentamente por el camino sin asfaltar que llevaba a la granja de Nagel, Erich se dijo que aquel paisaje no era muy distinto del de Bélgica. A su izquierda resaltaban las modestas viviendas de Blumental. A su derecha se extendían campos de siembra salpicados de alguna que otra casa o granero. Hacia el este serpenteaban hileras de repollos y patatas, para interrumpirse bruscamente en un muro de árboles frutales tras el cual se extendía el bosque de Birnau.

La población que se situaba a su izquierda estaba ya a oscuras, ninguna luz se atrevía a brillar, no fuera a ser que la viera un bombardero desde el aire. Tan solo se divisaba de vez en cuando una vela dentro de las construcciones de cemento encaladas de blanco. Erich se imaginó el interior: habitaciones amuebladas con sofás, probablemente hundidos bajo el peso de madres que hacían punto y niños que saltaban sobre ellas. Habitaciones abarrotadas de retratos de los antepasados, que miraban con gesto melancólico desde las paredes. Habitaciones seguras en sus rutinas diarias, con almohadas de plumas y fotografías de familias que se empeñaban en sonreír. Habitaciones que aguardaban protegidas y vigilantes, sobre todo por las noches, cuando se encendía la radio de madera colocada en la repisa de la chimenea y empezaba a desgranar crudas noticias del mundo exterior.

Erich no había estado en Hamburgo desde el funeral de sus padres, veintiséis años atrás, pero todavía se acordaba de las habitaciones de su niñez. Pequeñas pero suficientes, atestadas de reliquias de otra época, recuerdos de una cultura y una sociedad más antiguas, más lentas, entre ellas mapas de pergamino de los pueblos que habitaban Alemania antes de la guerra franco-prusiana, libros de tapas granate y oro que contenían obras de Schiller y Hölderlin. Los héroes de sus padres habían sido el káiser Guillermo, Beethoven y Brahms. Formado en sus valores serenos y clásicos, el Erich Wolf que se fue de Hamburgo para luchar en la Gran Guerra no era el mismo hombre que regresó cuatro años más tarde. Aquel hombre había muerto con sus padres, con la Alemania que ellos tanto habían amado y respetado, y con el hogar que habían creado para él, quemado hasta los cimientos por los vecinos, temerosos de contagiarse de la gripe.

Cuando Oskar le ofreció que se quedase a vivir con su familia en Berlín, Erich aceptó agradecido, pero nunca había considerado que aquella casa fuera su hogar. Y en realidad nunca había considerado a los Eberhardt como su familia, aunque los quería profundamente. Había estado demasiado empeñado en buscarse a sí mismo entre las dos guerras, en intentar restablecer su identidad perdida. Oskar le había prestado una ayuda extraordinaria en dicha búsqueda, y Marina también.

Una serie de fuertes ladridos hizo que Erich volviera a centrar la atención en el camino. Allá delante vio a un perro salchicha de pelaje marrón oscuro, cuya anchura rivalizaba con su longitud, viniendo a la carrera hacia el caballo, perseguido por dos muchachos que vestían uniformes militares de confección casera. El bozal blanco que llevaba el perro y sus andares semiartríticos tranquilizaron tanto a Erich como a la yegua, que vieron que no representaba ninguna amenaza, pero así y todo Erich refrenó su montura hasta que los críos lograron alcanzar al chucho.

El primero en hacerlo fue un mozalbete flaco y desaliñado, que lucía una mata de pelo rubio muy corto que daba la impresión de haber acumulado la suciedad de una semana, como mínimo. Agarró al perro por el collar, ahogando el siguiente ladrido.

—¡*Puck!* ¡Cállate!

El perro, desequilibrado, aterrizó de espaldas. Pedaleó una o dos veces en el aire, y por fin relajó las patas y ofreció la panza al mundo. El chico lanzó un suspiro de exasperación.

—Eres un fastidio de perro —le dijo al tiempo que se agachaba para rascarle la barriga, que era lo que pretendía el chucho.

Erich rio.

—Pues veo que de todos modos le tienes cariño.

—Oh, sí, señor. *Puck* es mi mejor amigo, por detrás de Willie.

Señaló con la cabeza al segundo chico, que en ese momento frenaba su carrera. Tenía el cabello más moreno y era más o menos de la misma edad. Erich calculó que ambos estaban a punto de entrar en la adolescencia. Willie jadeaba y miraba el uniforme de Erich.

—¡Usted es un general, a que sí! —exclamó Willie cuando recuperó el resuello—. ¡Max, es el oficial que hoy rescató en Birnau al *bürgermeister* Munter!

—Así es —confirmó Erich.

—Me alegro de que llegara usted —dijo Max Fuchs, incorporándose de nuevo.

—Yo también —se sumó Willie—. Más o menos...

—¿Más o menos? —inquirió Erich.

—Bueno, es que nunca había visto un ahorcamiento, y quería saber cómo era.

—Ah.

Aquellos chicos no sabían la suerte que tenían, pensó Erich, al encontrarse tan lejos del frente. El asombro que brillaba en sus ojos era muy distinto del que había visto él en los niños de Varsovia o de los pueblos de Polonia.

—¿Cómo es que su *waffenfarbe* es dorado? —le preguntó Willie—. ¿No debería ser rojo, siendo usted general?

Erich se miró con ademán pensativo el ribeteado dorado que tenían los galones que llevaba en los hombros.

—Sí, pero es dorado porque pertenezco a la caballería, como puedes ver.

—Los caballos están obsoletos —afirmó Willie, dándose aires—. Mi padre dice que en la próxima guerra ya no se utilizará ninguno. Él conduce un tanque. Su *waffenfarbe* es rosa, el color de los Panzer.

—Bien.

Erich se removió en su silla de montar. De pronto se había quedado sin palabras. La idea de que pudiera estallar otra guerra después de la actual le provocaba un profundo malestar. Naturalmente, aquellos críos podían pensar que sí. La guerra había impregnado las vidas de sus padres y ahora las suyas. De repente, se sintió abrumado por los acontecimientos de aquel día, que lo instaban a buscar descanso. Notó que la yegua se impacientaba, pues levantó una pata y luego la otra. Ella también estaba deseando dar por finalizada la jornada.

—Espero que tu padre esté en lo cierto, y nunca se vuelvan a utilizar caballos para la guerra. Pero espero que se equivoque y que no haya ninguna guerra más.

—Tiene que haber otra —replicó Willie—. Max y yo nos estamos preparando.

—Chicos, lo siento mucho. Tengo que llevar a esta bonita dama hasta un establo. ¿Alguno de vosotros puede decirme dónde está la granja de los Nagel?

Max señaló el tramo del camino que acababa de recorrer Erich.

—La ha pasado de largo, señor, pero no por mucho. La entrada se halla oculta detrás de unos avellanos, seguramente por eso no la ha visto.

Erich se tocó la cabeza en gesto de agradecimiento e hizo que la yegua diera media vuelta. Los chicos echaron a correr en dirección contraria, y sus gritos se confundieron con los ladridos de *Puck*. Conrfome iba acercándose al denso bosquecillo de avellanos mencionado por Max, captó un rítmico tintineo metálico que fue cobrando intensidad a medida que se aproximaba a la granja. Guio al caballo para que atravesara el bosquecillo y emergió ante el amplio corral de un granero donde había varias piezas de maquinaria agrícola desperdigadas. En el centro, encorvado sobre el capó abierto de un camión enorme, se encontraba un individuo corpulento y de cabello gris, vestido con un mono de trabajo y manejando un martillo. Intentaba sujetar una chapa metálica en su sitio.

—¡Hola! —dijo Erich.

El hombre se llevó tal sorpresa que se le cayeron el martillo y la chapa. Erich, sin desmontar, sorteó una variopinta colección de carretillas, tractores y carros, al tiempo que el anciano se incorporaba lentamente apoyándose una mano en la espalda. Cuando se volvió, la definida musculatura de sus brazos y la anchura de su pecho le indicaron a Erich que aquel viejo distaba mucho de encontrarse enfermo. Al reparar en el uniforme que vestía Erich, lanzó una mirada rápida alrededor del corral para tomar nota de todos los equipos desperdigados.

—¿Es usted Fritz Nagel? —Erich desmontó para no resultar tan amenazante.

—Sí, soy yo. —El hombre se situó delante del capó abierto del camión, con las piernas separadas, y adoptó la postura de un gladiador—. ¿En qué pudo ayudarlo, general...?

—Wolf. Erich Wolf. Vengo a devolver esta estupenda yegua. Es propiedad de un primo suyo, creo que se llama Bernard.

—¡Ah, *Frieda*! —Cuando reconoció a la yegua, relajó ligeramente los hombros y dejó escapar una risita. A continuación sacó un cigarrillo del bolsillo, lo encendió y le dio una profunda calada con gesto pensativo—. Hoy me ha parecido ver a *Frieda* en Birnau, pero como tal cosa resultaba tan extraña, me dije que debía de estar empezando a fallarme la vista. Sin embargo, aquí está, después de todo. —De otro bolsillo sacó un terrón de azúcar y se lo dio a la yegua. Ella se lo comió con avidez, y después le rozó insistentemente con el hocico para pedir más. Fritz terminó cediendo y la acarició con evidente afecto—. Buena chica. Te has portado muy bien. Bernie va a sentirse muy orgulloso.

—Ciertamente, es un animal magnífico. De hecho, me gustaría compensarlos a usted y su primo por haberme permitido utilizarlo hoy. —Erich abrió su petate para sacar la billetera—. Me temo que antes tenía demasiada prisa para pagarle a Bernard como es debido.

El anciano dio un paso hacia Erich y le agarró el brazo con decisión.

—Oh, no, desde luego que no. *Frieda* le ha prestado un servicio al Reich, ¿no es así? Para nosotros representa un honor que haya sido ella la elegida.

Aquella afirmación dejó el tema zanjado por parte de Fritz Nagel. Cogió las riendas y condujo a la yegua hasta una estructura un tanto decrépita que Erich supuso que era el granero. No le vendría mal descansar un rato, se dijo mientras contemplaba cómo el anciano abría con cuidado una puerta a la que solo le quedaba una bisagra. Fritz sujetó dicha puerta con una piedra grande y entró con la yegua.

Una vez a solas, Erich se aproximó al camión en que estaba trabajando el viejo. Era un Volvo de morro alargado, bastante más grande que los que había visto él en el ejército, pero similar en cuanto al diseño: una caja trasera de buen tamaño para transportar mercancías y materiales, una cabina delantera más pequeña para el conductor y uno o dos pasajeros, y un gran motor en la parte frontal, protegido por un capó fuerte y bifurcado. Como en la Gran Guerra había pasado temporadas ocupándose del mantenimiento de camiones, él prefería estos antes que sus primos de morro más chato. El morro alargado tenía un capó que se abría desde el centro hacia fuera, como un pájaro que extiende las alas, y aquel diseño facilitaba acceder a los dos lados del motor. Fritz Nagel solo había abierto el lado izquierdo del capó, pero cuando Erich miró dentro, esperando ver una parte del motor, se topó con un espacio vacío. Tampoco había piezas de repuesto por el suelo del jardín que sugiriesen que *herr* Nagel estaba desmantelando el camión. A lo mejor ya había guardado el motor en otra parte. Lo que sí que había en el suelo, delante del espacio vacío del capó, era una chapa de un metal desconocido, el material con que estaba trabajando *herr* Nagel cuando él lo interrumpió. ¿Sería asbesto? Apoyó una mano en el borde del espacio del capó y se inclinó para echar un vistazo más de cerca.

De improviso, el capó se cerró de golpe. Sus rápidos reflejos fueron lo único que impidió que se pillase los dedos. Al levantar la vista se encontró con Fritz Nagel de pie frente a él. Tenía la mano izquierda aferrada al capó, y a juzgar por la tensión con que lo presionaba, Erich comprendió que *herr* Nagel quería que el capó permaneciese cerrado. Su cigarrillo, a medio fumar, había caído al suelo.

—Un camión fantástico —comentó Erich, pasando la mano por el capó en un gesto de aprobación. No era su deseo exacerbar la ansiedad de aquel hombre, aunque no se le ocurría cuál podía ser la causa—. No se ven muchos tan grandes como este.

—Pues en las granjas de esta zona son muy habituales —se apresuró a replicar Fritz—. Son demasiado grandes y lentos para el ejército, por suerte para nosotros. Este lo tengo desde hace años. Lo llamo el *Pinocho*.

—¿Perdón?

—*Pinocho*. Por el morro alargado.

—Ah. —¿Todos los agricultores ponían nombre a sus camiones?—. ¿Está teniendo problemas con el motor?

Fritz se puso en tensión.

—No, ningún problema. En absoluto. Es que... —Pareció buscar la frase adecuada—. Es que intento optimizar el rendimiento del motor.

—No me diga. ¿Empleando asbesto?

—Se trata de un experimento. Aún estoy trabajando en ello.

Acto seguido, recogió la chapa metálica y una llave inglesa que tenía también en el suelo.

—Pero por hoy ya he terminado y debo entrar en casa. Le doy las gracias en nombre de Bernard por haberme devuelto la yegua.

—No hay de qué —respondió Erich.

Nagel señaló con un gesto la entrada de la finca para indicarle que había llegado el momento de que se marchase. Erich atravesó de nuevo el bosquecillo de avellanos, y al llegar al camino torció hacia el sur, hacia el Gasthof zum Löwen, el albergue donde iba a pernoctar. En vez de hacer elucubraciones acerca de aquel agricultor y su camión, decidió centrarse en el confort que lo aguardaba: un suave colchón de plumas. El Führer no creía que los soldados debieran dormir en colchones de plumas, pero él se dijo que aquella noche no le vendría nada mal disfrutar de algo blandito.

8

El descanso del coro nunca duraba más de diez minutos. Marina le dijo a Gisela Mecklen que tenía que marcharse antes de la hora, pues debía ayudar a su madre a prepararlo todo para la visita de Oskar, que vendría al día siguiente. Gisela enarcó las cejas, pero Marina no le hizo caso; desde que las Mecklen se habían apoderado de la panadería de los Rosenberg, no les tenía ningún afecto.

Por si alguien estuviera espiando, Marina empezó a bajar la cuesta en dirección al pueblo, pero luego torció rodeando la fachada frontal de la iglesia. Siguió por el sendero y se detuvo ante una puerta situada justo debajo de la vidriera que representaba la Cuarta Estación del Vía Crucis. Estaba cerrada con llave. Llamó dos veces con los nudillos, esperó unos instantes y volvió a llamar tres veces. Alguien se acercó desde dentro, manipuló la llave y abrió la puerta.

—Me alegra mucho que hayas podido sumarte a nosotros —dijo Johann—. Cuando le dijiste a Gisela que tenías que marcharte, no supe si era por nosotros o por tu familia.

—Siempre me alegra darle a Gisela Mecklen algo nuevo para especular —repuso Marina.

Fue detrás de Johann hasta el lugar de lectura de los niños, donde ya se hallaban reunidos los demás miembros del grupo, sentados en sillas un tanto precarias, de tan pequeñas que eran: Ludmilla Schenk, la directora de la oficina de correos, y Ernst Rausch, el joven propietario de la imprenta de Meerfeld, que se había librado del servicio militar porque era ciego de un ojo. A Ludmilla, Marina la conocía bien. Además de Oskar, la directora de la oficina de correos era su principal fuente de información para saber de Franz, ya que todas las cartas y los telegramas enviados desde el frente pasaban por las manos de Ludmilla.

Ludmilla había perdido dos hijos y un marido en la guerra. Marina no era capaz de imaginar el horror y la incredulidad que debió de sentir, sentada ante el telégrafo, viendo cómo este iba imprimiendo palabra a palabra la noticia de la muerte de sus hijos, un año después de haber hecho lo mismo con su esposo. Aquellas tragedias eran lo que había inducido a Ludmilla a incorporarse al grupo. Ahora que ya era imposible salvar a su familia no tenía nada que perder, decía, y no era capaz de quedarse parada, sin hacer nada, viendo cómo se destrozaban otras familias igual que le había ocurrido a la suya. Johann le ofreció una solución activa.

Ernst Rausch era un pacifista. Aparte de eso, Marina sabía poco más de él, solo que poseía una amplia experiencia como impresor. Ernst hablaba muy poco; esa era una de las cosas que Johann valoraba de él.

Johann ocupó su sitio junto a un pequeño caballete sobre el que descansaba la pintura, ya arrugada, que había realizado un niño: una versión puntillista y abstracta de la estatua del *Honigschlecker*. Marina se percató de que se le notaba más cansado que de costumbre. El cabello rubio y en recesión y los ojos hundidos tras sus pequeñas gafas de montura metálica le hacían parecer más viejo, aunque solo tenía treinta y dos años, en marcado contraste con su cara redondeada e infantil.

Permaneció en silencio, esperando. La conversación que se oía fuera fue por fin interrumpida por la voz levemente amortiguada de Gisela Mecklen. El coro inició el calentamiento, y cuando las escalas y los arpegios empezaron a filtrarse por las paredes del cuarto de los niños, Johann habló por fin, con cuidado de hacerlo solo mientras el coro estuviera cantando.

—Gracias por acudir habiendo sido avisados con tan poca antelación. No va a llevarnos mucho tiempo. Hace dos días me informaron de que tal vez recibamos un envío dentro de muy poco. Aunque no hay nada seguro, como siempre, he pensado que deberíamos buscar un sitio donde guardarlo.

—¿Sabes cuántos son? —preguntó Ludmilla.

—Es una familia —respondió Johann—. Dos adultos... —Hizo una pausa, porque el coro se había interrumpido de pronto, y de nuevo se oyó la voz de Gisela amortiguada, al otro lado de la pared. Transcurridos unos minutos, el coro atacó la pieza *Nun ruhen alle Wälder*.

—Con dos niños pequeños y un recién nacido —prosiguió Johann—. Ni siquiera pienses en ofrecerte voluntaria, Ludmilla, porque tu piso nuevo es muy pequeño, me temo. Y me da un poco de miedo mandarlos a Meerfeld, Ernst, a causa del capitán Rodemann y sus hombres. ¿Alguien sabe dónde están esta noche?

—El último telegrama que llegó para él iba dirigido a la terminal de Meerfeld —respondió Ludmilla—, pero quizá mañana se vayan de allí.

—Marina, si no nos queda otra alternativa... ¿hay alguna posibilidad?

Marina titubeó. El hogar de su familia era siempre el último recurso. Al día siguiente llegaba Oskar, la primera visita que hacía desde Navidad. La sorprendió lo feliz que se sentía ante la perspectiva de verlo, dada la tensión que venía bullendo entre su padre y ella desde que comenzara la guerra. Las conversaciones que mantenían todas las semanas por teléfono eran breves y mecánicas, una mera entrega de información, habitualmente acerca de los movimientos y la seguridad del batallón al que pertenecía Franz. En cambio, esta vez sintió que se animaba al pensar que iba a verlo.

Era el mismo entusiasmo que tenía de pequeña, cuando se asomaba por la ventana del cuarto de estar para ver llegar a Oskar del trabajo. En aquella época, cuando ella era muy joven (demasiado para saber a qué atenerse, podría decir ahora), Marina adoraba a su padre. Lo reverenciaba. Lo seguía adondequiera que iba, si podía. «Tu *vati*[1] tiene una segunda sombra», solía bromear Edith. En realidad, aquel vínculo no se había roto nunca, a pesar de las suspicacias y la rabia que albergaba ella en la actualidad. Marina se permitió un momento para recrearse en el consuelo de aquellos recuerdos: el abrazo que él le daba cada vez que volvían a verse, el áspero olor a ámbar y tabaco que desprendía, el leve aroma a humo de cigarro puro mezclado con colonia Mouchoir de Monsieur que se esparcía por una habitación en cuanto entraba él.

—¿Marina? —Johann la miraba con aire divertido.

—¿Qué? Oh, no lo sé, Johann, mañana llega Oskar. Podría ser difícil.

Menudo eufemismo. Estando Oskar en casa, ocultar a una familia de cinco miembros era algo totalmente impensable.

—Está bien, esperemos encontrar otra solución. Entretanto, intentaré confirmar el día y la hora exactos de su llegada —dijo Johann—. Ernst o Ludmilla, informadme en cuanto Rodemann se lleve a sus hombres. Quizá los granjeros puedan agriarle la leche que bebe, para que se dé más prisa en marcharse. —Marina pensó que a lo mejor al capitán le gustaba la leche agria, pero no lo expresó en voz alta—. Además, Ernst, ¿te importaría fabricar documentación de viaje para todos? Tengo conmigo sus datos de identidad. —El joven, que hasta el momento había estado pensativo, mesándose la punta del bigote, tomó el papel doblado que le tendió Johann—. Cuanto antes puedas tenerla preparada, mejor. Ya sé que es un poco apresurado...

—Me pondré a ello esta noche. ¿Dónde puedo reunirme mañana contigo?

1 En alemán, «papá». (*N. de la T.*)

—En la iglesia protestante. Muchas gracias, Ernst, me alegro de que esa parte quede resuelta. —Pero el semblante de Johann no mostraba ningún alivio, pensó Marina cuando vio que se volvía hacia ella—. Marina, podemos hablar mañana, ¿sí? ¿Sigue en pie la reunión de las nueve?

Ella afirmó con la cabeza. Oskar no llegaría antes de la hora de almorzar, como muy temprano.

—Johann, dime —pidió Ludmilla—, ¿qué tal le fue a nuestro último envío?

—Oh, lo siento, debería haberlo mencionado al principio. Sí, Ludmilla, me alegra poder decir que llegó sin novedad. Se reunió en Gran Bretaña con su tía, según me han dicho.

El grupo dejó escapar un suspiro colectivo de alivio. No todas las veces recibían noticias que confirmasen que los viajeros habían conseguido llegar a su destino.

Para Marina, una noticia como esa calmaba los sentimientos encontrados que la asaltaban respecto a su participación en aquel grupo. Cuando Johann le preguntó por qué motivo deseaba incorporarse, ella no fue capaz de darle una respuesta completa. Alegó solidaridad hacia la penosa situación de los refugiados, naturalmente, y rabia contra el Führer por haber agredido a otros países y otros pueblos. Pero aquello no era todo. Había también un sentimiento de culpa. Durante casi toda su vida, Marina no había tenido muy buena opinión acerca del trabajo que desempeñaba su padre en el gobierno. Sabía que ocupaba un puesto en las altas esferas, cerca del ministro de Economía, desde donde tenía una vaga responsabilidad sobre los transportes en tiempos de guerra. Las complicaciones de su propia vida siempre se habían impuesto por encima de la curiosidad de saber cuáles eran las obligaciones y la autoridad de su padre. Pero poco después de que naciera Sofía, el mundo que la rodeaba la zarandeó y la hizo salir de su egocéntrica burbuja. Las estrellas amarillas que tantos de sus amigos y conocidos se vieron obligados a llevar cosidas a la ropa. Los cierres forzosos, después de la Noche de los

Cristales Rotos, de muchas tiendas que ella había frecuentado. La desaparición de la familia Stern.

Hilde y Martin Stern vivían en Berlín, en el piso contiguo al de sus padres, en el mismo rellano de escalera. Eran vecinos y amigos íntimos. Marina los adoraba. Martin era fumador como su padre, cómplice suyo en la falta doméstica de disfrutar de puros importados de Sudamérica que Martin, de manera inexplicable, siempre conseguía traer a pesar de la guerra. Marina recordaba haber pasado muchas tardes de su infancia escondida bajo la mesa mientras los Stern y sus padres jugaban a la canasta y bebían jerez y fingían no saber que ella estaba allí. Cuando ya fue un poco mayor, de vez en cuando se juntaba con su padre y con Martin a tomar una copa de coñac en la salida de incendios, lugar al que se veían desterrados porque Hilde y Edith detestaban el olor a tabaco.

Marina ni siquiera se acordaba de que los Stern eran judíos, hasta que Hilde pidió ayuda para coser unas estrellas a su ropa. En aquel momento, Marina sintió una oleada de miedo y de náuseas por la suerte que podían correr sus amigos. Pidió a su padre que los ayudara a conseguir un visado para salir del país, pero Oskar se mostró reacio. «No te metas —le dijo—. No es seguro, Marina.» Lo dijo con un tono terminante que ella jamás le había oído, un tono que indicaba que la conversación quedaba zanjada.

Sin embargo, se negó a darse por vencida. Empezó a explorar la clandestinidad. No era muy difícil dar con las personas adecuadas si uno sabía dónde buscarlas y estaba dispuesto a asumir riesgos, como era el caso de ella. Pero llevaba tiempo conseguir los papeles necesarios, y para cuando encontró al primer impresor capaz de falsificar visados para Palestina, los Stern ya habían sido enviados a un gueto judío de Polonia.

Marina todavía no se había perdonado por haber tardado tanto. Y tampoco había perdonado a su padre por su inercia. Quizás él era un cómplice de las acciones llevadas a cabo por el régimen. No lo sabía, pero si así fuera, ella sería tan culpable como él. Culpable por asociación. Culpable por consanguinidad. Fueran cuales fuesen los pecados que estuviera cometiendo su padre, ella necesitaba hacer algo para expiarlos. Por ese motivo estaba en aquel grupo. Se reclinó en su pequeña silla de la escuela dominical y escuchó el himno que cantaba el coro al otro lado de la pared. Le resultó conocido:

Wo bist du, Sonne, blieben?
Die Nacht hat dich vertrieben,
die Nacht, des Tages Feind...

Era una nana para dormir, la que les cantaba a sus hijas. «¿Adónde te has ido, querido sol? La noche te ha hecho huir; la noche, enemiga del día...» Su propia madre se la cantaba a ella. Edith poseía una voz de contralto fuerte y profunda, pero hacía muchos meses que no se la oía. «La noche tiende su sombra», cantaba ahora el coro. Muy cierto. Pero la noche no era la única sombra que proyectaba sobre ellos oscuridad.

9

—Abuela, ¿podemos quedarnos uno de los gatitos de Irene?

Sofía estaba tumbada en la cama, al lado de Rosie, arrebujada con varias mantas de lana y acompañada de su muñeca favorita, *Millie*. Su melena rubia se desparramaba sobre la almohada como si fuera un racimo de algas en un lago. Edith se dijo que, en un mundo distinto, Sofía podría haber sido una sirena. Aquellos intensos ojos azules desviarían a los marineros de su rumbo. A la propia Edith le costaba resistirse a ellos.

—Sofía, podemos preguntárselo al abuelo cuando llegue, ¿de acuerdo?

Se inclinó por encima de Rosie para dar un beso a Sofía, con cuidado de no golpearse la cabeza contra el techo abuhardillado sobre la cama de ambas niñas. Resultaba increíble que a Sofía le gustara dormir en el lado de dentro de aquella cama doble. Habían arrimado el bastidor a la pared todo lo posible, a fin de hacer hueco para la cama que compartían Marina y Lara en el otro lado de la habitación. El techo inclinado casi tocaba la almohada más pegada a la pared, con lo cual aquel espacio resultaba claustrofóbico. Edith creía que Sofía iba a sentir ansiedad, allí encerrada, pero la pequeña insistió en apropiarse de aquel lado de la cama, y afirmó que cuando se despertaba por la noche le gustaba oír a los lirones que rascaban al otro lado, que así se sentía menos sola.

Rosie había estado susurrando a *Hans-Jürg* en voz baja, pero al oír la palabra «abuelo» se irguió de pronto y dejó caer al suelo el osito.

—¿Cuándo llega el abuelo, por la mañana o por la tarde?

Edith recogió el peluche, volvió a acostar a Rosie en la cama y la arropó con la manta.

—A la hora de almorzar.

—¿Va a quedarse a pasar la noche?

—Creo que sí. Pero ahora es hora de dormir, cariño, así que cierra los ojos. —Edith le dio un beso en la frente y le puso a *Hans-Jürg* junto a la almohada.

—¿Se quedará también el día siguiente?

—No lo sé. Espero que sí.

—¿Dónde está Lara?

—Abajo, leyendo, creo.

—¿Por qué ella no tiene que acostarse?

Edith lanzó un suspiro.

—Cuando tú tengas trece años, podrás acostarte más tarde y leer también. Pero antes tendrás que aprender a leer.

—Sofía sabe leer y ya se ha acostado —señaló Rosie.

Aquella niña era demasiado inteligente para su bien.

—Basta, Rosie. Ya está bien de hablar. ¡Buenas noches!

Edith las dejó hablando en susurros y cerró la puerta de la habitación. Cruzó el pequeño rellano que comunicaba la escalera con los dormitorios de la segunda planta y entró en la habitación que compartía con Oskar. No era más grande que la que compartían las niñas con Marina, pero como solo hubo que meter en ella una cama doble, también había espacio para un escritorio y una silla, y ambos muebles estaban encajados en el nicho que daba al jardín de los Breckenmüller. Edith fue hasta la silla y colocó sobre el respaldo el jersey que llevaba puesto.

El escritorio era un Biedermeier. El otro ser querido de Oskar, pensó mientras lo acariciaba con los dedos. Aquel mueble estaba con ellos desde los primeros días de su matrimonio. No había sido fácil transportar aquella mesa desde Berlín, pero Edith se alegraba de haber hecho el esfuerzo. Era un viejo amigo, de una belleza sorprendente incluso después de tantos años. Sus matices de madera de castaño y de laurel, que bailaban sobre la superficie en espiral, eran capaces de distraerla de lo que estuviera escribiendo si dejaba vagar la mente. Y además era maravillosamente práctico, con sus varios cajones y sus compartimentos ocultos que guardaban sujetapapeles, papel secante y plumas de escribir, así como toda una variedad de objetos de lo más variopinto, incluso botones y tabaco.

Cada vez que encontraba un rato de paz a media mañana, Edith se sentaba a aquel escritorio a escribir cartas. Allí siempre estaba presente Oskar, como en ningún otro sitio. Sentía su presencia en las pipas que guardaba en un frasco; en la colección de lápices bien afilados y alineados en una caja de puros; en la pequeña navaja de plata del ejército, el «peine del bigote del hombre pensativo», como la llamaba Oskar, metida en un fajo de periódicos. Edith tenía un cajón reservado para ella en el lado izquierdo del escritorio, donde guardaba su tinta y su papel de cartas, y siempre tenía cuidado de quitar de en medio sus cosas y ponerlas donde no se vieran, después de utilizarlas, para no alterar el olor a Oskar que desprendía aquel espacio.

Después fue hasta la cama, se quitó las zapatillas de andar por casa y se tumbó. La inclinación claustrofóbica del techo de aquella habitación se había contrarrestado con la claraboya que siempre habían soñado tener: un cristal muy grande, casi tan grande como la propia cama, y de forma cuadrada en vez de la habitual, la rectangular. Aquella claraboya había sido causa de gran alboroto durante su construcción: el techador había insistido en que, como tenía un tamaño «irresponsable y sin precedentes», no había manera de garantizar el «sellado de sus límites». Les advirtió que con el tiempo podría empezar a tener goteras. Edith contestó que estaba dispuesta a asumir dicho riesgo, despidió al techador y contrató a su subordinado, el cual no tuvo reparo alguno en instalar la claraboya y además se sintió agradecido por la paga extra. Conservó bajo la cama un tubo de calafateado para el cuarto de baño, pero hasta la fecha no había tenido necesidad de usarlo.

Contempló a través del cristal cómo iba tiñéndose el cielo de un tono azul marino. Le hubiera gustado saber qué estaba haciendo su marido en aquel momento. Nunca había estado en la casa de verano que poseía el Führer en Austria, pero Oskar estaba obligado a acudir a Fürchtesgaden con regularidad. El Führer había adquirido aquella propiedad poco después del estallido de la guerra, y luego acometió una amplia reforma de la casa principal y los terrenos de la finca, con el fin de establecer una sede alternativa de gobierno en aquel bucólico emplazamiento alpino. Edith estaba enterada de dicha reforma solo porque coincidió con la ampliación de la propia vivienda que tenían ellos en Blumental. El Führer, sabedor de que Oskar se había embarcado en una aventura similar, lo presionaba continuamente para que le diera su opinión acerca de toda clase de cuestiones. ¿Debería instalar columnas jónicas o corintias para sustituir un muro de carga del salón de baile? ¿Cuál era la resistencia al calor de una chimenea de mármol de Italia en comparación con otra procedente de la India? ¿Qué esperanza de vida tenía un canario que viviera en una jaula?

El cielo estaba ya lo bastante despejado para que se distinguieran las Pléyades. Eran un racimo de estrellas que brillaban suavemente. Aquella noche, en la cena, Erich había dicho que el Führer todavía acudía a Fürchtesgaden con regularidad. Pese a todas las indicaciones militares que apuntaban lo contrario, él por lo visto se sentía bastante seguro de que iba a ganar la guerra. Lo cual era una noticia positiva, porque Edith era consciente de que el estado de ánimo de Oskar dependía del Führer. Si, tal como informaba Oskar, por la noche todavía corría el champán, ello quería decir que el Führer se sentía exultante, lo cual era mucho mejor para sus subordinados que cuando se sentía descontento. Cuando el líder estaba contrariado, entre los miembros de su gabinete reinaba el desasosiego. Todos ellos sabían, por la amarga experiencia de predecesores desaparecidos de modo repentino, que él hacía responsables a todos y cada uno de que las cosas funcionaran sin tropiezos, y ellos se esforzaban valientemente, a menudo en vano, para satisfacer sus exigencias.

Esta noche, a Edith la preocupaba el hecho de que Oskar no hubiera partido de Fürchtesgaden acompañando a Erich. Ello implicaba una proximidad al Führer que en otra época ella hubiera pensado que Oskar consideraba execrable. Pero su marido había cambiado mucho en el pasado año. Se había vuelto más reservado, más contemplativo, casi sigiloso, y pasaba más tiempo en Berlín. Edith no sabía a qué achacarlo. Ella siempre había dado por supuesto que Oskar asesoraba al Führer a regañadientes, de mala gana. Creía que su lealtad a la actual administración procedía de su instinto prusiano de servir a su país lo mejor que pudiera y no evadir las responsabilidades. Oskar era el único remanente de la administración anterior al cual había llamado el Führer para que permaneciera en su puesto. Insistió en que convenía que hubiera continuidad en la dirección del Ministerio de Economía, pues de ese modo se aseguraría la estabilidad económica de la nación durante una época de volatilidad política. Presentado de esa manera, en ningún momento hubo duda de que Oskar aceptaría, como bien sabía el Führer.

Pero ¿asistir a reuniones personales con el Führer en las oficinas privadas de su residencia de verano? Aquello jamás había formado parte de las tareas inherentes al cargo de Oskar, y Edith tampoco había pensado que Oskar lo quisiera. Lo cierto era que ella sabía bien poco cuáles eran las responsabilidades de su marido. Desde el inicio de la guerra, las pocas ocasiones en que ella sacaba a colación un tema relativo a su cargo, él zanjaba la conversación de modo tajante. Actualmente, Oskar tan solo cruzaba aquella barrera para darles a su esposa y a su hija información sobre movimientos militares que pudieran afectarlas a ellas, y para darles noticias de lo que sucedía en Francia, sobre todo lo que pudiera afectar a la seguridad de Franz. Las tareas que llevaba a cabo Oskar en Berlín en el día a día constituían mayormente un misterio.

Edith se preguntó cuándo había empezado a dudar de su marido. Quizá cuando el ambiente en Berlín empezó a volverse más siniestro. Observó, con una mezcla de confusión y miedo, cómo iba aumentando la intolerancia hacia las minorías, sobre todo hacia la judía. Dicho miedo alcanzó su grado máximo cuando a personas como sus amigos Hilde y Martin Stern se les dijo que debían recoger sus pertenencias y acudir a la estación de ferrocarril, donde desaparecieron a bordo de uno de los incontables trenes que se dirigían al este. ¿Por qué se estaban reutilizando trenes del carbón para transportar seres humanos? ¿Adónde iban esos trenes? Marina buscaba información todos los días, y parte de ella la compartió con su madre. Los nuevos datos que iba descubriendo Marina no hicieron sino provocar en su mente preguntas nuevas y más inquietantes. ¿Qué papel estaba desempeñando Oskar en aquellos transportes? ¿Controlaba él aquellos trenes? ¿Firmaba él las órdenes que sacaban a centenares de personas de sus hogares?

Reacia a reconocer la aterradora realidad que sugerían los rumores, Edith no quiso tener ninguna confrontación con Oskar, hasta que el invierno anterior le fue devuelta sin abrir una carta que había escrito a Hilde Stern. Estaban sentados los dos solos en la sala de estar, tomando el café que había traído Oskar de Berlín. Fuera rugía una tormenta, una de esas que hacían tabletear las ventanas en sus marcos. El viento azotaba con fuerza el castaño, y las gruesas ramas de su negro tronco golpeaban y arañaban los cristales. Oskar levantó la vista del periódico que estaba leyendo cuando una rama raspó el cristal de la ventana.

—Edith, ¿cuándo fue la última vez que se podó ese árbol?

Ella ignoró la pregunta. Aquella tarde le había sido devuelta desde Lodz la carta que había enviado a Hilde dos semanas antes, intacta y cerrada, con un sello que ponía:

DESCONOCIDO - DEVUÉLVASE AL REMITENTE estampado encima del nombre de Hilde. «Vaya», pensó. Hasta el momento no había tenido inconveniente en hacerse la ignorante, pero a Hilde le tenía afecto y necesitaba saber que se encontraba sana y salva.

—¿Sabes, Oskar? —empezó—, a veces, estando aquí sentada, me pregunto qué es lo que haces en Berlín. Miro el reloj y pienso: «¿Qué estará haciendo en este momento?»

Él rio y depositó su taza de café en la mesa.

—¿Por eso no se ha podado el árbol, querida? ¿Porque estabas preocupada por mi trabajo?

Edith abordó el tema con precaución.

—No, preocupada, no. Eso sería exagerar. Pero sí que pienso en ti, ya lo sabes. Y me pregunto qué es lo que haces a diario, en qué reuniones estarás participando, qué decisiones tendrás que tomar.

—Ah, mi día a día dista mucho de ser emocionante —respondió Oskar al tiempo que alargaba el brazo para coger el azucarero, y fruncía el ceño al hallarlo vacío—. Si te contara todo lo que hago, te darían ganas de echarte un sueñecito.

—No, Oskar, en serio, me gustaría saber un poco más. Antes hablábamos a diario de muchas cosas.

—Temas de familia, más que nada. No cosas aburridas como los depósitos de combustible que hay en Colonia.

Edith sabía que lo estaba presionando un poco, pero se empeñó en continuar.

—¿Es eso en su mayor parte? ¿Temas de suministros militares?

Oskar se incorporó en su asiento. Empezaba a mostrar tensión en la mandíbula.

—Edith, ya te he dicho que no puedo hablar contigo de esas cosas. Hay asuntos en los que estoy involucrado..., asuntos de los que, por tu bien y el de nuestra familia, no puedo hablar.

Pero, una vez que había empezado, ella no estaba dispuesta a parar.

—¿Es únicamente carbón lo que se transporta en esos trenes, Oskar? —A su mente acudieron terribles escenas que estaba imaginando, y cerró los ojos para no verlas—. Marina oye cosas acerca de los ferrocarriles, ¿sabes? Cosas horribles...

Oskar dio una palmada en la mesa, lo bastante fuerte para hacer que la taza se volcase sobre su platillo. Su gesto era duro. En anteriores ocasiones Edith ya había percibido en sus ojos una expresión que le decía que debía andarse con cuidado, cuando se aventuraba por terreno resbaladizo, pero esta vez era una mirada más severa: una advertencia, como las que se le dan a alguien que está entrando en un campo de minas.

—¡Basta! —exclamó él—. No especules. No puedes permitirte ese lujo, Edith, y Marina tampoco. Teniendo en cuenta quiénes sois, la gente toma vuestras especulaciones como verídicas, y eso abre la puerta a problemas.

Desconcertada por aquella súbita explosión de cólera, ella intentó apaciguarlo.

—Oskar, Marina y yo solo hablamos de esas cosas entre nosotras.

Pero su marido no se tranquilizó.

—No es seguro. —La última palabra fue casi un gruñido.

—¿Por qué, Oskar? ¿Cómo es que hablar con mi hija no es seguro? —quiso saber Edith.

Él recogió la taza de café volcada y la apretó con tanta fuerza entre las manos que su mujer temió que se rompiese la porcelana.

—Edith. —Esperó unos segundos tras pronunciar su nombre, respirando con los ojos cerrados. A ella le pareció ver un punto de humedad en sus pestañas—. Hay rumores de todo, por todas partes —continuó Oskar por fin—. Marina no debería creerse todo lo que oye. Y, desde luego, no debería entrar en conversaciones acerca de esos temas. No es seguro. Hay gente que ha desaparecido por menos de eso. Hay ciertos temas que son peligrosos para cualquiera, y especialmente para nosotros.

Esta vez, le tocó explotar a Edith.

—¡Pero se trata de Hilde y Martin! Necesito saber que no les ha ocurrido nada. ¡Necesito saber que no han subido a uno de esos trenes con un montón de personas desconocidas, cientos dentro de cada vagón, para dirigirse a algún lugar dejado de la mano de Dios!

Podría haber mencionado a otros muchos amigos de origen judío que Oskar y ella conocían en Berlín, pero quienes más la preocupaban eran los Stern. La última vez que vio a Hilde, esta le regaló la cajita de madera que había encontrado en Turquía durante la luna de miel, la que ella siempre había admirado. Hilde y Martin habían recibido la orden de abandonar Berlín, le explicó Hilde, junto con otros miles de familias judías, y tan solo se les permitía llevar consigo dos cajas de cartón pequeñas para sus efectos personales. Edith se quedó estupefacta. Más adelante, Oskar logró saber que los Stern habían sido enviados a un asentamiento creado expresamente para judíos en Lodz, Polonia.

Edith intentó tranquilizarse diciéndose que se encontraban bien. No sabía gran cosa de aquel asentamiento de Lodz, pero se dijo que seguramente a Martin le habrían adjudicado uno de los mejores pisos que hubiera allí, dado que era una persona prominente de la comunidad berlinesa. A lo mejor Hilde tenía un jardincito, o por lo menos una maceta donde plantar flores. Por supuesto, el asentamiento estaría abarrotado, y sin duda sufrirían escasez de alimentos, incluso peor que la que se sufría en Berlín. Pero, al igual que Oskar y ella, Hilde y Martin Stern habían soportado períodos tremendos de escasez durante la Gran Guerra. El hambre no era algo que les resultara desconocido. Lograrían sobrevivir de nuevo a la adversidad. Edith, cuando se enteró de que unos soldados habían disparado a varios judíos en las calles de Minsk, pensó que aquellos infortunados jóvenes —porque estaba convencida de que tenían que ser jóvenes— se habían enfrentado tontamente a los oficiales. Seguía sin haber excusa para aquel uso excesivo de la fuerza, pero si en Lodz estaban teniendo lugar acciones similares, no le cupo duda de que Hilde y Martin, dos personas tranquilas y discretas que respetaban profundamente la autoridad, no se verían implicados.

Estas racionalizaciones empezaron a resquebrajarse cuando Marina le habló de los trenes. Miles de judíos estaban siendo introducidos en trenes de mercancías como si fueran ganado, y enviados al este. Corrían abundantes rumores acerca de cuál era su destino final. Algunos decían que iban a ser deportados a Palestina y a otros países extranjeros; otros afirmaban que se los enviaba a campos de trabajos forzados del este de Alemania y Polonia.

Aquella noche de invierno, el estallido de Edith pareció tocar una fibra sensible en Oskar, porque se inclinó hacia ella y la tomó de las manos.

—Edith, yo no sé dónde están los Stern. He estado investigando el asentamiento de Lodz, y lo que puedo decirte es que se ha realojado a mucha gente. Es un asentamiento superpoblado, pero quedan muchas personas allí. Es posible que entre ellas se encuentren nuestros amigos.

Aquella noche y de nuevo esta noche, Edith quiso creer a su marido. Tal vez estuviera en lo cierto, pensó mientras contemplaba el cielo a través de su querida claraboya. Tal vez ella no debiera hacer suposiciones basándose en una carta devuelta. Le pareció que las estrellas parpadeaban titubeantes. Tal vez Hilde estaba cultivando petunias y Martin estaba fumando en aquel momento un puro de contrabando. Tal vez el Führer de verdad quería hablar con Oskar de tubos de acero prensados en frío. Tal vez Oskar regresaría a casa al día siguiente, temprano, y escondería las botas en la leñera para gastarle una broma, tal como hacía siempre. Tal vez.

10

A pesar de que era de noche, Marina decidió volver a casa atravesando el bosque, tal como habían hecho Erich y Rosie. Siguió el sendero hasta adentrarse entre los abetos y pinos. Durante el día, el dosel que formaban las copas de los árboles lo filtraba todo salvo los rayos solares más persistentes, y ahora impedía que pasara el titubeante resplandor de la luna. Una capa de agujas de pino alfombraba el suelo entre los troncos de los árboles, que se erguían como severos centinelas a su paso. Aquel era el entorno natural que había inspirado a los hermanos Grimm a la hora de escribir sus cuentos; sin embargo, a Marina no le resultaba nada amenazador. Más bien, sentía que respiraba con más libertad a cada paso que daba, que aquel aire con sabor a marga y almizcle le calmaba el pulso y aliviaba la tensión de su cuerpo. En aquel entorno se sentía imbuida de una sensación de amplitud y posibilidades infinitas, de misterio y magia. Le resultaba más fácil imaginar una pandilla de elfos de cabellos dorados escondidos tras los árboles que una manada de lobos hambrientos. Ojalá ocurriera lo mismo también fuera del bosque.

Aquellos bosques eran más silvestres y estaban menos cultivados que el de Grosswald, el parque de Berlín que tanto amaba Marina. Durante todo el tiempo que exploró la magnificencia del parque Grosswald, rara vez se tropezó con ninguna clase de suciedad o escombro. Como prolongación natural que era de los límites urbanos de Berlín, aquel parque estaba siempre muy cuidado: las ramas y los árboles que eran arrancados por el viento y las tormentas se retiraban rápidamente. En contraste, en el bosque de Birnau las ramas caídas se quedaban donde estaban y comenzaban a pudrirse lentamente confundidas con su entorno, la naturaleza inalterable e intemporal.

Suspendida en el tiempo. Qué bendición sería esa. Marina no podía decir que el tiempo fuera su amigo. Desde luego no lo era ahora, puesto que la visita de Oskar iba a coincidir con una de las operaciones de contrabando de Johann. Desde el principio, el puesto que desempeñaba Oskar en Berlín hacía que el grupo desconfiara un tanto de la participación de Marina, pues recelaban de sus motivos. Incluso después de que Marina se ganase la confianza de Johann, Ludmilla continuó mostrándose cauta y teniendo sus prevenciones al respecto. A Marina la sorprendía que Ludmilla no la hubiera interrogado esta noche acerca de Erich Wolf, que no le hubiera preguntado por qué parecía tener una amistad tan íntima con un militar de alta graduación. Si le hubieran preguntado tal cosa, no estaba segura de qué habría respondido. Que Erich era amigo de la familia, quizá. El protegido de Oskar. Su hermano adoptivo.

Pero ella nunca lo había considerado un hermano, aunque sabía que su madre lo quería como a un hijo. Cuando en Berlín se fue a vivir con ellos, ocupó la pequeña habitación que había en la tercera planta de la casa. Para la joven Marina, era un estupendo compañero de juegos. Era amable y bondadoso, y a menudo le sonreía con complicidad, como si ambos compartieran un secreto que nadie más conocía. Erich, más que ningún otro adulto, se mostraba dispuesto a entrar en la realidad de Marina. Se arrodillaba para hablar con ella, y cuando estaban juntos se sentaba en el suelo en lugar de una silla.

A lo largo de los diez años siguientes, Erich se convirtió en el ideal amigo mayor de Marina. No era lo bastante joven para que ella tuviera que soportar las molestias y las situaciones violentas que tanto oía comentar a sus amigas sobre los hermanos: calcetines malolientes en el suelo de la cocina, pelillos de haberse afeitado la barba en el lavabo del cuarto de baño... Erich tampoco se burló de ella, como hacían otros hermanos de forma despiadada, cuando su cuerpo empezó a desarrollarse. No, él era en todo momento el perfecto caballero, siempre la trataba con respeto. Y ella lo adoraba.

Y sus amigas también, una vez que todas entraron en la adolescencia. ¿Cómo no iba Erich, todo un caballero, a servir de inspiración para sus incipientes fantasías femeninas? Su amor por los caballos, mezclado con un creciente interés por los chicos, confluían de modo natural en la elegancia ecuestre que poseía Erich. Más adelante, tras leer a Goethe y Schiller en el instituto, pasaron a debatir si Erich se parecía más al personaje de Fausto o al de Don Carlos. Marina no participaba en aquellos debates, porque en su mente, en aquella época, Erich seguía siendo una figura fraternal. Hasta que se fue de la casa.

Los años inmediatamente posteriores a la primera guerra Erich los pasó entrenando regimientos de caballería, pero la máquina militar moderna no tenía espacio para los caballos. Ahora reinaban los tanques de acero, los vehículos blindados y los camiones. El querido *Arrakis* de Erich, sucesor de *Loki*, terminó en un establo de Ludwigsfelde, a una hora en automóvil desde Berlín. A sus treinta y un años, Erich se encontró militarmente obsoleto. Instado por sus superiores, solicitó entrar en la prestigiosa Academia Militar Prusiana, cuyos graduados se convertían en oficiales del Estado Mayor General Prusiano, el rango más elevado del escalafón militar. Para sorpresa de nadie salvo la suya propia, fue admitido.

Erich se fue de la casa de Oskar y Edith un día después de que Marina cumpliera los dieciséis años. Había retrasado su partida, dijo, para ayudar a Oskar y Edith y hacer de carabina en la celebración, a fin de vigilar que los admiradores masculinos de Marina se controlasen. Aquella mañana, Marina bajó de su cuarto ataviada con uno de los dos vestidos nuevos que le había confeccionado su madre. Constaba de un ajustado corpiño de encaje con mangas abullonadas que Marina había visto en una revista de modas de París y una falda de vuelo azul claro que esperaba que le ciñese las caderas de manera sugerente pero discreta. Bajó por la escalera muy consciente de la imagen que proyectaba, balanceando suavemente el cuerpo para generar el efecto de ir barriendo el aire.

—¿Te encuentras bien, querida? —le preguntó Edith mirándola—. Te noto un tanto insegura.

—Oh, será que anoche bebió demasiado champán —bromeó Oskar—. Lleva su tiempo recuperar el centro del equilibrio.

—Anoche no bebí demasiado champán, *Vati* —protestó Marina a la vez que llegaba a la planta baja. Giró unas cuantas veces sobre sí misma para examinar la amplitud del vuelo de la falda—. Solo estoy probando mi vestido nuevo.

Su padre la miró con gesto de escepticismo.

—Pues si continúas probándolo, ya no tendrás que preocuparte de ponértelo.

Erich estaba junto a la puerta de entrada, en silencio, con su baúl del ejército, su petate y una pila de libros a su lado.

—Bueno, Erich —le dijo Marina, bailando alrededor de él—, ¿qué opinas tú?

—Que estás preciosa —respondió él. La atrapó en mitad de un giro y la sostuvo a la distancia de un brazo. Marina vio cómo la recorría con la mirada, de la cabeza a los pies, y cómo sus ojos volvían a subir muy despacio y se detenían por fin en su rostro. Se pasearon por la línea del entrecejo, la nariz, los labios y, por último, los ojos. Allí se entretuvieron unos segundos, hasta que finalmente Erich bajó las manos y le depositó un beso en la frente—. Claro que siempre lo has estado —susurró.

Diez minutos después ya se había ido.

Marina no esperaba echarlo tanto de menos. Ni que su partida la sumiera en una profunda sensación de pérdida y nostalgia. Ni despertarse cada mañana, envuelta en su edredón, aguardando oír sus pasos en el piso de arriba. Ni temer el momento en que todos los días, al volver del instituto, entrara en la casa y hallase vacío el sofá en que solía sentarse él. Aunque Erich seguía reuniéndose con la familia de vez en cuando para cenar, a Marina dichas visitas esporádicas le resultaban más dolorosas que su ausencia. Cada vez que acudía a casa y luego se marchaba, ella se acordaba de que, no mucho tiempo atrás, no se iba después de cenar.

Lo único que le procuraba consuelo era Grosswald. Le suponía un cómodo trayecto por la carretera S-Bahn, de modo que lo visitaba a diario. Exploraba aquella amplia extensión de innumerables caminos y senderos, paseaba por las riberas del río Havel y el lago Wannsee, caminaba por los terrenos embarrados de Rechte Lanke y pasaba junto a los altos pinos de Schildhorn. Al cabo de seis meses había recorrido prácticamente cada metro cuadrado del recinto. Y entonces conoció a Franz.

Iba paseando por la orilla de un lago pequeño, recogiendo piñas para Edith, porque a esta le gustaba perfumarlas con canela y utilizarlas para sus composiciones de flores secas. Caminaba muy despacio, inclinada hacia delante y con los ojos fijos en el suelo, a la búsqueda de piñas que tuvieran el tamaño adecuado, y por lo tanto no se percató de que había en el sendero un joven vestido con pantalones cortos de color caqui y tirantes, que observaba cómo ella se iba acercando. Al oír una risita, se incorporó de golpe. Un hombre alto y delgado, o lo mejor aún un muchacho, la miraba fijamente con unos ojos azules como la flor del maíz.

—¿Qué le resulta tan gracioso? —le preguntó un tanto irritada.

—Oh, perdón, señorita, la verdad es que no tiene nada de gracioso —respondió el joven al tiempo que retrocedía un paso.

—No; estaba usted riendo de verdad.

El joven tragó saliva y apretó los labios, en un esfuerzo por reprimir la risa.

—Es que parecía usted... un oso hormiguero gigante. —Y soltó una sonora carcajada—. Con un brazo colgando y el cuerpo bamboleándose, parecía un oso hormiguero que iba aspirando... ¿Qué está recolectando?

Marina agarró con fuerza el saquito de lona que llevaba echado al hombro y se lo enseñó.

—Piñas —respondió en tono cortante—. Estoy recolectando piñas. ¿Acaso es un delito?

—Oh, no —repuso el joven. Su expresión era sincera y contrita—. No, que yo sepa. Aunque, claro, si a todo el mundo se le permitiera recolectar todas las piñas que viera, supongo que eso podría plantear un problema. Aunque, ahora que lo pienso, no sé por qué iba a plantear un problema. Seguramente no pasaría nada. Y, desde luego, nunca sería un delito.

Marina escuchó aquella verborrea con gesto de diversión. El joven no era consciente de lo cómico que resultaba, con aquellos tirantes y aquellos calcetines negros, y con una gorra de paño bajo la que asomaban unas orejas de soplillo. En cambio, le gustó su sonrisa, tímida e insegura, la cual él ofrecía como una invitación que esperaba que rechazasen. Marina le tendió la mano.

—Pues si está usted pensando en entregarme a las autoridades, no debería decirle mi nombre. Sin embargo, parece una persona de fiar. Me llamo Marina Eberhardt. Encantada de conocerle.

El joven dio unos pasos hacia ella, le tomó la mano y se la sacudió arriba y abajo con vigor.

—Thiessen. Franz Thiessen. Es un honor conocerla.

—Hola, Franz. —Marina le ofreció la sonrisa que había estado ensayando en el espejo, la que le había copiado a Greta Schröder en *Nosferatu*, una mezcla de simpatía y seducción, que, para causar el máximo efecto, requería alargar un poco el cuello.

Él se quedó extasiado, sin soltarle la mano.

—Bueno, ¿y qué haces tú en Grosswald? —preguntó ella al tiempo que liberaba la mano con suavidad.

—Oh, lo siento. —Franz sacudió el brazo como si hubiera recibido una descarga eléctrica—. Estoy... bueno, paseando simplemente. Paseo y observo. A los pájaros.

—¿Observas a los pájaros? —Por primera vez Marina reparó en los prismáticos que le colgaban del cuello—. Nunca he conocido a nadie que observe a los pájaros. Es fascinante. ¿Y qué tipo de pájaros observas?

—Oh, a todos. Todos los que hay por el aire. O en los árboles.

—Ya, eso tiene lógica. Ahí es donde suelen estar. Pero ¿cómo haces para encontrarlos? ¿Miras el cielo o los árboles ayudándote con eso? —Señaló los prismáticos.

Franz, muy serio, negó con la cabeza.

—No, no funciona así. O sea, la idea no es mala, vamos, es posible que a algunas personas les funcione, puede ser. Desde luego, se puede probar. —Calló unos instantes, esforzándose por no ofenderla. Después prosiguió—: Lo que hago es escucharlos trinar. A los que conozco. Y cuando reconozco uno, intento ubicarlo, ver si el trino proviene de un árbol cercano, o quizá de un lago, o del río. Y, entonces, cuando ya lo tengo localizado, es cuando utilizo los prismáticos. —Agarró los tubos de los prismáticos con las manos y empezó a moverlos adelante y atrás accionando el eje que tenían en el centro.

—Debes de conocer un montón de trinos distintos.

—No tantos. Los normales. Suficientes. —Franz estaba rotando los tubos de los prismáticos con tanta energía que era posible que terminara rompiendo el aparato. Su ansiedad resultaba dolorosa y divertida a la vez.

Marina decidió probar algo para que se sintiera más cómodo.

—¿Y cuáles son tus pájaros favoritos?

—Oh, es una pregunta muy difícil de contestar. Tengo muchos favoritos. Bueno, es que hay muchísimos. Por ejemplo, el zorzal, que es un pajarillo pequeño y con manchitas marrones, ¿sabes? La verdad es que es minúsculo, pero emite un trino fuerte, muy fuerte para lo poco que pesa. No sé, es increíble que un pájaro tan pequeño sea capaz de emitir un sonido tan potente. Me encantaría saber si es porque tiene pulmones grandes, o algo así. Debería anotarlo. —Extrajo una libreta y garabateó algo con un lápiz que llevaba sujeto tras la oreja—. Y luego está el pájaro carpintero verde, que es precioso. Tiene la cabeza roja y el cuerpo verde, es muy bonito, de verdad, encantador. Pero, claro, el motivo de que me guste el pájaro carpintero verde es que su trino suena igual que una carcajada. Uno no puede evitar sonreír al oírlo. Y, además, no migra. Es un ave sedentaria. Le gusta estar cerca de su hogar. Un comportamiento en el que me veo reflejado.

Ojalá Franz hubiera podido permanecer cerca de su hogar, se dijo ahora Marina. Estaba llegando a las inmediaciones del bosque de Birnau, donde los pastos para los rebaños servían de puente entre la naturaleza y la civilización. Franz era buena persona, un hombre profundamente bueno y decente. Marina amaba su bondad, amaba que en el mundo aún pudiera haber hombres como él. Esos hombres no deberían ir nunca a la guerra, una decencia como aquella debería preservarse a toda costa. Le gustaría saber en qué parte de Normandía se encontraría su esposo, pero no se permitió preguntarse si seguiría vivo. Si su regimiento había plantado cara a la invasión de los Aliados en las playas —y Oskar, debido a la información confusa que llegaba a Berlín, no había podido decirles con seguridad qué tropas alemanas habían sido destinadas a dicho lugar—, abrigó la esperanza de que él estuviera en posiciones de retaguardia. Abrigó la esperanza de que se hubiera escondido detrás de una duna o hubiera encontrado un repecho de alta hierba tras el cual ponerse a cubierto. Le deseó un «refugio en el que hallar consuelo». Esa fue la expresión que empleó Franz para explicar cómo había sobrevivido en Stalingrado: pensando en ella y en las niñas, o en sus paseos por Grosswald. Marina rogaba que ahora pudiera encontrar refugios parecidos.

Pasó por debajo de las vías del tren y giró para enfilar el pequeño sendero que rodeaba la propiedad de los Eberhardt y que permitía entrar viniendo desde el lago. Abrió la cancela, entró y volvió a cerrarla con cuidado. La casa se hallaba situada en lo alto de una pequeña loma que bajaba hacia el prado en que se encontraba ella. Desde allí parecía muy pequeña, como el garaje que estaba destinada a ser en un principio, pero era sólida y robusta, y en aquel momento alojaba en su interior a casi todas las personas que ella amaba en este mundo.

A su falda se prendían briznas del jardín. Los aromas de las rosas y madreselvas la invitaban a acercarse a la pérgola. Recorrió con la mirada aquel pequeño Edén y admiró la gran dedicación que había puesto su madre en aquel lugar y lo mucho que había trabajado en él. Buscar plantas y flores había supuesto un verdadero reto en los primeros años de la guerra. Edith admiraba tanto los canteros de flores de sus vecinos que consiguió que le regalaran de buen grado esquejes y bulbos, los cuales ella acompañó con plantas traídas del huerto que tenía en Berlín. Ahora el jardín estaba bordeado de narcisos de primavera, tulipanes, anémonas, jacintos, cerezos cargados de frutos, arbustos repletos de fresas, grosellas y zarzamoras, parterres rebosantes de pensamientos, rosas y hortensias. Las rosas constituían su mayor triunfo. A lo largo de los años había experimentado con diversas variedades y producido híbridos en la cocina, buscando cultivar únicamente las que tuvieran un aroma más intenso. En su opinión, una rosa no merecía llamarse así si no tenía fragancia propia. El resultado fue magnífico: su rosal era un pequeño oasis perfumado en el que el aroma emergía lentamente de cada capullo, se esparcía por el aire y saltaba de flor en flor formando un calidoscopio de olores.

Mientras atravesaba la pérgola en dirección a la casa, Marina fue inhalando todos aquellos perfumes. Refugios en los que hallar consuelo, pensó. Tenía que llevarlos a donde los había encontrado.

DÍA DOS

19 de julio de 1944

11

El mercado que se celebraba en Blumental los miércoles por la mañana siempre tenía lugar en la Münsterplatz. Aquella enorme plaza se hallaba situada en el centro de la localidad, justo al lado de la iglesia, ya en desuso, a la que Hans Munter denominaba «nuestro Münster histórico» y quienes tenían escaso sentido cívico, despectivamente, «ese montón de piedras en ruinas». Antes de la guerra, el *bürgermeister* y sus predecesores habían intentado recaudar dinero entre los ciudadanos para reparar aquel santuario de cuatro siglos de antigüedad. Pero las nuevas familias que contaban con ingresos disponibles gravitaban más bien hacia la fe católica, que tenía más dorados y oropeles. Y los pocos que rehuían el catolicismo no rezaban en la iglesia de Münster sino en la pequeña capilla protestante de Johann Wiessmeyer, ubicada en el límite occidental del pueblo. De todas formas, la iglesia de Münster seguía siendo un lugar emblemático recio y fiable, con sus severos arcos góticos y sus vidrieras de colores.

El miércoles por la mañana, Hans Munter, todavía un tanto conmocionado por la experiencia cercana a la muerte que había sufrido, echó a andar hacia los modestos puestos de verduras y fruta que habían montado a la sombra del campanario de Münster. Echaba de menos los mercados de antes de la guerra, rebosantes de agricultores y camionetas, panaderos y pasteles, carniceros y salchichas. En aquellos tiempos, la plaza se veía abarrotada de alimentos, los agricultores llegaban antes de que amaneciera para hacerse con el mejor sitio del perímetro oriental de la plaza, pues en aquella zona el campanario proyectaba una sombra muy de agradecer en pleno verano. Pero con la llegada de la guerra, el Führer empezó a confiscar de forma regular las cosechas para abastecer a sus ejércitos, con lo que los puestos del mercado habían disminuido drásticamente en número, y los que quedaban estaban tan pobremente aprovisionados que los clientes acudían temprano para asegurarse algo de las existencias de aquel día, porque no iban a estar disponibles mucho tiempo.

Aquella mañana, debido a la incautación de alimentos llevada a cabo por el capitán Rodemann durante las últimas semanas, el mercado tenía todavía menos oferta. Para las ocho y cuarto, hora en que Hans atravesó la plaza, varios puesteros ya estaban recogiendo. La mayoría de las mujeres que habían acudido a hacer el acopio semanal de alimentos se habían dado por vencidas, y muchas de ellas se habían acercado al puesto de las panaderas Mecklen a comentar los chismes de la semana, cerca del oído atento de Regina Mecklen.

Hans se aproximó al grupo de mujeres. Todas estaban comentando el drama vivido el día anterior. Si no fuera porque lo habían atraído los dulces de las Mecklen, probablemente habría evitado aquel puesto, porque no le gustaba llamar la atención sobre sí mismo, aunque afortunadamente no recordaba gran cosa de lo sucedido. Marina Thiessen, que se encontraba allí cerca con su madre, estuvo a punto de saludarlo, pero él se llevó un dedo a los labios para rogarle que no lo hiciera.

—... inadmisible, desde luego —oyó decir a Anne Nagel al acercarse—. Además, durante el descanso de después de comer. Aunque supongo que fue una suerte, porque por lo menos Fritz estaba en casa, durmiendo. Si hubieran venido a cualquier otra hora, habría estado fuera, trabajando en esa camioneta que tiene, y habría sido un blanco fácil para los disparos.

—Por lo menos no había niños jugando en la calle —apuntó Regina Mecklen, y su comentario fue recibido con gestos afirmativos por varias madres. A continuación, tomó la cesta que le pasó una de las mujeres y se la dio a su hermana Gisela, que contó una docena de panes del recipiente de *brötchen* de harina de centeno que tenían en la parte de atrás del puesto.

Más allá, a lo lejos, Hans distinguió a Johann Wiessmeyer llegando a la plaza. El pastor iba a dirigirse hacia ellos cuando de improviso se le acercó un joven corriendo. Aunque no era de Blumental, Hans estaba seguro de haberlo visto antes. Era de Meerfeld, pensó, y trabajaba en algo relacionado con las artes gráficas. Un impresor, quizá. Hans sintió que lo invadía un miedo irracional acerca de lo que podía querer aquel individuo, pero rápidamente lo desechó. El médico le había advertido que, tras el trauma sufrido el día anterior, podía experimentar súbitos episodios de ansiedad.

Él no fue el único en percatarse de la aparición de Johann Wiessmeyer. Gisela se volvió para susurrarle al oído a su hermana Sabine. Hans aprovechó la oportunidad que le brindaba aquella confidencia para aproximarse a ellas.

—¡*Herr* Munter! ¡Qué buena cara tiene hoy! —El sonoro saludo de Sabine rebosaba de falsa sinceridad.

—¿Y qué tal se encuentra esta mañana, *herr bürgermeister*? —agregó Regina.

—Me encuentro bien, *frau* Mecklen, *fräulein* Mecklen, muy bien, gracias —respondió él. Con una sensación de incomodidad, bajó la vista hacia la seguridad de los bollos y demás productos de panadería. Nunca se le habían dado bien los cumplidos, sobre todo los que eran tan obviamente insinceros—. Creo que voy a probar uno de estos pasteles.

—Bueno, *herr bürgermeister*, usted conoce nuestros pasteles mejor que nadie —le recordó Regina.

—Así es, *frau* Mecklen, así es. —Hans estudió atentamente la colección de *strudels, linzerschnitten* y *mandelbrot*—. Mientras me decido, ¿podría ponerme unos pocos *brötchen* de pan blanco, mi querida *fräulein* Mecklen?

—¿De pan blanco? —Sabine miró a su hermana mayor.

—Cuánto lo siento, *herr bürgermeister* —se apresuró a disculparse Regina—, pero esta mañana se nos han acabado los *brötchen* de pan blanco. Me temo que se los ha llevado todos *frau* Eberhardt. Pero puede llevarse unos cuantos de centeno, mientras Sabine atiende a nuestro querido pastor Wiessmeyer.

A Hans se le hundió el gesto de la cara. No soportaba los *brötchen* hechos con harina de centeno, que era lo normal en tiempos de guerra. Eran pesados y duros, nada apropiados para desayunar.

La única mujer que había sido capaz de hacer algo con harina de centeno era Miriam Rosenberg. Hans dejó escapar un suspiro al acordarse de aquella dama tan encantadora. Cuánta energía contenida en un cuerpo tan menudo. Su cutis blanco y traslúcido y sus grandes ojos marrones sugerían delicadeza, mientras que sus fuertes brazos y su sonrisa franca transmitían vitalidad. ¡Y qué magníficos bollos hacía! Miriam Rosenberg era más que una panadera, era una artista de la masa.

Cuando su familia se marchó de forma tan repentina, por el pueblo circuló el rumor de que en ello habían tenido algo que ver las hermanas Mecklen, que se habían quejado ante el Enlace Regional para la Aplicación del Nacionalsocialismo de la presencia de una familia judía. Y, en efecto, un día se presentó en la oficina de Hans un empleado de dicho enlace regional preguntando dónde vivía Gisela Mecklen. Hans no tenía ni idea de por qué había ido allí aquel individuo, y se sintió deseoso de librarse de él, así que le indicó el barrio de las Mecklen. Poco después, Gisela fue vista acompañando a aquel individuo por el pueblo.

A Hans no le gustaba pensar mal de la gente, y tampoco creía en sumar dos y dos cuando no había nada que sumar, en particular cuando el hecho de hacerlo lo involucraba a él en asuntos que no le incumbían. El revuelo de rumores que afirmaban que a los Rosenberg se los habían llevado unos soldados en plena noche nunca había tenido una base sólida. A él le gustaba pensar que los Rosenberg estaban felices, horneando *brötchen* y tartas en alguna parte de Suiza, donde habría menos panaderos que les hicieran la competencia.

—Buenos días, señoras —saludó Johann Wiessmeyer con una ligera inclinación de la cabeza. Sabine dejó escapar una risita que le agitó el pecho—. Me pregunto, *fräulein* Mecklen —dijo Johann dirigiéndose a Sabine, cuyo rostro sonriente se tiñó de rubor—, si podría usted ofrecer a un hombre de Dios algún alimento que le sirva de sustento.

—¡Oh, *herr* pastor, qué alegría verlo esta mañana! —dijo Sabine efusivamente al tiempo que se alisaba el delantal con sus manos pequeñas y regordetas. Rápidamente, se remetió un mechón detrás de la oreja y, al hacerlo, se tiznó la cara de harina—. Pero llega un poco tarde, ha estado a punto de quedarse sin *brötchen* de pan blanco —añadió en tono de amonestación, bajando la voz—. Sin embargo, le he apartado unos pocos, padre. Sé que le gustan mucho.

A continuación, le ofreció a Johann su sonrisa más ancha y luminosa —a él le recordó a un caballo relinchando— y se agachó bajo la mesa para coger un bulto envuelto en un paño.

—Aquí los tiene —anunció al tiempo que se incorporaba para reaparecer tras la mesa.

En el momento de entregar el bulto a Johann, empujó con su barriga un gran trozo de *strudel*, que cayó del mostrador y fue a parar al suelo. Hans observó cómo el *strudel* se desmigajaba y enseguida llamaba la atención de hormigas y moscas. Dirigió una mirada interrogante a Sabine, pero esta hizo caso omiso.

—Muchas gracias, querida —dijo inclinando la cabeza de nuevo, esta vez más profundamente—. Se lo agradezco mucho. —Rebuscó en su bolsillo y le entregó unas monedas—. Y aunque la obra de Dios nunca supone una carga, he de decir que resulta más fácil cuando sus siervos tienen la posibilidad de alimentarse con manjares tan exquisitos.

El sonrojo y la sonrisa de Sabine se habían petrificado en su rostro. Asintió con la cabeza, de forma un tanto excesiva, en su entusiasta aceptación del cumplido que acababa de recibir.

Hans cambió de opinión: decididamente, aquella cara parecía más de un asno que de un caballo.

—Ah, Marina —dijo Johann percatándose de que ella y Edith estaban en un extremo del grupo—, tenemos una cita esta misma mañana, ¿recuerdas?

En el acto, la sonrisa de Sabine se vino abajo y su dueña emitió un siseo que proyectó una lluvia de gotitas de saliva sobre el *strudel* que quedaba. Hans decidió evitar los pasteles que había en las proximidades. El siseo atrajo la atención de Gisela, que dejó a la clienta que estaba atendiendo justo a tiempo para ver que Johann apoyaba una mano en el hombro de Marina.

—Sí, Johann, no se me ha olvidado —dijo esta—. En el café Armbruster a las nueve.

—Excelente, hasta entonces pues. Adiós, *fräulein* Mecklen.

Johann se despidió con la mano, pero Sabine y Gisela estaban demasiado ocupadas en mirar a Marina con gesto ceñudo para advertirlo. Cuando Marina, ajena a aquellas miradas, reunió a sus hijas, Gisela rodeó a su hermana pequeña con el brazo y le susurró algo al oído. Sabine asintió enfáticamente con la cabeza.

Hans contempló a las pequeñas Thiessen, Rosie y Sofía, que se apartaban de la fuente junto a la que habían estado jugando y se iban dando brincos detrás de su madre. Aquella alegría le causó felicidad, el modo en que aquellas dos niñas corrían por el mundo dando saltitos en vez de caminar con paso cansino como hacía él, su euforia por vivir el momento en lugar de rememorar los horrores del pasado. Quizá pudiera aprender algo de ellas, se dijo. Podía sentirse agradecido de estar aquella mañana allí, en aquel maravilloso mercado, delante de aquellos bollos que despedían tan intenso aroma.

Volvió a lo suyo y se decidió por fin: tomaría una porción de *linzerschnitten*. Antes de que el doctor Schufeldt le diera el alta aquella mañana, le había advertido que debía ser más juicioso con su dieta. Más fruta y más frutos secos, dijo el médico. Más verduras y menos salchichas. La corteza en forma de enrejado del *linzerschnitten* contenía nueces y avellanas, y el relleno tenía moras, pensó Hans. Justo lo que le había recomendado el médico.

12

—¡Quédate donde estás, Old Shatterhand! —Max Fuchs estaba subido en un montón de sacas de correo, frente a la oficina de correos de Blumental, y amenazaba a Willie Schnabel con una rama larga y fina que había masticado hasta sacarle punta—. ¡No te acerques más, o de lo contrario yo, Intschu-tschuna, el jefe más valiente de las tribus apaches, te atravesaré el corazón con la flecha que fabricó mi tatarabuelo con el cuerno del sagrado bisonte!

—No te tengo miedo, Intschu-tschuna —replicó Willie a la vez que sacaba otra rama, más corta y más gruesa, que tenía escondida a la espalda y amenazaba con ella a su rival—. ¡Tu flecha no tiene nada que hacer frente a mi revólver!

Willie se arrodilló en el suelo, agarró la rama con las dos manos y guiñó el ojo derecho para apuntar a Max.

Max echó la cabeza atrás e intentó lanzar una carcajada amenazadora.

—¿Te atreves a retarme, Old Shatterhand? ¡Ja, ja, ja! ¡Me río del orgullo del hombre blanco!

De pronto, tanto para sorpresa de Max como de Willie, entre las sacas de correo asomó la cabeza de Ralf Winzel.

—Y yo... —rugió Ralf mientras liberaba el cuerpo de la masa de sacas de lona para así situarse al lado de Max— yo soy Winnetu, el hijo primogénito del gran Intschu-tschuna y futuro jefe de las tribus apaches.

Max resopló. No quería que Ralf participara en aquel juego, pero sabía que era mejor no enfrentarse a él directamente, ya le había visto partir un labio a más de uno con aquel puño. Así y todo, le debía a Willie hacer algún intento por librarse de él.

—Ralf... esto... perdona, pero Winnetu no pinta nada aquí.

—Pues ahora sí, ¡porque ha venido para tender una emboscada a Old Shatterhand, en un ataque por sorpresa! —Ralf sonreía satisfecho, y de pronto apartó con el pie las sacas que había en lo alto del montón—. ¡Avalancha!

Seis o siete pesados bultos se derrumbaron de repente, cayendo despacio y en desorden, lo cual le dio a Willie tiempo de sobra para hacerse a un lado.

—Ralf, tú no sabes nada de Winnetu —se burló Willie—. Winnetu es demasiado noble para tender una sucia emboscada. Es leal y virtuoso.

Max sonrió para sus adentros al ver el intento de su amigo de personificar al héroe nativo americano. Entre Willie y él tenían casi todos los libros sobre Winnetu publicados por su autor favorito, Karl May. El primero, en el que se presentaba al vaquero Old Shatterhand, estaba ya tan gastado y sobado que Max había tenido que sujetarle el lomo con cinta adhesiva. En sus juegos con Willie, Max siempre encarnaba al jefe indio, en parte porque con el tiempo había ido acumulando suficientes plumas de pato para confeccionarse un tocado pasable para su papel, pero también porque le gustaba que los indios continuaran siendo fieles a sí mismos y a sus creencias. Los indios sabían quiénes eran, y se ceñían a ello. Willie prefería a los vaqueros. Le encantaban las pistolas.

—Ralf Winzel, ¿se puede saber qué estás haciendo?

La voz de Ludmilla Schenk era más potente de lo que cabría esperar dada su estatura. Los chicos se volvieron hacia la oficina de correos y vieron a *frau* Schenk bajando los escalones con una pila de sobres en las manos, encorvada como si le pesaran una barbaridad. Max corrió a ayudarla.

—Deme, *frau* Schenk, ya se los llevo yo. —Cuando se hizo cargo de los sobres, se dio cuenta de que no pesaban casi nada.

—Gracias, Max.

Frau Schenk se apoyó en un poste para amarrar las caballerías y permaneció unos instantes sin decir nada, recuperando el aliento. Max se apiadó de ella. Estaba mucho más avejentada que antes. Él se acordaba de cuando —no hacía tanto— la veía erguida en el porche de la oficina de correos, con su larga melena castaña recogida en una trenza floja. Siempre le sonreía cuando él pasaba por delante, de camino al colegio. En cambio, últimamente llevaba el cabello sembrado de canas y recogido en un moño, y parecía incluso más cansada que la madre de él. Pero la directora de la oficina de correos aún conservaba parte de su fuerza y coraje, como estaba demostrando en aquel momento.

—Ralf, si no te bajas ahora mismo de esas sacas, te anudo los brazos y las piernas y te meto en una saca con destino a la Antártida. —Su tono era grave y áspero, como el gruñido de un oso—. Y te resultará una experiencia sumamente desagradable, porque te arrojarán junto con los demás bultos grandes, muchos de los cuales pesan cinco veces más que tú, y dudo de que tus huesos logren sobrevivir intactos. —*Frau* Schenk esperó hasta que Ralf se bajó de las sacas, y a continuación se volvió hacia Max—. Ándate con ojo con esos sobres —le advirtió—. Contienen invitaciones que acaba de traer la secretaria de *herr* Weber. Ha insistido mucho en que han de entregarse cuanto antes. Tengo entendido que mañana por la noche va a tener lugar una especie de concierto en la propiedad de *herr* Weber. Por lo visto, ha sido una decisión tomada en el último momento.

A Max lo sorprendió la noticia de que Klaus Weber, famoso en Blumental por ser un tipo solitario, iba a dar una fiesta. Él creía que aquel famoso compositor se había afincado en el Bodensee porque odiaba las ciudades y la gente que las habitaba. Cada vez que Max intentaba fisgonear en su finca, lo ahuyentaban los guardas que la patrullaban.

Pasó el dedo por los sobres que le había entregado *frau* Schenk. No eran muchos, tal vez unos quince o veinte. Si recorría el pueblo de este a oeste, quizá tardaría una hora y media, quizá menos si lograba convencer a Willie de que lo ayudase. Así podría ir después a la estación de tren de Blumental Este a buscar espías otra vez.

—Pues claro, *frau* Schenk, no hay problema.

La directora de la oficina de correos le dio una palmadita en la espalda.

—Eres un muchacho estupendo, Max. Hoy te pagaré un pequeño extra por este favor. —Max se sonrojó, y vio que Ralf Winzel esbozaba una sonrisilla al oír lo de «muchacho estupendo». Supuso que iba a oír de nuevo aquellas palabras en el futuro, en alguna burla. De pronto, *frau* Schenk volvió la cabeza—. Oh, Lara, hoy estás preciosa.

Lara Thiessen se acercaba subiendo por el camino.

Lara. Max estaba enamorado de ella desde los diez años, pero era demasiado guapa para prestarle atención. Ahora tenía ya casi doce, estaba muy cerca de hacerse un hombre y dentro de poco quizá le saliera bigote, y entonces sus posibilidades con Lara aumentarían sensiblemente. Entretanto, la cortejaba con regalos. El invierno anterior había sido un guijarro que encontró en la playa, cerca del embarcadero para botes, plano y perfecto para recorrer la superficie del agua dando saltitos. Una vez que lo hubo lavado y pulido para sacarle brillo, quedó de un bonito gris que recordaba a la niebla de noviembre. En la primavera recogió un manojo de nomeolvides, los aplastó y los sujetó con pegamento a un papel formando un corazón. Ambos regalos los dejó en la puerta de los Eberhardt y huyó corriendo antes de que alguien pudiera verlo.

Frau Schenk tenía razón: Lara estaba preciosa, claro que para él lo estaba siempre. Hoy llevaba un vestido de verano amarillo de vuelo fruncido, que exhibía sus largas piernas, y un jersey. Se había recogido su melena rubia y sedosa en una coleta que se balanceaba de un lado a otro al mismo ritmo que sus caderas. Al verla venir hacia él, Max se quedó absorto y mudo.

—Gracias, *frau* Schenk. Hoy viene mi abuelo a casa, y le estamos preparando un almuerzo especial. —Lara sonrió al pasar junto al muchacho y subió la escalera. De repente su coleta se balanceó y rozó el hombro de él—. Buenos días, Max.

Max no podía hablar ni moverse. Era posible que hubiera dejado de respirar. En cambio, Ralf conservaba la voz intacta.

—¡Eh, Lara! ¡Preciooosa Lara! ¿Quieres jugar con nosotros y hacer de princesa india?

Lara se detuvo al llegar al último peldaño y miró a Ralf entornando sus ojos azules, que lo taladraron durante medio minuto entero. Finalmente, lanzó un bufido de desdén y entró en la oficina.

—Lástima —lamentó Ralf—. Habría sido una buena Nschotschi. Podría haber suplicado a nuestro padre que te perdonara la vida, Old Shatterhand. Además, habríamos estado igualados en número, dos contra dos. —Meneó la cabeza, en un gesto de impostada desilusión—. Mala suerte, amigo Willie, solo te queda que la caballería te mande refuerzos.

Sin embargo, Willie había tirado la rama que empuñaba y había abandonado el juego. Dio la espalda a Ralf y Max y echó a andar por el camino que llevaba a su casa.

—Bueno, por lo menos Old Shatterhand sabe reconocer cuándo lo han vencido —voceó Ralf a su espalda, buscando aguijonearlo para que regresara—. Venga, Max, vamos a perseguir patos.

Max recogió el saco de lona que guardaba debajo del porche y metió dentro los sobres. Le habría gustado quedarse un rato más para esperar a Lara, pero en ese caso le resultaría más difícil librarse de Ralf, y no quería sacrificar la mañana entera.

—No puedo, Ralf, tengo que entregar esto.

Y antes de que el otro pudiera protestar o se le ocurriera acompañarlo, echó a correr por el mismo camino que había tomado Willie.

13

En el momento mismo en que Edith llegó a casa procedente del mercado, Rosie se perdió de vista. Edith tenía demasiado que hacer para preocuparse de lo que estaba tramando su nieta, probablemente ir en busca de aquel caracol que había tomado como mascota. Estaba zigzagueando por la cocina, sacando cazuelas y cuchillos, cuando de repente vio a Sofía en un rincón, sentada en el banco, con la mirada fija en las violetas africanas del alféizar. Tenía los ojos muy abiertos y la expresión ausente, como si aquellos pétalos azules la hubieran trasladado a otro mundo.

Cuando Sofía empezó a tener trances, después del bombardeo aéreo, el diagnóstico del doctor Schnall fue que para ella se trataba de una manera normal, incluso saludable, de disociarse de su miedo. Los denominó «ensoñaciones», como si fueran agradables estados de sueño. Para Edith, eran más bien hechizos del mal.

Si se hubieran marchado de Berlín un poco antes, habrían ahorrado a Sofía aquel persistente trauma. Pero hasta aquella fatídica noche los bombardeos sobre Berlín habían sido escasos, causando un daño mínimo, y Marina se mostró inflexible en su idea de quedarse, sin duda, ahora que lo veía en retrospectiva, porque allí estaba Erich. Edith también había sido reacia a la hora de admitir que la ciudad en que se había criado, la que para ella era la ciudad más cómoda del mundo, ya no era segura.

Ocurrió un lunes de noviembre por la tarde, el día que Oskar cumplía sesenta años. Habían ido a cenar a su restaurante favorito, el Hahnen Haus, con Marina y las niñas. Oskar, tal como solía hacer en su cumpleaños, había pedido una porción enorme de tarta Selva Negra, y los demás, como de costumbre, lo ayudaron a terminarla. Marina sugirió que regresaran a casa andando, dado que el piso de Oskar y Edith estaba a menos de treinta minutos de allí a pie, y así ayudarían a digerir la tarta.

Hacía una noche fría y despejada. Oskar, vigorizado por dos vasos de *apfelschnaps*, retó a Lara a un concurso de saltos. Estaba perdiendo a propósito, se escoraba y se tambaleaba de manera teatral yendo de un bordillo al otro. Sofía, feliz con sus payasadas, quiso retarlo a continuación, pero se le había metido una piedrecilla en el zapato. Se arrodilló bajo una farola para sacársela, y Edith la esperó. El resto de la familia siguió andando sin darse cuenta de que ellas se habían detenido un momento.

Cada vez que rememoraba aquella noche, Edith recordaba el aullido de las sirenas que alertaban de un ataque aéreo como algo simultáneo al zumbido de los bombarderos británicos que se acercaban, aunque, sin duda, las sirenas habían sonado antes. Siempre se disparaban como mínimo cinco minutos antes de que empezaran las explosiones.

Aun así, tal como lo recordaba Edith, no hubo tiempo. La primera explosión, un estallido sordo seguido por una espectacular bola de fuego, se produjo lo bastante cerca como para que la reverberación hiciera añicos varias farolas de la calle. Edith miró en derredor buscando a Oskar, Marina y las otras niñas, pero todos habían desaparecido. Tenía que refugiarse con Sofía en algún lugar seguro. El piso se encontraba demasiado lejos. Sobre la acera llovían añicos de cristales que crujían bajo sus pies como si fueran granizo recién caído. Echó a correr con Sofía hacia la estación de ferrocarril, al refugio antiaéreo que había allí, una monstruosidad de acero construida para proteger a un gran número de civiles.

Explotó una segunda bomba, más cerca que la primera. Y después una tercera y una cuarta. Las sirenas ululaban sin cesar y acuciaban a Edith y Sofía por todos lados, mientras se oían los gritos de otros transeúntes apenas amortiguados por una densa nube de polvo y humo abrasador. Frente a ellas se elevaba una cortina de fuego que no dejaba ver la calzada que llevaba a la estación. Alguien lanzó un chillido, probablemente Sofía. Iban a tener que buscar una alternativa.

Edith tomó a Sofía en brazos, giró a la derecha para enfilar Maximilianstrasse y echó a correr hacia el parque infantil donde había pasado tantas horas con Marina cuando era pequeña. Se acordaba de que allí había un gran edificio de apartamentos que daba al parque, y se dirigió hacia él. Abrió de un tirón las puertas de cristal, cruzó el vestíbulo como una exhalación para llegar hasta la puerta de madera que había junto a la escalera, la abrió de un tirón y se lanzó por los peldaños de piedra que conducían al sótano.

En aquella oscura estancia ya había cuarenta o cincuenta personas refugiadas, unas sentadas en cajas de madera, otras en el suelo mismo o apoyadas contra la pared. Unas cuantas familias habían traído linternas, las cuales proyectaban débiles haces de luz hacia el techo. Un niño utilizó la suya para iluminarles el camino a Edith y Sofía, que intentaban abrirse paso entre la gente. Edith se metió en un hueco que quedaba en el suelo entre un anciano de bigote y una mujer gruesa. Nadie más les prestó atención.

Edith acunó a Sofía en su regazo y se recostó contra la pared. Esperaba encontrar aquel muro de piedra encalada frío al tacto, y se sorprendió al notar la oleada de calor que se le filtró a través del abrigo de lana y la blusa. Sofía estaba muy quieta, acurrucada en sus brazos, sin gimotear. Miraba fijamente por encima del hombro de su abuela, alerta a cualquier movimiento, y de vez en cuando parpadeaba para evitar el polvillo que caía del techo cada vez que estallaba una bomba.

Edith no supo cuánto tiempo pasaron esperando en aquel sótano. Pudo ser una hora, o varias. El bombardeo se producía a intervalos regulares y no daba signos de aminorar. Empezaron a caer del techo trozos de escayola cada vez de mayor tamaño. Entre los presentes se fue extendiendo una sensación de inquietud. Al final, un joven de pelo moreno y rizado que tenía la cabeza llena de trocitos de papel y escombros, se puso en pie de un brinco y echó a correr hacia la puerta del sótano, por lo visto con la intención de huir. Pero la puerta no se abrió. La empujó con todas sus fuerzas, pero sin éxito. Unos cuantos más le ayudaron empujando con todo su peso, mas tampoco consiguieron nada.

Entonces el joven, ya con los ojos desorbitados, fue hacia el muro que separaba el sótano del edificio de pisos contiguo y le arreó un puñetazo.

—¿Cuánto tiempo aguantarán estos muros? —vociferó—. ¿Cuánto tiempo podremos pasar aquí antes de acabar enterrados bajo un montón de cascotes?

Un hombre mayor, de barba recortada y gafas pequeñas y redondas, que estaba sentado entre un grupo de mujeres y niños, intentó calmarlo y lo invitó a que volviera a su sitio. Pero el miedo, una vez desatado, no hizo sino aumentar, y el sótano no tardó en llenarse de susurros y lloriqueos, impostadas palabras de consuelo y sinceras plegarias para salir bien de aquella situación. Cuando otra bomba hizo saltar varios ladrillos del lado norte del sótano, el joven volvió a incorporarse de un salto.

—¿Vamos a quedarnos aquí sentados? ¿Es que nadie quiere salvarse? —Agarró un trozo de madera que sobresalía del techo y tiró de él arrastrando una lluvia de polvo y fragmentos de escayola—. ¡Esta pared! —chilló al tiempo que golpeaba con la estaca el muro medianero que había al fondo del sótano—. Esta pared es lo único que puede procurarnos la salvación.

De pronto, un individuo corpulento que llevaba un abrigo raído se puso en pie.

—El muchacho tiene razón. Podemos salir por el edificio contiguo si abrimos un boquete en esa pared. —Acto seguido, cogió otra estaca de madera y se puso a colaborar.

La tensión y la inquietud iban transformándose en pánico a medida que todos iban dándose cuenta de que podían estar atrapados bajo tierra. No tardaron en levantarse varias personas más y en hacerse con trozos de madera o metal, o armadas únicamente con la fuerza de sus hombros. Todos juntos se pusieron a golpear el muro que los aprisionaba. Con cada embestida temblaba todo el sótano, el aire denso y gris que respiraban se movía, las paredes reverberaban y se estremecían.

Edith se había apartado de la pared contra la que estaba recostada, porque el calor que desprendía se había vuelto insoportable. Ahora, contemplando la escena que estaba teniendo lugar en la pared del fondo, se preguntaba qué encontrarían al otro lado cuando lograran perforarla.

—¡Esperen! —gritó el hombre de las gafas redondas, poniéndose de pie en actitud dubitativa—. ¡Desconocemos qué puede estar sucediendo en el edificio contiguo! ¿No deberíamos...?

Pero su pregunta se perdió entre el ruido. De repente, la escayola del muro medianero estalló y se abrió un boquete por el que penetró un torbellino de calor y llamas que absorbió todo lo que no estaba fijo en el suelo o en las paredes, engulléndolo con lenguas de fuego y grandes columnas de humo. Cajas de cartón, barriles de madera, una alfombra vieja enrollada, una escoba; todo voló al interior del horno en que se había convertido el edificio adyacente. Los cinco hombres que habían estado golpeando el muro desaparecieron en un instante, aquel infierno los levantó en vilo de manera tan repentina que ni siquiera tuvieron tiempo de gritar.

—¡Papá! —chilló una joven, dirigiéndose al hombre de las gafas redondas. Pero ya no estaba.

Al instante, Edith empujó a Sofía contra el suelo y se tumbó encima de ella para protegerla con su cuerpo, a la vez que se tapaba lo más posible con el abrigo. Las dos permanecieron allí tumbadas, sin moverse.

Edith había desarrollado dos habilidades importantes durante la guerra. Una, saber cuándo mantener los ojos cerrados o desviar la mirada; si su caminata diaria hasta la panadería la llevaba a pasar casualmente por el hospital de la ciudad, aprendió a bajar los ojos al llegar a la pared de ladrillo de la entrada sur, donde siempre había extremidades humanas amputadas o gangrenosas esperando a ser incineradas. Otra, saber cómo borrar de su mente aquellas imágenes que se le habían grabado en contra de su voluntad y que afloraban de vez en cuando, como la visión del pequeño ataúd de su hijo Peter bajando hacia la fosa. Dichas habilidades le fueron de gran ayuda aquella noche de noviembre, porque, al igual que Sofía, conservaba un recuerdo muy tenue de lo sucedido después de que se viniera abajo la pared de aquel sótano.

Ahora, al ver a Sofía ensimismada en su ensoñación, su reacción instintiva fue sacarla de aquel otro mundo y traerla de nuevo al presente, donde había familia, amor, gatitos y flores.

—Sofía, cariño, ¿podrías hacer un favor a tu abuela? —La pequeña no la oyó, o prefirió no oírla. Edith fue hasta la mesa de la cocina y la zarandeó suavemente—. ¿Sofía?

La niña levantó la vista con la mirada perdida. Tenía las pupilas casi tan dilatadas como el iris. Edith le tomó una mano y le acarició el pelo, hasta que por fin Sofía sacudió un poco la cabeza y volvió en sí.

—¿Abuela?

—Esperaba que esta mañana me echaras una mano, cariño. —Abrió el cajón de la mesa y extrajo unas tijeras de podar—. Necesitamos un bonito ramillete para el almuerzo de hoy, para dar la bienvenida al abuelo. ¿Puedes ir al jardín por unas flores?

—¿Flores? —Sofía miró a su abuela como si no hubiera entendido la palabra.

—Sí, flores. Que sean rosas y margaritas, y quizás unas cuantas hortensias. Mucho rojo, blanco y rosa.

—¿Y azul?

A Sofía le estaba costando salir de su otro mundo.

—Bueno, también azul, si quieres. Puedes coger unas cuantas espuelas de caballero.

—Vale. —Sofía cogió la tijera que le entregaba Edith y fue despacio hacia el porche.

—Cuando hayas terminado, tráelas aquí y haremos el ramo juntas.

—Vale —repitió Sofía al tiempo que salía al jardín. No llevaba zapatos, pero Edith no le reprochó que quisiera salir descalza haciendo un día tan soleado, de pleno verano.

14

Johann Wiessmeyer tomó asiento en una de las mesas al aire libre del café Armbruster. Desde allí podía contemplar el paseo y el lago. Aquella mañana había *föhn*, un viento cálido y seco que soplaba desde los Alpes y clarificaba el aire. Se distinguía todo el perfil de las montañas que había al otro lado de la ribera austríaca del lago. No sabía por qué, quizá se debiera al cambio en la presión atmosférica, pero siempre que había *föhn* sentía una jaqueca incipiente justo detrás de los ojos. Abrigó la esperanza de que con un té bien cargado le desapareciera el molesto dolor.

Un camarero encorvado, ataviado con un esmoquin raído y una pajarita lacia, se apresuró a acercarse a Johann en cuanto lo vio sentarse. Depositó dos vasos pequeños de agua encima de la mesa y le entregó una ajada carta con el menú, más por rutina que porque esperase que el pastor se sintiera tentado por aquellas fotografías desvaídas de complicados postres de helados servidos en ornamentadas copas de cristal.

Johann rechazó el menú con un gesto.

—Gracias, Gustav, pero hoy voy a tomar lo de siempre. Dos tés, por favor. El mío, bien cargado.

Gustav, sin levantar la cabeza, hizo un gesto afirmativo y se alejó. Estaba acostumbrado a que Johann pidiera dos tés aun cuando no lo acompañara nadie. Tarde o temprano, aparecería *frau* Thiessen.

Johann sacó la correspondencia que le había entregado Ludmilla Schenk cuando hizo un alto en la oficina de correos. Eran dos sobres, uno con el borde rojo, blanco y azul de las cartas que venían de América por avión; el otro, normal, opaco y marrón, para preservar la privacidad de los telegramas. Había reconocido de inmediato la letra de su hermana Sonja en la dirección. Hacía mucho tiempo que no recibía carta de ella, e incluso esta daba la impresión de haber superado a duras penas a los censores de Frankfurt, a juzgar por lo manoseada que estaba y las manchas de tinta que lucía. La abrió con avidez por el borde. Ya leería después el telegrama.

Mi querido hermano:
Confío en que al recibo de esta te encuentres bien. Tal vez debería decir que rezo por que estés bien, porque eso es lo que hago. Rezo todas las mañanas y todas las noches. Y, por sugerencia de Berthold, actualmente la sinagoga entera reza los sábados por la mañana por todos los que se encuentran en el extranjero. De modo que, como puedes ver, estamos haciendo todo cuanto podemos. Tú también debes hacer de tu parte, querido hermano, porque mi corazón está contigo...

Johann conocía la sinagoga de su hermana. Después de que Sonja se fuera, él se las ingenió para obtener una beca de seis meses para enseñar en el Seminario de Teología del Sindicato de Nueva York. Se alojó con Sonja y Berthold en el pequeño apartamento que tenían en Brooklyn, provisto de un diminuto jardín trasero en el que Sonja, valientemente, intentaba cultivar verduras. Todas las mañanas se levantaba antes del amanecer para cruzar andando por aquel majestuoso puente y llegar a la granítica isla de Manhattan, rebosante de vida, para luego dirigirse al norte, hacia Harlem, para impartir las clases. A lo largo del trayecto, al pasar por Broadway se quedaba fascinado con el calidoscopio de denominaciones espirituales: baptistas, episcopalianos, católicos, pero también musulmanes, mormones, budistas... y una gran cantidad de no creyentes, algunos de los cuales sentían la necesidad de retarlo en plena calle; el cuello alzado que llevaba lo convertía en un objetivo.

Lo que sorprendió a Johann fue la dominante sensación de unicidad que imperaba entre aquella variedad de experiencias religiosas. No le asombró que hubiera diferencias entre las distintas fes, sino que hubiera similitudes. La sinagoga de Sonja y Berthold, situada en Kane Street, por ejemplo. Era el mismo dios que el suyo, solo que expresado mediante tradiciones diferentes. En su iglesia, el coro; en la de ellos, el cantor. El cantor de Kane Street era un hombre corpulento y de baja estatura, más cuadrado que redondo, más plinto que columna, poseedor de una sonora voz de barítono, como un instrumento de Dios, que surcaba el mar de fieles de la fe judía cuyos propios líderes habían sido silenciados.

Y luego estaba la revelación que supuso la música gospel, en la vibrante congregación de la Iglesia abisinia baptista de Harlem. Le maravillaba que el dios de una comunidad pudiera perpetuarse a través de las cuerdas vocales de sus antepasados, incluso cuando dichos antepasados se enfrentasen a circunstancias infames. La congregación de Harlem le había insuflado un sentimiento de libertad de lo más inspirador. Era lo más parecido a la alegría pura que había experimentado en varios años. Continuó leyendo, y se diría que su hermana ya había previsto precisamente dicha reacción:

> ... Te alegrará saber que he conseguido encontrar la música que me pediste. Tu amigo, el reverendo Waters, de Harlem, me ha sido de gran ayuda y me ha animado a que comprase la grabación que hicieron los Selah Jubilee Singers de «Toma mi mano, Señor». Así que te la he comprado. Sin embargo, estoy dudando en hacértela llegar, porque temo que el álbum no sobreviva a la travesía del océano. Así que la conservaré conmigo, y

ya te la daré cuando vuelvas con nosotros. Estás en lo cierto respecto de esa canción, Johann, es maravillosa. La escucho por las noches y me acuerdo de ti. Luego viene Berthold y me dice que deje de preocuparme, y ponemos «Enciende la radio» de Albert Brumley y bailamos hasta que los vecinos nos gritan que apaguemos la radio.

El resto de la carta de Sonja concordaba con su habitual cháchara meliflua: «El otro día hice un *streuselkuchen* que me salió horroroso, más duro que una piedra, casi incomible... Tienes que volver el verano que viene, a ver el huerto que hemos plantado. Tenemos una preciosa tomatera, y ¡es posible que el año próximo tengamos dos!» Ojalá pudiera ir otra vez a ver a Sonja, porque la echaba mucho de menos. Quizá la próxima vez se quedara allí. Pero en el instante mismo en que se le ocurrió dicha idea, la borró. Todavía no. Todavía tenía trabajo que hacer aquí.

Johann abrió el telegrama ayudándose con la uña del pulgar. El mensaje que contenía era de Eva Münch. Eva vivía cerca de Regensburg, al noreste de Dachau, y habían sido los contactos de ella los que inicialmente le pidieron ayuda para su incipiente movimiento clandestino. Su mensaje era característico, por lo breve: «2 paq. lleg. jue. 10.30.» El jueves, es decir, al día siguiente. Más pronto de lo previsto, aunque no imposible. Pero que se hubiera reducido el número de cinco a dos... Johann se apretó las sienes con los dedos y elevó una plegaria en silencio.

En ese momento llegó Gustav con dos humeantes tazas de té, y las estaba dejando en la mesa cuando apareció Marina. El camarero se inclinó ligeramente y se apresuró a acercarle una silla. Ella se lo agradeció con una sonrisa, se sentó y depositó la cesta del mercado junto a los pies.

—He llegado antes, como siempre —explicó Johann—, así que he pedido por los dos.

—Excelente. Después de todo el rato que llevo comprando, necesito algún estimulante antes de ponerme a cocinar. —Bebió un buen sorbo de té—. Ya está. Ya me siento muchísimo mejor.

—Y yo me siento mejor simplemente por estar en tu compañía —aseguró Johann, y era cierto; tras leer el telegrama su ánimo había decaído un poco, pero la llegada de Marina hizo que le resultara más fácil soportar la noticia. No era la primera vez que se sentía mejor en presencia de ella.

—Vamos, Johann, debes reservar tus cumplidos para Sabine —bromeó Marina.

—Al contrario, temo que he de tener cuidado con lo que le digo a *fräulein* Mecklen —repuso él, ruborizándose. No le era ajeno que las hermanas Mecklen abrigaban la esperanza de que él pasara a formar parte de su familia. Regina y Gisela lo habían invitado varias veces a su casa a cenar, ocasiones en que por supuesto estuvo presente Sabine, ataviada con sus mejores galas y lanzando risitas forzadas en dirección a él desde el otro lado de la mesa. No era que a Johann le disgustase Sabine; es que simplemente no le gustaba. Si lo hubieran presionado sobre dicho tema, seguramente habría dicho que en realidad no la conocía, pese a todas las ocasiones en que los demás los habían juntado. La adoración que sentía la joven y lo deseosa que se mostraba siempre por obtener su aprobación hacían que fingiese una femineidad sumisa que no iba en absoluto con ella. A Johann le habían contado que varios años atrás Sabine se había enamorado de un periodista que acudió al Bodensee a pasar el verano, y que, en cuatro breves semanas, conquistó su corazón y, por lo visto, también su virginidad.

—Y, entonces, sin más, ¡zas! Desapareció —le contó Regina en una de aquellas veladas. Esperó hasta que Sabine se hubo ido a la cocina para contarle dicha confidencia.

—Y menos mal —opinó Gisela desde el otro lado de la sala de estar—, porque seguramente era un comunista.

—Se quedó destrozada —afirmó Regina con los ojos ligeramente llorosos, rememorando lo ocurrido—. De pie en la entrada de la iglesia de Birnau, con el traje de novia de *Mutti*, llorando...

—Pues yo sigo diciendo que fue una suerte —insistió Gisela.

Ahora, Johann no podía permitirse el lujo de buscar esposa. Sí que quería casarse algún día, compartir su vida con otro ser humano de la manera más íntima posible. Sin embargo, aquella era una aspiración para tiempos de paz. Ahora se sentía aliviado de estar soltero, pues necesitaba poder llevar a cabo sus actividades sin preocuparse por otra persona. Pero cuando se pusiera a buscar una compañera de vida, si es que se ponía, querría que fuese una mujer sincera a la hora de presentarse a sí misma, una mujer que se sintiera segura de quién era y de lo que quería. Una mujer, en fin, como Marina. Desde el primer día que conoció a Marina Thiessen se sintió atraído por su sinceridad. Ella se había presentado después de uno de los servicios religiosos dominicales diciendo que barajaba la posibilidad de acercarse de nuevo a Dios. Fue sugerencia de Johann que se reuniesen a tomar un té, y sugerencia de ella que lo hicieran de manera regular. Él, sin haberlo previsto, deseaba vivamente aquellos encuentros, y le costaba reconocer lo mucho que disfrutaba de su compañía.

—Lo cierto es que no deseo causarle falsas expectativas a Sabine —dijo Johann.

Marina sacudió la cabeza.

—Me temo que Sabine albergará las expectativas que se le antojen. Pero eso tú no puedes evitarlo.

—A no ser que me comporte de un modo maleducado o descortés...

—Pero tú jamás harías algo así...

—Y yo jamás haría algo así —coincidió Johann, sonriendo por aquel mano a mano.

Bebió un sorbo de té y se relajó contra el delgado cojín de la silla, deseando que se le pasara el dolor de cabeza. Al sureste distinguió la Insel Hagentau. Según la historia del lugar, el príncipe sueco propietario de aquella isla había renunciado a su derecho al trono para poder casarse con la plebeya de la que estaba enamorado. Celebraron su unión plantando jardines, de modo que actualmente aquella isla, abandonada durante la guerra, era una auténtica pérgola de flores que nadie atendía. Justo pasada la isla, hacia el sur por la carretera de Hagentau, estaba Suiza. Un país que, con un poco de suerte, dentro de poco iba a duplicar su población, al menos provisionalmente. Sacó el telegrama y releyó el breve texto que contenía para comprobar el número.

—He recibido un mensaje. —Levantó la vista hacia Marina—. Necesitamos tenerlo todo listo mañana a las diez y media.

—¿Les has encontrado alojamiento? Cinco personas requieren bastante espacio para...

—No van a ser cinco, sino dos. —Mejor decírselo rápidamente, para acabar con ello.

—¿Solo dos? —A Marina se le quebró la voz.

—Ajá.

Ambos guardaron silencio. Johann se acordó de la última vez que había estado en Berlín, en abril. Su primo Gottfried había insistido en que se reunieran a tomar un café en Bendlerstrasse, cerca de su despacho del Ministerio de Defensa. La libreta de cuero marrón que Gottfried depositó aquel día con sumo cuidado encima de la mesa contenía detallada documentación de todos los delitos perpetrados por el régimen de los que su oficina poseía información, una información que permanecía clasificada como alto secreto. Un catálogo por escrito de pruebas recopiladas por una incipiente organización de resistencia, de la cual Gottfried era miembro. Bajo la silenciosa mirada de su primo, Johann hojeó aquella libreta. Leyó despacio, cada vez más horrorizado, datos que confirmaban los rumores que le habían llegado y los miedos que había albergado. Relatos de soldados que habían presenciado cómo las tropas de asalto obligaban a centenares de judíos polacos a cavar fosas comunes y después les disparaban con ametralladoras, para, por último, cubrir los cadáveres y los malheridos con tierra que continuaba palpitando en el paisaje mucho después de que los soldados hubieran abandonado las palas. Palideció al pasar la vista por aquel extraño catálogo: el número de asesinatos, según los psiquiatras, que se podía esperar que perpetrara un soldado antes de correr el peligro de sufrir una crisis mental y emocional; el número de vagones para el ganado que se necesitaban para trasladar a la población de Siedlce a Treblinka; los metros de largo, ancho y profundidad que debía tener una fosa para que cupieran los cuerpos de todos los judíos de Vinnytsya. Johann no había compartido aquella información con Marina, pero sabía que ella tenía sus sospechas.

—Marina, ¿qué ocurre? —le preguntó al ver que le corrían lágrimas por las mejillas. Movió su silla para acercarse a ella.

—Es que no puedo evitar imaginar cosas —contestó en voz baja—. Y no sé si lo que imagino es mejor o peor que la verdad. Y a veces tengo la sensación de que podría saber muchas cosas más, que debería saber mucho más acerca de lo que está pasando. Que debería exigirle a mi padre que me explicara mucho más. —Marina empezó a elevar el tono de voz—. Porque él tiene que saber mucho más de lo que nos cuenta a nosotras, ¿no crees? ¡Y, sin embargo, no nos cuenta nada! —Se secó los ojos con una servilleta y respiró hondo al tiempo que reprimía un sollozo—. Pero luego me digo que si nos lo contara todo, si supiera lo que le está ocurriendo a toda esa gente que desaparece de las ciudades y los pueblos, si supiera algo de los trenes de transporte de los que he oído hablar... ¿Qué haríamos? Es más: ¿qué podríamos hacer?

Johann contuvo el impulso de alargar una mano por encima de la mesa para tocar a Marina y consolarla. En cambio, juntó las manos con fuerza y bajó la cabeza. Él también albergaba dudas acerca del padre de Marina.

—No sabemos qué es lo que sabe Oskar —dijo finalmente—. No olvides que está en el Ministerio de Economía, no en el de Defensa. Y, por lo que me cuenta mi primo, prácticamente no existe comunicación dentro del gobierno; cada departamento opera en gran medida de forma independiente, en un ambiente de paranoia y desconfianza.

—Tu primo tiene razón. —Marina estiró la servilleta sobre las rodillas y volvió a doblarla. Aún se le escapó otro pequeño sollozo—. Oskar dice lo mismo.

Johann le ofreció su propio vaso de agua, aunque ella ya tenía el suyo. Marina se inclinó y bebió un sorbo sin coger el vaso con la mano.

—Aunque Oskar en efecto supiera algo —continuó Johann—, sea lo que sea, es muy posible que esté intentando protegeros de esa información. —Levantó una mano para frenar a Marina, que hizo ademán de protestar—. Quizá sea peligroso estar al tanto de dicha información. Peligroso para Edith y para ti, peligroso para tus hijas. —Hizo una pausa para que ella pudiera asimilar aquello último—. Piensa en tus hijas, en lo mucho que las quieres. Harías lo que fuera con tal de protegerlas, ¿no es así? —Marina afirmó con la cabeza, y los ojos se le volvieron a humedecer—. ¿No crees que a tu padre le ocurre lo mismo con vosotras?

—Sí —respondió en voz baja—. Sí, sé que así es.

Johann no era padre, pero esperaba serlo algún día. Anhelaba tener un hijo. De vez en cuando, cuando hablaba con algún mozalbete de Blumental, por un instante se imaginaba que aquel muchacho era hijo suyo. Por ejemplo, Max Fuchs: vivaz pero inteligente, y de buen corazón.

—En fin, la cosa es que los refugiados llegan mañana por la mañana —dijo— y tu casa queda descartada porque viene Oskar.

—Ya —respondió Marina—. Y normalmente se queda dos o tres días, de lo contrario no se molestaría en hacer el viaje. Además, ya hace bastante que no lo vemos, de modo que es posible que incluso se quede más tiempo.

—Exacto. Bien, en ese caso, nuestra mejor alternativa para una estancia corta es probablemente la casa de Ernst. Ya ha imprimido la documentación de viaje, me la ha entregado esta mañana. Según él, no hay rastro de la presencia de Rodemann, lo cual es excelente. Esta tarde iré a la granja de Fritz Nagel a ver cómo va con el camión.

—¿Ya lo tiene terminado? ¡Oh, eso sería maravilloso! —Marina se mostró animada por primera vez.

—No lo sé. La última vez que pasé a verlo, aún estaba trabajando en separar el motor del *Pinocho* de la cabina.

Un mes atrás, cuando Johann se fijó por primera vez en el Volvo de morro alargado con que entró Fritz en Blumental, de inmediato vio potencial en aquel enorme capó que tenía el camión, así como en los viajes que hacía Fritz regularmente a la frontera suiza para entregar productos del campo en Kreuzlingen. Con el adecuado incentivo económico, Fritz prometió mantener la boca cerrada, y Johann le pidió que modificase el bloque del motor para crear un espacio adicional entre el motor y el cuerpo del camión, a fin de alojar seres humanos. Cuando el camión se acercase a la frontera cargado de cajas de frutas y verduras, cabía la posibilidad de que al conductor le dieran el alto los guardias que vigilaban la entrada de mercancías de contrabando o de personas refugiadas. Era sabido que dichos guardias utilizaban sus bayonetas para sondear cajas y sacos, una prueba mezquina, cuyo fin era disuadir a todo aquel que pretendiera pasar otra cosa que no fueran verduras. Sin embargo, lo que hubiera dentro del bloque del motor podría pasar inadvertido. Johann había visitado a Fritz el viernes anterior, para ver qué tal iba avanzando, y se sentía optimista acerca de utilizar su camión para hacer las entregas con éxito.

—Puede que incluso me dé tiempo a hacer un viaje de prueba —dijo Johann.

Marina enarcó una ceja en gesto de escepticismo.

—¿Tú sabes conducir un camión Volvo?

—Dios me dio muchos talentos para que pudiera hacer su obra —replicó él sonriente—. Con las bendiciones de Fritz y sus verduras, llevaré el camión hasta Meerfeld, cargaré a los dos pasajeros y, a continuación, Dios mediante, cruzaré la frontera sin incidentes y los dejaré en el punto de encuentro. Pero antes de eso, voy a necesitar tu ayuda. Necesito a alguien que los lleve hasta Meerfeld. ¿Puedes hacerme ese favor? ¿Podrás escaparte sin que nadie se dé cuenta?

Marina no lo dudó.

—Cuenta con ello. Mi padre suele retirarse un rato después de comer, para leer o echarse una siesta. ¿Estarán en la estación de Blumental Este?

Johann reflexionó un momento. En el pasado habían utilizado aquella estación abandonada como lugar de descanso, y con gran éxito, pero eso fue antes de que Max Fuchs empezara a buscar espías allí. Iba a tener que encontrar una manera de mantener ocupado al muchacho.

—Sí —respondió por fin—. Los recogeré en la estación principal y los trasladaré a la de Blumental Este. Así tú solo tendrás que llevarlos con Ernst antes de las cuatro de la tarde, que es la hora en que para allí todos los días el tren del correo. Mi intención es recogerlos poco después de las doce de la noche.

Marina volvió a dejar la servilleta en la mesa. La había doblado pulcramente.

—Bien —dijo—. Puedo hacerlo. En casa habrá tal caos que nadie se percatará de mi ausencia durante una hora. —Retiró la silla y se puso en pie—. Y, ahora, me temo que tengo que marcharme. He de hacer puré de patatas, machacar moras y batir claras de huevo a punto de nieve.

—Suena violento —comentó Johann, levantándose también.

—Es una buena válvula de escape. —Marina lanzó un suspiro—. Así no me meto en problemas.

Le dio a Johann un rápido beso en la mejilla y echó a andar hacia el paseo. Él contempló cómo se alejaba. Se fijó en que todas las personas con que se cruzaba en su camino la seguían con la mirada. Lo que atraía las miradas de la gente no era su aspecto físico, porque, aunque era una mujer atractiva, incluso hermosa, había otras mujeres en Blumental que llamaban más la atención. Era más bien el modo de moverse. Irradiaba valor y una energía desatada. Y también esperanza, se dijo Johann, una esperanza que transmitía mediante su postura erguida y sus andares seguros, y también en el alegre balanceo de la gruesa trenza de cabello castaño claro que le caía por la espalda. A la gente le entraban ganas de aferrarse a aquella imagen que proyectaba de tranquila convicción y seguridad en sí misma. Marina irradiaba seguridad en todo lo que hacía. Resultaba contagioso.

Johann se había esforzado mucho para alcanzar esa clase de certeza para sí. El día que encontró la libreta secreta de Gottfried y se obligó a leer una página tras otra, se le revolvió el estómago. Las pruebas que tenía ante sus ojos, acciones inconcebibles en una sociedad civilizada heredera de Goethe y Bach, manifestaban un grado de maldad y malevolencia que hasta entonces le había resultado impensable. Aquel día, Gottfried lo miró a la cara con gesto grave y le dijo: «Bueno, ¿vas a unirte a nosotros o qué?»

Así fue como la cuestión moral tomó un nuevo giro para Johann. Una cosa era afirmar la obligación de socorrer a las víctimas de un régimen brutal, aquello era bastante fácil de conciliar con la palabra de Dios. Pero mucho más difícil era si él debía participar, y en qué medida, en el derrocamiento de un gobierno así. Todos lo que formaban parte de la Resistencia estaban de acuerdo en que había que quitar de en medio al Führer. Estaba claro que dicha acción significaba matarlo. En cierta ocasión, Marina le preguntó si Dios perdonaría a sus fieles que se hubieran quedado de brazos cruzados contemplando las maldades del Führer. Pero la cuestión espiritual con que se debatía Johann ahora era la de justificar el asesinato. ¿Condonaría el asesinato un dios que había entregado a Moisés los Diez Mandamientos? Johann había pasado innumerables horas reflexionando sobre dicha pregunta. En su armario ropero había un maletín de cuero marrón esperando su respuesta.

15

En un rincón del huerto de Edith había un bebedero de cobre para pájaros, que formaba parte del plan de Edith de convertir su hogar en un lugar acogedor para toda clase de criaturas. A unos metros de allí había plantado zarzamoras, las cuales, con los años, habían empezado a circunnavegar el bebedero y terminado creciendo tanto que este ya no se veía. Edith se sentía sumamente feliz. Afirmó que ahora los pájaros podían tener intimidad, y les dijo a las niñas que no los molestasen. Pero era un espacio demasiado tentador para quedar restringido por la prohibición de una abuela. Las zarzamoras, en pleno desarrollo, se habían enredado totalmente unas con otras, y sus ramas, ansiosas de anexionarse más territorio, habían alargado sus tentáculos por encima de la hierba, en dirección al bebedero de pájaros. Como consecuencia, aquel trozo de hierba sombreado y protegido por un dosel de ramas y moras constituía el escondite perfecto para una adolescente.

A Lara le costó creerlo cuando la jefa de la oficina de correos le entregó la revista aquella mañana. Llevaba esperando mucho tiempo. Desde que en abril le dijo el abuelo que se había enterado de que la princesa Isabel de Inglaterra había salido en la portada de la revista *Life*, estaba desesperada por hacerse con un ejemplar. El abuelo le había prometido conseguirle uno, y aquí lo tenía ahora. Dejó la revista con cuidado sobre el paño de secar los platos que había extendido en el suelo, al lado del bebedero para pájaros, porque no quería que el hermoso rostro de la princesa se manchara de tierra.

La cubierta mostraba una fotografía perfecta de Isabel. En su opinión, estaba absolutamente radiante. El cabello arreglado de un modo perfecto, retirado de la frente y recogido en la nuca, de manera que los rizos le caían sobre los hombros. Le brillaban los ojos, mirando algo situado más allá de la cámara, su familia quizá, y todo el mundo le hacía muecas para que sonriera. Y sonreía, pero no era una sonrisa franca ni demasiado alegre, porque Inglaterra estaba en guerra. Lara se dijo que aquella era la mejor foto que había visto de Isabel hasta la fecha, y eso que había visto muchas.

Abrió la revista con cuidado, con la reverencia que correspondía a una publicación en la que salían fotos de la princesa más famosa del mundo. Al llegar a la página del índice, vio una pequeña fotografía de la familia real británica y la examinó atentamente buscando pistas de la vida que llevaba Isabel. La princesa estaba detrás del rey, mientras este leía unos importantes documentos de Estado. Como era natural, ella tenía que ir familiarizándose con los asuntos del gobierno, ya que dentro de tres años sería candidata a ser reina.

Lara se dijo que si Isabel y ella vivieran cerca y no pertenecieran a bandos contrarios en aquella estúpida guerra, podrían ser muy buenas amigas. Podrían compartir anécdotas acerca de lo difícil que era criarse en una familia donde un miembro desempeñaba un importante cargo oficial. Hablarían de que dicha persona, ya fuera rey o secretario del Gabinete, no tenía por qué estar disponible cuando una la necesitaba. A menudo tenía almuerzos o tareas que la apartaban de su familia. O, si se quedaba después de almorzar, subía a su habitación a echarse una siesta y no se la podía molestar. Se contarían que una había llegado a ser experta en distinguir los uniformes militares. Lara se preguntó si la princesa se fiaría de ella lo suficiente para revelarle información acerca del gobierno. Ella le aseguraría que consideraba que el vínculo de la amistad era sagrado, y que jamás divulgaría nada de lo que ella le contase. Por desgracia, no iba a poder revelarle a su vez ninguna información de su parte, porque su abuelo nunca le contaba nada de lo que hacía en Berlín. Pero en realidad no quería saberlo; la curiosidad que pudiera sentir acerca de lo que hacía su abuelo por el Führer había quedado reprimida para siempre años atrás, después de que su madre tuviera aquella tremenda bronca con él.

Empezó cuando sus amigas Adelaide y Berit le pidieron que se apuntara con ellas a las Juventudes Hitlerianas, en Berlín. En aquella época contaba solo ocho años, y cuando le preguntó a su madre si podía asistir a las reuniones que celebraban en su colegio por las tardes, Marina se negó de forma inflexible. Y le dejó claro que no tenía ninguna necesidad de meterse en política a tan temprana edad. Tenía cosas mucho más importantes que aprender en el colegio. Su madre no cambió de opinión por más que ella protestó, y su abuelo no quiso intervenir. Oskar le dijo que si quería entrar en aquel grupo tendría que convencer a su madre ella sola. Pero Lara sabía que aquello era una tarea imposible.

Un año después, se hizo obligatorio que todas las niñas entre los ocho y los dieciocho años se hicieran miembros de la Hermandad de Mujeres Arias o su organización gemela, la Fraternidad para el Führer. Una mañana de primavera, Rosalie Mohn, una niña que iba a séptimo curso, entró en el aula de Lara vestida con el uniforme de verano de la Hermandad y portando unos papeles que entregó a la maestra. *Frau* Finkel les echó una breve ojeada y, a continuación, se levantó de su mesa.

—Niñas —dijo, dando unos golpecitos en la mesa con ademán autoritario con una regla que ya estaba doblada a causa del frecuente contacto con los nudillos de las alumnas. Lara ocultaba las manos en el regazo siempre que le era posible, porque nunca se sabía lo que podía poner furiosa a *frau* Finkel—. Hoy voy a daros un formulario que deberéis devolverme mañana. Se trata de un pedido para un uniforme como el que lleva esta mañana *fräulein* Mohn.

Rosalie dio un paso al frente y ejecutó una pirueta intentando lucir el vuelo del uniforme, intento que se vio frustrado por la rigidez de la larga falda azul marino.

A Lara le encantó aquel uniforme, sobre todo la blusa blanca, inmaculada, con su corbatita azul. Se veía muy elegante, muy refinado. Estaba deseando ponerse uno.

Adelaide levantó la mano con timidez.

—¿Y qué pasa si ya tenemos...?

—Si ya tenéis uno —la interrumpió *frau* Finkel agitando la regla en el aire con gesto amenazador, lo cual hizo que Adelaide bajase la mano—, deberéis comprobar si todavía os vale. Algunas de vosotras habéis crecido como hongos durante el año pasado. —Miró acusadoramente a Sarah Schwartzmann, que estaba en el punto más alto de la fase de la pubertad y ahora había agachado la cabeza, avergonzada—. Así que quiero que todas cojáis un impreso y se lo llevéis a vuestros padres para que lo rellenen y lo firmen. —Para mayor énfasis, *frau* Finkel propinó un reglazo a la mesa.

Aquel día, Lara regresó a casa sin parar de correr y entró por la puerta como una exhalación llamando a Marina a gritos.

—*Mutti! Mutti!*

—¡Calla! —Su madre salió de la cocina, secándose las manos en el delantal—. El abuelo todavía está descansando, y después tiene que volver al trabajo.

Pero el abuelo estaba de pie en lo alto de la escalera.

—Demasiado tarde —dijo—. Ya se ha despertado el viejo cascarrabias. —Empezó a bajar despacio, gruñendo de forma exagerada—. Ven, querida niña, comparte con un anciano un poco de esa energía juvenil.

Lara corrió hacia Oskar, le dio un beso y, a continuación, volvió otra vez corriendo para abrir la cartera del colegio, sacó el impreso y se lo dio a su madre.

—Tienes que rellenar esto y firmarlo, hoy —le dijo con autoridad—, para que puedan darme un uniforme nuevo. Todas las alumnas han de tener uno. ¡Son preciosos, *Mutti*, igual que los de los marineros, pero con falda!

Marina escrutó el papel y frunció el ceño. Finalmente, hizo un gesto negativo con la cabeza.

—No, Lara, ya hemos hablado de esto. No vas a inscribirte en la Hermandad de Mujeres Arias. Fin de la historia.

—¡Pero tengo que inscribirme! —protestó Lara—. ¡Tiene que ser! *Frau* Finkel dice que tenemos que hacerlo todas. Y yo quiero inscribirme, llevo mucho tiempo deseándolo. ¿Por qué no me dejas? —Hacía esfuerzos por no llorar. Ya había llorado la última vez que le suplicó a su madre que le permitiera inscribirse en la Hermandad, pero no había funcionado. Solo sirvió para que Marina se afianzara más en su resolución.

—Me da igual que quieras inscribirte, Lara, no quiero que formes parte de eso. —Marina dobló el papel en un rectángulo pequeño y se lo devolvió—. Si es necesario que hable yo de esto con *frau* Finkel, hablaré.

En ese momento, Oskar emitió un leve carraspeo. Lara se giró hacia él, deseosa de contar con un aliado. Oskar había sacado su pañuelo del bolsillo de la chaqueta para limpiar las gafas. Cuando volvió a ponérselas, levantó las cejas como si quisiera abrir bien los ojos. Lara se acercó poco a poco para situarse a su lado.

—Marina, querida, en este asunto ya no disfrutas de tanta latitud como antes —dijo Oskar. Lara no tenía ni idea de lo que significaba la palabra «latitud», pero el abuelo estaba empleando un tono grave y serio, lo cual resultaba prometedor.

Marina se encendió. Todo su cuerpo se puso en tensión, preparándose para una batalla.

—¿Qué quieres decir con que ya no disfruto de «latitud»? Lara sigue siendo mi hija, ¿no? —Recogió la cartera del colegio de la niña, que estaba en el suelo, como si fuera un arma—. Y la opinión que tengo acerca de esas organizaciones juveniles no ha mejorado con el tiempo. Todo lo contrario. Sinceramente, *Vati*, todo eso de desfilar y cantar canciones de alabanza al Führer... —Marina desfiló en torno al sofá a modo de parodia, agitando la cartera del colegio por encima de la cabeza—. ¿Qué se supone que les enseña? ¿Qué utilidad tiene —arrojó la cartera al suelo—, aparte de ser una forma de adoctrinamiento?

Cuando el abuelo volvió a hablar, su voz seguía tranquila y firme. Lara se fijó en que cuanto más se enfadaba su madre, más silencioso se volvía él, o quizá fuera que daba la impresión de ser más silencioso precisamente porque su madre hacía mucho ruido.

—Marina, no tengo duda de que a las niñas no les vendría mal que se les inculcasen responsabilidades cívicas más útiles. Pero el hecho sigue siendo —fue hasta la ventana abierta y la abrió otro poco más— que en este asunto no tienes libertad de elección.

—¡¿Que no puedo elegir?! —Lara se quedó impresionada con lo bien que supo prever su abuelo el grito que iba a lanzar su madre—. ¡Se trata de mi hija! ¡¿Desde cuándo viene el Führer a mi casa a decirme lo que puedo o no puedo hacer con mi hija?! —Alargó la mano e intentó agarrar a Lara, pero la pequeña se escabulló corriendo hacia el sofá, donde estaba apoyado Oskar. Agarró uno de los cojines y se abrazó a él buscando protección—. ¿Se me está exigiendo que someta a mi hija a un lavado de cerebro acerca de cuál es su deber como alemana? ¡No quiero ni imaginar cuántos niños bastardos han nacido de madres adolescentes que se tomaron en serio que su deber era procrear!

Las palabras de Marina empezaban a superar la comprensión de Lara, pero la expresión de su abuelo sugería que no le estaba gustando aquella diatriba.

—Marina, estás desbarrando.

—Ah, ¿sí? ¿Estoy desbarrando porque quiero que Lara adquiera sus convicciones por sí misma? ¿Que tenga opiniones propias? ¿Por qué debería permitir que nadie le diga en qué tiene que creer?

Oskar respiró hondo.

—Aquí no estamos hablando de lo que hay que creer. Estamos hablando de la ley.

—¡Tiene mucho que ver con lo que hay que creer! ¡El gobierno está utilizando la ley para inculcar a la fuerza una creencia! ¿Es que no lo ves? ¿Es que no quieres proteger a tu nieta frente a eso? A no ser que... —En su diatriba, Marina había ido aproximándose al sofá, hacia Lara y Oskar, para alejarse de nuevo. Sin embargo, esta vez se quedó. Qué raro... Lara tuvo la sensación de que en aquella habitación se había instalado algo nuevo. Algo intenso y posiblemente peligroso se había mezclado en el aire delante de ella, entre su madre y su abuelo. Este se palpaba los bolsillos buscando su tabaco y su pipa, pero cuando Marina enmudeció de repente, levantó la vista—. A no ser que no quieras que Lara empiece a cuestionar las cosas. —Aquellas palabras le salieron muy despacio, como si las hubiera paladeado con la lengua antes de pronunciarlas—. Porque en ese caso podría cuestionarte a ti. Igual que su madre.

Aquello ya no era una conversación acerca de las Juventudes Hitlerianas, pero Lara no supo en qué se había convertido. A su madre se le habían llenado los ojos de lágrimas. El abuelo la miró largamente.

—Tuve que permanecer en mi posición —dijo al cabo.

—Tuviste la posibilidad de escoger. Y escogiste quedarte.

Oskar fue hasta el perchero de la entrada y descolgó su sombrero de fieltro, que estaba en el primer gancho. Alisó la pequeña pluma marrón que adornaba el ala derecha y se lo encasquetó.

—Tienes razón, Marina, tuve la posibilidad de escoger, o por lo menos eso pareció en aquel momento. —Abrió la puerta de la calle—. Pero nuestra posibilidad de escoger no siempre es lo que parece.

Acto seguido, salió y cerró de nuevo.

Aquella no era la única vez en que se habían peleado su madre y el abuelo. Normalmente, Lara salía de la habitación cuando veía que ambos se enfadaban el uno con el otro. Sin embargo, después de aquel día Marina dejó de llamar «*Vati*» al abuelo y empezó a llamarlo Oskar. Y también después de aquel día ella tuvo su uniforme. Cuando el tiempo empezó a refrescar, le dieron una chaqueta, un *blazer* marrón claro, hecho a medida, entallado al cuerpo, la prenda de ropa más estilosa que había tenido jamás. Se la ponía siempre que podía, aunque se suponía que solo debía llevarla en las reuniones de la Hermandad.

Suspiró contra el follaje de la zarzamora, recordando aquella chaqueta. Ahora le quedaba pequeñísima, y no había motivo para comprar una nueva porque ya no vivían en Berlín. Sabía que antes en Meerfeld había una sección de la Hermandad a la que acudían las chicas de Blumental, pero desconocía si aún seguía reuniéndose, y además todo parecía menos importante que antes.

Volvió a centrar la atención en la revista y fue pasando las páginas despacio, sin prisa. Hasta que por fin llegó a la página 81, donde empezaba el artículo que hablaba de la princesa Isabel. Miró brevemente lo que había en la otra página y dejó escapar una exclamación ahogada. Allí, justo al lado de la fotografía a media página de Isabel tocando el piano en un elegante salón de música, había un anuncio a toda página de las toallitas higiénicas Modess. ¡Qué falta de respeto a la realeza, qué flagrante desprecio hacia la honra y la sensibilidad de Isabel! Se apresuró a doblar la revista por el centro, para que Isabel no tuviera que ver aquel anuncio. Solo entonces pudo leer el artículo con comodidad.

Le habían puesto el apodo de «Betts» y, como estaba preparándose para ser reina, contaba con un tutor particular, Crawfie, que la instruía en todas las materias, desde literatura inglesa hasta historia del mundo, incluida (y esta era por lo visto una prioridad para un monarca inglés) la historia de Estados Unidos a partir de 1776. Su cumpleaños era el 21 de abril, lo cual significaba que hacía casi tres meses que tenía dieciocho años cumplidos. Cada año, por su cumpleaños, su padre le regalaba una perla. Además, este año, dado que había alcanzado la mayoría de edad, iban a asignarle una dama de compañía. Lara se imaginó lo que debería ser el lujo de llevar al lado a una persona cuyo trabajo consistía en hacer lo que una le ordenara. Podría encargarle que se ocupara de tender la ropa, o de limpiar el gallinero.

Para gran decepción suya, el artículo decía que la princesa Isabel no sabía vestir. Lara se dijo que probablemente ello se debía a que estaba demasiado protegida. Lo que necesitaba era una amiga íntima que fuera con ella de compras. A Lara le resultaría fácil ayudarla a aprovechar bien su considerable asignación económica anual para mejorar su vestuario. Y habiendo cumplido los dieciocho, Isabel debería —Lara lo recordó por las diversas revistas inglesas de moda que había leído— tener un baile de debutante. Empezó a fantasear con ayudar a la princesa a elegir el vestido perfecto para dicho baile, igual que había hecho el hada madrina de Cenicienta. Corpiños de lentejuelas plateadas, mangas de encaje, largas colas de satén color marfil... Aquellas imágenes iban flotando en su imaginación, hasta que leyó en el siguiente párrafo que este año, debido a la guerra, no habría baile. En lugar de ello, la princesa iba a organizar una pequeña fiesta con invitados en su casa de campo. Lara sintió angustia por la princesa.

—¡Lara! —la llamó Sofía desde el porche trasero—. ¡Lara, ven a comer, ya ha llegado el abuelo!

A Lara le dio un vuelco el corazón. Para comer no tenía prisa, en cambio para su abuelo... para su abuelo, sí. Cerró la revista, volvió a meterla en el sobre y salió del refugio de zarzamoras rápidamente. Cruzó a la carrera el tramo de hierba, que pedía a gritos que la recortaran (otra tarea que podría encargar a su dama de compañía), pensando en todas las cosas que tenía que contarle al abuelo: los estudios de Isabel, el hecho de que hubiera tenido que sacrificar su baile de debutante y cómo se preparaba para ser reina. No tenía interés por saber dónde había estado el abuelo, ni con quién, ni lo que había hecho: lo que importaba era que estaba en casa.

16

Edith se asomó por la puerta que daba al jardín trasero, donde se encontraba Oskar de pie en la terraza de piedra, con Sofía, que correteaba a su alrededor esquivando las cosquillas que él pretendía hacerle. Lara venía a la carrera por la hierba, con su melena rubia liberada de la coleta y agitándose al viento. Llegó jadeando, y Oskar la recibió con un gran abrazo. Edith observó que Lara hundía el rostro en el chaleco de lana del abuelo y se apretaba contra él, como queriendo confirmar que era real.

Edith había tenido una reacción parecida una hora antes, cuando el abuelo la abrazó a ella en la cocina. Después de haber deseado tantas veces tenerlo cerca en los seis últimos meses, le costó creer que aquel contacto no fuera una fantasía que se evaporaría de un momento a otro.

—Lo siento mucho —le susurró él al oído—. Lo que sucedió ayer, lo de las banderas, fue por mi culpa. —La estrechó con más fuerza—. Me siento muy agradecido de que a nadie le ocurriera nada. A vosotras.

Edith no respondió. Y no porque estuviera enfadada. No culpaba a Oskar del estallido de rabia que había tenido el capitán Rodemann. Al contrario, ella también se sentía agradecida. Por tenerlo otra vez en casa, por poder abrazarlo, por oírlo decir que seguía necesitándola. Cuando él por fin la soltó y dio un paso atrás para contemplarla, Edith observó que su cabello, antes salpicado de algunas canas, ya era completamente blanco, y que sus ojos estaban más hundidos y serios que antes. Por lo demás, su marido estaba tan apuesto e iba tan bien vestido como siempre, llevaba sus gafas de montura rectangular apoyadas en el puente de la nariz, el extremo de su pipa asomaba por el bolsillo de la pechera, detrás del pañuelo blanco cuidadosamente doblado en pico, y sus calcetines marrones visibles entre el dobladillo vuelto de los pantalones y los zapatos negros con cordones.

En el porche, Oskar miró detenidamente a Lara.

—Vaya, vaya, jovencita, ¿dónde has estado? Veamos, a juzgar por esas manchas moradas en tu vestido, tendré que adivinar que... ¡en las zarzamoras! ¿Ya están maduras? ¿Me has traído alguna? —Lara, sonriente, negó con la cabeza. Él reparó en el sobre que aferraba en la mano derecha—. Ah, veo que has recibido el paquete que te envié. ¿Era el número que querías? Supongo que sí.

Lara asintió, y empezó a soltar un torrente de palabras igual que si hubiera abierto una espita.

—¡Oh, abuelo! ¡Es perfecto! ¡Mejor que perfecto, súper perfecto! ¡Pluscuamperfecto! Jamás he visto tantas fotos de Isabel en una revista. Ni un artículo tan largo. Cuenta muchísimas cosas sobre su vida. ¿Sabes que toca el piano? Y también canta. No muy bien, parece ser, pero no pasa nada, porque es una princesa. Y en su cumpleaños le regalan perlas, una cada año, se las regala su padre. Claro que ya puede regalarle perlas, es el rey de Inglaterra, de modo que tiene montones. Seguro que, si ella quisiera, podría regalarle rubíes o esmeraldas, pero supongo que las perlas le gustan más. A mí también me gustan, porque son blancas y lisas, como su cutis y...

Oskar se volvió hacia la casa y, al ver a Edith, le tapó la boca a Lara con su manaza, con lo cual la dejó en mitad de una frase.

—Lara, mira, ahí está tu abuela viniendo de la cocina con noticias importantes. —Edith estaba esperando que se abriera un paréntesis en el monólogo de su nieta, y mientras tanto se había quitado el delantal—. Ven, querida, que te liberaré de los grilletes de las labores domésticas y perfeccionaré tu transformación en la reina que todos sabemos que eres. —Le deshizo el nudo de la espalda, dobló el delantal en un cuadrado perfecto y se lo entregó a su esposa—. Lara me estaba hablando de cómo vive la realeza en Inglaterra, ¡pero percibo que aquí, en el Continente, estamos a punto de disfrutar de un almuerzo principesco!

—Así es —respondió Edith, notando el cambio de tono de Oskar. A su marido se le daba muy bien desviarse de la realidad con fantasías y cuentos de hadas, igual que en la pasada guerra, cuando construían su hogar soñado en las cartas que se enviaban, en parte para afianzar el contacto entre ambos y en parte para eludir la triste realidad de aquella época—. En esta cocina solo se sirven comidas principescas. Hoy destacamos las patatas principescas del huerto real y la trucha principesca de la familia de pescadores que vive aquí al lado, y que gentilmente ha aceptado acompañar a la familia real en este festín.

—¿Otra vez trucha? —se quejaron Lara y Sofía a la vez.

—No es una trucha cualquiera —dijo Oskar en voz baja y tono de conspiración. Las niñas abrieron los ojos: se acercaba el relato de un cuento—. Es una trucha arcoíris. ¿Y sabéis por qué se llama trucha arcoíris?

Lara y Sofía negaron con la cabeza.

Antes de que Oskar pudiera continuar, Edith los hizo entrar a todos en la casa.

—Hermano Grimm, ¿te importaría contar el cuento en el comedor, donde te gustará saber que te aguarda un público más amplio?

La zona de comedor y sala de estar de la casa de los Eberhardt era una estancia de la planta baja, tan amplia que admitiría dos o tres Mercedes tipo sedán. Edith había domesticado aquel cavernoso espacio colocando acertadamente varios sofás, sillones, alfombras y lámparas. También una araña encima de la mesa de caoba del comedor, más para crear ambiente que para proporcionar iluminación. Hoy, aunque era mediodía, Edith había encendido todas las velas de cera amarilla, con lo cual las caras de los comensales aparecían iluminadas por su resplandor. Había puesto la mesa con la porcelana que utilizó para su boda, la Rosenthal color crema que se había traído en la mudanza temiendo las vicisitudes que pudiera sufrir con los bombardeos en Berlín. En el centro había un gran jarrón con las flores que había recogido Sofía en el jardín, media docena de variedades diferentes: frondosas rosas rojas y fucsias, hortensias rosadas y estilizadas espuelas de caballero azules.

Edith se alegró de que Erich hubiera decidido quedarse un día más, y también de que hubiera aceptado la invitación de cenar con ellos. Otro pasito para reparar la brecha que los separaba. Erich estaba sentado enfrente de Marina, que se había puesto al lado de Myra Breckenmüller y delante de la gran estufa que caldeaba la estancia. Se fijó en que su hija había decidido dejarse el pelo suelto; no había duda de que era la presencia de Erich, no la de Oskar, lo que había inspirado dicha decisión. Edith se mordió la lengua para no hacer comentarios desde aquel conocido espacio de miedo y rabia, un espacio que había tomado la firme decisión de no visitar de nuevo. Ocupó su sitio a la cabecera de la mesa, frente a Oskar, mientras Lara se apresuraba a hacerse con la silla situada al lado de Rosie, con lo cual Sofía tuvo que sentarse entre Karl y Myra Breckenmüller.

—¿El abuelo va a contar un cuento? ¿De qué va? —quiso saber Rosie.

—Adelante, Oskar, cuéntalo mientras empezamos a pasar los platos —lo instó Edith. Aunque sus historias tendían a hacerse interminables, hoy no le importó darle el capricho. Cuando contaba cuentos, Oskar se encontraba en su elemento—. Karl, ¿quieres hacer los honores de servir el pescado? —Pasó a su invitado una humeante bandeja de forma ovalada.

Oskar sacudió su servilleta en el aire para desdoblarla y se la puso sobre las rodillas con un floreo.

—Bueno, pues se trata de la historia de cómo a la trucha arcoíris le pusieron ese nombre, una historia que tú, Karl, sin duda conocerás.

Karl, percatándose de que su papel era el de un actor secundario, se concentró en ir colocando filetes de pescado en los platos que le iban pasando, sin levantar la cabeza.

—Oh, no, Oskar, yo no conozco historias sobre los peces. Los peces nunca me cuentan nada, ¿sabes? —respondió—. Teniendo en cuenta el papel que desempeña cada uno de nosotros, lo cierto es que no nos llevamos del todo bien.

—¡Abuelo, *herr* Breckenmüller es pescador! —le recordó Sofía a Oskar.

—Es verdad, qué tonto soy —dijo Oskar al tiempo que se servía unas patatas en su plato—. En fin, estaba explicando el asunto de la trucha arcoíris, que tenemos el honor de saborear en este día. Todos sabéis que, cuando llueve y al mismo tiempo brilla el sol, a veces se ve un arcoíris, ¿verdad? —Todos los comensales afirmaron con la cabeza. Oskar, complacido por la atención de su público, prosiguió—: Pero... —dijo, cortando el aire con el cuchillo— eso no siempre ha sido así. Hace mucho tiempo, no existía eso que llamamos los colores. Solo existían el blanco y el negro. —Hizo una pausa para que calara en la mente de todos la trascendencia de que hubiera un mundo carente de color, y seguidamente pinchó una zanahoria, la sostuvo unos instantes frente a sí para admirar su tono anaranjado, rotundo e inequívoco, y después se la llevó a la boca—. Todo era bastante aburrido. Entonces, un día, un pez, una trucha para ser más exactos, estaba saltando por el agua durante una tormenta, solo por divertirse. Y justo cuando estaba trazando el arco del salto, dejando una estela de gotitas... —a modo de ilustración, Oskar surcó el aire con una patata empalada en el tenedor— ¡cayó del cielo un relámpago e impactó en todas esas gotitas de agua! ¡Y adivinad lo que ocurrió!

—¡Bum! —exclamó Rosie al tiempo que clavaba su tenedor en la zanahoria que tenía en su plato. Edith frunció el entrecejo.

—¡Exacto! ¡Una explosión! Y justo sobre nuestro lago empezaron a llover colores: rojo, azul, amarillo, verde, naranja, morado...

—¡Rosa! —aportó Rosie, dando un brinco.

—Sí, rosa también, por supuesto, y turquesa y marrón. De hecho llovieron todos los colores imaginables, y de repente el mundo se transformó por efecto de los colores. Y a partir de aquel día, todas las truchas iguales a la que fue tocada por aquel relámpago se conocen como truchas arcoíris.

—Y todo el mundo celebró todos los colores y los consideró hermosos —agregó Marina.

—Pero el mejor es el rosa —insistió Rosie.

—¡No, el azul! —replicó Sofía.

—No hubo un color mejor que otro —dijo Marina—. Simplemente, eran todos distintos.

Oskar miró a Marina. Sus ojos todavía brillaban de diversión por el éxito obtenido por su relato.

—No sabía que este cuento tuviera moraleja, querida —le dijo.

En un instante, Marina se encendió, espoleada por la fibra sensible que Oskar había tocado sin querer.

—¿Es que ya no crees en las moralejas? —le preguntó con intención.

En la mesa se hizo el silencio. Edith vio que Oskar se encogía, ya fuera por la cólera o porque se sentía herido. Marina bajó la vista a su plato, como si se arrepintiera de lo que acababa de decir, pero Edith sabía que su hija era demasiado orgullosa para pedir perdón. Por suerte, acudió Lara al rescate.

—*Mutti* aprende todo lo que tiene que ver con moralejas del pastor Johann —dijo—. Toman té juntos casi todos los días.

Fue la frase perfecta. Desactivó el comentario mordaz de su madre y lo situó dentro de un contexto más inocuo. Edith se preguntó cuándo se había convertido en diplomática su nieta mayor, pero es que Lara estaba deseosa de impedir discusiones entre Marina y Oskar. Era lo bastante mayor para acordarse del malhumor que reinaba en las comidas en Berlín antes de que Oskar y Marina firmaran su frágil tregua.

—¿Es cierto eso? —preguntó Oskar—. ¿Conversas a diario con el pastor? —Mientras hablaba, jugueteaba con la servilleta extendida sobre sus rodillas. A juzgar por el tono de forzada curiosidad que traslució su voz, Edith notó que estaba intentando obviar el comentario de Marina. Carraspeó, puso su servilleta en la mesa y se levantó—. Pues eso se merece un brindis. —Levantó su vaso de agua en dirección a Marina—. Por el pastor Johann, por mantenernos a todos en el buen camino. —Marina percibió un tono de perdón en la voz de su padre, y levantó la vista hacia él. Lo que quiera que hubiese surgido un momento antes entre ellos, desapareció—. Por la trucha arcoíris, por estar tan sabrosa con salsa holandesa —continuó Oskar—. Y por mis extraordinarios vecinos Myra y Karl; por mi querido amigo e hijo Erich, y, naturalmente, por mi amada familia compuesta por mujeres, que reinventan la belleza con cada generación. —Edith se ruborizó y Lara sonrió de oreja a oreja—. Y también por el milagro que permite que todos mis seres queridos estén sentados en torno a una mesa, en un momento dado y todos a la vez. —Calló unos instantes y cerró los ojos—. Que sea el primero de muchos.

—*Prost!*

La mesa se llenó de tintineos de copas. Aunque las velas de la araña estaban bastante gastadas, dieron la impresión de emitir más luz. Edith recorrió con la mirada los rostros de todos los presentes, rostros que se habían suavizado y las arrugas de preocupación, alisado, gracias al resplandor cremoso de las velas. Los contornos se habían difuminado, y los mantuvieron suspendidos en aquel instante, fusionados de un modo más permanente en algún espacio imperecedero.

—Bien, contadme —pidió Oskar, quebrando el hechizo—. ¿Qué hay de nuevo en Blumental?

—¡Ayer estuvieron a punto de ahorcar al *bürgermeister*! —exclamó Rosie—. ¡Y se hizo pis en los pantalones! —Miró a Sofía y las dos soltaron una risita.

—¡Rosie! —la reprendió Marina—. No repitas eso.

—¡Pero si es verdad!

—Sí, es verdad, pero es embarazoso para *herr* Munter, y tú sabes que estaba muy asustado —dijo Marina.

—Estoy seguro de que yo también me haría pis en los pantalones si fueran a ahorcarme —comentó Karl.

—Bien, incontinencias aparte —terció Edith—, Erich fue el héroe y resolvió la situación. Incluso llegó montado a caballo.

—¿A caballo? ¿No partiste de Fürchtesgaden en coche? —le preguntó Oskar.

—Sí, pero me falló el transporte moderno y tuve que requisar un medio más fiable, el cual, menos mal, estaba rumiando la hierba junto a la carretera.

—¡Era el caballo más bonito que se ha visto nunca, abuelo! —declaró Rosie.

—Y yo aún no he tenido ocasión de darle las gracias, general —terció Myra Breckenmüller al tiempo que extendía el brazo por encima de Sofía para tomar la mano de su esposo—. No sé qué habría hecho Karl si...

—¿Karl? —Oskar, confuso, miró a su amigo, que tenía la vista clavada en su servilleta.

—Yo fui quien hizo el nudo de la horca —explicó Karl.

—El capitán Rodemann creía que el *bürgermeister* era un traidor —explicó Myra—. Supongo que se basaba en las órdenes recibidas del Führer acerca de la desobediencia de civiles.

Marina, que estaba ayudando a Edith a recoger la mesa, entró de nuevo en la sala portando dos cuencos humeantes.

—Ese capitán Rodemann puede irse al infierno con sus malditas barricadas y su manía de ir disparando por las calles. Es un milagro que nadie resultara muerto —comentó al tiempo que depositaba los cuencos en la mesa con más ímpetu del necesario. Myra, con una mueca, se los pasó a Sofía y Karl—. ¡Era todo arrogancia y estupidez! Igual que un golfillo que se dedicara a ahogar gatitos para divertirse.

Al oír «gatito», Sofía se bajó de su silla, fue hasta Karl y se subió al banco situado al lado de Oskar. Le cogió la barbilla con sus dos manitas y lo obligó a volver la cara.

—Abuelo, Irene tiene gatitos. ¿Podemos quedarnos uno?

Edith, que estaba poniendo un cuenco de crema de trigo delante de Oskar, observó cómo se le ablandaban las facciones. Esbozó una sonrisa lenta y nostálgica que le agitó las puntas del bigote y por un instante dio la impresión de encontrarse lejos de allí. Luego, poniendo las manos en la cabeza de Sofía, se inclinó y la besó en la frente.

—Pues claro que sí. Naturalmente —le respondió—. Elige el mejor cazarratones de toda la camada y tráelo aquí, y le pondremos por nombre *Munter*.

—¡Oooh, *griessbrei*! —exclamó Rosie, mirando la crema de trigo caliente.

—Lleva *coulis* de grosella. Las moras todavía no están maduras —se disculpó Edith. Una vez que hubo servido a todos, ocupó su silla y cogió su cuchara.

En ambos lados de la mesa se oyeron murmullos de aprobación conforme las grosellas iban fundiéndose con la crema en las bocas.

Marina fue la primera en romper el encanto.

—La última noticia que tenemos es que el capitán Rodemann se ha ido de Meerfeld. Por favor, dime que lo han destinado a otra parte y que en este momento se está marchando con sus tropas.

Oskar negó lentamente con la cabeza.

—Por ti, Marina, desearía poder decirte eso. Pero ha surgido otra novedad que requiere que Rodemann y sus tropas regresen a esta zona, por lo menos para quedarse uno o dos días. —Hizo una pausa. Todas las miradas se volvieron hacia él. Él las sostuvo todas, pero, para el gusto de Edith, la pausa se alargó demasiado—. El Führer va a visitarnos —anunció finalmente.

Edith tuvo la misma sensación que si alguien hubiera absorbido de pronto todo el aire de la sala. Dejó escapar una exclamación ahogada.

—¿Qué? ¿Va a venir aquí? ¿A Blumental? ¿Por qué motivo iba a querer venir aquí?

—Técnicamente, viene a Blumental a ver a un buen amigo suyo, el compositor Klaus Weber.

Klaus Weber, el famoso recluso de Blumental. Edith odiaba la música de Weber. Todas sus composiciones eran ampulosas y grandilocuentes, pero su estilo marcial y claramente teutónico había sido adoptado por el Tercer Reich como tema de inspiración para sus marchas. Respecto de la persona en sí, Edith no tenía ningún sentimiento en particular, porque era un personaje que se prodigaba muy poco. Su propiedad se hallaba situada al sur del camino del lago que penetraba en Blumental, y tenía unos tupidos setos que la protegían de las miradas curiosas. El propio Weber era un hombre notoriamente monástico.

—Por lo visto, *herr* Weber acaba de terminar de componer una marcha nueva —continuó Oskar—. Quiere dedicársela al Führer en una actuación privada, en su casa. Pero no temáis, solo he de asistir yo. —Edith se relajó ligeramente. Una actuación privada en casa de Weber quizá fuese tolerable, sobre todo si ella no tenía que asistir. Porque ella no era de las que aguantaban mucho—. No obstante —dijo Oskar mirándola con detenimiento—, ayer el Führer me dijo que, ya que va a estar por el vecindario, le gustaría conoceros a todos vosotros. Va a venir a casa a merendar.

—¿A merendar? —exclamaron Edith y Marina simultáneamente.

—Le dije que para nosotros sería un gran honor servirle.

Edith cerró los ojos y se apretó el puente de la nariz con el índice y el pulgar, en un intento de estabilizarse, pues acababa de sufrir un amago de vértigo. El Führer. Aquel hombre oscuro de cabello oscuro y oscuros ojos. La reacción instintiva que tuvo cuando lo vio por primera vez en Berlín —gracias a Dios, desde muy lejos— fue la de replegarse para impedir que la viera. No sabía cómo, pero ya desde mucho antes de la Noche de los Cristales Rotos y las políticas de opresión racial de aquel hombre, había percibido el peligro que suponía para el orden mundial. Sus cejas negras y su bigote vuelto hacia arriba (esto era antes de que se lo recortara) le recordaba al terrorífico sastre del cuento infantil *Pedro Melenas*, que perseguía con unas tijeras gigantes a los niños que se mordían las uñas y les cortaba el dedo pulgar.

Y ahora resultaba que el Führer iba a venir de visita a su casa. A su hogar. El hogar que habían creado Oskar y ella para poblarlo a continuación de hija y nietas. El hogar cuya puerta tan solo había sido traspuesta por amigos. El hogar que ella había rodeado de belleza, plantando lentamente una capa tras otra de hermosos arbustos y aromáticas flores, para que todo el que estuviera en su interior, al mirar hacia fuera, recordara lo maravilloso que era el mundo. O lo maravilloso que podía ser si se cuidaba con amor.

Y Oskar se proponía permitir al Führer entrar en aquel santuario. El Führer, un hombre cuya filosofía se basaba en la destrucción y la conquista, que proclamaba que amaba la belleza y en cambio la desconocía por completo. Porque la belleza, indiscutiblemente, se basaba en la verdad, y él vivía en la mentira.

—¿Cuándo? —preguntó Marina.

—Mañana por la tarde.

Edith no se percató de que Erich se levantaba. No había tocado su *griessbrei*. Rosie rápidamente se apoderó del cuenco y empezó a meterse una cucharada tras otra en la boca.

—Lo siento mucho, Edith —dijo Erich al tiempo que dejaba su servilleta en la mesa—. Pero si mañana llega el Führer, es seguro que la gente habrá estado intentando hablar conmigo para organizar la seguridad, y llevo toda la mañana sin pasar por el hostal para recoger los mensajes. Perdona que tenga que marcharme de forma prematura.

—Fue hasta ella, le tomó la mano y se la besó—. Señor —añadió con un gesto de cabeza dirigido a Oskar.

Edith todavía estaba acusando los efectos del anuncio que acababa de hacer su esposo, buscando desesperadamente una manera de rescindir la invitación. Notaba la boca extraña, de tan insensible, sentía la lengua gruesa y lenta de movimientos. Por fin consiguió decir:

—Querido Erich... —Y le hizo una caricia en la mano.

—Te acompaño hasta la puerta —se ofreció Marina retirando su silla—. *Mutti*, tú quédate, a ver si consigues convencer a tu marido de que no cometa esa locura.

Los Breckenmüller intercambiaron una mirada elocuente. Karl Breckenmüller se palmeó la barriga y suspiró.

—Pues si dais de comer al Führer tan bien como a mí, es posible que después tengáis que llevarlo a casa de Weber a bordo de un carro. Esta comida me ha dejado fuera de combate, no sé si voy a poder levantarme nunca más.

Edith captó la risa contenida de Oskar, pero se negó a imitarlo. Sabía que él intentaba aligerar el ambiente, pero si el ambiente se había enturbiado era por culpa suya. Le correspondía cargar con el peso de lo que acababa de comunicarles. Por suerte para él, Rosie todavía estaba sentada a la mesa. Su obsesión por atrapar hasta el último resquicio de crema de trigo con sabor a grosellas finalmente la llevó a acercarse el cuenco a la boca y lamerlo por dentro. El persistente tintineo de sus dientes contra la loza llamó la atención de Myra Breckenmüller.

—Rosie —le dijo al tiempo que se inclinaba sobre la mesa y daba unos golpecitos en ella con el dedo, delante de la pequeña. Su tono de voz no era recriminatorio, únicamente traslucía diversión. Rosie apartó el cuenco de su cara. Le había quedado una gruesa capa rosada de *griessbrei* y *coulis* de grosella en forma de semicírculo alrededor de la boca y también en la nariz, y tenía el pelo, las manos y la ropa salpicados de crema que ya se estaba secando. Esta vez, la carcajada que soltó Oskar fue clara y auténtica, y hasta Edith tuvo que sonreír al contemplar a Rosie.

—Lara, ¿te importa llevarte a Rosie y ayudarla a lavarse? —pidió.

Lara, con una mueca de disgusto, agarró a Rosie por una mano pegajosa y salió con ella de la habitación, camino del fregadero que había más allá de la cocina. Al ver que se iban sus hermanas, Sofía, que había estado todo aquel tiempo en silencio, se levantó de un salto. Volvió sus grandes ojos azules hacia Edith y le rogó:

—¿Puedo irme a casa de Irene?

—Sí, puedes irte.

—¿Y...?

—Y, como no deseo ir en contra de las cosas que promete tu abuelo, aunque no me consulte antes a mí —lanzó una mirada ceñuda a su esposo—, puedes escoger un gatito.

Sofía corrió hasta donde estaba su abuela, le dio un abrazo, y después fue hasta Oskar y le plantó un beso en la cara. Después de eso, salió por la puerta del porche.

—Nosotros también deberíamos irnos —dijo Myra poniéndose de pie junto con Karl—. Pero antes deja que te ayude con los platos, Edith. Así podremos ponernos al día de los chismorreos.

—Oh, no hay necesidad.

Era raro que Edith rechazase una oportunidad de charlar con Myra, pero en aquel momento se sentía demasiado abrumada para prestar atención a nadie. Necesitaba asimilar lo que iba a ocurrir en las próximas veinticuatro horas y pensar en cómo iba a sobrellevarlo con elegancia en vez de resentimiento. Además, tenía que hablar con Oskar.

—Cuida de la indigestión que está a punto de sufrir Karl. —Acompañó a sus amigos hasta la entrada. Oskar los siguió, manteniendo la distancia. Al llegar a la puerta, Edith se detuvo y besó a su amiga en ambas mejillas—. A lo mejor me paso más tarde.

—Sí, por favor —respondió Myra, llevándose a Karl hasta el exterior—. Puedo ayudarte a planificar lo de mañana, si me necesitas.

Edith afirmó con la cabeza. Se quedó unos instantes de

pie en la puerta, viendo cómo los Breckenmüller se aleja-
ban hacia su casa cogidos de la mano. Myra era una mujer
con suerte. Karl era un hombre agradable y sencillo. Ser
pescador no tenía resortes ocultos ni complicaciones.

Cuando se perdieron de vista, Edith cerró la puerta de
la casa.

—Oskar, tenemos que hablar de esto —dijo.

Pero Oskar ya no estaba.

17

Erich Wolf se reprendió a sí mismo por no haber recogido el telégrafo de campaña. Cuando regresó a Schwanfeld aquella mañana para ocuparse de que trasladasen su automóvil averiado al depósito militar de Friedrichshafen, se le pasó por la cabeza sacar el telégrafo portátil del maletero. Pero lo dejó donde estaba, pensando que no iba a necesitarlo en uno o dos días. Y ahora se encontraba con que no estaba preparado. Había sido una falta de previsión, pensó. Debería haberlo pensado mejor.

Oskar y Edith tenían teléfono en casa, pero él no podía utilizarlo sin suscitar toda clase de preguntas. Y tampoco habría sido correcto enviar aquel telegrama en particular desde la casa de Oskar. El único modo que tenía de comunicarse con Gottfried Schrumm era enviándole un telegrama desde la oficina de correos. Iba a tener que fiarse de la discreción de la directora de la oficina. Con suerte, la inminente visita del Führer ocasionaría un revuelo de telegramas entre Blumental y Berlín, y el suyo no llamaría la atención de nadie.

Por lo menos podría ver a Marina de nuevo, más tarde. Había abrigado la esperanza de pasar la tarde entera con ella, pero cuando Oskar anunció que al día siguiente iba a venir a visitarlos el Führer, se dio cuenta de que se le presentaba una oportunidad que no podía desperdiciar, y de que tenía que notificárselo lo antes posible a Berlín. Antes de salir de la casa, pidió a Marina que se reuniera con él en el jardín cuando las niñas ya se hubieran acostado. Ella comprendió que de momento Erich tenía asuntos urgentes que atender.

—Ve y haz lo que tengas que hacer —le dijo. Qué poco sabía ella lo que significaban en realidad aquellas palabras.

Hasta ahora, el plan había sido casi en su totalidad teórico, pero Erich estaba a punto de dar el primer paso para convertirlo en algo real. La agitación que sentía no le resultaba desconocida, la había experimentado innumerables veces durante las misiones de caballería que había llevado a cabo en la primera guerra: mientras inspeccionaba desde un punto elevado el batallón del enemigo, con su caballo *Loki* nervioso, levantando primero una pata y después la otra, listo para lanzarse al galope en cuanto su comandante le diera la orden. Ahora él también se sentía listo para lanzarse al galope, igual que un halcón posado en el guante del halconero, inquieto, esperando con ansia el fuerte impulso hacia arriba que lo lanzaría a la acción. En cambio ahora no tenía un caballo que lo tranquilizase. En aquella aventura estaba solo.

Sus fuertes botas crujían ruidosamente contra la gravilla del sendero del lago e incitaban a las aves acuáticas más asustadizas a levantar el vuelo. A lo largo de toda la orilla, alternaban los tupidos cañaverales con pequeñas playas de piedras hasta la propiedad de Weber, donde la ribera se veía interrumpida por un muro de hormigón de doce metros de altura. Era una frontera que resultaba incongruente en un pueblo que normalmente marcaba los límites de cada finca con hileras de malvarrosas y vallas livianas que se derrumbaban a la mínima. En la época de su construcción, veinte años antes, hubo algunos grupos de habitantes de Blumental que se quejaron, en nombre de la integridad estética del lugar. Weber acalló toda oposición con una oportuna oferta de restaurar la torre del campanario de Münster, que estaba a punto de desmoronarse.

Erich pasó junto a la verja que cerraba el camino de entrada para vehículos e hizo un alto para inspeccionar el terreno. Había un escuadrón de altos árboles que bordeaba el largo camino de entrada hasta la casa de Weber, y que reducía el campo visual de la propiedad al tramo que quedaba en medio, que en este caso era poco más que tierra apisonada. Erich no había esperado ver más, y tampoco lo necesitaba. Aquello no era una misión de reconocimiento. Ya tendría tiempo de explorar el terreno al día siguiente por la tarde. Experimentó un cierto alivio. Por fin, aquellos meses de planificación iban a culminar en una acción decisiva y tangible. Esbozó una leve mueca irónica al pensar cómo podía cambiar el mundo en la próxima semana, y al pensar que él podría tener algo que ver en dicho cambio.

El hombre que su padre había querido que fuera no habría tenido en cuenta el papel que Erich estaba a punto de desempeñar. Aquel joven anterior a la guerra había observado cómo cada domingo pulía su padre la medalla que exhibía en la repisa de la chimenea: su preciada Blue Max, cuatro águilas doradas entre los brazos de una cruz de Malta azul. Aquel muchacho se había enrolado en el ejército, deseoso de seguir el mismo camino de heroísmo y gloria que había trazado a fuego su padre casi medio siglo antes, en la guerra franco-prusiana, una contienda que creó un país unificado a partir de un puñado de estados que peleaban entre sí. Mediante el ritual y el comportamiento, sus padres le inculcaron todo aquello en cuanto creían. Por ejemplo, la necesidad de honrar el apellido de la familia era algo que estaba incluido en la Biblia de cuero negro y su repetición de memoria cada domingo antes de almorzar. El respeto a la familia y a los antepasados era algo que teñía cada palabra que leía su padre de aquel grueso libro, en cuya guarda estaban escritos con bella caligrafía de tinta los nombres de varias generaciones que llevaron el apellido Wolf —con sus fechas de nacimiento, de bautizo, de matrimonio, de fallecimiento— a lo largo de los siglos. Aquella Biblia estaba impregnada con la gloria de Martín Lutero y de Carl Hildebrand von Canstein, que llevaron la palabra de Dios al pueblo germano. El padre de Erich era muy consciente de la importancia del hecho de que, de todas las lenguas de la Tierra, la primera a la que se tradujo la palabra de Dios hubiera sido el alemán.

Su madre también contribuyó a la hora de mostrarle la belleza de su idioma nativo, pues todas las noches le dormía con su suave voz de soprano. A través de la voz de su madre, en su habitación a oscuras fue penetrando suavemente la música de Schiller: *O schlinge dich, du sanfte Quelle / Ein breiter Strom um uns herum / Und drohend mit empörter Welle / Verteidige dies Heiligtum.*

Armado con el convencimiento de cuán fuerte y grandiosa era su cultura, Erich entró en el ejército alemán a tiempo para la primera gran guerra. Cuando conoció a Oskar Eberhardt, su sentido de la devoción a su país seguía siendo ilimitado e inquebrantable. A lo largo de los dos años siguientes, sucios y sangrientos, Oskar inculcó al joven soldado un principio complementario pero indispensable: la incuestionable lealtad de un soldado para con su comandante. Años más tarde, cuando Erich entró a formar parte del Estado Mayor General del Führer e hizo el juramento de lealtad, creía de todo corazón en el dogma de la total dedicación al comandante en jefe, de la obediencia absoluta de sus órdenes. Durante muchos años no tuvo motivos para dudar de aquel axioma.

Hasta que llegó la invasión de Polonia. Tras conquistar Varsovia para ayudar a satisfacer el insaciable apetito de nuevos territorios que tenía el Führer, la 25.ª División Panzer recibió la orden de dirigirse hacia el este para proteger las localidades del extrarradio y desviar al ejército soviético, que avanzaba hacia el oeste. Se le ordenó a Erich que abandonase el Estado Mayor General del Führer para prestar apoyo a la 9.ª División del ejército, que seguía siendo crucial en Varsovia. Su deber consistía en mantener el orden hasta la llegada de los *einsatzgruppen*, las fuerzas de seguridad de élite que se estaban entrenando para la ocupación. Erich tenía entendido que la misión militar definitiva en Polonia era la anexión. En aquel momento aún no comprendía que el verdadero propósito del Führer era arrasar totalmente la civilización polaca.

Erich tuvo que quedarse en Varsovia, fastidiado por el encargo recibido. Él deseaba estar al mando de la operación militar que se desarrollaba en el este. No porque le gustara la tarea de ejercer el poder sobre los ciudadanos de otro país, sino porque al este de Varsovia había un lugar en particular que le hacía señas: Niebiosa Podlaski. Todo verdadero soldado de caballería lo conocía. Niebiosa Podlaski, una extensa llanura de prados verdes y bosques frondosos, era una granja de sementales famosa por sus incomparables caballos árabes, sobre todo el gran semental *Witrez*, un magnífico macho de pelaje negro y bayo, dueño de una belleza y un porte atlético, que, según decían, dejaban boquiabierto a todo el que lo contemplaba. La granja se hallaba a una distancia tentadora, de tan próxima. Resultaba imposible no ir a verla. De modo que una tarde de cielo nublado, Erich dejó al capitán Rutger Moritz al mando de Varsovia y se marchó a ver aquellos famosos establos.

Le llevó dos horas de trayecto en automóvil llegar al desvío que debía tomar para llegar hasta Niebiosa Podlasky. Lo sorprendió ver nubes de polvo en el camino de entrada sin asfaltar que partía de la carretera principal, como si recientemente hubiera habido alguna visita. Apagó el motor del coche y esperó en el desvío, escuchando, sin saber muy bien lo que esperaba oír. Los sonidos que percibió cuando ya no estaban amortiguados por el motor estuvieron a punto de pararle el corazón.

Por todas partes se oían agudos berridos que surcaban el aire, gemidos entrecortados y gritos de dolor. Eran caballos que estaban sufriendo. Sus gritos le perforaron los oídos y le hirieron el alma. Se metió con el automóvil por el largo camino de entrada y pasó a toda velocidad junto a varias filas de densos arces noruegos que iban alfombrando el suelo con sus hojas secas. Cuando llegó al edificio de tejado alargado que servía de vivienda, vio las rodadas de lo que debió de ser una flota de *jeeps* y coches patrulla.

Habían levantado montones de tierra húmeda de los cuidados parterres y los habían volcado sobre el sendero de macadán, salpicados con multitud de zinnias multicolores arrancadas. Erich se apeó del coche y echó a correr en dirección a los establos. En los cinco minutos que tardó en alcanzarlos, cesaron los gritos. Subió rápidamente por un repecho cubierto de hierba, desesperado por avanzar más deprisa, aunque los pies se le hundían constantemente en la tierra fértil. Por fin logró coronar el repecho y se detuvo unos instantes para contemplar el prado, los establos y lo que había más allá.

En todas direcciones había caballos muertos, con la cabeza acribillada por las balas y el cuerpo rajado por las bayonetas. Bocas de suave terciopelo que yacían sin vida entre los tréboles, ajenas a las moscas que se les posaban en las fosas nasales. Ni uno solo de aquellos majestuosos torsos se alzaba movido por la respiración. El único movimiento visible era el de los insectos y el de la ligera brisa que soplaba.

Había sido una carnicería total, ni un solo animal se había salvado. Erich se enfureció ante la sinrazón de aquella matanza. No había absolutamente ningún motivo para asesinar a aquellas magníficas criaturas. No había absolutamente nada que ganar con su muerte. Fue andando despacio hasta una yegua plateada cuyo cuerpo yacía junto al de su potrillo. Se arrodilló frente a su cabeza y alargó una mano para cerrarle los ojos. En la primera guerra había conocido varios caballos árabes y se había maravillado de su elegancia y su andar fluido, de su vitalidad y su inteligencia, así como de su valor. Pero eran los ojos. Unos ojos grandes, oscuros y brillantes que seguían todos tus movimientos, que te atraían cuando te acercabas a ellos, que te llegaban al corazón y lo invitaban a bailar. Aquella luz, presente en centenares de pares de ojos, había sido apagada de la manera más cruel.

A Erich no le quedó la menor duda de quién había sido el responsable de aquella carnicería. Por primera vez desde que se enroló en el ejército alemán, sintió vergüenza. No había nada admirable en vestir el mismo uniforme que aquellos carniceros.

Aquella fue la primera grieta que se abrió en los cimientos que sustentaban la lealtad de Erich. Los hombres que habían hecho aquello eran hombres con los cuales él compartía un mismo país y una misma cultura. Supuestamente, dichos hombres se habían criado en el amor a Goethe y a Bach, y les habían contado lo mismo acerca de Prusia y de Bismarck, de la guerra y el triunfo. Y, sin embargo, eran unos canallas, viles y despreciables, indignos de servir a una nación que, en su opinión, debería ser defensora de la belleza, la elegancia, la inteligencia y la fuerza, las mismas cualidades que personificaban los caballos estúpidamente asesinados que tenía ante sí. El informe que envió posteriormente a Berlín, en el que hacía un resumen del incidente y recomendaba que los oficiales implicados fueran degradados se ignoró por completo. Aquel mismo invierno, en un cóctel celebrado en Varsovia, Erich le planteó la cuestión al mariscal de campo Brommer. Este lo miró con expresión de incredulidad y le dijo: «Erich, esos caballos eran polacos. Reconozco que tal vez fueran mejores que la gente de ese país, lo cual, como todos sabemos, no es decir gran cosa. Pero el hecho sigue siendo que eran polacos y, por lo tanto, prescindibles.»

Tres años y medio después, cuando Gottfried Schrumm le mostró un diario secreto que contenía documentación acerca de los crímenes de guerra de los alemanes, su creencia en el ideal de fidelidad incondicional al comandante que sostenía Oskar se evaporó. Para entonces Erich ya había visto con sus propios ojos una buena parte de la falta de humanidad que testificaban aquellas páginas, y había oído demasiadas diatribas racistas del Führer como para dudar de que dichas acciones habían sido oficialmente sancionadas, incluso ordenadas, desde el más alto nivel. Según Gottfried, el pequeño movimiento de resistencia que tenía su sede en el Ministerio de Defensa necesitaba un militar, preferiblemente uno que tuviera acceso directo al Führer. El desastre militar de Stalingrado había dejado más claro que nunca que era necesario hacer algo. El empuje alemán hacia aquella ciudad soviética no debería haberse iniciado en una época tan avanzada del año, y desde luego jamás por parte de un ejército tan mal equipado e inadecuadamente reforzado. A los ojos de Gottfried y de la Resistencia, la obcecación del Führer por conquistar Stalingrado, un objetivo que sus consejeros consideraban inalcanzable, no era otra cosa que el producto de su megalomanía, y tuvo como resultado casi medio millón de muertos para Alemania, de todo punto innecesarios. Tras recitar esta información, Gottfried se inclinó sobre su escritorio, en Berlín, y dijo:

—Originalmente, nuestro objetivo era despojarlo de autoridad, obligarlo a descender un peldaño. Tenemos gente dentro y fuera de la administración que está preparada para cubrir el vacío de poder que dejaría el Führer tras de sí. Gente válida, gente que sabe gobernar. Naturalmente, él jamás se retiraría por voluntad propia. Quitarlo de donde está requiere algo más que destronarlo.

Erich se incorporó en su asiento. Estaba bastante seguro de conocer la respuesta de la siguiente pregunta que iba a formular.

—¿Y qué es exactamente lo que requiere?

—Matarlo. —Erich no se inmutó—. Ya hemos llevado a cabo unos cuantos intentos —aseguró Gottfried, reclinándose de nuevo en su sillón—. Obviamente, sin éxito. Ese hombre posee un increíble sexto sentido para oler el peligro, o bien una suerte tremenda. O ambas cosas. En cualquier caso, hemos llegado a la conclusión de que nuestro principal error ha sido equivocarnos en la manera de abordarlo. Tenemos *in situ* a varios hombres capaces de proporcionar el medio para matarlo. El instrumento, por así decirlo. Están repartidos por todo el país.

—Pero ¿cómo sabéis que el Führer va a acudir a esos lugares? —preguntó Erich.

—No lo sabemos —admitió Gottfried—. Hemos señalado con precisión una serie de ubicaciones, algunas sumamente probables, otras menos, en las que situar nuestras armas. Lo que nos falta ahora es la capacidad de llevar el instrumento hasta la persona del Führer. Si se aproxima a una de esas ubicaciones, necesitamos tener un hombre dentro, lo ideal sería contar con alguien del Estado Mayor General, que pudiera establecer contacto directo con el Führer sin que nadie lo cuestionase.

—Un hombre como yo —dijo Erich.

—Por eso estás aquí, ¿no es cierto?

En aquel momento, la propuesta de Gottfried Schrumm le pareció a Erich la culminación lógica de tres años de introspección, tres años de lucha con los límites del honor y de la lealtad. A Erich lo preocupaba más la idea de traicionar a su padre y a Oskar que infringir el juramento que le había hecho al Führer. De igual modo que las águilas doradas del querido Blue Max de su padre relucían bajo el sol, con las garras asiendo tenazmente los brazos de la cruz de Malta, los ideales de disciplina militar y de lealtad que inspiraron a su padre se aferraban a la psique de Erich.

Y Oskar. Oskar, esencialmente, había sido el que había convertido a Erich en el hombre que era. Cada estrategia que diseñó, cada decisión que tomó en el campo de batalla, cada orden que impartió a sus tropas, fue informada por los años que había servido bajo el mando de su primer comandante verdadero, escuchando y ejecutando sus instrucciones cada vez con mayor respeto. Y también, una vez que hubieron fallecido sus padres, los doce años que pasó en casa de Oskar, desempeñando aquel extraño papel —en parte hijo, en parte compatriota, en parte amigo— había transformado sus sentimientos de gratitud, necesidad y veneración en algo que se acercaba al asombro reverencial. Erich sabía que Oskar era indeleblemente prusiano en su forma de entender la autoridad. La ley era la ley, las órdenes eran las órdenes, y ambas cosas debían acatarse sin titubear y sin cuestionar nada. Oskar estaba convencido de que ello era esencial para alcanzar una sociedad civilizada. En Berlín, Oskar había iniciado a Erich en las obras de Tomás de Aquino y las virtudes cardinales: prudencia, justicia, fortaleza y templanza, según las cuales Oskar medía sus propias acciones.

Por irónico que pareciera, fue la insistencia de Tomás de Aquino en que el hombre debía ser fiel a la virtud lo que le dio a Erich la respuesta a su dilema. ¿Qué pensaría santo Tomás respecto de las órdenes del Führer? ¿Acaso no eran meras exhortaciones a cometer acciones que eran contrarias a la virtud del pueblo alemán y de la cultura alemana? Algunas de las acciones que había emprendido el Führer eran tan abominables, tan atrozmente pecaminosas, que Erich se imaginaba a santo Tomás ofreciéndose voluntario para dar muerte al Führer él mismo. ¿Estaría Oskar de acuerdo? Erich no lo sabía.

Abrió la puerta de la oficina de correos y sintió alivio al ver que dentro no había nadie más que Ludmilla Schenk, la directora.

—Buenas tardes, señora —la saludó—. Necesito enviar un telegrama a Berlín. Es urgente.

—Por supuesto. —Ludmilla buscó debajo del mostrador y sacó una hojilla de papel—. Si rellena este impreso, lo transmitiré inmediatamente.

Erich tomó el lápiz que le ofrecía la directora de la oficina y rellenó todos los campos requeridos: el nombre de Gottfried, título, oficina y número de despacho, y a continuación el mensaje que ya tenía redactado mentalmente: «Envía info para recogida instrumento. Entrega mañana 18:00-20:00 en casa Weber. Wolf.»

Seguidamente, depositó el papel sobre el mostrador.

—Gracias por la rapidez.

Ludmilla Schenck respondió con una sonrisa cortés.

—No hay problema, general. Como puede ver, estoy un tanto ociosa. Pero imagino que la cosa empezará a animarse en las próximas veinticuatro horas.

Acto seguido, se volvió y entró en un cuartito adyacente a la oficina principal.

A Erich lo sorprendió que la directora de la oficina de correos por lo visto ya estuviera enterada de la visita del Führer. Claro que seguramente había recibido varios telegramas procedentes de Berlín y había sacado la conclusión obvia. El objetivo de su telegrama no era decirle a Gottfried que el Führer iba a estar en Blumental, un dato que Gottfried sin duda ya conocía; lo que Gottfried no sabía era que él también se encontraba en Blumental y, más importante todavía, que había visto una oportunidad. Salió de la oficina de correos oyendo el suave golpeteo de las teclas del telégrafo. Ahora tocaba esperar.

Como se sentía demasiado inquieto para volver a su hostal, se encaminó hacia el centro del pueblo. No sabía con seguridad cuándo iba a recibir respuesta de Berlín, ni siquiera sabía si iban a responderle. El plan que había trazado Gottfried implicaba utilizar explosivos confiados a un portador no identificado. Por motivos de seguridad, le explicó Gottfried, todos los que participaban en la operación debían desconocerse entre sí; lo único que sabía Erich del plan era el papel que debía desempeñar él. No le habían especificado qué método iba a emplear el portador para transportar los explosivos al lugar de encuentro. Supuestamente, Gottfried contaba para el ataque con una franja temporal que duraría por lo menos unos cuantos días. Pero la oportunidad que se había abierto en Blumental no estaría disponible más que durante veinticuatro horas. Era una franja muy estrecha, una mínima ranura por la que colar una flecha. La flecha que él estaba a punto de disparar podría no alcanzar a tiempo su objetivo.

18

El cuenco de nueces peladas que Edith tenía frente a sí estaba casi medio lleno. Una o dos remesas más, y podría empezar a moler. Se ajustó el cojín detrás de la espalda e irguió un poco la postura en la silla de la cocina. Pelar nueces era una tarea tediosa, pero nunca le había importado llevarla a cabo, ni siquiera cuando era pequeña. Se requería práctica para sujetar la dura cáscara de la nuez en una mano y aplicar la presión justa con el cascanueces para que no se rompiera el tesoro que guardaba en su interior. Naturalmente, en una tarta Linzer, para la que las nueces se molían antes de añadirlas a la masa, no importaba que el fruto no quedara entero. Pero seguía mereciendo la pena romper la cáscara con cuidado, para no aplastar la membrana que rodeaba y separaba las dos mitades de la nuez. Cogió otra de la bolsa de lona que tenía encima de la mesa, se la puso en la palma de la mano izquierda y colocó el cascanueces sobre la juntura del centro. Acababa de echar al cuenco la nuez, dorada y perfecta, cuando entró Marina en la cocina.

—¿Has visto a Oskar?

—Ah, la pregunta del día: «¿Adónde ha ido Oskar?» —Edith procuró que no se le notase que estaba irritada—. No, querida, tu padre estuvo en su estudio después de comer, escribiendo telegramas a Dios sabe quién, pero cuando subí a hablar con él ya no lo encontré. Puede que haya ido a dar un paseo con Sofía. Me parece que ella quería enseñarle el gatito que ha escogido. —Cascó la nuez que tenía en la mano con excesiva violencia y la dejó a un lado—. ¿Quieres hablar con él de lo sucedido durante el almuerzo? Porque me parece que prácticamente se ha olvidado de ello. Tal vez sea mejor dejarlo estar.

—No, ese comentario que hice acerca de la moralidad se me escapó —dijo Marina—. Supongo que tengo demasiadas cosas en la cabeza. Me alegro de que él no le haya dado mayor importancia. —Se sentó delante del molinillo que Edith había sujeto al borde de la mesa y empezó a dar vueltas a la manivela con gesto abstraído—. Quería preguntarle por lo de mañana.

—¿Qué ocurre con lo de mañana? —Otra nuez rota. Edith la puso aparte.

—Quería saber cuándo se espera que venga el Führer a merendar. Tengo algunos recados que hacer por la mañana, pero quiero ayudarte a ti a prepararlo todo. Además —Marina respiró hondo—, también está la cuestión de la preparación mental.

—No estoy segura de que haya tiempo suficiente en el mundo para prepararse mentalmente —comentó Edith—. Pero Oskar me ha dicho que la hora prevista son las cuatro. De modo que lo que tengas que hacer por la mañana, podrás hacerlo sin problemas. Es posible que te necesite cuando se vaya acercando la hora. —Levantó la vista hacia su hija. Marina tenía la mirada seria, y su semblante transmitía una tristeza que ya le resultaba familiar. Empujó hacia ella el cuenco lleno de nueces peladas—. Toma. Si vas a dar vueltas a esa manivela, por lo menos que sirva para algo.

Las dos mujeres dejaron pasar unos instantes en silencio, reconfortadas por el efecto hipnótico y balsámico de la previsibilidad de la tarea que estaban realizando. Pasado un rato, Edith se atrevió a sacar el tema que llevaba dos días preocupándola.

—Marina, esos recados que tienes que hacer mañana, ¿tienen que ver con Erich?

Marina apretó el molinillo con más fuerza y mantuvo la vista fija en el lento girar de la manivela.

—No quiero hablar de él, *Mutti*. No quiero discutir.

—Hablar de él no significa que tengamos que discutir.

—En el pasado, siempre ha significado eso —replicó Marina.

—Pero ya lo he perdonado —aseguró Edith.

—¿Que lo has perdonado? —se encrespó Marina. No pudo disimular el tono de desdén—. ¿Porque cometió un pecado?

Edith dejó el cascanueces en la mesa y se esforzó en escoger con cuidado lo que iba a decir.

—Mira, ya sé que en el pasado he sido poco comprensiva respecto de la relación que tenías con él. Pero ahora quiero hablar contigo acerca del futuro. Sé que el hecho de que esté aquí te está afectando, te pone nerviosa. —Marina abrió la boca para replicar de nuevo, pero Edith se lo impidió alzando una mano—. Por favor, antes de decir nada, escúchame. —Marina, de mala gana, cerró la boca y entrelazó las manos en el regazo, intentando tener paciencia—. La primera vez que hablé contigo para exponerte mis sospechas acerca de lo tuyo con Erich —prosiguió Edith—, y tú me dijiste que estabas enamorada de él, me temo que no reaccioné bien. —Marina elevó las cejas... pero en un gesto de burla que no engañó a Edith—. Me quedé conmocionada, naturalmente, porque tú eras mi hija y él era prácticamente un hijo para mí, o por lo menos así lo consideraba yo, y por ese motivo aquello parecía algo, en fin, algo que no estaba bien.

—Pero Erich no es hijo tuyo —la interrumpió Marina—. Que a ti te parezca que sí no significa que yo lo sienta como un hermano.

—Ya lo sé, cariño, ya lo sé. Y con el tiempo he conseguido superarlo. Sin embargo, el problema más grande para mí era el temor de lo que pudiera significar vuestro amor para nuestra familia, el temor de la amenaza que representaba. Yo anteponía ese temor a intentar comprender tus necesidades y tus sentimientos, y quiero que sepas que lo siento mucho. —Hizo una pausa para permitir que hablase Marina, pero su hija estaba demasiado sorprendida por aquella inesperada disculpa como para reaccionar. De modo que Edith lanzó un suspiro y continuó hablando—. No sé lo que hablasteis Erich y tú en Berlín antes de la guerra. No sé si estudiasteis la posibilidad de fugaros juntos. En aquella época intenté, por motivos propios, convencerte de lo importante que era mantener la familia intacta, de que te quedaras por las niñas, por Franz, incluso por tu padre. Y luego estalló la guerra, y ya no volviste a tener la posibilidad de fugarte. —Del ojo izquierdo de Marina escapó una lágrima que cayó rodando lentamente por la mejilla. Edith alargó el brazo y apoyó una mano sobre las manos entrelazadas de su hija—. Ahora Erich está aquí, e imagino que durante todo este tiempo debes de estar rememorando el pasado, con todas sus emociones y sus pasiones. Y es posible que estés enfrentándote a la misma situación y a las mismas preguntas a las que te enfrentaste entonces, ¿sí? —Aunque Marina guardaba silencio, sus lágrimas hablaban por ella. Edith le apretó las manos—. Erich es un hombre bueno, pero Franz también.

—¡Ya lo sé! Ya sé que Franz es bueno. —El lamento de Marina iba teñido de angustia, culpa, vergüenza, amor y una pizca de rabia—. Y le quiero. Nunca he dejado de quererle. Pero mi amor por Franz no es como mi amor por Erich. Lo que Erich me hace sentir... —Marina desvió la vista hacia la ventana, atrapada en los recuerdos—. Erich hace que me sienta viva, sí, pero también valorada tal como soy. Y segura, protegida, siempre. —Se volvió de nuevo hacia su madre—. Claro, sería mucho más fácil si Franz fuera una persona horrible. Si me pegase, si fuera un borracho o tuviera otras mujeres. Pero es bueno. —Bajó el tono de voz—. O por lo menos lo era.

Edith sabía a qué se refería su hija. La última vez que Franz estuvo en casa, después de lo de Stalingrado, llegó irreconocible: esquelético, destrozado, una mera sombra de lo que había sido. Edith y Marina consideraron que era una suerte que hubiera sobrevivido a los tres meses de asedio del ejército soviético en lo más gélido del invierno ruso, cuando el noventa y cinco por ciento de sus compañeros habían perecido. Pero el hombre que regresó a casa en realidad no estaba vivo, no era el de antes. Durante el mes que pasó en casa, la tensión que se respiraba en la familia fue un ser vivo, un animal herido que enseñaba los dientes agazapado en un rincón y, si alguien se le acercaba demasiado, lo atacaba. Franz pasó la mayoría de los días durmiendo, pero era un sueño plagado de pesadillas, y con frecuencia se despertaba gritando. En cierta ocasión, mientras Edith se quedó con él para que Marina pudiera echarse la siesta, aunque breve, que tanto necesitaba, Franz se incorporó de repente en la cama, con los ojos abiertos, pero sin ver nada. «¡No adoptéis a los perros!», chillaba. «¡Llevan bombas adosadas al vientre! ¡No los adoptéis! ¡No!» Edith se acordaba de que lo único que lograba calmarlo era la voz de Marina leyéndole en voz alta alguno de los libros de ornitología que tenía en la biblioteca, explicaciones sobre la migración de la limosa colipinta y los hábitos de anidamiento de la reinita de cola ancha.

—Yo he tenido suerte en el amor —terminó diciendo Edith—. He tenido mucha suerte al casarme con un hombre que hace que el corazón me lata más deprisa cada vez que lo tengo cerca, al compartir mi vida con una persona que me enamora una y otra vez cada vez que la veo. —Sonrió ante aquella confesión romántica—. Bueno, casi todas las veces. Lo que quiero decir es que nunca he tenido la impresión de que tuviera que conformarme con mi matrimonio, de que tuviera que aceptar algo que era menos de lo que yo quería porque era lo único que había disponible en aquel momento o porque... —Palmeó con suavidad las manos de Marina—. O porque no me quedaba más remedio. Lo cierto, Marina, es que, si tuviera la oportunidad de volver a elegir, de escoger un hombre con el que construir una vida, escogería otra vez al mismo. —Calló unos instantes e intentó valorar la veracidad de aquella afirmación a la luz de todos los miedos y las dudas que albergaba actualmente hacia su marido, y se imaginó los ojos de Oskar, grises y verdes, con vetas de turquesa y azul hielo cerca de las pupilas, que irradiaban calor y amor, y que chispeaban ligeramente cuando cometía una travesura—. Sí, escogería a Oskar.

—¿A pesar de todo? —La mirada de Marina iba cargada de reproches.

—No estoy segura de que haya un «todo», Marina.

—Oh, vamos, *Mutti*. Él tiene que saber algo de lo que está ocurriendo.

—Pero no sabemos con exactitud qué es lo que está ocurriendo —le recordó Edith—. Lo único que sabemos es lo que nos han contado, y no resulta especialmente fiable.

—De todas formas, lo que sí sabemos ya es bastante terrible. Personas inocentes expulsadas de sus hogares, enviadas a campos de trabajo...

—Basta ya, Marina —la interrumpió Edith, dando una palmada en la mesa—. No estamos hablando de Oskar. Lo que haga el Führer, lo que ordene hacer a sus subordinados en su nombre, nada de eso cambiará lo que yo siento por tu padre. Porque yo le amo incondicionalmente. —Marina miró a su madre fijamente, en silencio, como intentando comprender un amor así—. Y en cuanto a Franz —siguió diciendo Edith—, recuerda que los dos habéis construido una familia juntos, una familia que para ti es más importante de lo que me parece a mí que tú crees. Y si te vas ahora, si estás pensando en marcharte, que sepas que te irías sola, sin las niñas. De ninguna manera podrían irse contigo habiendo una guerra, de ninguna manera pondrías su seguridad en peligro.

Marina pareció sorprenderse ante aquella sugerencia.

—¡No, por supuesto que no! De sobra sabes que yo no haría una cosa así. Pero... —Tomó una nuez intacta del montón que Edith tenía frente a sí y empezó a darle vueltas entre las manos—. Puede que no me necesiten tanto como tú piensas. Podrían sobrevivir una temporada sin mí, ¿no crees? —Esta vez, la que se sorprendió fue Edith. Antes de que su madre pudiera protestar, Marina dio marcha atrás—. En cualquier caso, no siempre van a correr peligro. En algún momento tendrá que acabar la guerra.

—Sí, así es —respondió Edith, sintiendo una oleada de alivio—. Y a eso es a lo que me refiero, cariño. Espera. No tomes ninguna decisión todavía. Espera a que termine la guerra, y después...

—¿Y después? —preguntó Marina.

De forma inesperada, Edith sintió que su hija tenía esperanzas. Marina no necesitaba la aprobación ni la bendición de su madre para hacer lo que hacía, bien claro lo había dejado. Pero ¿tal vez prefería contar con ellas antes que lo contrario? Si era así, decidió alimentar dichas esperanzas.

—Marina, no deseo ver cómo pasas toda tu vida casada con una persona que no te hace feliz. Tú tampoco querrías eso para tus hijas, ¿a que no? Además, Franz —agregó, pensando en la serena sensibilidad de su yerno— también se merece estar casado con una mujer que quiera estar casada con él, que lo ame de verdad. No le haces ningún favor a Franz permaneciendo casada con él, si no le amas.

Marina tenía la mirada fija en la pared que había detrás de la mesa de la cocina, en la que su madre había pegado varias de las creaciones artísticas que le habían ido regalando Lara, Sofía y Rosie a lo largo de los años: el león de Lara, con su melena confeccionada con trocitos de cinta; la pintura abstracta de Sofía, compuesta por muchos tonos de azules de diversas formas; el dibujo que hizo Rosie de una niña a bordo de un barco velero dando una galleta a un tiburón. De pronto empujó hacia atrás su silla y se levantó.

—Voy a ver qué están haciendo Rosie y Sofía —declaró—. Pero vuelvo enseguida y te ayudo.

—No tengas prisa, todavía voy a estar aquí un rato —respondió Edith.

Marina se detuvo un momento en la puerta.

—¿De verdad amas tanto a Oskar?

Edith cogió una de las nueces que había cascado antes con demasiada violencia. Ahora estaba ya más calmada, con más paciencia para pelar los trocitos de membrana y de cáscara.

—Sí, Marina. De verdad.

19

Johann Wiessmeyer no tenía muchos fieles. Tan solo un pequeño grupo de vecinos asistía a los servicios que oficiaba los domingos por la mañana en la iglesia protestante. Pero su trabajo como pastor espiritual abarcaba mucho más que su pequeño rebaño, pues se extendía a toda la comunidad de Blumental. En la promoción de dicha misión, las mañanas de los días laborables las pasaba haciendo visitas a los vecinos que estaban enfermos y yendo a ver a todo el que lo había solicitado el día anterior. Para cuando llegaba la hora del almuerzo, regresaba contento a la rectoría que él consideraba su hogar, donde solía tomar una modesta comida a solas antes de repasar las actividades de la mañana y estudiar sus obligaciones.

Después de comer, Johann solía pasar una hora o dos sumido en la oración y la meditación. Hoy se sentía particularmente necesitado de dicha soledad. Eran tantos los asuntos que se disputaban su atención: la llegada inminente de los dos refugiados al día siguiente; la presencia de Oskar Eberhardt, que lo complicaba todo; el peligro potencial que podían entrañar los juegos de espías de Max Fuchs; la cuestionable discreción de Fritz Nagel. Pero esta tarde había decidido centrarse en un único asunto: el maletín. Gottfried se lo había entregado antes de que ambos se separasen en Berlín. Le advirtió que era posible que no llegara a utilizarlo. Había otros maletines en otras ubicaciones, porque la Resistencia nunca sabía cuándo ni dónde podría presentarse una oportunidad. «Dentro del plan de lugares posibles, tu posición junto al Bodensee es bastante improbable —lo tranquilizó—. Pero se encuentra en la ruta que va de Fürchtesgaden a Berlín, de manera que no está descartada del todo.»

Johann dejó atrás las lápidas cubiertas de musgo del cementerio y continuó hacia el edificio de la iglesia. Abrió la pesada puerta de roble y penetró en una nave alargada y flanqueada por paredes lisas de arenisca gris. Por las estrechas vidrieras se filtraba una luz levemente coloreada que bañaba el interior de la iglesia con tenues matices de azul cobalto y verde esmeralda. Johann se había enamorado de aquella iglesia nada más verla. Era muy diferente de la de Birnau. La de Birnau también le gustaba, pero en aquel caso se debía a que le hacían gracia sus filigranas doradas y sus querubines rosados y regordetes. En aquella basílica católica le costaba trabajo tomarse en serio la religión, le parecía un parque infantil que utilizaba Dios para relajarse un rato y divertirse. En cambio, esta pequeña iglesia levantada en la linde del bosque era distinta. Servía para la contemplación, lo invitaba a uno a sentarse a descansar en su flotilla de bancos de madera de color marrón claro, que se mecían suavemente en un mar de luces azules y verdes.

La mayoría de las veces la iglesia estaba vacía, lo cual le venía muy bien a Johann. Sin embargo, hoy había una figura de gran estatura sentada en un banco. Un hombre, según pudo distinguir Johann al aproximarse, vestido con el uniforme gris de lana del ejército alemán. No tenía la cabeza inclinada en actitud de oración, sino erguida, mirando al frente, y estaba tan absorto en sus pensamientos que no pareció darse cuenta de que se acercaba el pastor.

—¿Permite que le acompañe, o prefiere estar solo? —le preguntó Johann.

—Ah, en fin, al final está resultando que mi soledad hace demasiado ruido —contestó el hombre, al tiempo que, a modo de explicación, se tocaba una sien, y después se desplazaba hacia la izquierda para dejarle sitio en el banco—. No me vendrá mal centrar mi atención en otra cosa.

En el momento de tomar asiento, Johann reconoció de repente a su interlocutor: era el general que el día anterior había rescatado a Hans Munter. ¿Cómo se llamaba? Ah, sí: Wolf.

—Discúlpeme, general Wolf —empezó en tono contrito, pues no deseaba entrometerse—, pero creo que debo darle las gracias en nombre de Blumental por haber intervenido ayer ante el capitán Rodemann. Me temo que todos estábamos un poco paralizados por el miedo, tras lo repentino de los acontecimientos que tuvieron lugar.

El general levantó la mano derecha para quitar importancia al asunto.

—No es necesario que me dé las gracias. El capitán Rodemann había perdido de vista la responsabilidad que tenía en su calidad de oficial. Por suerte, estaba yo allí para recordársela.

—¿Su responsabilidad como oficial?

—Proteger a la población civil y ceñirse a las órdenes de sus superiores. Se le había ordenado asegurar la zona frente a una posible invasión de los franceses, no aterrorizar a los habitantes del pueblo y cobrarse venganza por algo que, según su percepción, había sido un insulto a su autoridad.

Johann afirmó con la cabeza, impresionado por la precisión con que aquel hombre había analizado el incidente.

—Por supuesto, es muy joven, y por lo tanto quizá para él era más difícil controlar sus emociones.

El general Wolf negó enfáticamente.

—Eso no sirve de excusa. El capitán Rodemann actuó igual que un niño que está jugando, sin comprender las verdaderas consecuencias que acarrea matar a una persona.

La palabra «matar» levantó eco en la iglesia y se instaló de forma incómoda en el corazón de Johann.

—¿Y cuáles entiende usted que son las consecuencias que acarrea matar a una persona en tiempo de guerra?

El general pareció reflexionar profundamente sobre aquella pregunta. Volvió la vista hacia las vidrieras, como si fuera a discernir la respuesta en los haces de luz verde y azul que se superponían unos a otros.

—Ya en la primera gran guerra, la única manera en que yo era capaz de entrar en batalla era deshumanizando a mi oponente. —Volvió a mirar a Johann—. Es necesario alcanzar un estado mental que le permita a uno disparar de manera indiscriminada, ¿entiende? Y yo solo podía alcanzar dicho estado pensando que mis objetivos eran entidades abstractas que empuñaban armas letales directamente contra mis camaradas y contra mí.

—¿De modo que las consecuencias morales del acto de matar...?

El general Wolf dejó que aquella pregunta sin terminar quedara flotando en el aire durante unos segundos, y después respondió con gesto pensativo:

—Padre, las consecuencias morales del acto de matar, en realidad, no son un factor de la batalla. Al menos, no lo son para mí hasta que la lucha ha tocado a su fin. E incluso entonces, si el hecho de ver un mar de cadáveres boca abajo en el barro se transforma en tu mente en un mar de cuerpos de personas, de hijos muertos que pronto serán llorados por sus madres y sus esposas, de jóvenes padres que ya jamás verán a sus hijos crecer y convertirse en adultos, si eso ocurre, uno tiene nuestro gran código militar de la lealtad y del deber, que interviene para ayudarlo a separar una cosa de otra. Si a uno le han ordenado matar al enemigo, es necesario que mate al enemigo. Matas al enemigo para que él no pueda matarte ni a ti ni a tus hombres. —De pronto se interrumpió, y nuevamente desvió la vista hacia la vidriera. Johann decidió no decir nada; se hacía obvio que había tocado un tema que al general le evocaba una lucha interna. Resultaba extraño que ambos se encontraran en una posición parecida. O quizá no, se dijo Johann. Después de todo, había una guerra en curso. Cuando el general se volvió de nuevo hacia él, dio la impresión de haber llegado a una conclusión—. La necesidad —dijo.

—¿La necesidad? Perdone, no entiendo.

—La necesidad es una excepción al imperativo moral que prohíbe matar. Lo de «no matarás» es efectivamente un precepto que se ha de cumplir, a no ser que matar sea necesario. Y en época de guerra, por desgracia, lo es.

—Ah.

Johann no había esperado que la conversación diera aquel giro. Cuando descubrió la presencia del general en la iglesia, se sintió molesto al pensar que precisamente aquel día hubiera venido alguien a distraerlo. Pero estaba empezando a comprender que tal vez existiera un motivo para que estuviese allí el general Wolf.

—Supongo que usted no estará de acuerdo —dijo el general Wolf—. Imagino que me contestaría que la Iglesia dice que los Diez Mandamientos son sacrosantos y que no debemos infringirlos en ninguna circunstancia.

A lo mejor el general no había acudido allí en busca de recibir consejo espiritual. A lo mejor había acudido, sin saberlo, a darlo. Johann contempló también las vidrieras y los colores que atravesaban el cristal, y experimentó una extraña sensación de plenitud en sus pulmones, cada vez más intensa, como si estuviera respirando algo mejor que el oxígeno.

El general estaba aguardando a que respondiera.

—No —empezó Johann con cautela, intentando tantear sus sentimientos—. No, no estoy seguro de que fuera a contestarle eso.

El general Wolf puso cara de sorpresa.

—¡No me diga! ¿Entonces está de acuerdo conmigo?

Los colores que flotaban alrededor de Johann traían consigo una nitidez especial, y él intentó abrir la mente para dejarlos entrar. No cerró los ojos. Le estaban diciendo que mirase. Cuando por fin habló, sintió una claridad mental que no había experimentado en mucho tiempo.

—Lo que digo es lo siguiente: no podemos obedecer los Diez Mandamientos solo porque tengamos miedo de equivocarnos. No podemos tener miedo de incurrir en la culpa por nuestra conducta. Porque ser humanos es ser imperfectos. —Allí tenía la respuesta, completamente visible ante sus ojos—. Para vivir libremente, como ser humano, es imposible no equivocarse. ¡Por supuesto! —Johann estaba asombrado de no haberlo visto antes—. Es el misterio redentor de Jesucristo.

El general sacudió la cabeza en un gesto negativo.

—Me temo que no le sigo, padre. ¿De qué forma encaja en esta ecuación la figura de Cristo?

Johann se volvió hacia él, animado de pronto.

—Se debe a que Cristo era humano. Y, por lo tanto, era capaz de entender el pecado, de entenderlo de verdad, porque él sintió de primera mano la posibilidad de ser pecador. Como era humano, podía experimentar el mismo sentimiento de culpa que experimentamos nosotros cuando pecamos. Y, sin embargo, Dios de todas formas le permitió redimirse. ¿No lo ve? —El rostro del general Wolf indicaba que no lo veía, de modo que Johann probó de nuevo—. Dios eligió hacerse humano por medio de Cristo para mostrarnos que podía haber redención en el pecado, que la culpa es un aspecto necesario del hecho de ser humano.

—¿Así que podríamos infringir los Diez Mandamientos y aun así estar cerca de Dios? ¿Más cerca de Dios que antes de infringirlos? —El general sonrió—. Eso nos convertiría en un hatajo de delincuentes y pecadores sumamente felices.

Johann negó enfáticamente con la cabeza.

—No, no, no es una invitación general a hacer el mal. El motivo subyacente ha de estar bien intencionado, debe haber un deseo de actuar de manera responsable. Simplemente estoy reconociendo que en determinadas circunstancias... —Como la que tenía ahora ante sí. Johann lo comprendió de pronto.

El general lo animó a que continuase.

—¿Sí? ¿En determinadas circunstancias?

—Actuar de manera responsable debe incluir estar dispuesto a aceptar el sentimiento de culpa. En ciertas situaciones, si deseamos vivir de forma responsable y plena, hemos de estar dispuestos a incurrir en la culpa que surge de nuestras equivocaciones.

—¿Y una de esas situaciones podría ser la de matar a una persona?

De improviso se abrió la puerta de la iglesia con estrépito. Tanto el general Wolf como Johann se volvieron, y vieron a Max Fuchs que venía a la carrera por el pasillo central llevando en la mano un par de sobres de color marrón.

—¡Pastor Johann! ¡Pastor Johann! —llamaba—. Cuánto me alegro de haberlo encontrado. Traigo un telegrama urgente para usted. ¡Es de Berlín!

—Vaya, vaya —dijo Johann—. Ven, Max, siéntate, tienes cara de necesitar descansar. —Palmeó el banco en el que había estado él, y se fijó en que el general lo miraba con cierto asombro.

—¡Ah! Claro... Usted es Johann Wiessmeyer. Claro —repitió Erich.

—Discúlpeme, general. Debería haberme presentado antes.

—No, no pasa nada, yo debería haber sabido quién era usted. —El general sacudió la cabeza en un gesto negativo—. Me han hablado mucho de usted. —Al reparar en la mirada interrogante del pastor, agregó—: Marina Thiessen lo tiene a usted en muy alto concepto.

—Ah, Marina... —Johann dejó la frase sin terminar.

Max Fuchs estaba hasta ese momento apoyado contra el banco, jadeando con fuerza. Miró los sobres que tenía en la mano y le entregó uno de ellos a Johann.

—Aquí tiene, señor, este es para usted —dijo. A continuación buscó en el bolsillo trasero y extrajo un papel doblado—. Y esto también, acaba de dármelo... —Max miró al otro hombre y se inclinó hacia delante para hablarle al pastor al oído—. Es un mensaje privado para usted, pastor, de parte de *frau* Thiessen. Me ha pedido que se lo entregara lo antes posible.

Johann desdobló el papel, reconoció la letra de Marina y, sin leerlo, volvió a doblarlo y se lo guardó en el bolsillo de la camisa. El telegrama descansaba a duras penas sobre sus rodillas, en precario equilibrio.

—Siéntate, Max. Con tanto jadear, me estás contagiando.

—No puedo. No puedo hacer un alto ahora mismo. *Frau* Schenk me ha dicho que no puedo parar hasta que haya entregado los dos telegramas. Tengo que encontrar inmediatamente al general Wolf.

El chico estaba agitando un segundo sobre en el aire, y el general levantó una mano.

—Yo soy el general Wolf, muchacho —le dijo—. Ahora sí que puedes tomarte un descanso, ya ha terminado la tarea encomendada.

—¡Oh, esto sí que es una suerte! —Max, encantado, le entregó el segundo telegrama, y acto seguido adoptó la posición de firmes—. Pero no estoy cansado en absoluto. Podría correr otros diez kilómetros, si fuera necesario.

—No me cabe la menor duda —repuso el general. Buscó en su bolsillo a ver si tenía monedas, y al encontrar una que era lo bastante grande y que pesaba lo suficiente para no parecer un insulto, se la dio a Max. El chico la examinó con sumo cuidado, y se le dibujó una sonrisa en la cara.

—¡Gracias, general! —Antes de que cualquiera de los dos hombres pudiera entretenerlo con más conversación, dio media vuelta y echó a correr en dirección a la salida—. ¡Y gracias también a usted, pastor Johann!

—No estoy seguro de que yo merezca que ese chico me dé las gracias —dijo Johann cuando la puerta de la iglesia se hubo cerrado—. Aparte del hecho de haberlo retenido a usted con mi conversación, lo cual le ha facilitado la entrega de ambos telegramas del modo más eficiente.

—Pues yo me siento muy agradecido por la conversación —comentó el general, un tanto abstraído. Pasó el dedo por el borde del sobre y se quedó mirando su nombre, esmeradamente escrito en elegante letra cursiva. Se guardó el sobre en el bolsillo del abrigo y se puso de pie—. He de marcharme ya. Tengo ciertos asuntos que organizar, y además debo dejarlo a usted a solas, para que atienda su telegrama de Berlín.

—Ha sido un placer conversar con usted, general Wolf. Si no le importa, no lo acompaño hasta la salida —dijo Johann volviendo a sentarse en el banco.

Contempló cómo se alejaba el general por la estrecha nave. La iglesia había quedado en silencio y sumida en una luz grisácea, pues unas nubes habían tapado el sol. Una vez que el general se hubo marchado, cogió el telegrama y lo posó en la palma de la mano, como si sintiendo su peso pudiera adivinar lo que contenía. Un telegrama procedente de Berlín solo podía significar una cosa: una oportunidad para utilizar el maletín. ¿Estaba preparado para dar aquel paso? Respiró hondo y rasgó el sobre.

20

Antes de la guerra, por Blumental pasaban trenes con regularidad, pero la contienda había reducido su frecuencia. Ahora había únicamente uno por la mañana para pasajeros, uno por la tarde para el correo, y otro a medianoche para mercancías. Así que después del tren de las cuatro no existía ningún peligro en caminar por las vías que partían desde el oeste de Blumental, donde Max había entregado el último telegrama, y se dirigían al este de Blumental, donde vivía Lara.

A Max, su madre le había prohibido caminar por las vías, pero él no se arrepentía de hacer caso omiso de dicha prohibición. Su madre siempre estaba imponiendo limitaciones innecesarias a su vida. Max se decía a sí mismo que saber diferenciar las demandas válidas de las no válidas era un rasgo que demostraba que uno estaba haciéndose mayor. Así pues, iba con la conciencia totalmente tranquila alternando entre la zancada y el salto de una traviesa a otra, y también cuando de vez en cuando se detenía a examinar la hierba que crecía entre los raíles porque le parecía haber visto brillar algo al sol de primeras horas de la tarde. Uno nunca sabía dónde podía encontrar el casquillo gastado de un arma, la funda de un cartucho, o, incluso mejor, la varilla de una granada. Todos aquellos objetos eran muy valiosos entre los chavales de Blumental y de Meerfeld, que competían por alcanzar reconocimiento e influencia en un mundo en el que la distinción militar tenía gran importancia. Dado que, según ellos creían, habían sido cruelmente excluidos del campo de batalla, coleccionaban con avidez todas las reminiscencias que guardaban relación con el combate y canalizaban su frustrado fervor militar exhibiéndolas y comerciando con ellas. Max coleccionaba varillas y anillas de granadas, que eran mucho más difíciles de encontrar que los casquillos de artillería o de mortero, ya que eran más pequeñas y más delgadas, y resultaba más fácil que quedasen ocultas entre la hierba cuando caían al suelo. En lo que llevaban de verano había acumulado ya dieciocho anillas, todas ellas pertenecientes al modelo de granada alemana M39, que había encontrado en las vías del tren o por los alrededores, donde habían estado Rodemann y sus hombres realizando maniobras militares. Dos semanas atrás, le había cambiado a Freddi Klein diez de sus anillas de M39 por cuatro anillas de la granada soviética RG42, que eran de color cobre. Cuando vio lo mucho que relucían las RG42 después de sacarles brillo, acudió de nuevo a Freddi para que le canjeara más, pero Freddi, percibiendo su ventaja, le exigió a cambio la irrazonable cantidad de cuatro M39. Max se enfureció, pero al final iba a tener poco donde elegir si quería que el collar que estaba fabricando fuera simétrico. Cinco M39 de color gris intercaladas con cinco relucientes RG42 de cobre; una combinación que quedaría perfecta en contraste con el cutis de porcelana de Lara.

Por la longitud de la sombra que iba proyectando ante sí al caminar por las vías, Max dedujo que estaba aproximándose la hora de cenar. Al pasar la desierta estación de Blumental Este, calculó que, si cubría el resto del trayecto a la carrera, tendría el tiempo justo para ver si había espías e incluso para hacer una parada rápida en la casa de los Eberhardt. Bajó por el terraplén hacia el edificio de la estación dispersando pedruscos. Después, con la cabeza agachada, avanzó reptando por el suelo a cuatro patas. Habría sido más rápido ir corriendo, pero ¿y si hoy había de verdad un espía mirando por la ventana? En Blumental nunca había habido espías; en cambio, más al norte circulaban historias de espías de todas clases, y era posible que uno o dos de ellos, quizá franceses o, mejor todavía, rusos, hubieran derivado hacia el sur.

La ventana a la que se aproximaba resultaba más accesible ahora que habían colocado aquella enorme roca debajo. Se subió a ella, apoyó los dedos en el alféizar y seguidamente asomó la cabeza solo lo justo para poder mirar a través del cristal. Dentro estaba todo en sombras, salvo por el espacio que rodeaba la ventana de enfrente, que se veía iluminada por los últimos retazos de sol. Un extremo de la sala estaba ocupado por tres largos bancos de madera, lo bastante anchos como para que cupiera una persona tumbada, caso de que un espía decidiera pernoctar allí. Pero, en la creciente oscuridad, los bancos aparecieron vacíos, no se distinguía a nadie encima ni debajo de ellos. Max inspeccionó la sala a toda prisa, recorrió con la mirada el horario de trenes, ya amarillento; la ventanilla de billetes, solitaria y con la persiana echada; las puertas abiertas de la consigna de equipajes. Nada. Nadie. Sintió solo una leve desilusión. Se bajó de la roca y echó a correr al trote en dirección a las vías. Si quería hacer un alto en casa de Lara antes de cenar, hoy no iba a tener tiempo para descubrir a un posible espía. Cinco minutos después, jadeando ligeramente, vio las curvadas tejas de barro de la casa de los Eberhardt y el enorme castaño hacia el cual él se dirigía. Consumado escalador como era, no tuvo problemas para encontrar puntos de apoyo en el macizo y rugoso tronco del árbol. Fue izándose a través del tupido ramaje en busca de su atalaya favorita. Las densas frondas de aquella rama le proporcionaban el camuflaje perfecto, y además aquel sitio permitía tener una buena panorámica, sin obstáculos, del dormitorio que compartía Lara con sus hermanas y con su madre.

La puerta del armario situado cerca de la ventana del dormitorio estaba entreabierta. Del borde colgaban dos vestidos. Aquel era el armario de Lara, Max lo sabía por sus anteriores visitas al árbol. El otro lo compartían Sofía y Rosie. Lara estaba de pie frente al espejo clavado por dentro de la puerta del armario, probándose un vestido y agitando las faldas adelante y atrás al tiempo que se miraba desde diferentes ángulos. De improviso se quedó quieta un momento, de espaldas a Max, y este vio —con gran deleite, un poco de miedo y un vuelco en el corazón— que alguien bajaba la cremallera del vestido. Vio una parte del cuerpo de Lara que no había visto nunca, la comprendida entre el hombro y la mitad de la espalda. Se quedó sin respiración. Aquel trozo de piel hermosísima, lisa, de un blanco marfileño, pura, sin defectos, era la personificación de todo lo que era Lara para él. Sabía que debería apartar la mirada, pero no podía. Ansió alargar la mano y tocar aquella piel, acariciarla, sentir su calor. No deseaba besarla —ese era un concepto demasiado extraño—, pero sí que quería establecer contacto con ella. De manera inconsciente, se inclinó hacia delante, y a consecuencia del cambio de postura estuvo a punto de caerse del árbol cuando Lara hizo lo que hizo a continuación.

Se quitó el vestido. Simplemente se retiró las mangas de los hombros y dejó resbalar la prenda al suelo. Max, conmocionado, respiró hondo y se agarró a una rama cercana para no caerse. Se le aceleró el corazón y le empezaron a sudar las manos. Aquello era demasiado: la camisola, el inicio del corsé, el atisbo de otra prenda de algodón bordeada por un entredós debajo de la media enagua. Max cerró los ojos. No había esperado aquello, no estaba preparado, pero abrió de nuevo los ojos y miró, esta vez con mayor insistencia y sin vergüenza. Lara era preciosa. Era como un sueño. Era...

—¡Max Fuchs! —bramó una voz desde abajo—. ¿Estás buscando castañas?

Sobresaltado, Max se apresuró a esconderse entre el follaje del árbol. Un revuelo de hojas sueltas cayó sobre la cara de Oskar Eberhardt. El abuelo de Lara. En cierta ocasión Max le había entregado un telegrama, y para su gran sorpresa *herr* Eberhardt le había dado una propina, una moneda de cinco marcos de plata, un regalo singular, debido al águila especial que llevaba grabada en el dorso. En todas las demás monedas de cinco marcos que había visto Max, el águila llevaba sujeta en las garras una guirnalda grabada con una esvástica; en cambio, en aquella el águila tenía las garras extendidas, libres de dicho peso. Max no sabía con seguridad si aquella moneda era dinero auténtico, pero, aunque lo fuera, esa diferencia la volvía demasiado especial para gastarla, de modo que la guardó en el cajón de los calcetines. Max respetaba mucho a Oskar Eberhardt, y no porque fuera el abuelo de Lara, un hecho que le costaba trabajo creer porque *herr* Eberhardt no se parecía nada al abuelo de él, que era un hombretón regordete y canoso que siempre estaba durmiendo. En cambio, *herr* Eberhardt era alto, llevaba un bigote cuidadosamente recortado y daba la impresión de que siempre iba vestido con un traje de paño de tres piezas. Era imposible imaginárselo durmiendo. Y lo que resultaba más impresionante todavía era que *herr* Eberhardt vivía en Berlín y su trabajo era esencial para el Tercer Reich, según afirmaba su madre. Max tenía ganas de preguntarle a Lara qué significaba lo de «Tercer Reich», pero en aquellos dos años aún no había reunido valor para hacerlo. En su círculo de amigos nadie sabía con exactitud lo que hacía *herr* Eberhardt; sin embargo, sabían que trabajaba directamente con el Führer, y eso lo convertía en una figura que inspiraba respeto y miedo.

—¿Y bien, jovencito? —lo llamó de nuevo *herr* Eberhardt—. Baja ya, aún falta bastante tiempo para que las castañas estén maduras.

Le apremió agitando la mano e indicó con señas el suelo. Max no tuvo más remedio. Retrocedió arrastrándose por la rama, llegó al tronco y se bajó del árbol. Luego, a regañadientes, fue hasta donde estaba el abuelo de Lara esperándolo.

—Bueno, Max... —*Herr* Eberhardt se abrió la chaqueta y se sacó del bolsillo su pipa y un pequeño encendedor de plata. A continuación, dedicó unos momentos a prender la pipa, le dio unas cuantas caladas, le aplicó otra vez la llama, y finalmente se puso a fumar a un ritmo más contemplativo, observando a Max desde las alturas. Max se sentía obligado a decir algo, a pedir disculpas, aunque no sabía qué habría visto *herr* Eberhardt, si sabría que él se había subido al castaño para observar a Lara, si sabría lo que había visto él por la ventana. Si no lo sabía, sin duda lo mejor era cerrar la boca. Porque, ¿qué había de malo en pasarse un rato sentado entre las ramas del castaño? Bueno, técnicamente había invadido una propiedad ajena, pero en Blumental nadie se tomaba aquello en serio, excepto *herr* Weber. Los críos estaban todo el tiempo trepando a los árboles. Ya se contaba con ello. Aun así, *herr* Eberhardt era de Berlín, y trabajaba para el Führer. Tal vez fuera prudente mencionar la invasión de la propiedad ajena.

Max respiró hondo, y acto seguido comenzó a soltar su discurso.

—Lo siento mucho, *herr* Eberhardt, no era mi intención invadir su propiedad. Quiero decir, es lo que he hecho, porque estaba subido a un árbol que es suyo y yo sabía que era suyo, pero lo que quiero decir es que no tenía la intención de invadir su propiedad porque, bueno, todo el mundo se sube a los árboles, o sea, sobre todo si son grandes y tienen ramas fuertes, como ocurre con su árbol, señor. Tiene usted un árbol excelente para subirse a él. Las ramas están separadas a la perfección. ¿También se sube usted en primavera, señor? Porque yo sé podar árboles, mi abuelo me lo enseñó una vez, y si necesita que alguien se lo haga, yo podría...

—No, gracias —lo interrumpió *herr* Eberhardt—. En el tema de la poda del árbol estamos servidos. —Dio una profunda calada a su pipa y expulsó lentamente el humo en forma de anillos. Max lo contempló con un asombro reverencial. Ambos observaron en silencio cómo se expandían los anillos elevándose en el aire—. Bien —habló de nuevo *herr* Eberhardt—, yo también he sido niño, igual que tú.

—Max no dijo nada. Lo que acababa de declarar *herr* Eberhardt le parecía a un mismo tiempo obvio e imposible—. Me encantaba subirme a los árboles, así que entiendo lo que dices acerca de los árboles buenos para subirse a ellos. Y créeme, entiendo que este te atraiga tanto. Entiendo todas las razones por las que te atrae tanto. —Miró fijamente a Max. Este, que esperaba una áspera reprimenda, se extrañó sobremanera al ver en aquella mirada únicamente compasión—. Max, no te estoy pidiendo que no te acerques a este castaño, lo que te pido es que seas respetuoso. Tienes que tener cuidado cuando te subas a este castaño. Allí arriba, entre todas esas ramas y esas hojas, hay una raya que separa la admiración y la adoración de la infracción. Ten cuidado con esa línea, Max. —Se quitó la pipa de la boca, observó la cazoleta y frunció el ceño—. Maldita pipa italiana, no acabo de acostumbrarme a ella. —Volvió a encender el tabaco—. Pipas inglesas, Max —dijo a la vez que empezaba de nuevo a dar caladas a la boquilla—. Si alguna vez te da por fumar, que sepas que las mejores pipas son las inglesas.

—Sí, señor —respondió Max.

—Bien. Y respecto a lo del castaño, me has entendido, ¿verdad? —preguntó *herr* Eberhardt.

—Sí, señor, le he entendido —respondió, aunque no estaba seguro del todo.

—Bien —repitió *herr* Eberhardt. Dio un paso adelante y apoyó la mano en el hombro de Max—. Deberías estar volviendo a casa para cenar, ¿no? Tu madre estará preocupada.

—Sí, señor. Gracias, señor.

Max dio media vuelta y echó a correr al trote en dirección al terraplén del tren. Se sentía afortunado, como si hubiera estado muy cerca de algo emocionante pero peligroso y hubiera logrado eludir la confrontación. *Herr* Eberhardt no era como él esperaba; no era ni feroz ni aterrador. Le resultó difícil conciliar la experiencia que acababa de tener con aquel caballero amable y paternal con la imagen de un Führer enfadado e intimidante que había visto en los periódicos. En el mundo de Max, todas las personas eran lo que parecían y lo que se esperaba que fueran. Su padre era un soldado, fuerte, valiente, protector para con su familia, o por lo menos así era como lo recordaba él. Y su madre era tal como tenía que ser una madre: una buena cocinera y ama de casa que repartía disciplina y amor a partes iguales. Sus amigos eran leales y a veces inaguantables, pero siempre estaban dispuestos a correr aventuras, como tenían que estar los amigos. Aquella posibilidad que acababa de presentarle *herr* Eberhardt, la de que las personas pudieran no ser lo que él creía que eran, en fin, resultaba inesperada y extraña. Iba a tener que reflexionar otro poco más sobre aquel asunto después de la cena, cuando su estómago no lo distrajera haciendo ruidos.

Siguió las vías del tren a lo largo de otro medio kilómetro y luego dobló para entrar en Himmelstrasse. Aquella calle estrecha y tortuosa marcaba el límite oriental de la zona de viviendas del pueblo. Max comenzó a subir una cuesta que se nivelaba en un llano delante del bosque de Birnau, y miró rápidamente a su derecha para ver si estaba Fritz Nagel fuera, trabajando. Vio sus tractores aparcados junto a la entrada del granero, y un poco más allá estaba el enorme camión Volvo, con el capó abierto. Distinguió el grueso torso de Fritz inclinado sobre el bloque del motor y los porrazos de un martillo que golpeaba el metal. Echó a correr hacia allí.

—¡Eh, Fritz! —llamó—. ¿Qué tal va el *Pinocho*? ¿Me lo dejas probar ya?

Del interior del capó surgió un golpe sordo seguido de un torrente de maldiciones.

—¿Quién anda ahí? —rugió Fritz al tiempo que sacaba la cabeza de aquella caverna de acero—. Max, ¿eres tú? —Se volvió hacia el chico con el ceño fruncido y con la cara toda manchada de aceite de motor—. ¿No te he dicho que dejes ya este tema? Todos los días me acribillas con preguntas sobre el camión hasta que termino por respondértelas, pero bajo juramento, acuérdate. Me juraste que no ibas a hablar de este camión.

—Te juré que no iba a hablar con nadie más —replicó Max con la voz ligeramente quebrada por una mezcla de confusión, disculpa y justa indignación—. En ningún momento me has dicho que ya no pueda hablar de ello contigo.

Fritz soltó un gruñido e irguió la espalda. Dejó caer el martillo al suelo y se limpió las manos restregándolas contra la tela del pantalón.

—¿De modo que ahora eres experto en lengua?

Max pasó junto al imponente corpachón de Fritz, se subió al escalón del camión y se asomó al interior del capó. Enseguida percibió un olor a gasóleo y a aceite de motor que le inundó las fosas nasales mientras examinaba detenidamente el bloque del motor y el espacio que lo rodeaba.

—¡Hala! —exclamó asombrado—. ¡Cuánto espacio! Seguro que aquí podrías meter un montón de carga extra, Fritz. Como sacos de patatas y de repollos. Sacos grandes, además. Si quisieras esconderlos al pasar por la aduana, claro.

—Ja, ja, ese es el plan —respondió Fritz. Fue hasta allí y levantó a Max del capó agarrándolo por la cintura. A continuación cerró el capó de un golpe—. En Suiza hay demasiados *schweinehunde*, malditos agentes de aduanas.

—Y con esos *schweinehunde*, ojos que no ven, corazón que no siente —anunció Max, repitiendo uno de los dichos favoritos de Fritz.

—Lo más importante es que, si ellos no lo ven, no me perjudicará a mí —agregó Fritz al tiempo que le propinaba a Max un leve puñetazo en el hombro en actitud de broma—. En fin, ¿has cenado ya? ¿Quieres que vayamos dentro a ver qué tengo de comer?

—No, gracias, mi madre me está esperando —respondió Max—. Pero ¿puedo volver después de cenar y jugar dentro del *Pinocho*?

Fritz arrugó el entrecejo.

—En estos próximos días, no, Max. Le he prometido a Jo... —Se interrumpió y carraspeó—. Voy a estar ocupado transportando unas cosas hasta el sur. Pero si vienes a principios de la semana que viene, puede que el *Pinocho* esté libre. —Fritz se inclinó y miró a Max a los ojos muy seriamente—. Hasta entonces, ni una palabra de esto a nadie. ¿Entendido?

—Entendido —respondió Max, afirmando con la cabeza—. No te preocupes, Fritz, yo jamás diría una sola palabra que pudiera causarte problemas.

—Ya, seguramente no sabes qué cosas podrían causarme problemas, así que lo mejor es que no digas nada, ¿de acuerdo?

—De acuerdo. No te preocupes.

Al mismo tiempo que se despedía de Fritz agitando el brazo derecho en el aire, echó a correr de nuevo por la cuesta de Himmelstrasse. Su casa ya no quedaba lejos. Divisó la ropa tendida de su madre, meciéndose en la suave brisa de últimas horas de la tarde. Hasta vio un pantalón suyo agitándose entre el dibujo a cuadros de dos paños de secar los platos. Debajo de la ropa tendida estaba su perro salchicha *Puck*, con su hocico gris apoyado en una toalla que había caído al suelo. Cuando Max alzó el pestillo de la valla delantera de la casa, el lento chirrido metálico de este hizo que el perro recordase alguna responsabilidad olvidada mucho tiempo atrás en su memoria que lo empujaba a estar alerta y en actitud defensiva, por lo que, tras lanzar un débil ladrido a algún conejo que estaba viendo en sueños para que no se moviera del sitio, se levantó y se acercó a Max.

Max reparó en que la puerta principal de la casa estaba entreabierta, y que alguien había dejado una cesta de pan en el umbral.

—Vaya, *Puck*, ¿así que hoy tenemos visita? —le preguntó al perrito al tiempo que le rascaba rápidamente las orejas para a continuación dirigirse a la entrada. No tuvo que esperar mucho para conocer la respuesta, porque una aguda carcajada le perforó los oídos y un instante después apareció una oronda barriga saliendo por la puerta que lo aplastó contra la pared.

—¡Oh, Max! —exclamó Sabine Mecklen, sorprendida—. Precisamente la persona que estaba buscando, ¿verdad que sí, Katrine? —La madre de Max, que venía uno o dos pasos por detrás de ella, respondió con un mudo gesto afirmativo—. ¡Sí, Max, qué estupendo que hayas llegado! Tu madre me estaba diciendo que no sabía dónde estabas. La verdad es que no deberías preocuparla de ese modo, Max. Ya tiene bastante que hacer, para encima preocuparse por ti. Teniendo que criarte ella sola, con tu padre ausente. Claro que ella no es la única madre que se ve obligada a hacer eso, bien sabe Dios que en este pueblo hay muchas como ella. En todas partes, en realidad. Pero no por eso el trabajo es más fácil, ¿verdad, Katrine? —Como su pregunta era retórica, no tuvo necesidad de mirar a la madre de Max para que le respondiera, de modo que solo Max se percató de que su madre ponía los ojos en blanco.

Max intentó escuchar a *fräulein* Mecklen, porque sabía que era de buena educación escuchar a los mayores, aunque a uno no le cayeran bien; sin embargo, sin saber por qué, de manera instintiva, al cabo de unos treinta segundos se le cerraron los oídos, y así su cerebro pudo centrarse en otra cosa: en el problema de cómo podría hacer para conseguir que Freddi Klein le cediera aquella anilla RG42 de cobre en un canje razonable. En esas estaba cuando de improviso *fräulein* Mecklen le puso un dedo en la cara.

—Sí, Max, tú —le dijo. Intentó inclinarse hacia él, en un gesto tal vez de camaradería o de autoridad, pero el acto de inclinar la cabeza por encima del torso hizo peligrar su equilibrio inesperadamente, así que se apresuró a enderezar la columna. Su madre, con los ojos chispeantes, se tapó la boca con la mano derecha—. He venido hasta aquí para pedirte un favor, un favor muy grande. Bueno, en realidad es una cosa muy pequeña, y pienso recompensártela, por supuesto, dado que tú eres mensajero y te pagan por ello, ¿no es así? No, no, Katrine, no protestes, no hay más que hablar, está absolutamente decidido que Max tiene que cobrar por este servicio. —Max no entendía por qué *fräulein*

Mecklen armaba tanto alboroto, dado que su madre no había movido un dedo para protestar—. Al fin y al cabo, estoy proponiéndote utilizar tus servicios igual que hace Ludmilla, y ella te paga. Como debe ser, claro, aunque yo necesitaría que entregaras el mensaje esta misma noche. Puede ser, ¿no, Katrine? —*Fräulein* Mecklen se volvió hacia su madre—. No es preciso que lo haga antes de cenar, pero el mensaje tiene que llegarle al pastor Wiessmeyer antes de mañana, porque, a ver, el pobre necesita contar con algo de margen. A lo mejor quiere engalanarse un poco, o preparar alguna otra cosa. No es que yo espere que vaya a preparar nada, por supuesto que no, ¿qué podría tener que preparar? Es un simple té después de cenar, eso es todo. Tal vez con una pastita o dos de postre.

Max miró a su madre sin entender nada.

—A *fräulein* Mecklen le gustaría que entregaras una invitación al pastor Wiessmeyer, Max —le explicó su madre al tiempo que le dirigía una mirada seria con la que le ordenaba: «no digas nada»—. Yo le he dicho que con mucho gusto irías esta noche a la rectoría, después de cenar, y que lo harías como un favor hacia una amable vecina. —Max arrugó el entrecejo. ¡Acababa de estar en la iglesia del pastor Johann! Pero, obediente, no dijo nada.

Sabine sonrió y miró alrededor buscando su cesta. Al verla junto a la puerta, se agachó para recogerla al tiempo que se llevaba una mano a la espalda y dejaba escapar un leve quejido acusando el esfuerzo. La madre de Max se apresuró a recogerla por ella. Sabine, después de mucho hurgar dentro de la cesta y de revolver entre panecillos y un paño de cocina de estampado floreado, sacó un sobre de color crema, perfumado, y se lo entregó a Max. Despedía un aroma a rosas de lo más potente, tanto que Max tuvo que sostenerlo a cierta distancia para no toser. Metió hacia dentro los labios y las mejillas, y también intentó apretar la nariz, para cerrarla. Era un olor ligeramente húmedo, y se preguntó si *fräulein* Mecklen habría sumergido aquel papel en un baño de agua de colonia.

—Bueno, pues ya está —dijo Sabine, al parecer satisfecha—. Te asegurarás de entregarlo esta misma noche, ¿verdad, Max?

Max intentó escabullirse hacia un lado para escapar hacia el interior de la casa y liberarse de aquel olor ofensivo. Esperaba que su reminiscencia se evaporase antes de que tuviera que entregar la invitación. ¿Sería suficiente con que pasara una hora, mientras cenaba? Lo dudaba.

—Lo entregará esta noche —aseguró su madre, agarrándolo con mano firme por el hombro y aprisionándolo entre Sabine y ella—. ¿A que sí, Max?

Esta vez Max no tuvo más remedio que hablar, si quería zafarse. Se preguntó si le sería posible hacerlo sin tener que aspirar aire.

—*Szzí, fräuleid, lo edtregaré* —boqueó Max a duras penas, y acto seguido se escurrió por la puerta y entró en la casa. Todavía aguantando la respiración, dejó el sobre en la mesa del pasillo y subió corriendo la escalera en dirección al piso de arriba, para ir al baño. En cuanto llegó, expulsó todo el aire que llevaba retenido en los pulmones y se echó agua fría en la cara. Después, cogió la toalla que colgaba en la pared y hundió la nariz en la tela, de algodón endurecido por la intemperie, y respiró hondo. Intentaba limpiar el interior de su nariz de todo residuo que pudiera quedar allí dentro de aquella sustancia tan dulzona. Sintió alivio al oír a *fräulein* Mecklen despidiéndose.

—Los niños son siempre niños, supongo. No sé cómo lo haces, Katrine. Ah, antes de marcharme quiero que te quedes estos bollos de pan. Solo tienen un día, están prácticamente recién hechos, y me he tomado la molestia de recalentarlos antes de apagar el horno para salir. Podéis consumirlos para cenar.

—Eres muy amable, Sabine, gracias —oyó Max que decía su madre—. A Max le gustarán.

Pero a Max solo le gustaban los *brötchen* de pan blanco que hacían las hermanas Mecklen. Los de centeno eran horribles. Bajó al piso de abajo, entró en la cocina, donde ya estaba su madre sirviendo un guiso de lentejas para los dos, y se sentó a la pequeña mesa.

—Bueno, ¿qué has estado haciendo hoy? —le preguntó su madre al tiempo que le pasaba una servilleta de tela y él cogía la cuchara—. ¿Te has enterado de algún chismorreo interesante en el pueblo?

—Mmm, no —farfulló Max entre una cucharada y otra—. La verdad es que no. Pero hoy han llegado dos telegramas de Berlín. Y...

—¿De Berlín? —lo interrumpió su madre.

—¡Ha regresado el capitán Rodemann!

—¿Qué? ¿Por qué?

—No lo sé —respondió Max—, pero esta tarde había un montón de *jeeps* y camiones entrando y saliendo de la finca de Weber. Y un montón de soldados, y también tropas de asalto, lo vi todo desde las vías del tren. —Nada más decir esto último, se arrepintió de haberlo dicho.

—Max, ¿has vuelto a ir hoy hasta la casa de Lara? ¿Por esa razón has llegado tarde a cenar? —Su madre lo reprendió, pero con suavidad.

—No —empezó Max, pero luego se rindió al ver su gesto irónico y su mirada de complicidad—. Bueno, sí, pero solo para ver si estaba en el jardín, y no estaba.

Uf, él sería malísimo como espía. ¿Acaso la primera lección no era la de no revelar pruebas que pudieran incriminarlo a uno? ¿O era más bien la primera lección que debía aprender un detective?

—Max, no voy a decirte que no te acerques a ella, porque no serviría de nada —le dijo su madre al tiempo que le ofrecía uno de los *brötchen* de Sabine, el cual, para su regocijo, era de pan blanco, no de centeno—. El corazón va a donde quiere ir, y nada puede impedírselo. Pero sí que quiero que seas respetuoso con la familia Eberhardt, ¿está claro?

—Sí, *Mutti*. —Max estaba a punto de dar un mordisco al *brötchen* que había cogido, pero justo cuando lo tenía delante de la boca le dio por olfatearlo. El agua de rosas mezclado con levadura invadió su olfato igual que si la propia *fräulein* Mecklen le hubiera metido el dedo en la nariz. Dejó el pan y se puso en pie de repente—. ¿Puedo irme ya?

—Los platos, Max —le recordó su madre.

Max estaba ya en el pasillo, envolviendo aquel repugnante sobre en varias capas de papel de periódico para suprimir el hedor.

—¡Los lavaré cuando vuelva!

Dicho esto, se guardó el paquete en la parte de atrás del cinturón y salió corriendo de la casa.

21

Marina no solía fumar cigarrillos, pero esa noche sintió la necesidad de encender uno. Necesitaba algo que la hiciera respirar bien hondo, rítmicamente, para tranquilizarse. Porque en las últimas veinticuatro horas su mente se había visto abrumada con multitud de preguntas. ¿Dónde iban a ocultar Johann y ella a la familia polaca hasta que estuviera listo el camión de Fritz? Ya no podían contar con Meerfeld, teniendo en cuenta todas las medidas de seguridad que se estaban tomando cerca de la propiedad de Weber y más allá. Por toda la carretera que bordeaba el lago, desde Meerfeld hasta Blumental, circulaban tropas de asalto calzadas con botas negras y luciendo brazaletes rojos. No le convenía hacer pasar a una pareja de refugiados nerviosos por el medio de aquellos avispones. Menos mal que aquella tarde tropezó por casualidad con Max Fuchs cuando regresaba a casa después de haber estado buscando a Oskar y a Sofía. Le escribió una nota rápida a Johann, y Max accedió a entregarla inmediatamente. Con suerte, Johann podría reunirse con ella al día siguiente por la mañana, antes de ir a recoger a los polacos. Mientras tanto, lo único que podía hacer ella era esperar. Esperar a Johann el día siguiente y esperar a Erich esta noche.

Decidió fumar en la pérgola, donde no pudiera verla nadie desde la casa. La pérgola se diseñó en un principio como un sitio donde tomar café por la tarde. Los fines de semana de verano, tal como había imaginado Edith antes de la guerra, estarían repletos de visitas de sus amigos de Berlín, que traerían consigo a sus hijos. Pasarían las mañanas explorando el lago, quizá paseando por el caleidoscopio que formaban los jardines de Insel Hagentau o asomándose a la mazmorra del siglo XVII que había en el viejo castillo de Seeburg. Después se reunirían en la casa para disfrutar de un estupendo almuerzo y una magnífica siesta. Por las tardes, una avalancha de chiquillos bajaría en cascada por el prado para ir a chapotear y remar en el lago, por muy fría que estuviera el agua. Como es natural, los padres necesitarían algún refugio, algún escondido oasis de paz y quietud en el que pudieran tomarse un café placenteramente, de modo que durante el primer verano que pasaron en Blumental Edith le pidió a Oskar que construyera un sencillo emparrado encima de la pérgola, sobre el que los racimos de uvas pudieran proyectar su sombra y proteger a las mujeres del fuerte sol para que no les salieran pecas. Allí donde las mujeres corrieran a refugiarse, los hombres no tardarían en acudir, de eso estaba Edith muy segura. Compró una mesa de hierro forjado y unas cuantas sillas, así como varios metros de tela de colores, y empezó a confeccionar un montón de cojines que hicieran juego con los pensamientos. Como sorpresa para su esposa, Oskar contrató a un fontanero del pueblo para que instalase una pequeña fuente. Se la regaló a Edith la víspera del día en que cumplían treinta años de casados. Le vendó los ojos con un paño de cocina y la condujo hasta el jardín, donde había un delgado chorrito de agua que surgía de un grifo y caía en una taza de mármol. Marina no pudo resistirse a ir detrás de ellos, para no perderse la gran inauguración.

—Ahora vas a tener que escoger una estatua para completar el conjunto —comentó Oskar al tiempo que le quitaba la venda de los ojos.

—¡Oh, Oskar! —exclamó Edith con una sonrisa de oreja a oreja. Se inclinó sobre la pequeña taza de la fuente e introdujo una mano en el agua, que se rizaba ligeramente—. Es preciosa.

—No sabía muy bien qué estatua podría gustarte, querida —se explicó Oskar—. Hay tantas para elegir... Con peces y ranas, leones y osos, hasta elefantes si quieres. Ángeles de todas clases. Incluso dioses y diosas griegos.

—¿Y una Dafne? —preguntó Edith, volviendo la cabeza.

Al ver que Oskar no entendía, Marina intervino para explicárselo.

—Es la ninfa del bosque que embrujó a Apolo.

—¡Ah, conque ella lo embrujó! —dijo Edith—. Di más bien que escapó por los pelos de ser violada por aquel patán.

—¿Patán? —reflexionó Oskar—. Pero ¿Apolo no era un dios?

—El dios del sol —apuntó Marina.

—Pues me da la impresión de que Dafne debió de sentirse honrada con sus atenciones.

—¡Oskar, por favor! —Edith se volvió hacia él—. ¿Ese Casanova? Lo único que quería era hacer otra muesca más en su banda olímpica. Y Dafne no estaba dispuesta a entregar su virginidad a cambio de nada que no fuera un amor verdadero y para siempre. Por eso su padre la convirtió en un árbol del laurel.

—Hum —dijo Oskar—, parece una solución bastante drástica.

Edith hizo caso omiso de su sarcasmo.

—Dafne es la original madre tierra. El instinto maternal de los seres humanos mezclado con la sensibilidad de los árboles.

Finalmente, Edith consiguió tener una estatua de Dafne, pero, por culpa de la guerra, su sueño de reunir a un montón de amigos a tomar café por las tardes no llegó a materializarse. La parra de uvas creció sin impedimentos y con los años fue formando una densa masa de ramas y hojas, igual que los avellanos que plantó ella misma a lo largo del perímetro del jardín. En las cálidas noches de verano como esta, el agua de la fuentecilla creaba un patio de juegos perfectamente humedecido para las luciérnagas, y ahora había una pequeña nube de ellas revoloteando alrededor de los brazos extendidos de Dafne.

Marina se sentó en el banco forrado de cojines que se introducía entre los avellanos. Pasó la mano por los cojines, se recostó, cerró los ojos e intentó dejarse acariciar por el efecto balsámico del gorgoteo del agua. ¿Era su mente la que necesitaba sosiego, o más bien su corazón? Ambos. Se sentía inquieta, y cruzó las piernas, primero la derecha encima de la izquierda, luego la izquierda encima de la derecha. Extrajo un cigarrillo de la cajita de plata que guardaba en el bolsillo de la falda, lo prendió y aspiró profundamente. «Mucho mejor», pensó, notando cómo se le relajaban poco a poco los hombros. Expulsó el aire muy despacio, sin prisa. Contempló cómo se elevaba el humo en volutas, una suave cinta de color gris que formaba espirales en el aire quieto. Alejado de su mundo actual, lleno de familias que huían de las ametralladoras y de alcaldes aterrorizados, en el que la cordura y el orden dependían de la llegada fortuita de un general del ejército. ¿Sería la aparición de Erich en su vida siempre inesperada y súbita? ¿Se vería ella siempre obligada a dejarlo marchar y esperar a que volviera, sin saber con certeza cuándo volvería, o si llegaría siquiera a volver? Aún le pesaba en el corazón lo que le había dicho su madre en la cocina. Su madre le había pedido que esperase, sin tener en cuenta que ella no había hecho otra cosa que esperar desde que estalló la guerra. Estaba cansada de esperar. ¿Es que no se le iba a permitir, por una vez, tomar la decisión que deseaba tomar?

Pero no quería dejar atrás a sus hijas. Aquello era, naturalmente, lo que hacía que dicha decisión resultara impensable. Y Franz... ¿dónde estaría Franz en aquel momento? Se acordó de sus ojos, antes azules y de expresión amable, ahora de mirada distante y perdida, abrumados por oscuras sombras, igual que un océano asediado por las tempestades. Aquellos no eran los ojos que ella había conocido en Grosswald, los que la habían mirado a ella con admiración la noche en que fueron a ver *El ángel azul*.

Dio otra calada al cigarrillo rememorando aquella noche, que en muchos aspectos fue decisiva. Aquella película no era su primera cita, ya habían tomado un sinnúmero de cafés juntos y habían asistido a varias sesiones matinales. Franz habría seguido llevándola indefinidamente a tomar café por las tardes si ella no hubiera insistido en tener una cita por la noche. Durante el día, Franz era un poquito aburrido, y ella esperaba que el misterio de la noche lograra sacar a la luz su lado más salvaje.

Recordó cuando él la vio bajar la escalera aquella noche, recordó la sensación de incomodidad que lo invadió estando allí de pie, en el cuarto de estar, con Oskar, incluso paladeando el hecho de verla aparecer. Ella había decidido no ponerse un vestido sino una blusa de seda floreada y una falda de lino color marfil a la que justo aquella tarde acababa de subir el dobladillo para que dejase ver sus pantorrillas, para mayor efecto, un detalle que no se le escapó a Franz. Él era el perfecto caballero, se puso en pie a toda prisa en cuanto ella entró en la habitación, la miraba con un asombro reverencial. Oskar también se levantó, más despacio pero igualmente admirado por la belleza de su hija.

—Estás casi demasiado hermosa para salir por esa puerta y dejarte ver por el mundo, querida mía —le dijo su padre con un guiño. Luego se volvió hacia Franz—. Joven, ¿estás preparado para facilitar a mi hija la tarea de integrarse en la sociedad de filisteos que hay ahí fuera? ¿A hacer más fácil que su belleza atraviese su mundo contaminado? ¿A defender su virtud frente a toda agresión moral y física?

Franz puso cara de no entender. En su ansiedad, volvió la vista hacia los cojines de chenilla del sofá y se los quedó mirando fijamente. Marina dio un paso al frente y tomó a Franz de la mano.

—*Vati*, por favor. Ya está bien de discursos. Volveremos antes de las doce —prometió, y seguidamente se llevó a Franz hacia la puerta de la calle.

Oskar levantó dos dedos en el aire.

—A las once, por favor, no más tarde de las once. Y no —añadió, cortando la protesta incipiente de Marina— porque seas demasiado joven para trasnochar más, aunque en mi opinión sí que lo eres, tu madre me ha convencido de que ceda un poco, sino porque es más seguro. Últimamente, Berlín anda demasiado alborotado. ¿Estamos de acuerdo en esto?

—La traeré a casa exactamente a las once en punto, señor, si no antes —aseguró Franz con ardor. Después ayudó a Marina a ponerse el abrigo y le ofreció su brazo izquierdo, al tiempo que Oskar les abría la puerta a los dos.

Hacía una noche fría y despejada, ideal para pasear. Aún disponían de tiempo de sobra antes de que empezara la película, así que decidieron prescindir del taxi e ir hasta el cine andando. De camino hacia Unter den Linden, el bulevar cultural de la ciudad, Marina descubrió la luna, un globo blanco y brillante que se elevaba sobre el horizonte. Hizo un alto y aferró el brazo de Franz.

—¡Mira qué luna, Franz!

El joven siguió su mirada y sonrió.

—Ah, el espejismo de la luna. Es fascinante, ¿verdad? Me encanta que el cerebro tenga la capacidad de engañarnos de esta manera.

Marina esperaba algún discreto comentario apreciativo acerca del tamaño o el color de la luna. Incluso se había atrevido a esperar alguna frase poética de alabanza al aspecto de la luna en general. Pero la respuesta de Franz la pilló totalmente por sorpresa.

—¿El espejismo de la luna? —repitió.

—Sí, creemos que la luna es más grande cuando está saliendo por el horizonte que cuando la tenemos directamente encima de nosotros, a eso me refiero —explicó Franz. Marina observó que llevaba la cabeza inclinada hacia un lado, un gesto pensativo que indicaba que estaba a punto de ponerse en modo científico. Ella no estaba de humor para recibir una clase de ciencias, pero no supo cómo impedírselo sin parecer maleducada—. Dime —continuó él, deseoso de explayarse—, ¿no te parece que la luna parece más grande en este momento? ¿Más grande que la última vez que la viste en el cielo?

—Por supuesto que sí —respondió Marina—. Está enorme.

—¿Y por qué crees que ahora parece más grande? —siguió presionando Franz.

—Pues... —dijo Marina con cautela— la verdad es que no lo sé, pero imagino que puede que tenga algo que ver con la distorsión causada por la atmósfera. O con la distancia que hay hasta el horizonte, en contraste con la distancia que hay hasta el espacio exterior.

—No. Y más o menos. —Franz se sintió feliz de encontrar la vía abierta para continuar con el tema—. En realidad, la luna no es más grande ahora de lo que será dentro de unas horas, cuando se encuentre en lo alto del cielo; simplemente nuestro cerebro nos hace creer que sí que lo es. Ello se debe a que pensamos que el cielo tiene la forma de un hemisferio; en cambio, lo percibimos de modo distinto, como una taza aplanada.

Franz se detuvo, obviamente satisfecho con su explicación, y movió la cabeza en un gesto afirmativo para sí mismo. Giraron para entrar en el grandioso bulevar, que había sustituido el bullicio de la gente que iba a comprar durante el día por la actividad nocturna. Delante del edificio de la State Opera se alineaban los taxis descargando pasajeros que se disponían a asistir a una función de noche.

A decir verdad, a Marina no le importaba el espejismo de la luna que le había explicado Franz, ni tampoco a qué se debía. Lo que le importaba a ella era la belleza del astro nocturno, su misterio, su romance. Las emociones que la luna suscitaba en ella, una compleja mezcla de pasión y de miedo, de deseo y de pérdida. Pero aquel análisis preciso y metódico hacía caso omiso de todo sentimiento. Se sentía un poco irritada, y se distrajo volviendo la vista hacia el teatro de la ópera para ver qué función estaban dando.

Un cartel que había allí cerca anunciaba el espectáculo: LA FLAUTA MÁGICA - FUNCIÓN ESTA NOCHE. Marina dejó escapar un suspiro. La encantaba aquella obra de Mozart, era la primera ópera que había visto en su vida... de ello parecía que hacía ya una eternidad, cuando tenía diez años. Oskar compró entradas para toda la familia, y varias semanas antes Erich la fue introduciendo en el libreto, le explicó el argumento y le describió los personajes. Tamino, el noble príncipe. Pamina, la bella princesa. Sarastro, el hechicero cuya bondad se hallaba oculta. Y la Reina de la Noche, que enmascaraba su maldad. El mejor era Papageno, el pájaro-payaso que celebraba la vida. Marina recordó la aparición en escena de Papageno, ataviado con un brillante traje de plumas multicolores que iban desprendiéndose a medida que él recorría el escenario cantando y brincando. Ella rio a carcajadas al ver sus payasadas. Al terminar la función, Erich subió al escenario y recuperó para ella una pluma perfecta, de un vivo tono turquesa.

Marina contempló el teatro de la ópera, situado al otro lado del bulevar, por cuya escalinata de piedra iban subiendo señoras vestidas de largo, seguidas por caballeros con esmoquin y traje negro. Entre las columnas de mármol colgaban carteles de colores vivos, y la entrada, profusamente iluminada, invitaba a todo el mundo a pasar. De repente contuvo el aliento. Allí, subiendo los escalones en el lado derecho del edificio... ¿aquel era Erich? Entrecerró los ojos para enfocar mejor. El hombre en cuestión se volvió para ofrecer su brazo a una mujer que iba solo un paso por detrás de él, y en aquel momento Marina distinguió su rostro iluminado por la luz reflejada. Sí, era Erich. Pero ¿quién lo acompañaba? Lo único que logró distinguir fue un pelo largo y oscuro y una falda de color esmeralda que barría el suelo. La mujer apoyó una mano en el antebrazo de Erich y ambos desaparecieron por detrás de un cartel suspendido que anunciaba *Der Rosenkavalier*, un estreno próximo.

Marina se sintió aturdida. Nunca había visto a Erich con una mujer, y aquello la turbó profundamente. Se reprendió a sí misma por tener semejante reacción. Era perfectamente natural que Erich invitase a una mujer a la ópera, y si estaba buscando compañía femenina, bien podría elegir una mujer que fuera atractiva, como parecía ser el caso de aquella, por lo menos vista desde lejos. Se preguntó quién sería y de qué se conocerían. En la Academia Militar, Erich seguramente no había tenido ocasión de conocer a muchas mujeres, ¿no? Imaginó que habría mujeres que frecuentarían las aceras frente a la academia, depredadoras a la espera de cazar a algún incauto oficial que tuviera un buen salario. Probablemente aquella mujer pertenecía a dicha categoría. Pero ¿por qué iba a llevarla Erich a aquella ópera, una ópera que era de ellos dos? Si de verdad quería ver la función, podría haberla invitado a ella. Ella se habría sentido más que feliz de tener una cita con él. Pero para Erich, salir con ella no lo consideraría tener una cita. Lo más seguro era que para él siguiera siendo una niña. Se mordió el labio en un gesto de frustración y de rabia. Se sentía traicionada.

—Dos, por favor —dijo Franz, dirigiéndose a la mujer que atendía la taquilla del cine.

Marina se quitó la cinta elástica que le sujetaba el pelo y se soltó la melena. Ella no era una niña. Acto seguido, se agarró de la mano de Franz para penetrar con él en la sala. Franz se dirigió hacia las primeras filas, pero ella lo llevó hacia el fondo.

—Esta noche —le susurró— quiero más intimidad.

En la pérgola, Marina exhaló otra nube de humo contra un grupo de luciérnagas. Un día iba a tener que ver de nuevo *El ángel azul*. Era la primera película sonora que había visto, y aun así recordaba muy poco de ella, tan solo fragmentos sueltos. La criada echando al horno un canario muerto («Hace mucho que dejó de cantar»), Marlene Dietrich dejando caer sus pololos desde lo alto de una escalera sobre el hombro del profesor Rath. Al mismo tiempo Marina se quitó también las bragas y, envalentonada por la certidumbre de su indignación y su dolor, le desabrochó los pantalones a Franz.

Algunas personas podrían pensar que aquel comportamiento era temerario. Y también habrían considerado que la llegada de Lara al mundo nueve meses más tarde fue un justo castigo por la indiscreción que cometieron Marina y Franz. Por suerte, Edith no se encontraba entre ellas. En vez de eso, cuando Marina confirmó lo que ya sospechaba su madre cuando vio que de repente no toleraba el desayuno, Edith se mostró pragmática y no quiso entrar en recriminaciones y actitudes de desesperación. A lo hecho, pecho. Así que se lanzó de cabeza a iniciar los preparativos de la boda. No vio motivo para informar a Oskar, que estaba preocupado con el inminente hundimiento económico del país, acerca del precipitado acontecimiento que iba a producirse en el cambio de estatus de su hija. Y en cuanto a Franz, no dudó en hacer lo correcto, porque tenía muy inculcado el sentido de la responsabilidad y el decoro, y, además, amaba a Marina. En la noche de bodas, le dijo que jamás había soñado que iba a tener la suerte de tenerla a ella como esposa. Se plantó de pie frente a la cama en la que ella estaba sentada y le dio las gracias por haberse casado con él. Le prometió que siempre la querría a ella y al niño, que cuidaría de ambos, que les proporcionaría un hogar y una vida cómoda. «Todas las comodidades que pueda permitirme —le aseguró—, durante todo el tiempo que pueda.»

Y ella también amó a Franz. Resultaba imposible no amarlo: su insistente curiosidad hacia el mundo que lo rodeaba, su serena sensibilidad hacia todas las criaturas vivientes, tanto humanas como animales; su bondad y su generosidad para con todo el que solicitaba su ayuda. Cuando pensaba en el amor que sentía por Franz, se daba cuenta de que lo había amado incluso antes de dar aquel audaz paso en el sexo que finalmente los unió a ambos. Franz era una persona con la que ella podía contar, y eso representaba un bien muy valioso en una época de tantas incertidumbres. Si tuviera que describir el amor que sentía por su marido, diría que era firme y comedido, libre de emociones intensas o de ardores desatados.

Era un amor con el que creyó que podría vivir toda la vida, sobre todo cuando nació Lara y trastocó todo su mundo. Inundada por su nueva misión como madre, ni siquiera se dio cuenta de que en realidad poseía una naturaleza apasionada, ni de que, conforme iba pasando el tiempo, la estaba ahogando. Siete años más tarde, cuando Erich por fin avivó aquella llama en Ludwigsfelde, el resultado fue una llamarada que Marina fue incapaz de apagar. Y descubrió que tampoco deseaba apagarla, porque le gustaba cómo se sentía con ella: viva y despierta, con bordes más definidos. El mundo que la rodeaba perdió sus sombras difusas y adquirió perfiles nítidos. Fue como si, después de haber pasado toda la vida bajo el agua, observando el mundo a través de unos cristales arañados y borrosos, de repente hubiera emergido a la superficie y se hubiera quitado las gafas.

A lo mejor fue aquello lo que la atrajo hacia el proyecto de Johann, reflexionó ahora. El peligro se parecía a la pasión en que reducía la vida a lo esencial que había en ella. Hizo girar el cigarrillo entre los dedos mientras se preguntaba quién sería la familia de refugiados que llegaría al día siguiente. Al principio de su viaje estaba compuesta por cinco personas, y ahora estaba compuesta por dos. No le costó trabajo imaginar cómo se había producido aquella reducción en el número de miembros, ella misma lo había presenciado en Berlín, cuando la ciudad estaba «limpiándose» de judíos a base de enviarlos a Dios sabía dónde. Le gustaría saber si quienes habían sobrevivido eran los hijos o los padres, o tal vez uno de cada. El ascua del cigarrillo le llegó a los dedos, y el súbito calor hizo que la colilla se le cayera al suelo. Fumar constituía un pasatiempo peligroso para las personas distraídas, pensó, y volvió la mirada hacia la estatua de Dafne.

—¿Nos veremos libres alguna vez de esta sensación constante de peligro? —le preguntó en voz alta. Dafne, naturalmente, no le respondió.

22

El hecho de haber pasado el día entero guisando y horneando le había pasado factura a Edith. Dejó las manos me-
tidas en el agua de fregar los platos para aliviar el dolor de
los nudillos. Oskar estaba en el piso de arriba, acostando a
las niñas. Lara se había retirado al cuarto de estar para leer,
y Marina le había dicho que dejara los platos para más tarde y había salido al jardín después de cenar. Sin embargo,
lo que deseaba Edith era irse a la cama, y no podía hacerlo
hasta que la cocina estuviera recogida. ¿No sería la vida
más fácil si pudiera olvidarse de los platos sucios sin más, o
del polvo de las estanterías, o de los dormitorios sin ordenar? Pero sabía que no era capaz. Le costaba mucho dejar
las cosas sin hacer, en todas las facetas de la vida. Después
de vaciar el fregadero y secarse las manos, fue hasta el
cuarto de estar para darle un beso de buenas noches a Lara.
Allí encontró sentada a su nieta mayor, en el sillón favorito
de Oskar, con las piernas dobladas bajo el vestido, absorta
en su revista *Life*. La única parte de la cabeza que se le veía
era su cabello rubio y ondulado, que colgaba sobre la fotografía de portada de la princesa Isabel.

—Bueno, ¿qué tal vas con tu princesa, querida? —le
preguntó Edith.

Lara levantó la vista sonriendo de oreja a oreja.

—¡Oh, abuela, tiene una vida realmente mágica! Por supuesto, también tiene sus dificultades, más que nada a cau-

sa de la guerra, y da menos fiestas de las que debería, pero en conjunto yo diría que es maravillosa.

—En fin, siento mucha curiosidad por leerla cuando tú hayas terminado —dijo Edith—. Si es que me lo permites.

—¡Pues claro que sí, abuela! —exclamó Lara, entusiasmada ante la idea de compartir con alguien su amor por Isabel—. Cuando haya terminado de leer la revista, te la llevo para que la leas tú.

Edith le dio un beso en la frente y pensó que, fueran cuales fueran las faltas que cometiera de vez en cuando como la adolescente que era, seguía siendo una niña encantadora, educada y generosa. Y en su afán por la lectura se parecía mucho a Franz. Lo que en unas personas era un defecto, en otras era una virtud.

Al subir por la escalera oyó a Oskar hablando en voz baja, acompañado de alguna risita esporádica de Sofía o de Rosie. Entró en su dormitorio y dejó la puerta abierta para poder seguir escuchando aquellos ruidos felices propios de la hora de acostarse, notas de paz y de contento, una especie de nana para dormir.

Cómo le dolía todo el cuerpo. Un compañero muy adecuado para su mente, se dijo, porque dentro de su cabeza los pensamientos giraban en torbellinos, a tal velocidad que le costaba trabajo asir cualquiera de ellos para asimilarlo. La visita del Führer al día siguiente. Una pesadilla. ¿Cómo había permitido Oskar algo semejante? Sabía perfectamente lo que opinaba ella de aquel hombre. ¿Sería que no le había quedado más remedio? Se lo preguntaría cuando viniera a la cama. Aunque no era que importase demasiado, porque a lo hecho, pecho; pero podría abrir la puerta a un debate de más envergadura acerca de la relación que mantenía Oskar con el Führer.

Se puso el camisón y se tumbó en la cama a esperar a su marido. Por lo menos, al fin había visto de nuevo a Erich, dos días seguidos. Era curativo tenerlo otra vez en su mundo. Se sintió agradecida de no sentir ya el menor resquicio de enfado contra él. Cinco años atrás estaba furiosa. Bajó del improvisado cuarto para las niñas que tenían en su piso de Berlín, y allí estaba Erich, de pie en el cuarto de estar, vestido con su uniforme de la caballería, que era su preferido, y empuñando sus guantes de montar en la mano izquierda. A su lado estaba Marina, enseñándole a Rosie, que acababa de nacer. La fuerte mano derecha de Erich, con aquellos dedos tan largos abiertos y ligeramente flexionados, acariciaba tiernamente la cabecita de Rosie, y su semblante irradiaba un profundo asombro reverencial.

En aquel momento, Edith no sintió otra cosa que rabia y dolor. La guerra aún no le había enseñado que era de una importancia crítica perdonar más pronto que tarde. Erich, al verla entrar en la habitación, levantó la vista. Su mirada era soñadora, y eso la enfureció todavía más. La enfureció el hecho de que aquel hombre experimentase un momento de éxtasis en el hogar de ella, cuando, según ella, había sido él mismo quien había socavado sus cimientos. Fue rápidamente hacia él y lo abofeteó con violencia. Él no profirió una sola queja; sin embargo, la miró con gesto dolorido. Dejó a la recién nacida y volvió a ponerse los guantes. Luego, se inclinó con delicadeza para depositar un beso en la frente de la pequeña, dio media vuelta y salió por la puerta. Cuánto dolor en aquel momento, pensó Edith. Cuánto dolor desde entonces. Pero quizá la única manera de llegar al perdón era pasando por el dolor. Si eso era cierto, la guerra tenía mucho que enseñar acerca del perdón. Aunque para algunas personas el dolor que infligía resultara insoportable. Le vino a la cabeza Franz. Ciertamente, aquel hombre había experimentado en su vida mucho más dolor del que se merecía. Por desgracia, era probable que experimentase todavía más. Se acomodó contra la almohada y cerró los ojos. Después, se arropó un poco más con el edredón de plumas. No tenía frío, pero deseaba sentirse protegida. Un arrumaco de plumas que la abrazase hasta que llegara Oskar.

Allí estaba él, alto, de cabellos dorados, cogiéndole la mano y apretándosela con fuerza para llevarla consigo en un vals alrededor de la superficie pulida y brillante de aquel salón, ejecutando piruetas al son de la música, bajo las lámparas de araña que giraban en lo alto, mientras las paredes daban vueltas y más vueltas, y el techo primero centelleaba con un sinfín de luces, luego se oscurecía y las luces estallaban en un millar de fragmentos, pero Oskar no le soltaba la mano, continuó apretándola mientras giraba con ella, una y otra vez, sorteando las balas y las bombas, los terrones de barro que se alzaban del suelo, las palas que excavaban en la tierra, cada vez más hondo, para depositar un féretro muy pequeño, y ella se fue tras él, se sintió caer al interior de aquella tumba, un agujero sin fondo... Pero no, la mano de Oskar tiró de ella y la hizo regresar, los dedos de él se entrelazaron con los suyos e izaron su cuerpo hasta donde él estaba. Sintió sus brazos gruesos, musculosos, seguros, rodeándole la cintura y los hombros. Sintió el cuerpo de Oskar apoyado contra su espalda, cubriendo la distancia que los separaba. Sintió su forma envolviéndola por completo, manteniendo juntos a ambos. Y poco a poco se fue quedando dormida.

23

Un leve chasquido en la cancela del jardín de atrás interrumpió el gorgoteo hipnótico de la fuentecilla. Desde el banco donde estaba sentada, Marina veía con claridad a todo el que se acercase subiendo por el prado hasta la pérgola. Pasado el arco de enrejado cubierto de rosales que informalmente marcaba la entrada inferior del jardín, vio venir a Erich caminando con energía hacia la pérgola, con firme determinación y urgencia en cada zancada. El blanco de su camisa reflejaba la cantidad justa de luz vespertina para que se le pudieran distinguir las facciones: el gesto severo de la boca, la mirada seria, la ligera expresión de tristeza.

Aunque ella se encontraba parcialmente oculta por los avellanos, Erich se le acercaba en línea recta. Se levantó del banco. Erich, sin decir nada, la estrechó con fuerza contra sí. Marina apenas podía respirar, pero no se movió; se apretó contra su pecho para sentir el firme latido de su corazón contra la cara.

—Me has encontrado —susurró contra el blanco algodón de su camisa—, aunque estaba escondida entre los arbustos.

—No puedes esconderte de mí —replicó Erich, besándola en el pelo—. Siempre sé dónde estás.

Marina levantó la vista hacia él, con cuidado para que no se deshiciera el abrazo.

—No, no lo sabes —le dijo—. Por más que quisiera creerte.

—Ah, qué poca fe tienes, para ser tan joven —contestó él. La soltó y se apartó un poco—. Y tan guapa.

Marina se ruborizó y arrugó el ceño al mismo tiempo. La encantaba el modo en que la amaba Erich: igual que un cineasta que intenta capturar a su objeto en un carrete de película. Pero en su mundo cotidiano no estaba acostumbrada a que le hicieran cumplidos acerca de su belleza, así que cambió de tema.

—Tú y la fe —lo reprendió—. La fe es un lujo para los tiempos de paz. En la guerra no hay sitio para ella.

—Al contrario —insistió Erich—. La fe es una necesidad de la guerra. —Su tono era serio—. Pero prefiero hablar de tu innegable, tu infinita belleza. ¿Cómo puede ser que te vayas volviendo más hermosa con la edad, mientras que el resto de nosotros nos marchitamos con el paso del tiempo?

—Si te parezco bonita, es porque estás perdidamente enamorado de mí —dijo Marina, sonriendo.

—¿Perdidamente enamorado de ti? Sí, de eso también me declaro culpable —dijo Erich. Le puso un dedo en los labios para acallar sus protestas, luego lo bajó hasta la barbilla y lo deslizó por debajo del mentón, para inclinarle la cabeza ligeramente hacia atrás y besarla. Los labios de Erich eran blandos y cálidos, y Marina sintió, no por primera vez, cómo todo su ser se fundía con la boca y la lengua de él. Fue una bendición poder disolverse así, aunque fuera brevemente, dejar a un lado todas las ansiedades y todos los miedos que la habitaban, desprenderse de la sensación de recelo y temor que pendía sobre ella desde que empezó la guerra. Fue un regalo poder vivir aquel momento con plenitud, sin pensar en el antes ni en el después. Fue un alivio confiar, solo por un instante, en que las cosas seguirían funcionando sin ella. Estar con Erich era lo más parecido a tener fe.

Se sentaron en el banco, y Marina entrelazó sus dedos con los de Erich. Veinte minutos antes, se sentía invadida por un montón de interrogantes acerca del hecho de que se hubiera marchado tan deprisa del almuerzo, acerca del nerviosismo que había detectado en sus ojos. En cambio, ahora, sentados los dos juntos sin hablar, escuchando el gorgoteo de la fuente, Marina no deseó otra cosa que prolongar lo más posible aquel momento de paz y consuelo. La guerra estaba allí mismo, nada más salir de aquel jardín, disparando balas y viniendo al día siguiente a merendar en el cuarto de estar de su casa. Pero no estaba en aquel jardín en aquel instante, y ella no iba a invitarla a entrar.

Apoyó la cabeza en el hombro de Erich y contempló la estatua de Dafne. La mitad inferior de su cuerpo, esculpido en mármol gris azulado, ya se había transformado parcialmente en el tronco de árbol tal como contaba el mito, y el agua de la fuente brotaba de aquellas raíces. La mitad superior, todavía humana, estaba retorcida en el sentido de las agujas del reloj, y su posición era tal que la cabeza miraba en dirección a la casa.

—Una mirada de arrepentimiento —comentó Oskar el día en que se instaló la estatua en el jardín—. Lo cual resulta perfectamente lógico. En el momento en que Dafne comprendió que iba a vivir durante toda la eternidad convertida en un laurel, por supuesto que se arrepintió de su decisión, sobre todo cuando la alternativa era pasar una noche con un apuesto dios.

Edith le propinó una suave palmada en el cogote y lo reprendió por hablar tan a la ligera de los principios de Dafne. Pero Marina sabía que en aquella mirada había algo más que arrepentimiento. Había angustia. Dafne se sintió obligada a escoger, no entre dos amores, el de Apolo y el de su padre, sino entre la pasión que sentía y su sentido de la responsabilidad y de la lealtad, su dedicación a la virtud y a la familia. Marina comprendía la angustia de amar a dos hombres simultáneamente, de distintas maneras. El corazón era un órgano expansivo, capaz de abarcar más de lo que ella había imaginado. Y el hecho de tener a Dafne así, vuelta hacia la casa que se elevaba al fondo del jardín, le recordaba el tormento que sufrió ella cuando abandonó su propio corazón, el tormento que sufría cada vez que veía a Erich y tenía que separarse otra vez de él. Y el tormento que quizás estuviera sufriendo si hubiera escogido una vida distinta de la que estaba viviendo en la actualidad.

Seis años atrás, Marina estuvo muy cerca de escoger a Erich. En aquella época, llevaba siete años casada con Franz y tenían dos hijas en común. No habría dicho que su matrimonio era desgraciado; nunca había reflexionado acerca de la felicidad de su matrimonio, preocupada como estaba con todos los nacimientos que se producían en su vida: primero los de Lara y Sofía, luego el del Tercer Reich. Durante siete años, las exigencias de aquellas criaturas la consumieron por entero. Preocupada por satisfacer las necesidades de ellas, se olvidó de las suyas propias. El día en que cumplió veinticuatro años, como Franz había sido llamado al entrenamiento militar y no podía celebrar la fecha con ella, Erich la invitó a ir con él a montar a caballo. Edith la animó para que fuera, insistió en que se tomara un respiro de las niñas, hiciera un poco de ejercicio y respirase el aire fresco del campo. Fueron a Ludwigsfelde. Erich se llevó a *Arrakis*, su majestuoso semental árabe, y ella escogió a *Sakina*, una tranquila yegua baya que se moría por los caramelos de menta. Cabalgaron sin silla, a pelo. Marina iba notando contra las piernas el suave movimiento del lomo y los músculos de la yegua, y disfrutaba de un inesperado sol primaveral que le bañaba el rostro. Se quedó asombrada al ver la tarta de cumpleaños, con cobertura de chocolate, que Erich se las había ingeniado para meter dentro de una de las alforjas. Cuando devolvieron los caballos al establo, Erich la miró fijamente y le limpió un trocito de chocolate que se le había quedado pegado en la comisura de los labios. Le acercó el dedo a los labios. Se inclinó para besarla. Todo sucedió deprisa y despacio. El tiempo se metamorfoseó en algo impredecible. En la tarde que pasó con Erich en aquel granero de Ludwigsfelde, y en las tardes que robaron en los meses siguientes, Marina experimentó la expansión del tiempo. Cada hora que pasaban tendidos el uno junto al otro en el pajar no era una hora. Cada hora forcejeaba constantemente contra las constricciones que le suponía aquella barrera de sesenta minutos, mientras se quitaban la ropa y se empapaban el uno del otro. Las manos de Erich recorrían su piel, se hundían en cada curva, esculpían cada centímetro de su cuerpo, y no durante minutos, sino durante días. Y los cambios que sentía Marina en su respiración no duraban segundos, sino semanas; primero eran profundos y lentos, el oxígeno iba entrando poco a poco hasta llenar los pulmones por completo y después se quedaba retenido, de tal forma que Marina tenía la sensación de que no volvería a respirar jamás, pero luego su respiración se transformaba en una sucesión de jadeos cortos y rápidos, súbitos, en un ansia de aspirar bocanadas de aire con desesperación, mientras el tiempo latía y golpeaba contra sus confines hasta que finalmente los arrollaba y los dejaba a Erich y a ella flotando en el espacio, suspendidos en el tiempo.

Pero, al final, los confines del tiempo siempre volvían a su ser. Una de aquellas tardes, estando los dos tumbados sobre la manta de lana que Erich había extendido sobre la paja, Marina miró por la ventana del pajar y vio que se estaba poniendo el sol, señal de que se acercaba la hora de volver a casa. No quería marcharse, no deseaba volver al relativo ascetismo de su matrimonio. Amaba a Franz, pero no lo anhelaba con deseo y con hambre. Ahora que se sentía llena de la experiencia de haber dado rienda suelta a un amor que tenía enterrado desde hacía mucho tiempo sin saberlo, no estaba dispuesta a renunciar a ello. Ahora, no. Pero ¿cómo iba a dejar a Franz? ¿Y cómo no iba a dejarlo?

—Lo dejaré. —A lo mejor expresando aquel pensamiento en voz alta conseguía que fuera más real, más plausible.

Erich estaba a su lado apoyado en un codo, quitándole trocitos de paja del cabello.

—Piénsalo con cuidado, Marina —le advirtió—. Bien sabe Dios que a mí me encantaría tenerte para siempre en mi vida. Pero sería complicado. Tus padres. Tus hijas. Yo sé lo mucho que quieres a tus hijas. Dejar a Franz podría implicar perder a Lara y a Sofía. —Arrojó a un lado del pajar las brozas que había ido juntando—. Si te divorciaras... La ley no se pone de parte de las mujeres adúlteras.

Marina se estremeció ante los crudos términos que empleó Erich, aunque sabía que los había escogido a propósito.

—Pero Franz lo entenderá. Franz entiende el amor verdadero —contestó Marina con un sentimiento de desesperación—. Sabe lo que es, por experiencia propia.

—Lo sabe porque te quiere a ti —le recordó Erich—. Y el amor que siente por ti sujeta su corazón con tenaza de acero. He visto cómo te mira. No te dejará marchar con tanta facilidad. Te obligará a escoger.

—¡Pero si ya he escogido! —replicó Marina—. Quiero escoger, y te escojo a ti. Lamento herirlo a él, de verdad, pero...

—No —la interrumpió Erich. Le tomó la cara y la obligó a mirarlo, para que ella no pudiera eludir la verdad que contenían sus palabras—. No tendrás que escoger entre él y yo, sino entre ellos y yo. Franz, Lara, Sofía, Oskar. Puede que también Edith. Marina, si haces esto, has de hacerlo siendo consciente de las consecuencias. Debes tener muy claro a quién estarías renunciando.

Al final, Marina quedó eximida de tomar la decisión. En primer lugar, se percató de que estaba embarazada de Rosie. Entonces, unos meses después de que naciera Rosie, su país volvió a entrar en guerra. El estallido de la guerra se adelantó a todo. El infatigable ego del Führer, su insaciable deseo de acaparar poder y territorios, obligó a los alemanes a retomar una mentalidad beligerante que muchos habían abandonado gustosamente veinte años atrás. La reacción instintiva de Marina, como la de muchos ciudadanos, fue la de mantener su familia cerca. Al final, con el inicio de las hostilidades, estando tanto Franz como Erich ausentes, luchando, no le quedó otro remedio que quedarse con su familia.

De aquello ya habían pasado cinco años. Y el hecho era que ahora los Aliados habían invadido Normandía y que había tropas francesas en alguna parte del sur de Alemania. ¿No sería posible que la guerra terminara pronto? Allí, en la pérgola, Marina sintió dicha posibilidad. Estaba dispuesta a reconsiderar las cosas.

Respiró hondo notando el contacto del hombro de Erich contra la mejilla.

—Qué paz se respira aquí —dijo él al tiempo que le apretaba las manos con más fuerza.

—Imagino que en estos momentos debe de haber una intensa actividad —dijo Marina— en preparación del concierto de mañana por la noche. ¿Tú vas a acudir? ¿Estás invitado?

—No sé muy bien si yo emplearía la palabra «invitado», pero sí, pienso asistir. Me han asignado a la guardia personal del Führer.

En el tono de Erich hubo algo que hizo que Marina levantara el rostro. No supo cómo interpretar la expresión que vio en él, una mezcla de reflexión y agitación.

—¿Hay razones para esperar que surjan problemas?

—No más de las habituales —contestó Erich rápidamente—. Ya sabes lo que ocurre con el Führer, Marina, que se siente amenazado en todo momento. Y supongo que hay que reconocer que su paranoia de ser el objetivo de incontables asesinos está justificada en parte, teniendo en cuenta los atentados contra su vida que se han llevado a cabo últimamente.

Marina rememoró lo sucedido en el otoño anterior, cuando el chófer del Führer descubrió una bomba metida en el motor de un automóvil que debía transportarlo de Múnich a Fürchtesgaden. Erich iba a ser un pasajero de dicho vehículo. Si el chófer, cuando estaba sacando el coche del garaje, no hubiera investigado a qué se debía un ruido extraño que provenía de la correa del ventilador, todos habrían volado por los aires antes de alcanzar la frontera de Austria.

Cerró los ojos y asintió.

—Nosotros no somos los únicos que velamos por su seguridad, no es eso lo que él cree —la corrigió Erich—. Según afirma, él es el ungido. En todo momento está siendo observado directamente por la Divina Providencia.

Marina soltó una carcajada al oír semejante incoherencia.

—¡Pensaba que el Führer no creía en Dios! ¿Acaso no desprecia la religión diciendo que es la muleta de los débiles y los pusilánimes? Y si su vida está protegida por la Providencia, ¿por qué se preocupa de posibles asesinos? ¿Acaso no serán todos aniquilados por el rayo divino antes de que puedan ponerle un dedo encima?

Para su sorpresa, Erich ni siquiera sonrió. Al parecer, se sentía abrumado por algo más importante.

—Marina —empezó—. Tengo que decirte, aunque ya sé que te lo he dicho en innumerables ocasiones, qué es lo que siento. Mi corazón es tuyo por entero. Si algo me sucediese...

—No va a sucederte nada. —Marina le tapó la boca con la mano para que no siguiera hablando. Se negaba a asumir la posibilidad de que existiera un mundo sin él.

Erich afirmó muy despacio con la cabeza.

—Pues claro que no. Soy indestructible. —Luego titubeó un momento y cerró los ojos—. Ojalá por lo menos tuviéramos paz.

A lo mejor estaba viendo la paz en su mente. A lo mejor todavía se acordaba de cómo era. Marina no se acordaba. De vez en cuando intentaba imaginar una época de paz, así como su vida futura una vez que volviera Franz, pero sus esfuerzos eran en vano. Descubrió que, cuando imaginaba su futuro, lo único que veía era lo que ella misma pintaba conscientemente en un lienzo en blanco: la imagen de su madre, visiones de Lara, Sofía y Rosie, habitaciones de una casa. E incluso todo ello eran solamente sombras fugaces. Tal vez el futuro era demasiado incierto para dejarse conocer. Tal vez dicha incertidumbre era producto de su propia indecisión. En aquel momento, posiblemente incitada por lo que acababa de decir Erich, o por la expresión de arrepentimiento de Dafne, o por la manera en que las luciérnagas parpadeaban de forma intermitente pero inevitable, ofreciendo diminutas balizas luminosas que luchaban contra la luz menguante del día, Marina se dio cuenta de que, fuera cual fuese la forma que quisiera adoptar su futuro, deseaba que Erich estuviera presente en él.

—Erich, ¿qué vas a hacer cuando termine la guerra?

Erich lanzó un profundo suspiro. Marina vio que intentaba contener las lágrimas que le habían asomado a los ojos. Alzó una mano y se las limpió con delicadeza.

—Amor mío, en el momento mismo en que acabemos con esta guerra regresaré a Ludwigsfelde, y me iré a cabalgar con *Arrakis* horas y horas, hasta que los dos acabemos exhaustos y nos dejemos caer en un prado verde y frondoso. —Sonrió al pensarlo—. Y después regresaré a Niebiosa Podlaski.

—¿La granja de caballos de Polonia?

—Exacto. Porque allí es donde están los conocimientos, y también la historia. Y hasta es posible que queden uno o dos caballos, que lograran esconderse durante la masacre y se salvaran de la carnicería que presencié. Y les preguntaré cómo repetirlo, cómo hay que hacer para montar una raza de caballos purasangre. —Dejó la mirada perdida en el prado, como si ya estuviera viendo caballos pastando en él.

Marina miró el prado también.

—¡Eso encantaría a las niñas! Ayer creí que no iba a ser capaz de bajar a Rosie de aquella yegua.

—Ah, Rosie. Ella cambió el equilibrio de todo, ¿a que sí? Es una fuerza de la naturaleza.

—Así es —coincidió Marina, imaginando el cuerpecillo de su hija lanzándose con decisión hacia toda persona, lugar u objeto que se le hubiera metido entre ceja y ceja—. Una fuerza de la naturaleza. Una fuerza vital. Resulta muy extraño, en cierto modo. Criada en tiempos de guerra, y que en cambio tenga esa energía.

—Ella es el futuro. Nuestro futuro —probó a decir Erich con temor, como si el hecho de hablar del futuro que los esperaba pudiera poner dicho futuro en peligro—. Resulta agradable pensar que nuestra vida se guía por la fuerza vital de Rosie.

—Me gustaría saber cómo reaccionará esa fuerza ante el Führer en la merienda de mañana. Temo que se produzca una colisión de proporciones cósmicas. Deberías estar presente para verla. —Casi de inmediato, Marina se arrepintió de lo que acababa de decir, porque notó que Erich se ponía serio de pronto—. Deduzco que no vas a poder.

—No. Ojalá pudiera, pero... —Titubeó—. Tengo preparativos que hacer para la velada en casa de Weber.

—¿Preparativos?

—Cuestiones de seguridad.

—Ah. —Marina cogió la mano de Erich y empezó a pasar el dedo por las líneas de la palma—. Bueno, pues si oyes una explosión enorme, ¡ya sabes lo que ha ocurrido! —Lanzó una carcajada con la intención de recuperar el buen ánimo de un momento antes. Pero, para su sorpresa, Erich hizo una mueca de disgusto y retiró la mano—. ¿Qué pasa? —le preguntó.

Erich mostraba una expresión adusta.

—Marina, existe la posibilidad de que mañana por la noche tenga que partir rápidamente. ¿Podemos vernos de nuevo antes de que me vaya? ¿Después del concierto?

—¿Mañana por la noche? Pero ¿por qué vas a tener que marcharte?

—No puedo quedarme. Es posible que tenga que irme muy rápidamente a Berlín. Y antes me gustaría verte a ti.

No estaba suplicando; su tono de voz era tranquilo pero serio. Marina tuvo la sensación de encontrarse en un punto de inflexión. Le vino a la memoria una cosa que le había dicho su padre cuando era pequeña. Él acababa de regresar de una cena en honor de un médico alemán. Tuvo la suerte de sentarse junto al homenajeado, el cual le obsequió con una conversación acerca de las diversas teorías sobre los viajes en el tiempo y los universos paralelos. Oskar, que sabía que a su hija la encantaba la fantasía, se lo relató todo. Mundos idénticos que existían en diferentes planos temporales, y que posiblemente se superponían en determinados lugares, quizá por medio de un bucle o un pliegue. Marina se sintió fascinada. Ahora, recordando aquellas teorías, se preguntó si no sería posible que en aquel preciso instante hubiera un mundo alternativo que estaba superponiéndose al suyo, allí mismo, en aquel jardín, y que alguna de sus facetas estuviera invadiendo la realidad presente. Se preguntó si no sería posible, si uno quisiera, saltar a aquel otro espacio. Lo único que se necesitaba era un salto de fe.

—¿Vendrás a verme una última vez? ¿Nos reunimos después del concierto, al borde del bosque de Birnau? —Erich buscaba sus ojos. Su pregunta era un trampolín. Un puente, una escala, como uno quisiera llamarlo; pero veía con claridad el paso que había de dar.

—Por supuesto —respondió—. Por supuesto que iré a verte.

Se apretó contra el pecho de Erich sin hacer caso del ambiente amenazante que la rodeaba. Todavía la acosaba el miedo, pero luchó por combatirlo escuchando los latidos del corazón de Erich. Se recordó a sí misma que allí, con él, estaba a salvo. Allá, en la casa, estaban sus hijas y sus padres, sanos y salvos. A su lado continuaba gorgoteando la fuente, y la figura de Dafne se mantenía inmóvil, y el frescor del aire se depositaba como un manto sobre el perfume de las rosas, y no había más ruidos ni más olores. Cuando, finalmente, levantó el rostro, la última luciérnaga se alejaba aleteando camino del lago.

DÍA TRES

20 de julio de 1944

24

Sofía adoraba el granero de Irene Nagel. El sol penetraba por las grandes puertas dobles y lo iluminaba todo de manera lenta y delicada, incluso el establo de la vaca *Bertha*, que estaba situado al fondo, incluso las grietas que quedaban entre las pacas de heno amontonadas bajo el pajar en el que ahora estaba tumbada ella. La luz, al atravesar el aire del granero, parecía ir recogiendo minúsculos trocitos de polvo y semillas abiertas que ralentizaban su movimiento y le aportaban peso, de tal forma que quedaba suspendida por encima de las cosas y perfilaba sus contornos con una silueta suave y lechosa. Sofía adoraba la densidad de aquella luz, la manera en la que se aproximaba a los objetos, muy despacio, y se posaba en ellos con cautela, como si estuviera aguardando a que estos le dieran permiso para revelarlos. También adoraba el silencio que se respiraba en el granero. La voz de *herr* Nagel murmurando mientras buscaba su martillo o los mugidos de *Bertha* preguntándole si le había traído una manzana; aquellos sonidos llegaban muy amortiguados a los oídos de Sofía, como si el aire fuera un fino papel de lija que fuera limando las asperezas de todos los ruidos que cruzaban a través de él.

Aquella mañana, el único sonido que percibió Sofía fue el que hacían los gatitos al mamar de su madre, *Mathilde*, para obtener su desayuno. Eran cinco, uno negro y cuatro blanquinegros. Dado que *Mathilde* era negra, Sofía dedujo que el papá de los gatitos debía de ser blanco, porque, ¿cómo, si no, iba a haber tenido *Mathilde* aquellas crías con parte del pelaje de color blanco? Desde luego, desconocía quién era el papá. No andaba por allí. Los papás no solían andar por allí. El suyo llevaba años sin aparecer por casa, y ella lo echaba en falta, pero por lo menos tenía al abuelo. Sofía quería mucho a su abuelo, puede que incluso más de lo que quería a su papá. Pobres gatitos, ellos no tenían abuelo. Le entraron ganas de coger su minino en brazos y estrecharlo con fuerza contra sí, para compensar la presencia de su papá y la falta total de un abuelo, pero en aquel preciso instante su gatito estaba desayunando, así que ella iba a tener que esperar.

Se tumbó boca abajo sobre el heno tibio y jugó a cruzar y descruzar los pies en el aire. Esperar era tan natural como respirar. Le gustaba esperar, porque así podía cerrar los ojos y viajar hasta aquel lugar acuoso y azul que ocultaba en su mente sin que nadie la reprendiera por soñar despierta.

Sofía no recordaba nada de la noche que pasó en aquel sótano de Berlín, aparte de un miedo tan intenso que lo sentía pegado a la médula de los huesos. Después de aquella noche, estuvo mucho tiempo soñando la misma pesadilla, una en la que se veía a sí misma flotando por encima del suelo de un sótano, en medio de una nube de polvo y cascotes, mientras todo a su alrededor las paredes iban desmoronándose una tras otra. Cada vez que se derrumbaba un muro, dejaba al descubierto un vacío negro y aterrador, un abismo hueco que se tragaba las cosas con su potente efecto de succión. En su pesadilla, junto a ella, dentro de la nube, había unas gafas redondas, pero no podía alcanzarlas, y eso que intentaba por todos los medios impedir que fueran absorbidas por el agujero negro. Empujaba con todas sus fuerzas contra las paredes para que no se vinieran abajo, pero estas continuaban cayendo una por una, y las gafas iban acercándose cada vez más al vacío, y siempre se despertaba gritando en el preciso instante en que estaba a punto de derrumbarse la última pared y las gafas estaban a punto de desaparecer para siempre. Después de aquella noche en el sótano, pasó una temporada en casa de sus abuelos, porque con la abuela se sentía segura. Sin embargo, la abuela también tenía dificultades para dormir, y el médico le dio una medicina que la hizo dormir tan profundamente que en ocasiones no se despertaba hasta después de desayunar. Así que era el abuelo quien venía a su cama, la abrazaba y le decía que le contase la pesadilla que había tenido. Una noche, el abuelo le sugirió que dejase de intentar sostener la pared.

—¿Quieres decir que debería permitir que se derrumbara? —Sofía estaba horrorizada—. ¡Pero entonces acabaré arrastrada como los demás, me absorberá el agujero negro!

—Pero tú no sabes con seguridad lo que hay detrás de esa última pared —replicó el abuelo, acariciándole el pelo y hablándole en voz queda—. A lo mejor es distinto. A lo mejor es de otro color.

Sofía nunca había tomado en cuenta la posibilidad de que detrás de la última pared pudiera haber algo diferente. Varias semanas después, de nuevo en su propia casa, volvió a despertarse por culpa de la pesadilla. Esta vez no tenía allí al abuelo. Se dejó llevar de nuevo al sueño, y en lugar de hacer fuerza contra la última pared, se estiró para salvar las gafas y, justo cuando acababa de agarrarlas por el marco, la última pared se derrumbó. Y de pronto todo se volvió de color azul, un azul precioso y sobrecogedor, un azul oscuro, intenso, que desprendía una luminiscencia mágica. Una vez desmoronada la última pared, el azul del sueño la inundó como si fuera una potente marea. La abrazó con ternura, protegiéndola, igual que la abrazaba el agua del lago cuando iba a bañarse y se zambullía bajo la superficie. En aquel bellísimo azul no existía el miedo, sino únicamente una sensación de seguridad y de paz. Y también una invitación. Aquel día, cuando se despertó, se dio cuenta de que aquel azul la recibiría de nuevo de buen grado cuando ella quisiera. Lo único que tenía que hacer era cerrar los ojos y dejar la mente en blanco, no pensar en nada, y al cabo de unos momentos aparecía suspendida en aquel mundo de color azul, con total libertad para desprenderse de su cuerpo y vagar sin rumbo por aquel espacio sin límites.

Un suave crujido interrumpió los pensamientos de Sofía. Alguien estaba abriendo la puertecilla que conducía a los establos de los animales. No alcanzó a ver quién era, pero solo con que se acercase reptando unos pocos metros llegaría al lugar en el que había un nudo en la madera que se podía retirar, Irene le había mostrado el año anterior dónde estaba situado exactamente. Apartó con cuidado la paja, y palpó la madera hasta que encontró el nudo y lo sacó. A continuación pegó la cara al tablón y miró por la abertura. Nada. La persona, quienquiera que fuese, estaba demasiado lejos.

Un instante después, la puerta emitió un chirrido más fuerte, y entonces Sofía vio al pastor Johann pasar por debajo de ella. Sabía que la familia de Irene era protestante, pero ¿por qué iba a venir el pastor Johann al granero, en vez de ir a la casa? Se oyó a otra persona hablando en voz baja con el pastor. ¡Una voz de mujer! Sofía movió ligeramente la cabeza para ajustar el oído a la abertura.

—Meerfeld ya está descartado —dijo el pastor Johann.

—Sí, todavía no he visto al capitán Rodemann, gracias a Dios, pero estoy segura de que andará rondando por ahí.

Sofía contuvo una exclamación ahogada. ¡Era su madre!

—No podemos arriesgarnos a llevarle los refugiados a Ernst.

—Lo sé, lo sé —respondió Marina—. ¿Cómo vas a sacarlos siquiera de la estación de tren, con los hombres de Rodemann patrullando todos los caminos?

Sofía se sentía ya totalmente confusa. Años atrás, cuando vivían en Berlín, su madre cogió parte de la ropa vieja de ella y de Rosie, la que ya habían dejado pequeña, y la metió en una caja. Le dijo que aquellas prendas se donarían a los «refugiados», niños que habían tenido que abandonar sus hogares por culpa de la guerra y que necesitaban toda la ropa que la gente pudiera darles. Pero en Blumental no había refugiados; que Sofía supiera, ninguno de los niños de Blumental iba a abandonar su hogar. Entonces, ¿de dónde habían salido aquellos refugiados? ¿Y por qué habían venido a su pueblo?

—... siguiendo la antigua muralla de la ciudad y luego bajando del bosque de Birnau —estaba diciendo el pastor Johann.

—Ojalá pudiera ayudarte, pero le he prometido a Edith que la ayudaría con ese maldito té.

—¿Qué té?

—Ah, tú no lo sabes. —La voz de Marina adoptó un tono tenso—. Hoy, el Führer, además de la casa de *herr* Weber, va a honrar también la nuestra. —Hizo una pausa—. Va a venir a merendar.

—Oh, no.

De repente el pastor Johann se quedó muy callado. ¿Estaría llorando? Sofía apretó la oreja contra los tablones. Si el pastor Johann estaba realmente llorando, su madre le daría una palmadita en la espalda para que se sintiera mejor. Sin embargo, no se oían jadeos, ni sollozos, ni los ruiditos típicos de sorberse la nariz.

—Tenía la esperanza de que tú pudieras esconderlos, aunque solo fuera durante un rato. Iba a adelantar mi salida de casa de Fritz. Pero si el Führer va a ir a tu casa... ya no. Tendrán que quedarse en la estación de tren. Le diré a Max que lave todos los cristales de la iglesia, y no solo los de la nave.

—¿Max?

—Últimamente, a Max Fuchs le ha dado por inspeccionar nuestra estación de tren. Dice que podría haber espías. Así que le he encargado el proyecto de limpiar las vidrieras de mi iglesia, eso lo tendrá ocupado.

Sofía se acordaba de las vidrieras de la iglesia del pastor Johann: tenían un precioso color azul. Un azul que atravesaba el cristal como si fuera agua, que danzaba alrededor de todos los demás colores, los rodeaba y los convertía en flores onduladas que flotaban en una corriente. De pronto le vino a la memoria un vestido azul que tuvo ella, uno lleno de flores multicolores. La encantaba aquel vestido, pero *Mutti* la obligó a donarlo a los refugiados de Berlín porque ya le quedaba demasiado pequeño. A lo mejor lo llevaba puesto una de las niñas refugiadas que esperaban en aquella estación de tren. ¿Qué tal le quedaría? Le gustaría mucho ver otra vez su vestido. Pero ¿en qué estación de tren se encontrarían los refugiados? ¿En la de Blumental Este o en la principal? Ya investigaría las dos más tarde. Pero le daba miedo ir sola; a lo mejor convencía a Rosie para que la acompañase.

—Ojalá pudiera llevármelos a la rectoría, pero hay otro asunto urgente que reclama mi atención —dijo el pastor Johann—. Además, es necesario que estén en la zona oriental, cerca de aquí. —Ahora estaba paseando arriba y abajo. Se oía cómo crujía la paja bajo sus pies—. Y por si fuera poco, ¡anoche recibí una invitación de Sabine Mecklen para que vaya a su casa a merendar! Por supuesto que no pienso ir...

Sofía oyó la risa queda de su madre.

—Al contrario, deberías ir. Sin la menor duda. Con todo el alboroto que está habiendo en el pueblo, quizá sea buena idea que alguien pueda ser testigo de tu paradero.

El granero quedó en silencio, salvo por el ruido que hacía la vaca *Bertha* rebuscando entre la paja de su comedero por si hubiera alguna pieza de fruta perdida. Sofía notó el tacto de algo suave junto al tobillo y se apartó un momento de la abertura. Uno de los gatitos macho se había acercado y le estaba tocando la pierna con su patita, buscando cuál era el punto mejor para encaramarse a ella. Sofía lo levantó del suelo y lo acunó entre sus manos, y seguidamente reanudó la escucha.

—El mejor escondite para los refugiados podría ser justo debajo de sus narices —estaba diciendo *Mutti*.

Sofía volvió a sentirse confusa. ¿Debajo de las narices de quién iban a esconderse los refugiados? ¿Y cómo iba a ser posible que esa persona no se diera cuenta de que estaban allí? Ligeramente retirada de la abertura en el tablón, tan solo le llegaban fragmentos sueltos de lo que se decía allí abajo.

—... lugar del todo inesperado, y el sótano está tan os-curo...

—... ya se ha registrado...

—... el sótano... carbón...

De repente oyó un maullido a su lado. ¡Era su propio gatito, el negro, que había venido a presentarse!

—Cuchi, cuchi, cuchi —le dijo en tono maternal. Muy despacio, rodeó al gatito con el brazo izquierdo, lo levantó junto con un poco de paja, y con un movimiento fluido se incorporó hasta quedar sentada y lo depositó con sumo cuidado en la falda de su vestido. Luego se arrimó a una bala de heno y se recostó contra ella.

Estaba cansada de escuchar conversaciones que no en-tendía. Acarició las orejas al minino, y este le respondió ronroneando y empujando con la cabeza contra la palma de su mano. Después estiró el lomo, bostezó y se enroscó sobre sí mismo formando una bolita peluda. Sofía lo arro-pó con la tela de su vestido para formar una especie de nido: un pequeño mundo de color azul por encima del estruendo de los martillos, las ametralladoras y las bombas, lejos de los refugiados que llevaban ropa donada y se escondían en estaciones de tren debajo de las narices de la gente, un mundo sencillo que olía a heno y a leche tibia, que estaba cubierto por una luz tamizada y por trocitos de semillas y paja, un mundo en el que era seguro echarse a dormir.

25

El enorme reloj de hierro suspendido en la sala principal de la estación de tren de Blumental marcaba las diez y
veinte cuando Johann Wiessmeyer se encaminaba con paso
vivo hacia las puertas que conducían a las vías. Antes de
salir de la rectoría se había puesto el alzacuello, una prenda
que no solía utilizar. Aunque el Tercer Reich oficialmente
denunciaba la religión, Johann sabía que muchos de sus
votantes se habían criado en familias religiosas y tenían padres creyentes. Y los votantes jóvenes del sur, como los soldados que componían el regimiento del capitán Rodemann, probablemente habían crecido en pueblos católicos
situados no muy lejos de allí. Era imposible deshacer años
de educación católica en unas pocas semanas de entrenamiento militar. Johann confiaba en que aquellos muchachos, de manera instintiva, tratasen a un clérigo con defe-
rencia y respeto.

En efecto, nadie le dio el alto cuando se dirigió a la Vía 2
y continuó hacia el final del andén, donde sabía que iba a
detenerse el último vagón de segunda clase. Al llegar allí,
se abrochó el abrigo y se dispuso a esperar. El tiempo había
empeorado de la noche a la mañana. Lo que había empezado siendo una mañana fresca y de cielo nublado estaba de-
teriorándose y dando paso a una llovizna fría que lo empa-
paba todo. No era precisamente un cambio agradable para
quienes estaban planeando el concierto en casa de Weber;

sin embargo, él agradeció la llegada de aquella niebla densa y húmeda: cuantos más pares de ojos se quedaran en sus casas mientras él trasladaba a los refugiados por las calles del pueblo, mejor. El día anterior, cuando recibió el telegrama en el que Gottfried le daba instrucciones de que entregase el maletín antes de las dos del día siguiente, estuvo a punto de enviarle otro telegrama de respuesta diciendo que no iba a poder. No había tiempo material: iban a llegar unos refugiados que él iba a tener que pasar de contrabando aquella misma noche, de manera que quedaba totalmente descartado efectuar un intento de asesinato. No sabía con seguridad si la bomba se iba a hacer estallar en el concierto de aquella noche en la casa de Weber, pero parecía probable. Luego llegó a la conclusión de que la confluencia de acontecimientos era fortuita. Si la bomba efectivamente estallaba durante el concierto, el caos que seguiría a continuación constituiría una oportunidad, siempre que él lograse trasladar deprisa a los refugiados. Tan solo deseó estar tan convencido como Marina de que el hogar de los Eberhardt era un lugar seguro en que ocultarlos mientras tanto.

—¿Es que no lo ves, Johann? —le había dicho Marina en el granero—. Es seguro porque se trata de un lugar del todo inesperado. La casa ya habrá sido registrada de antemano por los hombres del Führer. Solo necesito que entren, y ya me encargaré después de bajarlos al sótano y esconderlos detrás del carbón. Nadie buscará allí abajo, te lo garantizo. Y aunque buscasen, no podrían ver nada. Quitaré la luz.

—Supongo que no tenemos otra alternativa, ¿no es así? —coincidió Johann de mala gana—. Pero no me gusta nada ponerte a ti en peligro.

Marina hizo caso omiso de su preocupación.

—Quieres que estén en casa de Fritz antes de las doce de la noche, ¿no?

Johann se dio cuenta de que aquella hora iba a ser demasiado tardía. Sin duda, para entonces todas las carreteras que llevaban a Blumental estarían bloqueadas, fuera cual fuese el resultado del concierto. Iban a tener que salir mucho antes de las doce.

—No, va a tener que ser antes, pero después de que haya anochecido.

—¿A qué hora? —Marina no entendía bien, pero él no podía decirle más sin ponerla más en peligro.

—No puedo decirte una hora exacta, Marina, pero lo sabrás. Verás con claridad el momento idóneo para trasladarlos, te lo prometo. Habrá una señal en el concierto. La oirás.

Marina abrió la boca y volvió a cerrarla sin llegar a decir nada. Johann se dio cuenta de que estaba reprimiendo la curiosidad. Bien sabía él el regusto amargo que dejaban las preguntas sin contestar. Era un regusto que conocía bien el país entero, el sabor punzante de la ignorancia autoimpuesta. Pero todo el mundo lo toleraba, se dijo Johann, porque la verdad que tan deliberadamente ignoraban era venenosa y aterradora. El inconsciente colectivo y el vientre del Tercer Reich estaban llenos de preguntas ulcerosas.

Un chirrido de frenos anunció la llegada de un tren. Johann observó cómo pasaban frente a él los vagones, cada uno más despacio que el anterior, hasta que por fin el tren entero se detuvo con un fuerte resoplido. Se abrieron las puertas del compartimento de segunda clase, que había quedado justo delante. Buscó a Eva Münch, que iba a ser su contacto para los dos últimos traslados, y no tardó en ver aparecer su distintivo sombrerito granate. Eva bajó rápidamente los peldaños de hierro, saltó al andén y a continuación se volvió para ayudar a sus acompañantes a manejarse por la estrecha salida del vagón. Una niña, que tendría probablemente unos doce años, aunque costaba calcularle la edad porque tenía un cuerpo menudo y desnutrido, y otra mucho más joven, quizá de cinco.

—Buenos días, Eva —saludó Johann al tiempo que se dirigía hacia ellas—. Has sido muy amable al traerme a mis sobrinas. ¿Habéis tenido un viaje cómodo?

Aunque Johann no había visto soldados en las inmediaciones, lo mejor era empezar de inmediato con el fingimiento, para que lo oyese cualquiera que se hallase cerca.

—Muy cómodo, pastor Wiessmeyer, ha sido perfecto. No hemos tenido ningún tropiezo —respondió Eva. La niña mayor se agarraba con fuerza de su mano, y la pequeña se escondía detrás de su hermana. Lo único que se veía de esta última era una muñeca de trapo que le colgaba de la mano—. Nadzia, Pola, ¿os acordáis de tío Johann?

La niña mayor, Nadzia, extendió con cautela la mano que le quedaba libre en dirección a Johann.

—Hola, tío —le dijo con timidez, obviamente incómoda con aquel idioma extranjero.

Johann le aceptó la mano con delicadeza y le hizo una leve caricia. Luego se arrodilló para parecer menos amenazante.

—Eres todavía más bonita de como yo te recordaba, Nadzia. Y estoy seguro de que Pola también, a ver si me deja verle bien la cara. —El cumplido y el tono afable no bastaron para que la pequeña saliera de detrás de la larga falda de su hermana—. Pero puedo esperar. —Volvió a incorporarse—. Vamos, chicas, tenemos que irnos. El tren no tardará en arrancar de nuevo, y Eva tiene que volver a subirse. —Le dio un rápido abrazo a Eva a la vez que susurraba—: ¿Y los padres?

—Los padres y su hermano recién nacido han fallecido en algún punto del trayecto. No sé cómo. —Johann hizo una mueca de dolor. Eva buscó en su bolso y le entregó dos documentos—. Estos son sus papeles de identidad. ¿Tienes los visados de salida necesarios?

—Sí, aquí ya está todo listo. Gracias, Eva. Ya te informaré de cómo van las cosas.

—Sí, por favor. —Eva se enderezó el sombrero y se volvió hacia las niñas—. *Być grzeczne.*

Si las circunstancias fueran distintas, tal vez Johann se hubiera reído al ver que Eva les decía a aquellas niñas que fueran buenas. Se las veía demasiado asustadas para hacer otra cosa que no fuera lo que les ordenaran.

Ahora tenía que enfrentarse al primer obstáculo: conseguir que las dos pequeñas pasaran el control de seguridad que había en la salida de la estación. Se detuvo un momento a observar la sala de la estación, y le alegró ver que había más alboroto del habitual, debido a la confluencia de invitados de fuera que venían para asistir al concierto de Weber y comerciantes que lo estaban preparando todo para que dicho concierto transcurriera sin incidencias. La sala de la estación se veía llena de viajeros que, portando maletas y sombrereras, la cruzaban en todas direcciones, zigzagueando entre los carritos de equipajes. Todos los caminos convergían en un arco de entrada de gran altura, bajo el cual montaban guardia cuatro soldados armados con ametralladoras que detenían a todo el mundo para examinar la documentación. Johann condujo a las niñas hacia una fila de personas que avanzaban lentamente en dirección a la salida y se dobló las solapas del abrigo para que se viera mejor el alzacuello. La niña mayor, Nadzia, iba delante de él, con su hermana pequeña pegada al cuerpo. Johann le apoyó una mano en el hombro, en un intento de transmitirle seguridad y consuelo mediante su contacto físico. Sería de gran ayuda que las niñas no dieran la impresión de estar nerviosas ni atemorizadas al atravesar el punto de control, pero si ocurría lo contrario él ya estaba preparado para atribuir aquella reacción negativa al cansancio provocado por el largo viaje.

—¡Documentación!

Un joven soldado de actitud rígida sacó bruscamente un brazo del cuerpo mientras su compañero apuntaba con su arma al pecho de Johann. Las dos niñas de inmediato se escondieron detrás del pastor. Johann entregó al soldado los papeles que le había dado Eva, y el joven los hojeó durante unos momentos mirando las fotografías y deteniéndose en la página que contenía los datos biográficos.

—¿Estas niñas son de Dresde?

—Sí, allí es donde vive mi hermana —mintió Johann—. Son mis sobrinas.

—En el norte está habiendo muchos bombardeos —comentó el soldado mirando detrás de Johann—. ¿Verdad, niñas? ¡Bombas! ¡Fuego! —Se inclinó para situar su rostro a la altura del de Nadzia—. ¡Bum! —exclamó al tiempo que hacía un amplio ademán con las manos. Las pequeñas lanzaron un grito y se escondieron a la espalda de Johann. Los viajeros que aguardaban en la fila miraron al soldado con un gesto reprobatorio, pero ninguno se atrevió a decir nada.

En cuanto a Johann, si hubiera apretado los dientes con más fuerza, se los habría roto todos en pedacitos.

—¿Podemos irnos ya? —preguntó, midiendo con cuidado sus palabras.

—¡Claro, claro, váyanse! —exclamó el joven soldado entre risitas a la vez que le devolvía los documentos y les indicaba con un gesto que circulasen—. Siempre resulta divertido jugar un poco con los críos, ¿a que sí, Metz? —dijo mirando a su compañero, el que sostenía la ametralladora. Metz no dio muestras de que hubiera encontrado graciosa la bromita. Johann pensó para sus adentros que por lo menos no todo el mundo tenía su parte de humanidad encorsetada bajo un uniforme.

La noticia de la inminente visita del Führer había logrado desviar la atención de casi todo Blumental hacia la carretera de Meerfeld, así que Johann pudo recorrer los vecindarios del norte del pueblo de forma bastante anónima. Del bosque de Birnau descendían densos bancos de niebla en dirección a la estación de Blumental Este, lo cual le permitió acometer aquel tramo del camino un poco más despacio, camuflado por el gris de la neblina. A mitad del trayecto, Pola, la pequeña de las dos hermanas, empezó a dar traspiés; no podía seguir el ritmo. Johann la levantó y la llevó en brazos. La niña, demasiado agotada para seguir teniéndole miedo, se abrazó a su cuello y apoyó la cabeza en su pecho. Para cuando llegaron a la pequeña estación de tren, estaba profundamente dormida. Johann fue rápidamente a mirar detrás del edificio para cerciorarse de que no andaba Max por allí. No había rastro de él. Depositó a Pola con cuidado en uno de los bancos de madera que había en la sala de espera, ahora silenciosa y vacía, luego cogió la muñeca de trapo, que había llevado guardada en su abrigo, y se la puso debajo del brazo derecho. Nadzia sonrió tímidamente y se tumbó también, en posición fetal y tocando con los pies los pies de su hermana. Johann se quitó el abrigo y lo extendió sobre las dos niñas a modo de manta. Experimentó un breve alivio.

—Aquí estaréis a salvo, te lo prometo —le dijo a Nadzia.

La pequeña asintió, pero Johann no supo si era porque le había entendido o porque se sentía agradecida de poder descansar. A lo lejos se oyeron las campanas de Birnau dar las doce. Johann dio a Nadzia un beso en la frente y salió de la estación.

Era la hora de ocuparse del maletín.

26

A Rosie le costaba creerse la buena suerte que había tenido. Después de comer, su madre se había olvidado completamente de que ella tenía que echarse la siesta. Todo llevaba un horario trastocado: habían desayunado temprano y habían almorzado tarde, y la comida ni siquiera estaba caliente. La abuela había cocido los pocos huevos que encontró Lara en los ponederos y los había servido en la mesa junto con frutos del bosque, zanahorias, patatas frías y otras sobras del día anterior, y les había dicho a todos que cogieran lo que les apeteciera pero que no la molestaran en la cocina mientras ella estaba horneando con su madre. Rosie cogió uno de los huevos y se fue al piso de arriba a ver si el abuelo quería jugar al escondite, pero lo encontró muy atareado en enviar telegramas.

Estaba a punto de irse con *Hans-Jürg* al lago a buscar nidos de cisnes cuando Sofía le preguntó si le apetecía ir a buscar refugiados a la estación de tren. Cuando le contestó que no sabía cómo eran los refugiados, Sofía le dijo que debía buscar niñas que llevaran puesta la ropa vieja de ellas, los vestidos que había regalado su madre. Eso la emocionó mucho, porque a lo mejor la persona que estuviera usando ahora su antiguo vestido rosa de lunares accedía a devolvérselo si ella se lo pedía con amabilidad. Todavía echaba de menos aquel vestido, y sabía que no le quedaba tan pequeño, por más que dijera su madre.

Sofía decidió que antes debían ir a la estación principal, dado que allí había más trenes. La estación principal estaba abarrotada de soldados alemanes. Parecían hormigas gigantes que llevaran un casco en la cabeza, y daban el alto a todas las personas que pretendían entrar o salir por la puerta. Los viajeros sacaban unos papeles y se los entregaban a ellos: eran documentos de identidad, según le dijo Sofía. Aquello se debía a que el Führer venía de visita a Blumental, le explicó. A Rosie le dio la impresión de que todo el mundo estaba enfadado. Flotaba en el aire un mal humor, algo irritable y sombrío, algo que había contagiado a todas las personas que la rodeaban.

Sofía se la llevó hacia un costado de la estación.

—Nosotras no tenemos papeles, así que no podemos entrar. —Señaló el montón de leña que había bajo una ventana cercana y que servía de cómoda escalera—. Pero, aun así, podemos mirar. —Rosie afirmó con la cabeza y empezó a trepar por el montón de leña. Sofía también subió a lo alto del montón y se situó junto a su hermana—. ¿Ves algo?

—No —respondió Rosie, mirando a través de los cristales—. Solo montones y montones de gente con maletas.

—Pues no sé dónde iban a esconderse —caviló Sofía, pegando la cara a la ventana.

—¿Están escondidos? ¿Por qué? —Rosie no comprendía por qué un refugiado podía necesitar esconderse.

—No lo sé, pero el pastor Johann dijo que necesitaban un lugar en el que esconderse, y *Mutti* dijo algo acerca de esconder cosas debajo de las narices de la gente —repuso Sofía. Rosie la miró con el ceño fruncido. Lo que estaba diciendo su hermana no tenía ninguna lógica. Claro que con su hermana era normal que ocurriese aquello. Su hermana veía cosas que no veían otras personas, como, por ejemplo, su espacio azul. En cierta ocasión había intentado describírselo a ella, le dijo que era como estar nadando y flotando dentro de una burbuja de agua inmersa en un mundo de color azul. No tenía ni idea de lo que estaba diciendo su hermana; lo único que veía ella cuando cerraba los ojos era oscuridad. Y a veces unas franjas rojizas, si los cerraba con fuerza estando de cara al sol.

Muchas de las personas que circulaban por la estación de tren iban vestidas de uniforme, algunas de ellas luciendo un montón de cintas de colores. El uniforme de su abuelo también tenía muchas cintas de colores, y además varias insignias de metal muy bonitas. Una vez le preguntó si se las podía regalar a ella cuando ya no las necesitara, y él le contestó que sí. Después le dijo que quizá tuviera que regalar también algunas de ellas a Lara y a Sofía, si ellas se las pedían. Era lo justo, le dijo. El abuelo daba mucha importancia a lo de ser justo.

—¡Eh, vosotras dos, las del montón de leña! ¡Bajad inmediatamente de ahí! —gritó una voz furiosa.

Rosie, sobresaltada, a punto estuvo de precipitarse al suelo. Al volver la cabeza vio a un soldado alemán que les hacía señas con el rifle. A ella no le daban miedo los soldados, había demasiados para tenerles miedo a todos. Aquel era bajo y rechoncho, y con el casco que llevaba en la cabeza parecía una tortuga que caminara erguida.

—Parece una tortuga —le dijo a Sofía sin moverse. Pero Sofía ya estaba apresurándose a bajar.

—Pues es una tortuga que lleva un arma, Rosie, así que baja —la instó su hermana mayor.

A regañadientes, terminó apartándose de la ventana.

—¡No deberíais andar por los alrededores de la estación sin ir acompañadas de vuestros padres! —rugió el soldado—. ¡Volved con vuestros padres! ¡Vamos!

Agitó el rifle en el aire como si pretendiera empujarlas hacia unos padres imaginarios. Sofía, afirmando con cara seria, apartó a Rosie del montón de leña y se la llevó consigo a toda prisa, lejos de aquel rifle amenazador.

—Podríamos esperar a que se fuera ese soldado, y así podríamos mirar otro poco más —propuso Rosie, sin ninguna gana de renunciar tan pronto a buscar refugiados. Pero Sofía respondió con un gesto negativo.

—No, estoy bastante segura de que no están ahí dentro —reflexionó—. Deben de estar en Blumental Este.

Las dos echaron a correr en dirección este por la calle Haupstrasse. Dejaron atrás la joyería Roch y la tienda de ropa de *fräulein* Beck, y aún más deprisa cruzaron por delante de la farmacia de *herr* Eigen, porque no le gustaban mucho los niños e iba desprendiendo efluvios de formaldehído por dondequiera que se movía. Cuando estuvieron cerca de la panadería de las Mecklen, situada en la siguiente esquina, frenaron en su carrera, en parte para recuperar un poco el resuello y en parte para disfrutar del aroma que salía de ella.

—Vamos a entrar, a ver si *frau* Mecklen nos da una galleta —sugirió Rosie, esperanzada.

—A mí ya no me da galletas —dijo Sofía—. Soy demasiado mayor.

—Pero puede que a mí sí que me la dé, porque no soy mayor —replicó Rosie—. Y la compartiré contigo.

Sofía dibujó una sonrisa.

—De acuerdo, pero te espero aquí fuera. Entra tú y escoge.

Rosie entró en la panadería dando saltos, y su entrada fue anunciada por una ristra de campanillas. La encantaba la panadería de las hermanas Mecklen. Era su tienda favorita de todo Blumental, porque dentro se estaba calentito y olía a levadura, y había unos enormes escaparates de cristal. En la época en que los dueños eran los Rosenberg, los escaparates estaban llenos de mazapanes con formas de animales y mariquitas de chocolate envueltas en papel plata de vivos colores. Cuando venían a jugar con Rachel, *frau* Rosenberg siempre les permitía a su hermana y a ella escoger un mazapán. *Frau* Rosenberg sabía fabricar casi cualquier animal: cerdos, vacas, ratones, ovejas, e incluso en una ocasión hizo una jirafa. El único animal que habían fabricado las hermanas Mecklen, en la época en la que había azúcar suficiente para hacer mazapán, era un cerdo. Otro detalle de la panadería era que allí siempre había alguien que ella conociera. Le caían bien casi todas las personas, hasta las que constantemente expresaban sorpresa por lo deprisa que estaba creciendo ella. Y siempre que no les diera por darle palmaditas en la cabeza o pellizcarle la mejilla.

Regina Mecklen era de las que pellizcaban, pero aquel día se encontraba de pie detrás del mostrador escaparate, demasiado lejos para tocarle la cara. Estaba charlando con *frau* Schmiede, inclinada sobre el mostrador y riendo por algo que acababa de decir su interlocutora. Sofía y ella hacía mucho tiempo que habían llegado a la conclusión de que nadie era capaz de encontrarles la gracia a tantas cosas, como parecía ocurrirle a *frau* Mecklen, y empezaron a calibrar la sinceridad de las carcajadas que lanzaba según la intensidad con que guiñaba el ojo derecho. Aquel día, le quedó claro que en realidad a *frau* Mecklen no la divertían los chismorreos que le estaba contando *frau* Schmiede, porque aún tenía el ojo derecho lo bastante abierto para hacerle un guiño a ella cuando se le acercó.

—Ja, ja, esta misma mañana ha estado aquí, ha venido a recoger un pedido de panes para los festejos de esta noche —estaba diciendo *frau* Mecklen.

Frau Schmiede cloqueó en ademán comprensivo.

—Supone muchísimo trabajo para ti y para tus hermanas, querida Regina. Pero todo es para bien, todo es para bien. ¿Cuándo calculas tú que va a llegar el Führer?

Rosie estaba escuchando solo a medias, con la cara pegada al cristal del mostrador. Estaba mirando fijamente las galletas de coco y los *schweineöhrchen*, unas pastas de hojaldre en forma de orejas de cerdo. Sus favoritas eran las galletas de coco, pero a Sofía no le gustaban. Al oír pronunciar la palabra «Führer» se acordó de cuál era su objetivo, recordó que Sofía la estaba esperando y que aún tenían que llegar a Blumental Este antes de que se hiciera demasiado tarde.

—Yo voy a ver al Führer —soltó impulsivamente—. ¡El Führer viene a nuestra casa esta tarde! Y, por favor, ¿puedo coger una galleta?

Al oír el anuncio que acababa de hacer Rosie, *frau* Mecklen giró la cabeza en dirección a ella. En un instante dejó abandonada a *frau* Schmiede.

—¡Oh, mi querida niña! ¡Por supuesto que puedes coger una galleta, por supuesto que sí! —Corrió hacia el final del mostrador y le hizo una seña a Rosie para que pasara al otro lado. Ahora *frau* Mecklen tenía la boca abierta en su anchura máxima, con toda la cara rodeando una hilera de dientes amarillentos. Rosie se dijo que, si en aquel momento lograse ver algo en aquellos ojos convertidos en dos ranuras, sería un milagro—. Cógela tú misma, cariño, coge la galleta que quieras. Eres una niña muy muy afortunada, al tener al Führer en tu casa, ¿sabes? ¿A qué hora llega?

Rosie introdujo la mano en el escaparate del mostrador para coger uno de los *schweineöhrchen*, uno que tenía las puntas bañadas en chocolate.

—Se supone que debemos estar de vuelta a tiempo para el café de la tarde —respondió, señalando la puerta para indicar que Sofía estaba fuera.

—¡Oh, el café de la tarde! Naturalmente, eso es muy civilizado. Seguro que la familia entera se sentirá sumamente emocionada —dijo *frau* Mecklen. Rosie se la quedó mirando, fascinada por el hecho de que *frau* Mecklen fuera capaz de hablar sin relajar la boca—. Pero ¿a qué hora, querida?

—No sé, por la tarde —contestó Rosie, dirigiéndose a toda prisa hacia la salida. Hizo sonar de nuevo las campanillas al tiempo que se despedía—: ¡Gracias, *frau* Mecklen!

Y así, sin más, volvió a salir del establecimiento dejando que la puerta ahogase el gemido lastimero de *frau* Mecklen.

Miró en derredor buscando a Sofía. Su hermana no estaba en la esquina de la calle. Miró el *schweineöhrchen* con gesto anhelante y, con el dedo índice y el pulgar, apretó cuidadosamente la base de las espirales de mantequilla, luego se lo pasó de la mano derecha a la izquierda para lamerse el chocolate derretido de los dedos.

—¡Rosie! —sonó la voz de Sofía calle abajo, cerca del mercado—. ¡Rosie, ven a ayudarme!

Giró la cabeza hacia la derecha, de donde provenía la voz, y allí, delante de la fuente que había en el mercado de

Blumental, vio a su hermana luchando con un objeto que parecía ser una maleta marrón. Echó a correr por la calle para ir con ella.

—¿Qué haces? —le preguntó.

Sofía dejó en el suelo la maleta que había venido arrastrando.

—He encontrado el maletín del pastor Johann.

Rosie observó más de cerca el objeto con el que estaba luchando su hermana. Era igual que el que se llevaba consigo cada mañana su abuelo cuando vivían en Berlín. Su abuelo afirmaba que dentro guardaba papeles importantes, pero lo único que había visto ella salir de aquella maletita eran los caramelos que les traía a sus hermanas y a ella misma.

—¿De dónde has sacado este maletín? ¿Qué hay dentro? ¿Y cómo sabes que pertenece al pastor Johann?

Sofía lanzó un suspiro y se sentó sobre la lengüeta que cerraba la parte superior del maletín.

—No sé lo que hay dentro, Rosie. Te estaba esperando frente a la panadería, y al mirar calle arriba vi al pastor Johann viniendo hacia este banco de aquí, junto a la fuente. Estaba mirando a su alrededor, como si estuviera esperando a alguien, pero luego se sentó en el banco. No dejaba de mirar el cierre del maletín. Y un poco después se levantó otra vez y se marchó. Pero sin el maletín.

—A lo mejor se le ha olvidado —sugirió Rosie—. Los mayores siempre están olvidándose cosas.

—Pues en ese caso deberíamos intentar devolvérselo —razonó Sofía.

—Pero nuestra galleta se está derritiendo, tenemos que comérnosla pronto —afirmó Rosie en el intento de que su hermana se centrase en asuntos más importantes.

—Cómetela tú —dijo Sofía—. Yo voy a llevar este maletín al pastor Johann. —Se levantó y recogió el maletín con las dos manos—. ¡Uf! —exclamó a la vez que se le volvió a caer el maletín contra el muslo derecho.

Rosie se sentó en el banco de madera que había allí cerca, se metió la punta del *schweineöhrchen* en la boca, cerró los labios en torno al borde bañado en chocolate y se puso a chuparlo mientras observaba a su hermana. Sofía ya casi había llegado al mercado con el maletín, cuando de pronto se oyó sonar una voz conocida detrás de Rosie.

—¡Ajá! ¿Se puede saber qué estás tramando?

Rosie se volvió un momento antes de que Erich la levantara del banco y la sostuviera en el aire, con las piernas colgando, por encima de él. Pataleó un poco y fingió estar enfadada, pero le costó trabajo aguantarse la risa.

—¡Bájame! Estoy ocupada, tío Erich.

Erich la sostuvo unos instantes más en el aire y estudió su rostro.

—¿Ocupada? Hum, sí, a juzgar por ese enorme mapa de chocolate que tienes dibujado alrededor de la boca, has debido de estar dándole duro a esa galleta. ¿Qué estás haciendo aquí sola, Rosie?

—No estoy sola, estoy con Sofía. Está por ahí.

Erich miró en la dirección que señalaba Rosie con la galleta. De improviso, la soltó y echó a correr.

—¡Alto! ¡Alto, Sofía! ¡Espera! ¡Deja eso!

Cuando llegó a su altura, la levantó en vilo con un gesto fluido del brazo derecho y la sujetó con fuerza mientras le quitaba el maletín de la mano. Ella lanzó un grito de protesta e intentó recuperarlo, pero Erich se lo impidió. Transcurridos unos momentos, Erich dejó el maletín en el suelo, a su espalda, donde no pudiera alcanzarlo Sofía. Entonces se arrodilló delante de ella, le agarró las dos manos y le habló en voz baja, tan baja que Rosie no logró oír lo que decía. Rosie, aunque tenía a Erich de espaldas, notaba cómo se agitaba rápidamente su caja torácica. Finalmente, Erich besó a Sofía en el pelo, recogió el maletín, se despidió de Rosie con la mano y se fue. Sofía corrió a donde estaba su hermana.

—¿Qué es lo que te ha dicho? —le preguntó Rosie—. ¿Va a encargarse él de devolver el maletín al pastor Johann?

—No sé —respondió Sofía—. Me ha dicho que no me preocupe más del maletín. —Miró en la dirección por la que se había perdido de vista Erich—. Ha dicho que ya se encarga él.

Rosie se bajó del banco.

—Bueno, ¿entonces nos vamos a Blumental Este?

La torre del campanario de Münster dio las dos.

—No —contestó Sofía—. Me parece que deberíamos volver ya a casa. Tenemos que estar en casa para esa estúpida merienda.

—Pero ¿y los vestidos?

—¿Qué vestidos?

—Los que llevarán puestas las niñas refugiadas —le recordó Rosie—. Quiero ver si alguna lleva mi vestido rosa.

—Ya, yo también, pero no tenemos tiempo —replicó Sofía—. Yo quería buscar mi vestido azul, el del estampado de flores.

—Me acuerdo de él. Lo llevabas puesto a todas horas.

Sofía dejó la mirada perdida un instante a lo lejos en una expresión soñadora, y después echaron a andar en dirección a casa.

—Me encantaba ese vestido. Me pasaba horas contemplando la falda.

Rosie emitió una risita ante la idea de que alguien pudiera pasarse horas mirando un trozo de tela. Qué rara era Sofía a veces. Casi como si fuera de otro planeta.

27

Poco después de las dos llegaron los hombres del Führer y registraron la casa. Cuando el primero de ellos aporreó la puerta de la calle con los nudillos, Edith estaba todavía en la cocina, montando la tarta Linzer, con las manos cubiertas de masa. Marina se acercó al vestíbulo. En cuanto levantó el pestillo de la puerta, esta se abrió de golpe e irrumpieron cuatro guardias militares que entraron como una exhalación. El jefe de ellos, un individuo de baja estatura y gesto adusto que tenía una nariz grande y bulbosa, se parecía al enanito de jardín que tenían en la casa de Berlín. Se presentó como comandante Pilzer.

—Señora —dijo Pilzer en tono empalagoso, haciendo una rígida venia para remarcar que era una persona importante—, hemos de registrar la casa. Por la seguridad del Führer y de todos los habitantes. —Miró en derredor y soltó un bufido de desdén—. No nos llevará más que unos pocos minutos. —Acto seguido, juntó las botas dando un taconazo y ladró una orden a los dos hombres que estaban más cerca de la escalera—: ¡Ustedes dos! ¡Arriba! Miesvol y yo nos encargaremos de la planta baja.

Con la misma brusquedad con que habían irrumpido en la casa, los soldados desaparecieron, y ya solo se oyó el eco de sus botas. Una sucesión de golpes en el suelo de madera y en las vigas del techo le permitió a Marina seguir el camino que iban haciendo los soldados de una habitación a otra. Ya fuera porque se había hecho experta en evaluar el peligro de un solo vistazo o, más probablemente, porque en realidad los soldados no esperaban encontrar ninguna amenaza en una estructura tan modesta e insignificante como aquella pequeña vivienda, el registro del piso de arriba fue rápido. En la planta baja, Miesvol y Pilzer recorrieron la cocina y el cuarto de estar con igual rapidez, cerrando las puertas con violencia. La última habitación que registraron fue el sótano, y le correspondió a Miesvol la tarea de bajar por la estrecha escalera que conducía a tan oscura estancia. Marina había quitado la bombilla aquella misma mañana.

Tres minutos más tarde reapareció Miesvol frotándose la espinilla y quitándose telarañas de las hombreras.

—Ahí abajo está negro como boca de lobo —informó—, pero todo despejado.

—Bien. —Pilzer indicó con una seña a los dos soldados del piso de arriba que salieran al porche—. Ustedes dos vigilen el acceso desde la parte de atrás. Miesvol y yo protegeremos la entrada principal.

Marina no contaba con que fueran a apostar guardias en las entradas de la casa. Notó cómo se le posaba el miedo sobre los hombros, como si fuera una capa de plomo. Ofrecerse aquella misma mañana a ocultar a los refugiados en su sótano había sido una idea impetuosa, pero es que se sintió conmovida por la indecisión y la angustia de Johann. No era una promesa que pudiera retirar, de modo que hizo lo que hacía siempre después de actuar de manera impulsiva: sentarse a estudiar la situación con mayor detenimiento. Por suerte, Rosie y Sofía se habían ido a alguna parte y no estaban en casa. Además, se percató de que Pilzer no le había preguntado cuántos hijos tenía. Lo cual era una suerte. Quizá, si se daba una llegada desordenada de niños y adultos por las diversas entradas de la vivienda, ello confundiría a los soldados lo suficiente como para que terminaran perdiendo la cuenta. Lo más probable era que Rosie y Sofía regresaran por la puerta del porche. Si ella hiciera pasar a los refugiados por la puerta principal, salvando a Pilzer y a su colega, tal vez no resultara obvio cuántas personas había ya en la casa, Respiró hondo. Lo de «justo debajo de sus propias narices» iba a tener un sentido literal.

Para las dos y media, Edith ya había terminado su frenesí de hornear y limpiar, de modo que se dirigió al piso de arriba para descansar un rato. Aquel era el momento, se dijo Marina echando a correr hacia la cocina. No iba a presentársele una ocasión mejor para escabullirse hacia la estación de Blumental Este. Suponiendo que los refugiados tendrían hambre, cogió unos cuantos *brötchen* que habían sobrado, una cuña de queso y un puñado de grosellas. Salió por la puerta principal con la cabeza baja y saludó tan solo brevemente a los dos guardias que la flanqueaban.

—Volverá pronto, ¿verdad? —le preguntó Pilzer.

—Oh, sí —le aseguró Marina—. Solo voy a recoger a las niñas. —El gesto de indiferencia con que respondió Pilzer confirmó su esperanza de que el comandante consideraba que los niños no merecían su atención.

Las dos niñas estaban dormidas en uno de los bancos de madera, tapadas con el abrigo de Johann. Estaban acurrucadas la una a continuación de la otra, y sus pies se tocaban justo lo suficiente para que una se diera cuenta de que la otra se estaba moviendo. Marina estaba preparada para llevarlas a la casa lo más rápidamente posible, pero cuando las vio tan tranquilas, y además solas, se detuvo un instante a pensar. Hasta aquel momento había estado tan preocupada por la logística de trasladarlas de una ubicación a otra, había tenido tanto miedo de que las descubrieran, que no se había permitido considerarlas otra cosa que paquetes; paquetes preciados y delicados, pero paquetes al fin. Objetos que había que ocultar con cuidado y transportar con rapidez. Había preferido no pensar en lo que habían sufrido, los horrores que habían visto y experimentado, por miedo de que su instinto maternal pudiera comprometer de algún modo toda la operación. Ya se lo había advertido Johann desde el principio, cuando se sumó al grupo.

Ahora, viendo a aquellas dos hermanas unidas entre sí, respirando sincronizadamente, dedicó unos instantes a contemplarlas. No parecían tan distintas de sus propias hijas. Observando la estatura y el desarrollo de la mayor, Marina calculó que tendría más o menos la edad de Lara. Aún era muy joven. ¿A qué reservas de fuerza y de valor habría tenido que recurrir aquella adolescente para proteger a su hermana pequeña? Cualquier madre se sentiría orgullosa de tener una hija así. Pero, naturalmente, aquella niña no lo sabía. Lo más probable era que su madre hubiera muerto, porque de lo contrario estaría ahora con ella. Se le hizo un nudo en la garganta al imaginarse a la madre de aquellas niñas, la desesperación que debió de invadirla en el último instante de vida antes de entrar en la oscuridad, al saber que sus dos hijas estarían sin ella para siempre, que jamás podría trenzarles de nuevo el pelo, ni limpiarles la mermelada de la comisura de los labios, ni abrazarlas con fuerza durante una tormenta.

Se interrumpió. Aquellas niñas no eran hijas suyas. Sus hijas se encontraban atendidas y a salvo. Fuera lo que fuese lo que sintieran aquellas niñas por la desaparición de su madre, por más desgarrador que fuera, sus hijas no lo habían experimentado. Por lo menos de momento. ¿Y si se encontrara esta noche con Erich? El día anterior él le había insinuado que tal vez tuviera que regresar a Berlín de forma inesperada. ¿Se iría con él? La noche anterior estaba convencida de que sí, porque se dijo a sí misma que sus hijas podrían pasar una breve temporada sin ella. Erich había dicho que la guerra iba a terminar muy pronto, lo dijo con convicción, como si supiera algo. En cuanto terminara la guerra, las niñas podrían reunirse con ellos. Pero antes vendría aquel breve período de tiempo durante el cual ella se encontraría ausente. ¿Qué pensarían y sentirían sus hijas? ¿Qué coste tenía para un niño quedarse sin su madre, aunque fuera durante un corto espacio de tiempo? ¿Qué sucedería con su visión del mundo si su madre, con la que siempre había podido contar, cuya ubicuidad era algo seguro, desapareciera súbitamente? La pérdida que habían conocido aquellas niñas polacas era inmensa; había desaparecido toda su familia. Marina no podía permitirse el lujo de imaginarlo siquiera.

Los párpados de la niña mayor se agitaron de manera intermitente, y de pronto se irguió y recorrió la estación con la mirada, parpadeando para despejar el sueño. Al ver a Marina, de inmediato se deslizó hacia su hermana para abrazarla en ademán protector. Marina se arrodilló y les sonrió, y les habló con tanta delicadeza como le fue posible. A continuación, abrió la bolsa para enseñarles la comida que había traído.

—Hola, preciosas, debéis de tener hambre, ¿a que sí?

Extendió las dos manos, sosteniendo un *brötchen* en cada una. La niña pequeña cogió inmediatamente el pan y empezó a arrancar pedazos con los dientes. Su hermana mayor esperó hasta que Marina hubo sacado el queso y las grosellas, y entonces también comió. Marina deseó tener algo más que darles, tal vez más tarde pudiera bajar furtivamente al sótano y llevarles un poco de tarta Linzer.

Mientras las niñas comían, Marina metió en su bolsa el abrigo de Johann. Después, estudió lo mucho que se parecían físicamente aquellas dos niñas a sus propias hijas. La pequeña tenía una mata de rizos castaños, igual que Rosie; la mayor era demasiado morena para pasar por Lara, así que, una vez que terminaron de comer, le envolvió la cabeza con su propio pañuelo para disimular la diferencia. No tuvo necesidad de advertirles que mantuvieran la cabeza gacha mientras las conducía hacia la salida de la estación, ya lo hicieron ellas de forma instintiva. Las tres pasaron justo por delante de la gran roca que había a un costado del edificio, ajenas a los dos pares de ojos que las observaban en aquel momento.

28

Si Max no le hubiera pedido a Willie que lo ayudase a limpiar las ventanas de la iglesia del pastor Johann, con la promesa de llevarlo después a una misión secreta, dicha tarea le habría llevado el día entero. Trabajando los dos juntos, finalizaron a primera hora de la tarde, y Willie de inmediato le recordó a Max lo que le había prometido, y así fue como ambos terminaron subidos en lo alto de la roca, observando lo que ocurría dentro de la estación de Blumental Este. Al cabo de veinticuatro horas de vigilar en solitario, Max había llegado a la conclusión de que sería más divertido buscar espías estando acompañado de un amigo. Porque de esa manera, si uno no descubría nada, como le había sucedido a él hasta el momento, el amigo podría ayudarlo a inventar una situación imaginaria. Aquella tarde, cuando Max trepó a la roca y miró por la ventana de la estación, esperaba no ver absolutamente nada. Sin embargo, se llevó una gran sorpresa cuando descubrió que había alguien en el banco. Dejó escapar un grito de incredulidad y se acuclilló bajo la ventana.

—¿Qué? ¿Qué ocurre? —preguntó Willie, situándose a su lado—. ¿Qué ves?

—¡Chist! —lo previno Max—. ¡Pero mira, Willie, mira!

Willie miró. Lanzó una exclamación ahogada y se agachó junto a Max.

—¡Max! ¿Debajo de ese abrigo hay alguien? ¿Quién es, Max? ¿Es un espía?

Max le tapó la boca con la mano.

—No lo sé —susurró—. Pero el abrigo es grande, así que debe de ser un hombre grande.

—Deberíamos decírselo a alguien, Max. ¡Deberíamos irnos de aquí y contárselo a alguien, ahora mismo!

—No, Willie, espera un momento —lo instó Max—. Vamos a esperar un poco, a ver si se despierta.

—Pero ¿y si nos descubre? —gimió Willie.

Max volvió a taparle la boca con la mano. La puerta principal de la estación estaba abriéndose. Con la emoción, ni Max ni Willie se habían percatado de que había alguien acercándose al edificio. Los dos se agazaparon bajo el alféizar de la ventana y se asomaron lo justo para poder ver. Observaron con profundo asombro que se trataba de Marina Thiessen, la cual se dirigió hacia la enorme forma cubierta por el abrigo y se sentó en el banco. Y aún se quedaron más asombrados cuando vieron que se sentaba como si no pasara nada, como si no le importase que hubiera un espía durmiendo a su lado.

Transcurridos unos instantes, *frau* Thiessen tocó el abrigo. Y entonces sí que se quedaron aturdidos Max y Willie, porque el hombre grande que había bajo aquel abrigo, la persona que ellos creían que era un espía, se incorporó, ¡y resultó que eran dos niñas! Se las veía menudas e inofensivas. Max sintió una punzada de desilusión. Dudaba profundamente de que aquellas niñas pudieran ser espías. Aun así, siguió contemplando la escena con Willie, ambos hipnotizados y mudos, mientras *frau* Thiessen entregaba unos alimentos a las dos pequeñas. Por lo que parecía, no hablaban, solo comían. A continuación, *frau* Thiessen cubrió a una de ellas con su pañuelo y las tres salieron de la estación. Max y Willie permanecieron escondidos detrás de su enorme roca, y, cuando las visitantes se hubieron marchado, se miraron el uno al otro, demasiado conmocionados y confusos para hablar. Finalmente, Willie rompió el silencio.

—Tenemos que decírselo a alguien.

—Yo creo que no —se opuso Max—. Además, ¿qué vamos a decir?

—No lo sé —respondió Willie, insistente—, pero aquí está pasando algo. Y hoy va a venir el Führer. Eso hace que todo sea importante.

—Pero era *frau* Thiessen —dijo Max—. Y esas dos niñas, ¿cómo van a resultar peligrosas?

—No digo que tenga lógica, pero esto es algo importante, Max. Es demasiado importante para que nos lo guardemos para nosotros. Tenemos que buscar a alguien que nos diga lo que hemos de hacer.

—El pastor Johann —propuso Max. Willie afirmó con énfasis, aliviado de tener un plan, el que fuera.

Los dos salieron disparados en dirección al pueblo y a la iglesia. Max corrió como una flecha sobre el empedrado de la Münsterplatz, seguido de cerca por Willie, y dobló la esquina para enfilar Haupstrasse. En aquel instante se topó con Gisela Mecklen, que estaba saliendo de la panadería. Gisela, por suerte para ella, poseía un corpachón lo bastante grande para soportar el impacto del liviano esqueleto de Max. Max, en cambio, rebotó, dio un traspié y cayó al suelo, desorientado durante unos momentos.

—¡Más cuidado, chicos, más cuidado! —los reprendió Gisela—. ¿Adónde vais con tanta prisa?

—¡*Frau* Thiessen acaba de recoger a dos niñas desconocidas en la estación de Blumental Este! —soltó impulsivamente Willie, llegando en aquel momento. Max se había quedado sin resuello y aún no había recuperado el habla.

De inmediato, Gisela Mecklen centró su atención en Willie.

—Disculpa, Willie, ¿qué es lo que has dicho de *frau* Thiessen? —Max, que todavía estaba sin aliento, agitó los brazos para impedir que Willie dijera algo más, pero Gisela Mecklen se plantó entre uno y otro, apoyó las dos manos en Willie y lo obligó a mirarla—. Willie, haz el favor de repetir lo que has dicho.

—Pues... Yo... —balbució Willie intentando mirar a Max, que estaba detrás de Gisela.

—¿Has visto a *frau* Thiessen en la estación de Blumental Este?

—Sí, así es. Nada más. —Willie se movía adelante y atrás, en el intento de establecer contacto visual con Max, pero Gisela cambió de postura para bloquearlo con su corpachón.

—Y, además, había alguien con ella. ¿Quién era?

—No lo sé —reconoció Willie. Y entonces se rindió. Porque estaba deseando decírselo a alguien. Necesitaba contarlo—. Dos niñas. Muy pequeñas. Yo nunca las había visto. No son de por aquí.

—¿Y qué hizo *frau* Thiessen? —preguntó Gisela.

—Nada. Les dio comida. Y después se marcharon.

—¿Se marcharon? ¿Adónde se marcharon? ¿Viste adónde se fueron?

—No —contestó Willie—. Dieron la vuelta por el otro lado de la estación y se fueron por el camino que lleva al lago.

—Hum —musitó Gisela.

Max aprovechó aquel momento de titubeo de Gisela para salir de detrás de ella y agarrar la mano de su amigo.

—*Frau* Mecklen, la verdad es que Willie y yo tenemos que irnos. Vamos a ver al pastor Wiessmeyer. —Y antes de que ella pudiera impedirlo, echó a correr con Willie.

Gisela Mecklen se quedó donde estaba, sumida en sus pensamientos. Marina Thiessen estaba intimando demasiado con Johann Wiessmeyer. Se hacía necesario hacerle una advertencia; se hacía necesario apartarla, para que Sabine pudiera quedarse a aquel soltero para ella sola. El Enlace Regional para la Aplicación del Nacional Socialismo era muy eficaz haciendo advertencias a la gente. Dicho Enlace, al final, había hecho un poco más que advertir a la familia Rosenberg de los peligros a los que se enfrentaban los judíos que desempeñaban un papel demasiado prominente en la sociedad. Pero por lo menos ahora las hermanas

Mecklen tenían la ubicación que tanto codiciaban para su panadería. Y Gisela tenía la seguridad de que los Rosenberg, cuandoquiera que fueran liberados del campo de detención en el que estuvieran retenidos, no regresarían a Blumental para molestar a su familia. Y en cuanto a Marina Thiessen, en fin, su padre podría protegerla de las consecuencias que pudiera tener su temerario comportamiento, fuera el que fuese. Pero por lo menos recibiría una advertencia, y tal vez así dejara de tomarse tantos cafés con el pastor Wiessmeyer.

Volvió a entrar en la panadería y abrió el cajón del dinero, donde guardaba una lista de teléfonos importantes. Acto seguido se encaminó hacia la oficina de correos.

29

Durante toda la mañana, Edith estuvo procurando no pensar en el Führer y en su inminente llegada. El orden del día pendía sobre ella igual que el pronóstico de una tormenta que habría de estallar por la tarde: un cielo negro y lleno de nubes bajas, visible si uno lo miraba, pero que era mejor ignorar hasta que resultara absolutamente necesario. Edith se había concentrado en cada tarea que tenía entre manos, o quizás en la tarea inmediatamente posterior, con el firme propósito de no tener en su línea visual ningún otro futuro más lejano. Al levantarse, el desayuno para las niñas: *brötchen*, mermelada, las grosellas que habían sobrado del *coulis* del día anterior, leche. Después, preparar con Marina todo lo que iba a ir al horno: la masa para el *strudel*, el dibujo de enrejado de la tarta Linzer. Coger unas flores del jardín: unos cuantos ramitos de rosas floribunda para el vestíbulo de la entrada; unas margaritas para la mesa del jardín por si él decidía sentarse fuera, pero probablemente no, ya que era un hombre de interiores, y por lo tanto prefería la luz artificial, así que también un ramo grande para la mesita baja. Reciclar lo que pudiera del centro de flores utilizado en el almuerzo del día anterior, añadir alguna espuela de caballero y más rosas. Después llegó la hora de comer. «Sacar más comida. Mandar a Lara a Gunther, a pedirle nata. Las niñas se han ido. Oskar no está disponible, está fuera fumando su pipa o en el piso de arriba trabajando sentado a su escritorio, enviando mensajes con su telégrafo de campaña. Limpieza final.» Esperaba que al día siguiente recordase dónde había guardado aquella colección de objetos variopintos: correo sin abrir, llaves olvidadas, uno de los libros de las niñas, un cepillo para el pelo, gomas para hacer coletas. Seguro que se le olvidaría algo, pero ahora no quería preocuparse por ello.

Y de repente se hizo la hora de vestirse. Menos mal que incluso la tarea de vestirse le permitió mantenerse distanciada de la ocasión, porque era algo que no requería pensar. Solo tenía un traje, el crepé de Chanel que le había comprado Oskar en París hacía más de diez años. Para ella ofrecía una doble ventaja: le sentaba bien y le resultaba cómodo, aunque tuvo un breve instante de preocupación ante la idea de ponerse un traje de lana estando en verano. El cuello de la blusa de encaje belga de su madre servía de complemento a la estrechez de las solapas. Si terminara haciendo demasiado calor, podría quitarse la chaqueta. Un cepillado rápido del pelo. Alisar los rizos, poner las ondas en su sitio y esperar lo mejor.

Vestir a las niñas resultó mucho menos simple. Cuando fue al otro dormitorio a ver cómo iban las cosas, encontró a Marina enzarzada en un conflicto tanto con Lara como con Rosie. Lara quería llevar la melena suelta, mientras que su madre había insistido en hacerle unas trenzas *affenschaukel*.

—Así, los monos podrán columpiarse en su pelo —le dijo Rosie desde su lado de la habitación, mientras apretaba los brazos contra el cuerpo para no dejar pasar el vestido que Marina intentaba ponerle por la cabeza. Marina estaba más irritable que de costumbre, de modo que Edith decidió encargarse personalmente de la pequeña. El truco para tratar con ella consistía en hacerle cosquillas. En menos de dos minutos consiguió lo que quería, y Rosie se marchó a hacer un pase de modelos delante de su abuelo. Edith abrigó la esperanza de que Oskar supiera que su papel era el de deshacerse en cumplidos y en elogios. Lara, sentada en una silla mientras su madre le hacía las trenzas, la miró con el ceño fruncido. Edith le dirigió una sonrisa para tranquili- zarla y volvió a su propio espejo. Cogió el lápiz de labios. Y, por primera vez en toda la mañana, se permitió pensar. Y se quedó petrificada.

¿El Führer estaba a favor o en contra de que las mujeres se pintaran los labios? ¿Pintarse los labios se correspondía con la honradez y la pureza de una *hausfrau* alemana? ¿Lo interpretaría como un rasgo licencioso? ¿O pensaría que pintarse los labios era una afrenta, una falta de respeto? No deseaba dar la impresión al Führer de ser una persona irrespetuosa. Si él la percibía como insolente en su aspecto físico, quizás empezara a sospechar el desprecio que en realidad sentía hacia él.

Aun cuando reconocía la sinrazón de enredarse en to- das aquellas dudas —acerca de pintarse o no los labios, por amor de Dios—, no era capaz de quitarse el miedo. La ate- rrorizaban el Führer y su poder, un poder que se cernía so- bre su país como un demonio malévolo, que estrangulaba a su pueblo y su cultura. Todavía más alarmante era el po- der que tenía el Führer sobre su familia, y sobre Oskar en particular.

Edith sabía que Oskar era profundamente prusiano en su adherencia a las normas y a las leyes, un hombre que hacía lo que se le ordenaba. Aquella mentalidad de obede- cer siempre las normas lo convertía en un subordinado muy de fiar, un hombre con el que podía contar el Führer para que llevara a cabo lo que él dictara. Había jurado leal- tad al Führer en sus primeros tiempos en la administración, pero muchas cosas habían cambiado desde entonces.

Cuando el Führer aún no era una persona conocida, cuando era simplemente uno de los muchos candidatos que pontificaban y daban discursos en el escenario de la política, Oskar y ella se reían y decían que no era más que un demagogo de derechas. Pero cuando llegó al poder y promulgó las reformas fiscales y comerciales que Alema- nia necesitaba con tanta urgencia, Oskar cambió de opi- nión. Volvía del trabajo a casa trayendo informes optimistas acerca de los programas económicos que estaba llevando a la práctica el Führer. Proyectos de obras públicas obligatorias que asignaban a los trabajadores a puestos de trabajo concretos y eliminaban el desempleo. Planes corolarios de entretenimiento y ocio obligatorios que organizaban el tiempo libre de los trabajadores y permitían a las familias tomar unas cortas vacaciones en el mar Báltico a precios asequibles. Incentivos para que las familias de los trabajadores pudieran ahorrar para comprarse un Volkswagen, el coche de la gente. Oskar aplaudía dichas iniciativas, encaminadas a restaurar la prosperidad económica de su herido y pisoteado país. Al igual que muchos de sus conciudadanos, estaba dispuesto a entregar la lealtad política a un hombre capaz de hacer que el fénix alemán resurgiera de sus cenizas. Y, como había sido militar, sabía que la estabilidad y el control requerirían una cierta renuncia de las libertades individuales.

Mirando en retrospectiva, Edith se daba cuenta de lo habilidoso que había sido el Führer: al tiempo que iba dictando y acorralando todas las facetas de la vida de los ciudadanos, expandía la autoridad de su policía secreta. Sus agentes de policía acapararon las autoridades locales, se infiltraron en todas las ciudades y todos los pueblos, hicieron listas de todos los habitantes: nombres, familiares, ocupaciones, movimientos y, lo más importante, afiliaciones políticas. Animaron a la gente a que vigilara a sus vecinos e informara de cualquier transgresión, a la vez que ofrecían incentivos como cartillas extra de racionamiento y un acceso más fácil a los permisos para viajar. Para cuando la gente se dio cuenta de que no solo le estaban diciendo cómo tenía que vivir sino también cómo tenía que pensar, ya estaba demasiado dominada por el miedo para hacer nada al respecto. Porque el hecho de pensar, hablar o hacer algo que fuese contrario a las ordenanzas daba lugar a súbitas desapariciones. Todo el mundo sabía que, si uno hacía algo que estaba prohibido, la policía no solo se lo llevaría a él sino también a sus hijos o a sus padres, aunque ellos fueran completamente inocentes de todo mal. Aquella amenaza, más que ninguna otra, mantenía a la gente a raya.

¿Se había percatado Oskar de lo que estaba sucediendo? ¿Estaba siendo un cómplice? Edith no lo sabía, porque conforme el estado iba alargando cada vez más el brazo, más introvertido iba volviéndose su marido, más reservado con sus asuntos. Edith sabía que ella era culpable. Ella se había limitado a ocuparse de los problemas domésticos: ayudar a Marina a fundar una familia nueva, apoyarla económicamente a ella, a Franz y a las recién nacidas, mantenerlos a todos alimentados y teniendo todo organizado. Y para cuando levantó la vista y miró a su alrededor, Oskar había dejado de comunicarse. Ahora el Führer lo invitaba a encuentros personales cara a cara en Fürchtesgaden, y ella se dio cuenta de que ya no sabía en qué creía Oskar. A lo mejor su marido había cruzado la raya que separaba aprobar las iniciativas económicas del Führer de respaldar con discriminación positiva todo su ideal. A lo mejor los años que había pasado en compañía del Führer, rodeado por otros hombres de miras estrechas como él, habían modificado sus convicciones. Si ese era el caso, no podía reprochárselo, aunque deseaba fervientemente tener una oportunidad para persuadirlo de que volviera a su antigua forma de pensar, que también era la de ella.

Porque lo era, ¿verdad? Oskar y ella habían tenido opiniones similares en casi todo, a lo largo de los años que llevaban casados, en temas tan importantes como qué nombre ponerle a su hija (a los dos los encantaba la obra de Shakespeare titulada *Pericles, príncipe de Tiro*) y si existía un Dios (se sentían indecisos, pero tendían hacia el panteísmo), y también en otros más triviales, como durante cuánto tiempo había que cocer un huevo pasado por agua (tres minutos y cuarenta segundos). Constituía una prueba de que eran compatibles, pero para Edith era también un testimonio del vínculo que existía entre ambos, una rara y valiosa fusión de corazón y mente. Se terminaban las frases el uno al otro, entendían lo que pensaba el otro. No era insólito que, cuando estaban juntos, Oskar expresara en voz alta una idea que en aquel preciso momento estaba pasando también por la mente de ella. De manera que si Oskar había cambiado la opinión que tenía acerca del Führer, acerca de algo tan fundamental —si apoyaba las políticas que habían enviado a sus queridos Hilde y Martin Stern y a toda la familia Rosenberg a algún gueto para sabe Dios qué propósito— en fin, para ella aquello sería mucho más grave que una pequeña fisura en su relación. Sería un abismo.

Por el momento, decidió tener paciencia. Observar. Observaría cómo interactuaba Oskar con su líder, cómo se comportaba cuando hablase y escuchase, cómo reaccionaría a lo que dijera el Führer. Conocía a su marido. Sabía, o por lo menos estaba bastante segura de que lo sabría al finalizar aquella merienda, en dónde tenía depositada realmente su lealtad.

Se pasó el lápiz de color coral claro por los labios. «Mucho mejor», pensó a la vez que daba un paso atrás para estudiarse con ojo crítico. Decididamente, así la imagen que proyectaba era más correcta, más cuidada, y esa era la imagen que deseaba proyectar. Cuando bajó al piso de abajo, encontró a Marina colocando nerviosamente a las niñas en el vestíbulo de la entrada, por orden de estatura, y dando un último repaso a los rizos de Rosie antes de ocupar su puesto al lado de Lara.

—El coche ya está a pocos kilómetros de aquí —informó Marina a su madre—. La patrulla de seguridad está examinando el perímetro exterior de la casa por última vez, para cerciorarse de que no existe ningún peligro, de que no hay francotiradores ocultos en el castaño ni apostados en los tejados de las casas de los vecinos. —Marina puso los ojos en blanco, pero Edith notó que por debajo de aquel gesto de sarcasmo había verdadera ansiedad.

Edith hizo un gesto afirmativo con la cabeza y agregó una súplica que ya sabía que seguramente resultaría fútil:

—Querida, deberías tener cuidado con tus expresiones faciales. Tengo entendido que al Führer no se le escapa nada.

—Ya lo sé, *Mutti*, ya lo sé. —Marina hizo una mueca y se tapó la cara con las manos. Edith vio que le temblaban ligeramente—. Lo hago de manera involuntaria. Ojalá ya hubiera terminado todo esto.

Edith lanzó un suspiro.

—Terminará pronto, Marina. Piensa en las niñas, si ello te ayuda a pasar el mal trago.

Como si aquello hubiera servido para dar pie, en aquel momento Lara pidió la intervención de su madre.

—*Mutti*, ¿quieres decirle a Sofía que deje de darme empujones?

—No puedo evitarlo —se disculpó Sofía—, Rosie no deja de mover las faldas, y eso me hace perder el equilibrio.

—Ya basta, Rosie —ordenó Marina—. Quédate quieta.

Edith se adelantó para cerrar la puerta de la calle, que estaba entreabierta, pero de pronto apareció Oskar en el umbral, pipa en mano. Observó, con cierta sorpresa, que no iba vestido con su uniforme sino con un traje. Indumentaria civil. Le hubiera gustado saber si en ello había alguna intención concreta, una señal para el Führer de que él era, al menos en su casa, algo más que un mero acólito. ¿O sería que ella estaba haciéndose ilusiones?

—Una preciosa familia —dijo Oskar en tono de elogio. Primero posó la mirada en Lara, que estaba remetiéndose tras la oreja un mechón de pelo rebelde; seguidamente en Sofía, la cual le mostró una ancha sonrisa, y por último en Rosie—. Absolutamente preciosas, sois todas tan bonitas que cortáis la respiración. No me extraña que los soldados se hayan dispersado tan deprisa, veros a todas juntas pone nervioso a cualquiera. Hace que un hombre se olvide de las órdenes que ha recibido. —A continuación entró en la casa y tomó la mano de su esposa, que estaba apoyada en el tirador de la puerta—. Déjala abierta, querida, el séquito del Führer se encuentra ya junto a la verja de la entrada.

El cortejo había llegado. Cuatro años antes, por insistencia del Führer, su consejo legislativo, elegido personalmente por él, lo había proclamado emperador. Así pues, tal como correspondía a tan regio personaje, en todas sus apariciones públicas lo precedía un desfile de guardias personales y de oficiales. Edith vio cómo iban desfilando por delante de ella un joven tras otro, cada uno por lo visto más rubio y con los ojos más azules que el anterior, cada uno deteniéndose brevemente ante ella y ante Oskar, una pausa para levantar el brazo recto a modo de saludo, con un ademán tan violento y tan brusco que resultaba increíble que a ninguno se le dislocara el hombro. Después de que hubo pasado el octavo joven, Edith percibió un súbito cambio en la edad, porque los soldados de la siguiente tanda le parecieron mayores y más experimentados, más como Erich. Aquellos eran los *Erleuchtete* o «iluminados», la élite de guardias que formaban el círculo íntimo del Führer, así denominados porque su proximidad a la persona del Führer supuestamente aumentaba su agudeza espiritual y mental. Aquellos doce cotizados puestos coincidían en número con los discípulos de Jesucristo. Que el Führer abrazase símbolos tan cristianos y que simultáneamente denunciase la religión organizada era una hipocresía que no se mencionaba en público. Aquellos hombres eran colegas de Erich. Él había sido invitado a formar parte de aquella guardia personal tras graduarse en la Academia Militar, y, con excepción de la misión desempeñada en Polonia al principio de la guerra, había permanecido todo el tiempo en ella. Al igual que Erich, aquellos hombres eran oficiales distinguidos. La expresión de sus rostros, aunque seria, aparecía más relajada que la de los jóvenes que los habían precedido, y sus saludos, aunque ejecutados con fuerza, carecían de la intensidad de la juventud. Probablemente habían asistido a incontables actos sociales como aquel, se dijo Edith. Todos lucían el uniforme caqui ribeteado de morado que el Führer insistía en que utilizaran los miembros de su guardia real.

Cuando hubo desfilado el último *Erleuchtete*, hubo un hueco vacío, un espacio en blanco incorporado deliberadamente en el cortejo, sospechó Edith, para aumentar la expectación. Edith comprendió que la siguiente persona que cruzaría el umbral de su casa iba a ser el propio Führer. Imaginó las vigas de madera que enmarcaban la puerta de la calle combándose por efecto de la intensa fuerza de gravedad que provocaría el Führer con cada paso al aproximarse. Durante los momentos siguientes, luchó por reprimir el poderoso impulso de abalanzarse contra la puerta y cerrarla, para proteger su amado hogar de aquella intrusión, de la contaminación que suponía su presencia.

Pero de repente apareció allí su regia figura, de pie en el umbral, con los brazos extendidos hacia arriba y hacia fuera —¿A modo de saludo? ¿Para ser adorado?—, su forma menuda iluminada desde atrás por el sol de media tarde, que lo bañaba en un halo de cuerpo entero mientras que su rostro permanecía en sombra. Todo lo que había conseguido en la vida, desde el poder político hasta las victorias militares y el apoyo del público, era tan inmenso, tan asombroso, que costaba trabajo reconciliar la imagen mental que conjuraban aquellos éxitos con la persona físicamente diminuta que ahora veía ante sí. Aquel hombre era delgado, de piel macilenta, con una cabeza hundida entre los hombros como la de una tortuga, y con las extremidades casi escuálidas. Cuando volvió a contar su historia, el Führer atribuyó su escasa musculatura a la atrofia que había sufrido durante los años que pasó injustamente en prisión por haber intentado poner fin al pago de las irrazonables multas de guerra que estaban debilitando a Alemania. Otra maravillosa reinterpretación de la verdad, se dijo Edith, aquel autorretrato de mártir por la causa del honor alemán. Sí, era cierto que el Führer había estado en la cárcel de joven, pero fue por haber bombardeado un edificio del gobierno que tan solo albergaba servicios postales.

De todas formas, el Führer poseía presencia. Se las arreglaba para anexionarse el propio espacio físico que lo rodeaba, lograba dirigir y acaparar la atención de todo cuanto había cerca. La gente de la calle se detuvo y se quedó quieta, fija en el gesto de saludo; los gorriones posados en la valla dejaron de trinar y enmudecieron. Hasta el aire pareció quedar congelado en su movimiento. El poder que blandía era palpable. Mucho tiempo atrás, cuando lo vio en Berlín, Edith se enteró de que el origen de aquel poder radicaba en sus ojos. Al igual que todos los demás rasgos de su persona, sus ojos resultaban, a primera vista, carentes de todo atractivo especial: pequeños, de color negro azabache y de párpados gruesos. Pero su mirada fija, cuando se posaba en alguien, era irresistible, penetrante e imposible de ignorar. Oskar decía que la mirada del Führer era capaz de perforar no solo el alma de una persona, sino también los intestinos, y que el cuarto de baño que había justo a la salida de su despacho de Berlín requería más papel higiénico que ningún otro que hubiera en el gobierno.

Y ahora aquel hombre estaba en su casa, con aquella mirada posada en su familia.

—¡Ah, qué niñas tan preciosas! Sí, preciosas. Cada una más bonita que la anterior. —El Führer desfiló por delante del pequeño comité de recepción alabando la belleza de sus nietas, lo cual la hizo a ella erizarse levemente, en el instinto de protegerlas. Supo, sin necesidad de mirar, que a Marina le estaba sucediendo otro tanto. Intentó expulsar el aire de los pulmones de manera audible pero sin llamar la atención, para que Marina se acordase de respirar—. General Eberhardt, no me había dicho usted que tuviera tantas joyas en su poder. —Al llegar frente a Marina, el Führer hizo un alto y dedicó unos instantes a evaluarla; su mirada la recorrió por entero de la cabeza a los pies y volvió a subir para detenerse finalmente en su rostro. Edith dirigió una breve mirada de soslayo a su hija y vio que esta tenía la mandíbula cerrada con fuerza y que sus ojos, gracias a Dios, estaban vueltos hacia el suelo. Sus párpados ocultaban una mezcla de miedo y desafío que, sin duda alguna, habría irradiado hacia el exterior. Mientras el Führer se demoraba contemplando a Marina, con la mirada fija en lo alto de su cabeza, Edith notó que deseaba que Marina levantase la vista, que se atreviese a retarlo directamente. Pero Marina no se movió. La tensión que palpitaba entre ambos duró hasta que Oskar dio un paso al frente y saludó a su superior.

—*Mein* Führer —resonó la voz clara y firme de Oskar—. Permítame que le presente a mi familia. De la más joven a la más sabia: mis nietas Rosie, Sofía y Lara; mi hija Marina Thiessen, y mi esposa Edith. —Al pronunciar el nombre de Edith, Oskar efectuó un pequeño floreo con la mano en dirección a ella, y ella se rehízo lo suficiente como para ejecutar una breve reverencia.

El Führer puso fin al trance y se giró hacia Edith. Sus regordetes dedos buscaron la mano de ella, y sus incoloros labios besaron el aire.

—Es un placer conocerla, *frau* Eberhardt, un verdadero placer. —Su boca desprendía un olor acre, a arenques en vinagre y a rábanos picantes a medio digerir. A Edith le dio un vuelco el estómago.

Se esperaba de ella que respondiera algo, pero le estaba costando un esfuerzo hablar de nuevo. Se sentía abrumada por la reacción visceral que le había provocado su presencia. Por fin logró farfullar:

—*Herr* Führer, para mí es un honor recibirlo en nuestra casa.

—¡Mi querida *frau* Eberhardt, no me habría perdido esta oportunidad por nada del mundo! Y es posible que yo sea la única persona que sinceramente goce de dicha alternativa. —El Führer dio un apretón a la mano de Edith en gesto conspiratorio y le guiñó un ojo—. De hecho, he venido por el *strudel* y la tarta Linzer. Su marido no deja de contar maravillas al respecto. Constituye nuestra principal distracción en Berlín, cuando estamos intentando sacar adelante el trabajo y nos tomamos un breve descanso para degustar un café y un trozo de tarta. Debería usted oírlo explayarse acerca de las excelencias de su pastelera personal. —Se inclinó hacia delante, hacia su rostro, y la nube ácida de su aliento contaminó el aire—. Afirma que la masa de *strudel* que prepara usted es tan fina que a través de ella se puede leer la primera plana del periódico.

Edith sintió que le sobrevenía un acceso de tos. Lo mejor era escapar de aquel instante haciendo que todo el mundo se trasladara a la otra habitación.

—Bueno, Oskar puede ser dado a las exageraciones, pero tal vez le apetezca probarla usted mismo. Mi hija y yo hemos horneado algunas cosas esta mañana, y me sentiría muy agradecida de contar con su opinión.

Oskar siguió el ejemplo de su esposa, abrió la puerta del cuarto de estar e invitó al Führer a que pasara. El séquito que traía ya se había dispersado, los soldados jóvenes se habían apostado en el jardín de fuera, mientras que los *Erleuchtete* se habían quedado de pie en torno al perímetro del cuarto de estar, sin llamar la atención, junto a puertas y ventanas. El Führer entró en la habitación muy despacio, sin prisas, yendo hacia la zona de sentarse igual que una novia que se dirige al altar: primero poniendo un pie delante, después acercando el otro hasta su altura, haciendo una pausa para mirar en derredor, luego prosiguiendo la marcha con el pie izquierdo para repetir todo el ciclo. Aquella pausada forma de andar le dio tiempo para recorrer la estancia con sus ojos, que, semejantes a dos pequeñas dagas, perforaron la sombra de cada mueble en busca de enemigos que pudieran estar ocultos allí. Aquel hombre sabía que era una persona odiada y no se fiaba de que nadie, ni siquiera de sus queridos *Erleuchtete*, pudiera protegerlo plenamente.

—Una habitación encantadora —concluyó el Führer quedándose por fin de pie junto a la gran silla tapizada que le ofrecía Oskar—. Sin duda, es el garaje más bonito que he visto en toda mi vida. —Emitió una risita y miró fijamente el asiento que tenía ante sí—. ¿Este es su sitio, general?

Oskar puso cara de no entender.

—¿Esta silla? No, *mein* Führer, yo suelo sentarme en esa de ahí. —Señaló una silla de caoba tapizada de terciopelo granate que se hallaba situada junto a la ventana—. Pero lamento decir que esa tiene un desgarrón en el asiento que no hemos tenido tiempo de reparar. Esta le resultará más cómoda.

El Führer arrugó el ceño.

—La comodidad no viene a cuento, general. —Acto seguido, fue hasta la silla de color granate y pasó un dedo por el reposabrazos—. Un estilo interesante. No me resulta conocido.

—Es americano —aclaró Oskar.

—Una pieza William and Mary, de Boston —agregó Edith—. Pero originariamente inspirada por los holandeses, tengo entendido.

—¡Ah, americano! —Los finos labios del Führer se ensancharon en una amplia sonrisa y dejaron al descubierto una hilera de dientes superpuestos unos a otros y con claras manchas de café. Acarició el cojín del asiento y se acomodó en la silla de Oskar. Un momento después, Edith captó unos suaves chasquidos que comenzaron a oírse en la habitación. Aunque sonaban amortiguados, eran firmes y precisos, como los de un metrónomo o un cronómetro tapados con un paño. Al cabo de unos segundos, cayó en la cuenta de que aquel sonido procedía del Führer. Tenía la boca ligeramente abierta y, al parecer, estaba dándose golpecitos con la lengua en el paladar. «Una costumbre extraña —pensó Edith—, y sumamente irritante.» Deseó que Oskar se la hubiera comentado. Pero, aunque lo hubiera hecho, no estaba segura de que hubiera sido capaz de prepararse para la sensación de catástrofe inminente que le provocaban aquellos continuos chasquidos. Por lo menos, cuando el Führer habló de nuevo, los chasquidos se interrumpieron—: América, América —musitó en voz alta—. Sí, hay mucho que aprender de ese país.

—¿Así lo cree usted, *mein* Führer? —Oskar había ocupado la silla que antes había ofrecido a su invitado—. No sabía que fuese un admirador de los americanos.

—Oh, desde luego. En muchos sentidos, es una nación admirable. Tiene mucho mérito haberse abierto camino a través de la naturaleza para establecer una civilización. Han sido pioneros en una tierra salvaje. Unos antepasados increíbles. —El ritmo de su lengua se aceleró hasta transformarse en un minueto. Sus ojos chispeaban de energía, animados al imaginar una vida de aventuras en un mundo nuevo. Al momento siguiente, se entrecerraron—. Como es natural, al principio eran todos criminales y matones; por lo tanto, están contaminados racialmente. Esa clase de impurezas en la sangre es imposible de borrar.

—¿De verdad eran todos criminales? —preguntó Edith. Estaba relativamente segura de que el Führer se equivocaba al suponer aquello, pero no se atrevía a corregirlo.

—Oh, sí. Eran reclusos o individuos que todavía no habían ajustado cuentas con la ley. Delitos que esperaban a cometerse. Chusma de la peor calaña, pordioseros, indigentes. Y también fanáticos religiosos. ¡Imagínese qué pesadilla! Atravesar el océano en un barco con individuos así, sabiendo que una vez que hayas desembarcado serán para siempre vecinos tuyos.

Chasquidos más rápidos, más sonoros. Edith sintió la necesidad de silenciarlos. Se inclinó hacia delante, hacia la mesa de centro, que estaba abarrotada de cafeteras y teteras, tazas y platos, una jarrita de leche y un pequeño cuenco lleno de terrones de azúcar medio desmenuzados. Alguien había cogido ya los que estaban intactos. Edith sospechó de Rosie.

—¿Té o café, *herr* Führer? —preguntó.

—Café, café, querida. No tomo té. Los ingleses han arruinado totalmente mi gusto por el té. —Edith sirvió dos tazas de la cafetera, y a continuación entregó una al Führer y otra a su marido. Sabía que Oskar tomaba el café solo, y, por lo visto, su comandante también, porque lo olfateó durante un momento y después bebió un ruidoso sorbo. En aquel instante volvió Marina de la cocina portando una bandeja con el *strudel* y la tarta Linzer, ambas cosas todavía templadas. El Führer la observó mientras se aproximaba a la mesa. «Igual que un león observando a una gacela», se dijo Edith. Marina nuevamente desvió la mirada, y se detuvo tan solo el tiempo necesario para depositar la bandeja. Dio media vuelta para regresar a la cocina, pero el Führer se lo impidió:

—¿No desea acompañarnos, *frau* Thiessen? —Su pregunta rasgó el aire. Su tono de voz dejó claro que no era una petición.

—Lo siento, *herr* Führer, pero debo declinar la invitación. Las niñas...

—Pero... —la interrumpió él. Cerró la boca muy despacio, y su lengua volvió a emitir chasquidos. Eran chasquidos firmes, decididos, sin prisas, como quien está clavando clavos pequeños en un ataúd—. Pero... seguro que las niñas pueden arreglárselas solas. También podría usted encargar a la mayor... Lara, ¿verdad?, que cuide de ellas —sugirió con una sonrisa satisfecha.

—En circunstancias normales, *herr* Führer, estaría usted absolutamente en lo cierto: Lara es muy capaz de cuidar de sus hermanas pequeñas. Pero es que hoy...

Otra interrupción, esta vez en un tono más imperioso:

—Hoy, me gustaría conocerla a usted, *frau* Thiessen. Quisiera que me contase cómo es la vida aquí, en Blumental. Que me hablase de sus intereses, de sus... actividades. —La última palabra la pronunció en un siseo vehemente. Oskar se removió en su asiento y miró a Marina. Edith no tenía ni idea de qué insinuación podía haber bajo lo que acababa de decir el Führer, pero, fuera lo que fuese, había puesto en guardia a Oskar. Marina no se inmutó. Por primera vez miró al Führer a los ojos. Su mirada fue fría, dura y distante.

Edith había sido receptora de aquella misma mirada en una única ocasión, y esperaba no volver a serlo nunca. Fue el día en que nació Rosie. Había cometido el error de preguntar a Marina si debía enviar un telegrama a Franz, que se encontraba desplazado en un campamento de entrenamiento militar cerca de Stuttgart. Marina, sentada en la cama y recostada contra un montón de almohadas, tenía en brazos a la recién nacida y le acariciaba con delicadeza el cabello rizado y húmedo. La expresión de su cara era de éxtasis y de una profunda emoción. Era como si nunca hubiera dado a luz, como si estuviera siendo testigo del milagro de la vida por primera vez. Y durante solo un instante, por primera y única vez desde que su hija le reconoció que estaba embarazada, Edith experimentó un sentimiento de cólera. No supo con seguridad qué fue lo que provocó su furia; tal vez fue el hecho de sentirse herida en nombre de Sofía y Lara, o, más probablemente, de Franz. Con todo, el resentimiento la hizo reafirmarse, moldeó la pregunta que estaba tomando forma en su mente acerca de la necesidad de informar a Franz. Cuando la pregunta salió por fin, no logró disimular el tono de censura que exigía su furia: «¿No deberíamos informar a Franz de que has tenido otra hija?»

Aquella tarde, los ojos de Marina taladraron los suyos con el mismo gesto glacial con que ahora taladraban los del Führer. En esta ocasión Marina también permaneció muy quieta, con la mirada totalmente fija en él durante diez interminables segundos. A continuación se aproximó con cuidado al sofá, dejó la bandeja a un lado y se sentó junto a su madre. Tenía la espalda rígida, y Edith percibió que también tenía todo el cuerpo en tensión, cada uno de sus músculos preparado para emprender la huida. Deseaba romper aquella tensión, pero no se atrevió a pronunciar una sola palabra. Miró a Oskar con la esperanza de que sus habilidades diplomáticas acudieran en su ayuda, pero Oskar estaba aturdido; el hecho de que inesperadamente se hubiera insinuado una sospecha tácita había silenciado del todo su lengua, que por lo general gozaba de una gran facilidad de palabra. El Führer se inclinó hacia la mesa de centro y cogió un cuchillo de servir.

—Simplemente, he de probar estos dulces, *frau* Eberhardt —dijo sosteniendo en alto el cuchillo. Titubeó unos instantes, girando el cuchillo en el aire, mientras decidía qué delicia saborear primero.

Edith se sintió cada vez más incómoda viendo la punta de aquel cuchillo trazando círculos sin parar, de modo que intentó encargarse ella misma de servir.

—Oh, *herr* Führer, permítame, por favor —rogó al tiempo que intentaba apoderarse del cuchillo.

Pero él la apartó con habilidad.

—No, no, no pasa nada, soy perfectamente capaz de servirme yo solo. —Se decidió por el *strudel*, cortó un pedazo enorme y lo depositó en el primer plato—. De este modo, puedo tomar una porción tan grande como quiera. —Se puso el plato sobre las rodillas, se reclinó en su silla y tomó el tenedor que tenía a un lado. Seguidamente, con movimientos rápidos, dividió el *strudel* en cuatro partes. Los dientes metálicos del tenedor chirriaron contra el plato de loza y consiguieron que Edith hiciera un gesto de desazón—. Estoy deseando darle el primer bocado —dijo sosteniendo el tenedor frente a sí—. El primer bocado es siempre el mejor, ¿no le parece? La ilusión de conquistar lo desconocido, con todos los placeres y maravillas que uno ha imaginado, antes de que se integre en lo conocido y lo familiar. Quizá se deba a eso que yo tenga tanto apetito. —El Führer se acercó el *strudel* a la boca y la abrió bien grande. Dio la sensación de que la mandíbula se le dislocaría ligeramente para poder alojar aquella ofrenda de alimento. Después, cerrando los ojos al mismo tiempo que los labios, tragó sin masticar y lanzó un prolongado suspiro de satisfacción—. ¡Perfecto, absolutamente perfecto, *frau* Eberhardt! ¡Exquisito! —En rápida sucesión, engulló los otros tres trozos que tenía delante. Su plato quedó limpio. Entonces se acordó del café, tomó la taza y se bebió el contenido de un solo trago. Edith, con la esperanza de mantenerlo concentrado en la comida, cogió el cuchillo de servir, cortó un pedazo de tarta Linzer y se lo puso en el plato. Pero esta vez el Führer hizo caso omiso del dulce y se volvió hacia Marina—. General Eberhardt, me doy cuenta de que lo he retenido demasiado tiempo en Berlín —dijo sin apartar la mirada—. No solo lo he privado de la compañía de estas hermosas damas, además he puesto a su familia en situación de quedar... —calló unos instantes, como si estuviera buscando el término adecuado, pero Edith sospechó que sabía exactamente cuál era—... sin supervisión. Y durante prolongados períodos de tiempo. Eso no es bueno.

Oskar se aclaró la garganta.

—*Herr* Führer, todos hemos de hacer sacrificios por el Reich. Yo tengo la suerte de poseer una esposa y una hija que son personas juiciosas y de recursos.

—¿Personas de recursos? ¡Personas de recursos! —El Führer repitió aquella palabra como si estuviera aprendiendo el vocabulario de una lengua extranjera—. Sí, supongo que sí. Supongo que son muy capaces de buscar recursos. *Frau* Thiessen, ¿diría usted que los recursos que hay en Blumental bastan para atender sus necesidades?

Marina entornó los ojos.

—Sí, *herr* Führer, en conjunto no puedo decir que nos veamos privadas de lo necesario para nuestro bienestar. Como bien sabe, en esta zona hay muchos granjeros, lo cual nos proporciona una ventaja sobre nuestros conciudadanos del norte, que según hemos oído decir sufren una gran escasez de alimentos.

—Alimentos, sí, alimentos —murmuró el Führer—. Por supuesto, los alimentos son algo importante. Pero claro, solo alimentan el cuerpo. —Los chasquidos, que se habían interrumpido mientras el Führer recogía con la lengua los restos de *strudel* que se le habían quedado adheridos a las muelas, regresaron ahora—. ¿Hay en Blumental recursos suficientes para su mente, *frau* Thiessen? ¿Para su espíritu? ¿Para sus intereses culturales y ciudadanos?

Edith había estado escuchando con atención, intentando discernir qué estaba sugiriendo exactamente el Führer, con la esperanza de poder desviarlo de su propósito. En aquel momento vio la oportunidad.

—¡Oh, se refiere usted al aspecto cultural, *herr* Führer! Bueno, es verdad que Blumental no es Berlín, pero contamos con multitud de oportunidades para asistir a eventos culturales. Sobre todo en música. Marina incluso forma parte de un coro. Posee una voz maravillosa, y ese coro goza de una magnífica reputación por estas tierras.

Esta vez fue el Führer el que entornó los ojos. Sus labios dibujaron una sonrisita de suficiencia.

—Así que un coro. Interesante. Creo que he oído hablar de ese coro. ¿Es el mismo que dirige ese ministro protestante, el pastor Wasserman?

—Wiessmeyer —puntualizó Edith con cautela. A juzgar por la mirada voraz que había lanzado el Führer, ya no estaba tan segura de que aquel fuera un buen tema de conversación. En cuanto se mencionó el coro, Marina bajó el rostro y desvió la mirada. Y estaba agarrando su taza de café con tanta fuerza que Edith temió que fuera a quebrar la porcelana.

—Sí, exacto, Wiessmeyer. —El Führer se recreó en la doble ese, con un suave siseo—. Sí, sí, he oído hablar de ese coro. ¿Se lo había mencionado a usted, general?

Oskar miraba fijamente a su comandante. Edith se preguntó si se sentiría tan confuso o preocupado como se sentía ella, porque no sabía qué pensar. Estaba sentado con la espalda recta y tensa, como en posición de firmes.

—No, señor, me parece que no.

—Ah, es posible que no. Creía que sí. Desde luego, tenía la intención de hacerlo. —A continuación, se volvió hacia Edith—. Sí, *frau* Eberhardt, de tanto en tanto, recibo informes en Berlín acerca de las actividades que se llevan a cabo en esta zona situada tan al sur, incluso referentes a las actividades... ¿cómo las ha denominado usted, *frau* Eberhardt? Ah, sí, eventos culturales. Y, recientemente, las del pastor Wiessmeyer han llamado mi atención.

Tras pronunciar esta frase, el Führer clavó los ojos en Marina. Oskar siguió mirándolo a él, mientras que la mirada de Edith iba posándose alternativamente en cada uno de los tres. Algo muy peligroso se había colado en aquella habitación, y ahora permanecía a la espera. Edith no se atrevió a hablar, pero deseó con toda su alma que Oskar dijera algo.

—*Mutti, Mutti!*

Rosie entró a la carrera por la puerta que daba al porche, y al hacerlo golpeó a los dos hombres que flanqueaban la entrada, que toparon con los cristales. Se le había soltado la melena de la cinta con que se la había sujetado Marina unas horas antes, y traía las rodillas y las espinillas todas manchadas de tierra. Ajena a la compañía que tenía alrededor, se detuvo delante de su madre y le mostró las dos manos, cubiertas de barro, y lo que traía encerrado en ellas.

—¡Mira, *Mutti*, mira! ¡He encontrado mi caracol! —Levantó la mano de arriba y dejó al descubierto un enorme caracol cubierto de puntitos marrones—. Al principio, como no lo encontraba, creí que había desaparecido, pero supongo que solo le entró hambre, porque esta mañana no le he dado de comer.

Edith jamás se había sentido tan aliviada de ver a una de sus nietas, aunque viniera tan cubierta de suciedad como venía Rosie. La pequeña permaneció jadeante frente a su madre y su abuela, sonriendo eufórica. Al percatarse de que su madre tenía la vista fija en el Führer, se volvió hacia este.

—Normalmente lo cuido muy bien —explicó al tiempo que pasaba el caracol a la otra mano y le hacía una caricia—, pero esta mañana, como he estado tan ocupada ayudando a Sofía a buscar nuestra antigua ropa en la estación del tren y...

Rosie levantó la vista hacia el Führer y se interrumpió a mitad de la frase. La euforia que irradiaba un momento antes se extinguió de pronto, y se apresuró a retroceder hacia su madre, buscando la seguridad de sus brazos. Marina la rodeó con su cuerpo, en ademán protector.

—Rosie, tienes el vestido completamente manchado de tierra —le dijo en un tono de voz que no contenía la menor reprimenda—. Ven, vamos a buscarte algo limpio que ponerte. ¿Querrá disculparme, *herr* Führer? —Y, sin mirar en dirección a él, se levantó y agarró a Rosie de la mano.

—¡Cuidado, *Mutti*, vas a hacer daño a mi caracol! —exclamó Rosie con su vocecilla—. Que no se caiga.

—Dame, Rosie, deja que te ayude. —Edith cogió enseguida una de las tazas para el café, le quitó el caracol a la niña y lo metió en ella. Luego tomó un platito y lo puso encima para taparla—. Ya te lo guardo yo hasta que tú puedas devolverlo a su casita del jardín. —Dirigió una mirada al Führer, y sintió alivio al ver una media sonrisa dibujada en su labio superior—. Si usted quiere, *herr* Führer, puedo llevarme esto a la otra habitación.

El Führer chasqueó la lengua de modo persistente y sacudió la cabeza en un gesto negativo.

—No, no, no me molesta en absoluto. En absoluto. Pero he de reconocer que las costumbres que tienen ustedes, las gentes del sur, respecto de domesticar animales constituyen toda una revelación. —Acto seguido, el Führer se inclinó hacia delante en su silla y se dirigió a Oskar con preocupación fingida—: ¿Sabía usted, general Eberhardt, que su nieta tenía como mascota un caracol? ¿Y que, además, por lo que parece, está buscando prendas antiguas de su propia ropa en estaciones de tren?

Oskar lanzó una carcajada al tiempo que negaba con la cabeza.

—No, señor, he de reconocer con toda sinceridad que no tenía ni idea de que semejantes criaturas estuvieran hallando refugio bajo mi techo.

Le guiñó un ojo a Edith, para confirmarle que se había restablecido el equilibrio. Fuera cual fuese la amenaza que había pesado sobre aquella mesa unos minutos antes, ya había desaparecido. Edith se maravilló al presenciar cuán súbitamente le había cambiado la expresión al Führer. En una fracción de segundo había pasado a mostrarse desenfadado y relajado, tan afable ahora como amenazador había estado un momento antes. Oskar ya le había hablado de la imprevisibilidad del Führer, pero, en su opinión, aquellos cambios tan repentinos resultaban desconcertantes.

—Una niña encantadora, de todas maneras —comentó el Führer al tiempo que tendía su taza de café para que se la rellenaran—. Una pequeña ciertamente de lo más vivaz. Aunque tal vez en el futuro sea necesario domarla un poco.

—Señor, en eso estamos completamente de acuerdo —contestó Oskar, todavía sonriendo. Le hizo una seña a

Edith para que se relajase mientras él servía más café a su comandante.

—Eso está bien, general, eso está muy bien. Me refiero a que estemos de acuerdo. —El Führer sorbió ruidosamente su café—. ¿No coincide usted?

—¿En qué, señor?

—En que es bueno estar de acuerdo en las cosas.

—Oh, sí, por supuesto que sí. Estoy de acuerdo en que es bueno estar de acuerdo. —A Oskar se le notaba un tanto confuso.

—Sobre todo con su oficial al mando, ¿no le parece?

Otro ligero cambio en el ambiente. Edith advirtió que Oskar volvía a adoptar una actitud de precaución, vio cómo se le tensaban los tendones del cuello.

—*Mein Kommandant*, yo diría que no viene al caso si una persona está o no de acuerdo con su comandante. Uno hace lo que este le ordena, sin cuestionarlo.

—Una buena respuesta, general. Verá, *frau* Eberhardt —el Führer dirigió a Edith una sonrisa bien ensayada—, por esa razón le pido a su esposo que supervise mi agenda. Él entiende lo que significan la obediencia y la lealtad. Más importante aún, más que todo, es que sabe inculcárselas a los demás. Pero, al mismo tiempo, tengo dudas. Porque, como es natural, todos somos humanos, ¿no es cierto? Todos tenemos nuestra opinión acerca de las cosas, creencias, ciertas inclinaciones de conciencia, si se me permite llamarlas así. —Lanzó una mirada escrutadora hacia Oskar. Oskar no dijo nada—. Todo buen general sabe que ha de ser capaz de imponer tal respeto, tal fidelidad inquebrantable a sus soldados, que la lealtad que ellos le tengan llegue a ser algo instintivo. Su sentido del deber ha de alcanzar tal grado de perfección que se superponga, incluso anule por completo, a toda otra inclinación de conciencia que sea contraria.

El Führer hizo una pausa, y Edith oyó un chasquido suave, pero era distinto del que llevaba haciendo todo el rato con la lengua. Cuando de improviso apareció uno de los *Erleuchtete* junto a la silla del Führer, cayó en la cuenta de que acababa de chasquear los dedos. El guardia, un individuo musculoso de sienes plateadas, llevaba una pequeña bolsa que ahora abrió y tendió a su comandante.

El Führer introdujo la mano en ella y extrajo una pequeña figura tallada en madera. Era ligeramente más grande que la palma de su mano, de color marrón claro y adornada con plumas y conchas. Parecía una mezcla de felino y ser humano. Lucía dos orejas terminadas en punta y realzadas con tiesas plumas amarillas y blancas, y parecía tener un hocico de gato en el que habían pintado unos dientes afilados. El pecho aparecía desnudo y cruzado en todas direcciones con minúsculas conchas marinas, y entre las patas colgaba una larga cola que se curvaba al final por encima de la cabeza. El Führer puso la figura sobre la mesa de centro y se reclinó en su silla.

—General Eberhardt, ¿recuerda la ocasión de mi coronación como emperador? —Se inclinó hacia delante para explicárselo a Edith—. Fue una ceremonia privada que se celebró hace unos años, *frau* Eberhardt, puede que se acuerde usted. Entonces, como ahora, nos encontrábamos enzarzados en una guerra tan larga contra nuestros enemigos que se hizo imposible organizar una celebración más pública. Pero cuando consigamos por fin nuestros objetivos militares, y no tema, señora, los conseguiremos, se organizarán unos festejos públicos mucho más grandiosos.

Se volvió hacia Oskar esperando una reacción.

Oskar carraspeó.

—Sí, señor, fue un día memorable.

—En efecto, lo fue. —El Führer reclinó la cabeza y dejó escapar un suspiro, abstraído momentáneamente en sus recuerdos—. General, ¿sabía usted que, al ser coronado emperador, recibí centenares de cartas de jefes de Estado del extranjero? Sí, muchas cartas, la mayoría de ellas completamente inesperadas. Verá, *frau* Eberhardt, en el colegio estudié geografía e historia, como todos nosotros, por supuesto, pero mis conocimientos al respecto simplemente no incluían los nombres de algunas de aquellas pequeñas naciones. Por ejemplo, la tribu Te Au Togo del Pacífico. Me parece que me enviaron sus saludos y sus felicitaciones mediante telegrama. Es posible que también me enviasen un coco. ¿O fue más bien la posibilidad de escoger una esposa entre las hembras que tenían disponibles? No lo recuerdo.

De nuevo regresaron los chasquidos de lengua. Edith tenía la impresión de que se estaba agotando el tiempo. Aprovechó la oportunidad para desviar la mirada hacia Oskar, y vio que estaba con la vista fija en la estatuilla de madera. Su gesto era de curiosidad y tenía el ceño fruncido.

—Uno de los regalos más fascinantes que me hicieron —prosiguió el Führer—, fue esta muñeca *kachina*, enviada por el jefe de la tribu Hopi, del norte de Arizona. El jefe Tinga-Tewa, creo recordar que se llamaba, aunque, para ser sincero, todas esas sílabas nativas son tan intercambiables que apenas tiene importancia cómo las pronunciemos. —Emitiendo una risita, tomó la muñeca *kachina* y empezó a atusarle las plumas de la cabeza—. Esta es Toho, la *kachina* cazadora. La cazadora más poderosa de toda la tribu, según me dijeron, y también la guardiana del norte. Un regalo sumamente apropiado para un genio militar como yo, ¿no le parece? —Edith se sintió agradecida de que el Führer por lo visto no requiriera reacción alguna a aquella afirmación—. Hasta hace poco la tenía guardada en un cajón. La verdad es que me había olvidado de ella, pero mi secretaria la encontró el otro día mientras limpiaba unos antiguos ficheros, y me preguntó si debía tirarla a la basura o no. —Se acercó la muñeca a la cara y la escudriñó atentamente, con la cabeza ladeada—. ¿Sabe usted lo que más admiro de los americanos, general?

—No, señor, creo que no me lo ha comentado nunca.

—Por supuesto, descienden de embusteros, ladrones y rebeldes, pero quizá sea eso lo que les confiere su principal punto fuerte como pueblo —reflexionó el Führer. Calló unos instantes, esperando a que lo instaran a continuar.

Oskar le concedió el capricho.

—¿Y en qué consiste dicho punto fuerte?

—En su instinto de supervivencia. La verdad es que su voluntad de sobrevivir es indomable. Les permite realizar hazañas extraordinarias con una notable eficiencia. —Hizo una pausa y se puso a acariciar las plumas de la *kachina*, de nuevo esperando.

—¿Qué hazañas, *mein* Führer?

—La aniquilación de otra raza.

Sin previo aviso, en la mente de Edith surgió una avalancha de imágenes de cuerpos sin vida amontonados en callejones. Ciudadanos de Berlín, muertos por fuego de ametralladora, o por bombas, o por edificios que se derrumbaron, y más tarde por culpa de las enfermedades o del hambre. Cerca del final de la primera gran guerra, había tantas formas distintas de morir que los sepultureros no daban abasto. Masas de seres humanos sin vida amontonados con ayuda de palas. ¿También era eso lo que estaba sucediendo ahora en el este? ¿Había cerrado ella los ojos a aquella realidad, y había mirado hacia otro lado durante todos aquellos años pasados en Berlín? ¿Porque el horror era demasiado grande para aceptarlo? Volvió la vista hacia la ventana. Estaba poniéndose el sol. El castaño proyectaba una sombra oscura sobre el jardín. Edith sintió frío, a pesar de que tras haber pasado la mañana entera horneando el interior de la casa estaba templado.

Oskar se irguió en su asiento con los hombros rígidos, como si estuviera preparándose para un asalto. Era la misma postura que adoptó años atrás cuando se hizo el retrato formal para la Academia Militar: alerta, preparado, inflexible. Miró al Führer con detenimiento, negándose a que se le pasara por alto el menor movimiento que hiciera su comandante. El Führer, en contraste, se recostó en su silla y continuó mirando fijamente la muñeca, como si esperase que esta le diera alguna respuesta a una pregunta que no había formulado. Finalmente, la dejó en la mesa.

—Quiero que esta *kachina* se la quede usted, general Eberhardt. Quiero que la ponga en un sitio en que la vea todos los días. Quiero que le recuerde a los nativos americanos. —Empujó la muñeca sobre la gastada superficie de roble en dirección a Oskar—. Quiero que le recuerde que usted es un cazador, y que los cazadores no se complican con problemas de conciencia. Se limitan a cazar.

Oskar no miró la muñeca. Permaneció tal como estaba, inerte y en tensión.

El Führer se levantó de la silla. Tanto Oskar como Edith empezaron a levantarse también, pero el Führer alzó una mano.

—No, no se levanten. Saldré por el jardín, si usted me lo permite, *frau* Eberhardt.

Atravesó el cuarto de estar en dirección a la puerta de atrás, esta vez con un paso menos majestuoso que cuando entró en la casa. Su séquito se había reconstituido en el jardín, y al verlo llegar, uno de los guardias accionó la manilla de la puerta para que esta se abriese, con lo cual penetró en la casa el aroma del jardín. Edith lo inhaló aliviada.

—General, le veo esta noche —anunció el Führer ya de espaldas a ambos. Sin volverse, levantó el brazo derecho a modo de saludo para sí mismo—. *Adieu* —dijo, y las puertas de cristal se cerraron tras él.

Edith empezó a recoger las tazas y los platos y a colocarlos en la bandeja, al lado de los dulces que habían sobrado. Para su sorpresa, el plato del Führer se hallaba vacío. No recordaba haberle visto comer la tarta Linzer. ¿Cuándo lo había hecho? Quiso preguntar a Oskar si él se había dado cuenta, pero lo encontró sumido en sus pensamientos. Todavía miraba fijamente la *kachina*.

—¿Oskar? —empezó.

—Deja los platos, querida, ya los recogeré yo luego —respondió en un tono de voz inexpresivo y distante, y sin moverse del sitio. Edith, haciendo caso omiso de sus instrucciones, cruzó la puerta basculante llevando la bandeja en las manos y la depositó sobre la encimera de la cocina, al lado de los quemadores. Ya guardaría todo más tarde, se dijo. Ahora quería preguntar a Oskar por el extraño interés que había mostrado el Führer hacia Marina y por el comentario que había hecho sobre los nativos americanos. Pero cuando regresó al cuarto de estar, Oskar había desaparecido. Otra vez.

30

El suelo de la carbonera estaba muy frío. Por el rítmico subir y bajar del estómago de su hermana mayor al lado de su rostro, Pola supo que se había quedado dormida. Ojalá pudiera dormirse ella también. Quería dejar de acordarse de los sucesos de la semana anterior, de lo que les había ocurrido a papá y a su hermanito recién nacido. Un minuto antes estaban todos haciendo las maletas para marcharse. Papá y mamá decían que se iban a un nuevo hogar en secreto. Y de repente, antes de que pudieran salir, llegaron los soldados y se llevaron a mamá. Y al día siguiente todos los habitantes del pueblo recibieron la orden de congregarse en el mercado. Cuando pasaron por el callejón en el que el tendero amontonaba las cajas vacías, Nadzia la agarró a ella de la mano y la sacó de la fila. La hizo esconderse detrás de las cajas y le dijo que no levantase la cabeza. Pero ella oyó llorar al pequeño Jakusz y le entraron ganas de consolarle. Nadie sabía consolarlo como ella, ni siquiera Nadzia, salvo cuando le daba el biberón. Papá no sabía calmar a Jakusz.

El llanto fue a más, y ella hizo ademán de moverse, pero su hermana mayor la retuvo en el sitio al tiempo que le hacía un gesto negativo con la cabeza. Unas voces airadas empezaron a chillarle a papá en alemán, y papá dijo algo que ella no alcanzó a oír, y Jakusz seguía llorando sin parar, y papá gritaba: «*Nie! Nie!*», y luego se oyó un golpe muy fuerte, como si alguien hubiera lanzado una piedra enorme contra la pared, y Nadzia dejó escapar una exclamación ahogada. Después de aquello, todo quedó en silencio, y ella intentó asomarse para ver qué estaba pasando, pero Nadzia tiró otra vez de ella y la obligó a bajar la cabeza. Se quedaron allí hasta mucho tiempo después de que hubiera desaparecido todo el mundo y se hubiera hecho de noche, y entonces huyeron.

Aquel día fue la última vez que oyó la voz de papá. Desde entonces, Nadzia y ella no habían dejado de esconderse y de moverse de un sitio a otro. Primero fueron a la granja a la que papá y mamá habían dicho que se dirigían. La anciana que vivía allí les dio sopa y les pidió disculpas por lo aguada que estaba, pero a ella le supo riquísima. Dos noches más tarde llegó un hombre y se las llevó a las dos muy lejos, en una carreta. Tuvieron que viajar acurrucadas entre jaulas de gallinas, y enseguida aprendió que no debía acercarse a ellas porque picaban. Luego estuvo la mujer de la ciudad, y otros dos hombres más, y mucho andar de noche. Terminó muy cansada, y también asustada, porque Nadzia y ella nunca habían estado solas, sin papá y mamá. Pero no dijo nada y se limitó a chuparse de nuevo el dedo pulgar. Ya había pasado más de un año desde que abandonó aquella costumbre, pero daba igual porque papá y mamá ya no estaban. Además, Nadzia tampoco se lo impidió; cuando se percató, le dio un beso en la cabeza y no dijo nada. Por último, estuvo la mujer del sombrero rojo, y un tren. El trayecto en tren había sido muy largo, pero a ella no le importó porque nunca había subido en tren, y pudieron ir sentadas. Después, un hombre de pocas palabras, gafas de montura metálica y cara redonda las recogió en el tren y las llevó hasta la estación vacía, y les dijo que, si les apetecía, podían echarse a dormir sobre los bancos. No hablaba muy bien el polaco, pero a ella le cayó bien de todas formas, porque le preguntó cómo se llamaba su muñeca de trapo. La mayoría de la gente no hacía caso de *Daiya*; en cambio, aquel hombre la miró detenidamente y le dijo que era una amiga estupenda. *Daiya* era su mejor amiga, podía contárselo todo, porque ella siempre la escuchaba y la entendía.

Levantó la cabeza ligeramente del regazo de su hermana y miró a *Daiya*, que estaba sentada a un costado de la montaña de carbón negro. Estaba montando guardia por ellas. No sabía cómo se le había hecho aquel jirón en la falda a rayas, no recordaba que hubiera sucedido tal cosa, pero Nadzia sabía coser, de modo que ya lo arreglaría. A lo mejor la mujer que las había traído hasta aquella casa tenía una caja de costura.

Esta señora nueva era buena, más buena que la del sombrero rojo que las llevó en el tren. Y más guapa. Esta señora tenía un pelo precioso, muy sedoso y suave. Igual que el de su *mamusia*. Cuando venían hacia esta casa, la señora nueva la agarró a ella de la mano y echaron a andar tan rápido que llegó un momento en que ella no pudo seguir el ritmo, así que la señora la levantó y la llevó en brazos. Ella notó cómo se le aceleraba el corazón a la señora conforme iban acercándose a la casa. Cuando llegaron a la verja de la entrada, la señora se llevó un dedo a los labios y le dijo a ella algo que no entendió, pero supo que debía guardar silencio. Iban caminando muy despacio. A medida que iban aproximándose a la puerta principal, la señora no dejó de girar la cabeza a un lado y a otro. Ella pensó que estaría buscando a alguien, pero allí no había nadie. Sin embargo, olía a humo de cigarrillos. Le pareció que provenía de los grandes arbustos que había a la derecha de la puerta de la casa. La señora también debió de darse cuenta, porque sonrió. Le habría encantado quedarse con aquella señora, pero ella las hizo entrar a toda prisa en la casa y bajar a un sótano, y les dejó bien claro que ambas debían esperar detrás de la pila de carbón hasta que ella regresara. Pero dio la impresión de sentirse triste al dejarlas allí; a lo mejor eso quería decir que regresaría pronto.

De repente se abrió una puerta, y Pola oyó que alguien accionaba un interruptor en lo alto de la escalera. No sucedió nada. La persona murmuró algo, luego bajó la escalera y estuvo haciendo algo en la otra habitación, a oscuras. Unos minutos más tarde se encendió de pronto la bombilla que había al fondo del sótano. Durante un instante todo centelleó, mientras sus ojos se acostumbraban al resplandor. Nadzia se puso en pie de un salto, y la atrajo hacia sí con tanto ímpetu que no tuvo tiempo de coger a *Daiya*. Intentó decir algo, pero Nadzia le tapó la boca con la mano y le hizo un gesto negativo con la cabeza. Luego oyó unas fuertes pisadas que venían hacia ellas, cruzando el suelo de piedra. No podía saber si desde el otro lado de la pila de carbón *Daiya* quedaba a la vista o no. Alguien dejó un cubo de latón en el suelo y tomó una pala. Pola oyó cómo rascaba la hoja de acero contra la piedra, y sintió el eco que levantaban los carbones al caer en el cubo. Rascar, pausa, eco, pausa. Rascar, pausa, eco, pausa. Lo mismo se repitió por espacio de unos instantes. Luego, silencio.

Nadzia la abrazó con más fuerza contra sí cuando de pronto una mano se acercó a *Daiya* y la cogió. El silencio que flotaba en el sótano era más gélido que el aire. La persona que había al otro lado de la pila de carbón dejó pasar mucho rato sin hacer nada. Después, dio tres pasos y se asomó al otro lado de la pila de carbón. Era un hombre mayor, de cabello blanco grisáceo, bigote también blanco grisáceo y labios finos. Las observó fijamente a las dos con sus gafas pequeñas y cuadradas, a pesar de que tenía dificultad para verlas. No sonreía, pero tampoco hizo nada que las asustara. Simplemente, se las quedó mirando a ambas durante largo rato. Luego se arrodilló muy despacio y la miró directamente a ella. La miró como si la conociera, como si estuviera haciendo un esfuerzo para recordar a qué familia pertenecía, y después extendió la mano derecha, en la que tenía sujeta a *Daiya*. Ella, con infinitas precauciones, recuperó su muñeca. El hombre esbozó una mínima sonrisa, luego se incorporó, se volvió para recoger el cubo de latón y empezó a subir la escalera. Cuando llegó arriba del todo, hizo un alto. Pola no supo por qué razón se había detenido, pero le pareció que tardaba una eternidad. Después, la bombilla se apagó y el sótano volvió a quedarse a oscuras.

31

Visto en retrospectiva, el hecho de haber permitido que las niñas comieran tarta Linzer en vez de la cena seguramente había sido un error, pero es que Edith no tenía energías para preparar otra cosa. Lara se comió dos cuadrados y medio de aquella delicia hecha a base de nueces y mermelada, y acto seguido se retiró a su habitación quejándose de que iba a engordar. Sofía y Rosie, por otro lado, solo consiguieron comerse dos, y después empezaron a perseguirse la una a la otra por todo el cuarto de estar mientras Edith, agotada, las contemplaba desde el sofá. Al cabo de media hora, Marina las acorraló y las llevó a la cama. Edith prometió que estaría con ella dentro de poco. Quería hablar con Oskar antes de que saliera para acudir al concierto. Oskar había bajado al sótano a por carbón. Fue a la cocina a esperarlo. La noche anterior estaba demasiado eufórica por tenerlo de nuevo en casa, demasiado deseosa de sentir su cuerpo junto al suyo en la cama, como para embarcarse en una conversación seria. Se recreó en el aroma de su piel y en el peso de sus brazos en torno a ella. Ninguno de los dos tenía ganas de hablar.

En cambio ahora la necesidad de hablar era más urgente. La visita del Führer había desencadenado un torbellino de preguntas inquietantes. ¿Qué era aquella muñeca *kachina* que le había dado el Führer a su marido? ¿Era una recompensa por los servicios prestados y por la devoción que había demostrado hacia su comandante? En tal caso, ¿a qué había venido aquel pequeño discurso que había pronunciado acerca de la lealtad? Oskar era la persona más leal que ella había conocido. ¿O sería que el Führer sospechaba algo? El día anterior tenía miedo de que quizás Oskar creyera de verdad en los ideales del Tercer Reich, y ahora la aterraba que no creyera en ellos. Y luego estaba el interés mostrado por el Führer hacia Marina, que la había dejado helada. Había sido un interés depredador, rapaz. No tenía la menor idea de qué había podido provocarlo, pero necesitaba sofocarlo urgentemente.

En aquel momento entró Oskar en la cocina llevando en la mano el cubo de carbón. Edith se percató de que no estaba lleno. Oskar lo dejó junto a la lumbre y se quedó unos instantes quieto y sin decir nada. Parecía un animal aturdido.

—¿Oskar? —No le respondió—. ¿Por qué te ha regalado el Führer una muñeca india? —Ninguna respuesta—. ¡Oskar!

Oskar parpadeó y la miró con gesto abstraído.

—Edith, amor mío, ¿dónde está Marina? —preguntó con un deje de pánico.

—Arriba, acostando a las niñas, ¿te acuerdas? —La expresión de confusión que tenía Oskar en la cara era auténtica. Comprendió que los acontecimientos de aquella tarde también lo habían afectado a él. Tal vez él también había estado demasiado nervioso, incluso en exceso—. Oskar, ¿te encuentras bien?

—Arriba, claro —contestó Oskar. Se volvió hacia la escalera, pero no se movió del sitio—. He de hablar con ella de inmediato.

—Pero si no sales ahora mismo, vas a llegar tarde al concierto —le dijo Edith—. No te conviene dar al Führer ningún motivo para que cuestione... —Se interrumpió en mitad de la frase. Resultaba obvio que Oskar no la estaba escuchando. Se hallaba atrapado en una especie de batalla interna, notaba cómo le funcionaba el cerebro a toda velocidad, pero no sabía por qué razón. Se levantó del banco y se interpuso en el camino de la escalera para bloquearle el paso. Oskar parpadeó varias veces más. Lo agarró de la barbilla y lo obligó a mirarla. En su mente todo convergió en una única pregunta que se repetía una y otra vez—. Oskar, dime, ¿te encuentras bien?

Aquello lo hizo volver en sí. El contacto físico, el tono interrogante. Golpeó el suelo con los talones e irguió la espalda.

—El concierto —dijo con decisión—. Edith, debo ir al concierto. Pero regresaré lo antes posible. Dile a Marina que se quede aquí, que tengo que hablar con ella. —Cogió su sombrero de la percha que había junto a la puerta de la calle y se lo puso en la cabeza al tiempo que asía el picaporte—. No te preocupes, querida, todas estaréis a salvo. Pienso hacer todo lo que sea necesario para que no os ocurra nada.

Dicho esto, le dio un beso y salió por la puerta.

32

Hans Munter odiaba la música de Klaus Weber. Era pomposa, ostentosa y demasiado ruidosa. Todos aquellos tímpanos y metales reverberantes eran perniciosos para el aparato digestivo. Hans prefería con mucho la tranquila previsibilidad de Bach, o, cuando se sentía sensible, quizás unas notas de Vivaldi. Sin embargo, asistir al concierto de aquella noche no tenía nada que ver con la intención de disfrutar de la música. Si le hubieran preguntado si pensaba acudir, habría respondido en voz baja que había recibido una invitación. Y después, en voz tonante, habría proclamado que él creía fervientemente que un *bürgermeister* debía cumplir fielmente con sus obligaciones municipales.

El soldado que aquella misma mañana aporreó con gran energía la puerta de su casa para entregarle lo que él prefirió denominar una invitación de palabra al evento, le transmitió el mensaje a través de la violencia de los golpes que dio en la puerta y de la cólera que proyectaba su tono de voz. Un profundo sentimiento de terror le impidió vestirse hasta dos horas antes. No tenía previsto asistir a aquel concierto. El día anterior había visto a Max Fuchs recorriendo el pueblo a la carrera y entregando abultados sobres. Más tarde, cuando se pasó por la panadería de las hermanas Mecklen para comprar sus *streuselkuchen* de la tarde, oyó a las urracas del pueblo chismorrear acerca del atuendo que iba a llevar Regina. Uniendo aquellos detalles con los comentarios que había oído por ahí, aquella noche comprendió, mientras se quitaba las zapatillas y se metía bajo las sábanas, que iba a celebrarse un concierto, un concierto importante, y que él no había sido invitado.

No le sorprendió que hubieran omitido su nombre. Al fin y al cabo, él era un mero *bürgermeister*. En el amplio universo que orbitaba en torno al Führer, él era una insignificante mota de polvo que flotaba en la elipse más alejada del centro. No se sentía descontento de ocupar una posición tan remota; estaba la mar de cómodo manteniendo las distancias con el Führer, y aquella noche se durmió con un profundo sentimiento de alivio por el hecho de haber sido excluido.

Pero su suerte debió de cambiar radicalmente de la noche a la mañana, porque el toque de ariete de aquel soldado dejó bastante claro que la presencia del *bürgermeister* en el acto que iba a tener lugar en la propiedad de Weber era obligatoria. Uno no podía rechazar la invitación a un concierto que se celebraba en honor al Führer, por cuestionable que fuera la forma en que dicha invitación se había hecho, sin atenerse a desagradables consecuencias. De todos modos, Hans pasó el día entero abrigando la esperanza de poder rechazarla. Por suerte, dos horas antes del evento, acudió a rescatarlo su infalible instinto epicúreo y lo obligó a movilizarse y abandonar sus zapatillas de andar por casa. Para vencer el miedo, o por lo menos para acallarlo durante un rato, tan solo hizo falta pensar en una cosa: la comida. Fue algo que comprendió de modo repentino e inesperado, una revelación que descendió sobre él igual que la gracia divina: la comida que se sirviera en aquel concierto iba a ser exquisita y abundante. En un evento que homenajease al Gran Líder del Reino (o comoquiera que se denominara el Führer en los últimos tiempos) sin duda habría delicias imposibles de encontrar en otra parte. Por ejemplo, era cosa sabida que el Führer adoraba la cocina francesa. Lo cual significaba que habría mantequilla francesa, queso francés y licores franceses. Se preguntó si ofrecerían algún coñac francés. Así pues, sus fantasías gastronómicas lo impulsaron a enfundarse un traje de tres piezas y una corbata de pajarita y a encaminarse con paso vivo hacia la finca de Weber. Su rutina normal de los domingos por la tarde, que consistía en redactar cartas de felicitación a los octogenarios del pueblo que celebraban su cumpleaños la semana siguiente, tendría que esperar. Llevando firmemente sujeto en la mano el bastón cubierto de marfil que usaba su abuelo, puso rumbo al lago y tan solo se detuvo de tanto en tanto para tragar la saliva que, con tanta emoción, se le iba acumulando en la boca.

Para cuando llegó al perímetro de la finca de Weber, ya se había convencido de que estaba famélico. El camino de entrada para vehículos que subía hacia la casa se hallaba bordeado de centinelas armados con rifles que no hicieron señal alguna de reconocerlo ni tampoco de haberse fijado en su persona cuando pasó por delante de ellos, aunque no le cupo duda de que vigilaban cada uno de sus pasos. No era su intención poner a prueba su tiempo de reacción; su plan para aquella tarde consistía en actuar con toda normalidad y mezclarse con el resto de los invitados, en particular con los de la mesa del bufé.

Cuando llegó al jardín, todavía pensando en el bufé, recorrió el césped con la mirada buscando alguna indicación del mismo. A unos cincuenta metros de las puertas dobles que daban acceso a la casa se había instalado una tarima improvisada bastante grande. Encima de ella había una pequeña orquesta de músicos afinando sus instrumentos y ensayando fragmentos de las partituras que tenían frente a sí, en los atriles. Alrededor de la tarima se extendían sucesivas filas de asientos para el público, y en el extremo más alejado, más cerca del lago que de la casa, se levantaba un cenador cubierto con la bandera nazi en el que había otras tres sillas, más grandes y significativamente más guarnecidas que el resto. Hans se fijó en el cojín de terciopelo rojo que lucía la del centro, y adivinó que allí era donde iba a sentarse el Führer.

Los invitados estaban desperdigados, unos ya se habían sentado y estaban leyendo el programa, otros permanecían de pie no muy lejos de sus sillas, las cuales habían reservado dejando sobre ellas la chaqueta o el jersey. Hans reconoció a muy pocos de los asistentes: solo a Regina y Gisela Mecklen y sus respectivos esposos. Había imaginado que aquel evento iba a ser una especie de reunión de todo el pueblo, una ocasión para que los varones de Blumental sacaran brillo a sus zapatos y las señoras se rizaran el pelo; sin embargo, no había contado con la misantropía del anfitrión. No solo Klaus Weber no sería capaz de reconocer a la mayoría de sus vecinos, sino que, además, lo más probable era que los evitara a propósito si se los cruzaba por la calle. La mayor parte de los asistentes a aquel concierto serían invitados del Führer, luminarias del mundo de la cultura de Berlín escogidas de la agenda de su secretaria, miembros de la alta sociedad berlinesa que habían huido a sus casas de veraneo cuando empezaron a caer bombas sobre la capital. Por el césped desfilaban vestidos de noche y guantes largos, parasoles y sombreros polvorientos a causa de la falta de uso. Hans tan solo esperó que ninguna de aquellas mujeres tocadas con anchas pamelas hubiera decidido sentarse delante de él. Para gran desilusión suya, no vio a nadie llevando en la mano una bebida ni masticando un canapé. Por un instante sintió una oleada de pánico al pensar en la posibilidad de que no hubiera nada de comida, pero enseguida desechó aquel pensamiento porque le pareció absurdo. Se tranquilizó a sí mismo diciéndose que la parte de la comida llegaría después del concierto. Una lástima. En fin, quizá fuera lo mejor, entonces, que antes de tomar asiento se ocupara de atender con prontitud una llamada de la naturaleza. De modo que cruzó la puerta y se puso a buscar el cuarto de baño.

Una serie de letreros de elegante caligrafía lo dirigieron hasta una puerta cerrada que había cerca de la cocina. Probó el picaporte de latón. Estaba cerrada. Se quedó unos momentos apoyado en la pared de enfrente, feliz de respirar aquel aire y felicitándose por haber dado el corto paseo, porque en aquel pequeño espacio flotaban aromas celestiales provenientes de los fogones. Su nariz detectó carne asada, y también estragón y cebollas salteadas, o posiblemente chalotas. Abrigó la esperanza de que se tratara de una salsa bearnesa.

Apoyado contra la pared del pasillo y absorto en su ensoñación olfatoria, Hans no oyó que se abría la puerta del cuarto de baño. Una voz grave le recordó:

—Todo suyo, *herr bürgermeister*.

Hans abrió los ojos y se encontró con un hombre de uniforme, y por el arabesco dorado que llevaba cosido en el cuello de color escarlata, se dio cuenta de que quien le había hablado era un general. Un general alto y de cabello moreno y ondulado que le resultó vagamente familiar, pero no supo de qué. En cambio, el general le tendió la mano a modo de saludo. ¿Ya se conocían el uno al otro, o era simplemente un gesto de presentación? Rastreó su memoria buscando alguna pista, pero estaba en blanco. Antes se vanagloriaba de no olvidar nunca una cara, pero los sucesos de los dos últimos días habían hecho que dicha fe se tambalease. Aquel momento de traición que le jugó su vejiga, por ejemplo, a la vista de todo el mundo. Vergonzoso. ¿También estaría empezando a fallarle el cerebro?

—Permítame que me presente —dijo el general. ¡Así que no se conocían! Qué alivio. Hans se apresuró a estrechar la mano tendida hacia él—. Soy el general Erich Wolf. Estaba en Birnau el otro día, cuando el capitán Rodemann... —El general se interrumpió al ver que Hans se ponía rojo como la grana. Claro, por eso le resultaba familiar su rostro. Abrumado por la vergüenza, Hans le soltó rápidamente la mano. Pero el otro emitió un carraspeo con tono de autoridad que le dio la orden de mirarlo a la cara. Se topó con unos ojos marrones, de mirada seria y penetrante—. Elogio el valor que tuvo usted el otro día. En una situación verdaderamente terrible, demostró una gran dignidad. —El general Wolf le apoyó su enorme mano en el hombro—. Representa usted un magnífico modelo para los habitantes de Blumental.

En un instante, Hans recuperó el respeto por sí mismo. He aquí un soldado condecorado del más alto rango militar felicitándolo a él por su comportamiento. Quizás el general tenía razón: ciertamente la situación había sido difícil, bastante terrible. Y quizá, si el general no se había percatado de la pequeña impertinencia que le jugó su vejiga, tampoco se percató nadie más. Alentado por dicha esperanza, enderezó un poco los hombros.

—Gracias, general Wolf, yo...

Lo interrumpió un toque de trompeta que se oyó fuera. Aquello solo podía significar una cosa en el mundo de emblemas de la realeza que se había anexionado el Führer: que estaba llegando el gran hombre acompañado de su séquito. Ahora se oyeron corretear por los suelos de mármol las pisadas de otros invitados que habían estado vagando por la casa de Weber, investigando la decoración y los objetos expuestos. De repente el general Wolf dio la impresión de sentirse incómodo, y agarró con más fuerza el maletín que llevaba en la mano izquierda.

—Perdóneme, *herr* Munter —se disculpó en tono cortante—, debo atender al Führer.

—Desde luego, desde luego —respondió Hans al tiempo que el general se dirigía a grandes zancadas pasillo abajo, hacia la puerta. Hans aspiró por última vez el maravilloso aroma que salía de la cocina y entró en el cuarto de baño para pensar en las delicias que le aguardaban.

Johann oía a la orquesta afinando los instrumentos mientras intentaba liberar su brazo de la tenaza de acero de Sabine Mecklen. En el momento en que salieron del domicilio de ella para «deambular con la puesta de sol», como ella lo definió, enroscó el brazo derecho en torno a su bíceps izquierdo y alineó su antebrazo con el de él para poder agarrarse a su muñeca. Si Johann quería zafarse de ella, cosa que iba a tener que hacer en algún momento, muy pronto, le costaría un esfuerzo prodigioso. El paseo había sido idea de Sabine. Después de haber logrado persuadirlo de que fuera a su casa, no estaba dispuesta a soltarlo sin aprovechar al máximo la oportunidad de que los vieran juntos en público. Valiéndose de la palanca que hacía sobre el brazo del pastor, lo condujo con mano experta hacia el paseo de Blumental. Johann, pese a que se sentía sumamente incómodo, no se opuso; necesitaba ver qué estaba sucediendo en el exterior.

Y, además, se sintió agradecido de poder respirar aire fresco, porque necesitaba urgentemente despejarse la cabeza. El ambiente de la salita de Sabine resultaba sofocante. Había un olor a rosas que lo impregnaba todo: los cojines, la tapicería y hasta las cortinas. Aquel olor lo asaltaba cada vez que entraba un poco de brisa por la ventana. Cuando Sabine se fue a la cocina al poco de rogarle que tomara asiento, Johann olfateó rápidamente la porcelana y la plata, y podría haber jurado que estas también habían sido bañadas con agua de colonia. Y los dulces que trajo de la cocina estaban tan profusamente rociados con el mismo aroma que daba igual morder una tartaleta de manzana que una pastita de chocolate, porque todo sabía a pétalos de rosa marchitos que habían sido licuados, mezclados con sirope y puestos a fermentar en un armario lleno de polillas.

Igualmente asfixiante era la propia Sabine, en su afán de mostrarse respetuosa. Le formuló preguntas con una voz dos tonos más aguda de lo normal, después se inclinó hacia él, sentada en el sofá, con la cabeza ladeada, los ojos brillantes y saltones, los tendones del cuello y de la cara en tensión por el esfuerzo de contener la lengua. Él nunca lograba responder lo bastante deprisa. Sabine poseía una tendencia natural a parlotear que la inducía a llenar todos los silencios que duraban más de medio segundo, y una vez que empezaba se hacía imposible interrumpirla. Cotorreaba y cotorreaba, con el cuerpo inclinado hacia él, una continua invasión de su espacio físico que resultaba incómoda. Sin querer, fue deslizándose poco a poco hacia el extremo del sofá. Muy tardíamente se dio cuenta del terrible error que había sido aceptar la invitación de Sabine. Pero es que necesitaba una coartada. E ingenuamente había abrigado la esperanza de que aquel encuentro social lo distrajera de lo que estaba ocurriendo aquella misma tarde en otros lugares. Pero, en vez de eso, estaba ya al borde del pánico, preguntándose qué habría sido de Marina y de las niñas polacas, si Marina habría podido esconderlas sin problemas, si Fritz se habría acordado de llenar el camión de gasolina, y si conseguiría salir del pueblo antes de que bloquearan las carreteras.

Por lo menos el maletín ya había dejado de preocuparlo. El telegrama que le fue entregado el día anterior en la capilla, procedente de su primo Gottfried, le ordenaba que depositara el maletín junto a la fuente del mercado antes de las dos de la tarde del día siguiente. Cuando llegó allí, encontró la plaza vacía. Fue hasta la taza de la fuente, buscó un lugar seco donde no salpicara el agua y dejó el maletín en el suelo. Después se quedó un rato debajo de un olmo, contemplando la fuente desde lejos. Buscó en su memoria algún resquicio de las dudas que lo habían asaltado durante varias semanas, esperando reencontrar el mudo debate que tan bien conocía: si era legítimo o no segar la vida de un ser malvado para salvar las de miles de inocentes. Con un inmenso alivio, no halló rastro alguno de duda ni de recelo; tenía la conciencia tranquila. ¿Sería eso una señal de que había hecho la voluntad de Dios? ¿O de que por lo menos no había obrado en contra de ella? ¿O era una especie de conmoción, una breve ausencia de sentimientos tras llevar a cabo una acción trascendente? Mientras estos pensamientos clamaban por hacerse oír en su cerebro, Johann intentó acallarlos, reacio a diseccionar su paz mental, no fuera a escapársele ahora.

Una última idea lo asaltó, justo cuando las dos hermanas Thiessen aparecieron de repente en su campo visual junto a la fuente: la fe. A lo mejor todas sus dudas se estaban conciliando gracias a la fe. Tal vez la serenidad que estaba experimentando era una confirmación del mensaje que había recibido el día anterior. De que Dios podía perdonar la acción que estaba realizando él, que de hecho podía perdonarlo a él como había perdonado a Jesús. El sentimiento de culpa que llevaba Johann en el alma por haber dejado allí el maletín sería una carga muy liviana. Y la aparición de las dos niñas era una señal de que ya podía marcharse.

Hora y media más tarde, Johann no pudo resistir la tentación de ir a ver si el maletín seguía estando donde lo había dejado. No estaba. De modo que él ya había hecho su parte. Había dado el paso que tanta lucha interna le había requerido: había ayudado activamente a la comisión de un asesinato. Un asesinato que era necesario para evitar otros asesinatos. Sintió un deseo abrumador de retirarse a la oración y la contemplación, pero todavía no había podido volver a su iglesia. Aquella misma tarde había ido a ver si estaba listo el camión de Fritz, y ahora estaba ocupado en la cita con Sabine. El silencio era algo que no iba a poder encontrar en compañía de aquella mujer.

—Oh, cielo santo —parloteaba Sabine—, antes se me ha olvidado completamente preguntárselo, querido Johann: ¿llegaron a dar con usted los chicos?

Sabine caminaba inclinada hacia él, hacia su costado izquierdo, y a Johann le costaba trabajo mantener el equilibrio.

—¿Los chicos? —repitió al tiempo que intentaba empujarla un poco.

—Max y Willie —dijo Sabine. Sus voluminosas caderas lo empujaron hacia la derecha, y tuvo que cambiar el paso para dejarles sitio—. Se los tropezó mi hermana a la salida de la panadería, por lo visto lo estaban buscando a usted. Creo que se dirigían a la rectoría.

—Ah —exhaló Johann, intentando anticiparse a la siguiente invasión de su espacio físico por parte de Sabine—. No, no los he visto. Pero es que esta tarde no he estado en la rectoría.

Reflexionó brevemente para qué podían querer verlo Max y Willie, pero sus reflexiones se vieron interrumpidas porque llegaron al final del paseo. Muchos de los habitantes de Blumental estaban ya congregados en el embarcadero para escuchar el concierto de Weber. El sonido de la orquesta afinando los instrumentos se transmitía ahora sobre la superficie del agua como si fuera una ligera brisa. Sabine lo estaba empujando en la dirección del gentío, y él no se resistió: la multitud iba a ser providencial. Si ocurriera algo mientras estaban entre otra gente, él podría escabullirse sin que se percatara nadie, ni siquiera Sabine, pero todo lo que necesitaba era uno o dos minutos de revuelo para zafarse del brazo de ella. Y quizá, también, algo que provocase su confusión, algo que podía iniciar ya ahora mismo.

Cuando llegaron al perímetro del grupo, Johann se detuvo y agarró la mano izquierda de Sabine. Esta, como no esperaba dicha maniobra, aflojó su tenaza. Aquello era justo lo que él esperaba que hiciera.

—Mi querida *fräulein* Mecklen. —Johann había decidido dirigirse a ella en tono formal, a fin de limitar las posibilidades de que después alguien interpretara que allí existía una relación íntima, y hablarle en términos simples—: Quisiera darle las gracias por esta agradable velada. —A continuación, antes de que ella pudiera preguntarse qué había querido decir, se inclinó y depositó un beso superficial, lo más superficial que pudo, en sus labios entreabiertos en un gesto de sorpresa. Gracias a Dios, en aquel instante empezó el concierto—. ¿Le parece que escuchemos?

Sabine se quedó de pie frente a él, aturdida, totalmente inmovilizada por la conmoción. Johann le pasó un brazo por la cintura y se la llevó en dirección al embarcadero.

Lara había pasado la mayor parte de la tarde marchitándose en su belleza. Se había puesto lo más guapa y atractiva que había podido para la llegada del Führer, y ahora se sentía frustrada porque el séquito de este no le había hecho el menor caso. Tantos hombres maravillosos, y ni uno solo de ellos la había mirado dos veces. Cuando finalizó la merienda y todos se marcharon, mitigó su decepción con azúcar, lo cual resultó ser un consuelo nada eficaz. Pero Lara no era de las que se rinden fácilmente. Para cuando su madre subió al piso de arriba para acostar a Sofía y a Rosie, ella ya había decidido que su belleza no debía desperdiciarse.

Salir a escondidas de la casa mientras Marina y Edith atendían a sus hermanas resultó bastante fácil. Mientras Marina le ponía el camisón a Rosie por la cabeza y Edith ayudaba a Sofía a escoger un cuento, ella bajó la escalera, atravesó el cuarto de estar y cerró la puerta de la calle sin hacer ruido. Echó a correr cuesta abajo, en dirección al lago. Decidió ir a la finca de Weber. Se aproximaría todo lo que le fuera posible, y en algún momento un soldado le daría el alto. Esperaba que fuese uno joven y guapo. Justo cuando estaba pasándose la mano por la falda del vestido, buscando manchas de mermelada, oyó una voz conocida:

—Lara Thiessen.

Se volvió, pero no vio a nadie que la hubiera seguido, ni tampoco había nadie más adelante, en el sendero. Dejó de andar, confusa, y en aquel momento aterrizó frente a ella Max Fuchs descolgándose desde la rama del avellano en el que estaba subido.

—¡Max! —Lara dejó escapar un gritito de sorpresa—. ¡Me has asustado!

La sonrisa de oreja a oreja que lucía Max se esfumó en un instante.

—¡Cuánto lo siento! No era mi intención.

—No, no pasa nada, es que ha sido inesperado —Lara se llevó una mano al pecho para calmar su corazón— verte aparecer así, cayendo de lo alto.

La sonrisa de Max se reafirmó con cautela.

—Bueno, es que no podía dejarte pasar sin decirte algo. —Dio un paso hacia ella—. Eres una visión de... de... deslumbración.

—¿Deslumbración? —Lara sabía que Max no era el chico más inteligente del pueblo, pero le dio igual. La encantaba el modo en que la estaba mirando—. ¿Esa palabra existe?

—Es posible que no —repuso Max a la defensiva, aunque daba la impresión de no inmutarse—. Pero es que la palabra «belleza» no es lo bastante fuerte para describirte.

Lara dibujó una ancha sonrisa.

—Ah, ¿no?

—No. —Max dio otro paso hacia ella—. No lo es. —Lara, creyendo que debía parecer tímida aunque no fuera así como se sentía, bajó la mirada, y Max se situó a su costado—. ¿Adónde vas?

—Al concierto de Weber. Quería oírlo.

—¡Yo también! —exclamó Max—. Estaba intentando encontrar al pastor Johann, pero ha desaparecido. Así que en vez de eso decidí subirme a este avellano para tener una buena panorámica, pero hay demasiados árboles en medio. ¿Podría quizá... podría acompañarte durante un trecho?

Lara lo miró. Lo cierto era que Max Fuchs era bastante guapo, si una no se fijaba en las varias capas de suciedad que llevaba en la cara. Tenía una cabellera tupida y de un rubio tirando a castaño que seguramente sería muy suave si se la lavase y peinase, pensó, y una mirada muy simpática. Lo mejor de sus ojos era el modo en que la estaban mirando a ella ahora.

—Naturalmente que sí. Incluso puedes... —Simuló titubear, intentando una vez más fingir un pudor que no sentía—. Incluso puedes cogerme de la mano. Si quieres.

—¡Oh, sí! —Max le agarró la mano inmediatamente. Su palma estaba ligeramente sudorosa, pero a Lara no le importó. Echaron a andar en dirección a la música, que justo acababa de empezar a sonar. Durante unos minutos no dijeron nada, ambos estaban emocionados por aquella súbita novedad. De la mente de Lara desaparecieron todos aquellos pensamientos de encontrarse con un soldado, barridos por el calor del contacto físico de aquel muchacho que tan obviamente la adoraba.

Estaban a mitad de camino de la finca de Weber cuando de pronto terminó la pieza de música que venían escuchando. Lara había oído suficiente música clásica para saber que no tardaría en comenzar otra, pero Max aprovechó el interludio para atraerla hacia sí y mirarla de frente.

—Lara Thiessen. —Pronunció su nombre de una manera evocadora, como si ella fuese una criatura fantástica, mágica. Y en aquel momento ella se sintió como si en efecto lo fuera—. Lara, tengo un regalo para ti, un regalo que ya llevo un tiempo haciendo, porque... porque llevo mucho tiempo admirándote.

—¿Un regalo?

—Sí, una joya. Más o menos. Pero no la llevo ahora encima, la tengo en casa. Puedo ir a buscarla.

—No, no te vayas. —Lara se sorprendió a sí misma. Le encantaban las joyas, pero en aquel preciso momento lo único que deseaba era que Max no se marchase—. No te vayas.

—De acuerdo —dijo Max, mirándola fijamente—. No me voy.

Erich Wolf regresó a su puesto junto a la columna suroeste del cenador. Uno de sus colegas lo saludó desde la esquina noroeste. Aquella misma tarde habían acordado las posiciones, y él gustosamente le había cedido al otro el puesto noroeste, porque era un fanático admirador de Weber y quería disfrutar de una vista sin obstáculos del compositor mientras este dirigía a la orquesta en el estreno de su obra. Erich puso el maletín en el borde de la tarima, a unos metros de la columna de madera. Ya no había nada que frenase la onda expansiva, a excepción, que Dios lo perdonase, del guardaespaldas que estaba sentado a la izquierda del Führer. Él mismo si situó junto al maletín, con el fin de que nadie se fijara en él hasta que fuera absolutamente necesario.

Había esperado dentro del cuarto de baño el mayor tiempo posible antes de romper el vial de ácido que contenía el detonador. Una vez que el ácido se liberase, empezaría a disolver el alambre que sujetaba el muelle del percutor. En el momento en que el muelle soltase el percutor, este golpearía contra el fulminante del detonador y activaría el explosivo plástico que lo rodeaba. Gottfried Schrumm había calculado que Erich, después de iniciar la reacción, no dispondría de más de treinta minutos para quitarse de en medio.

Consultó el reloj. El Führer había tardado quince minutos enteros en hacer su entrada y tomar asiento en una silla forrada de terciopelo rojo, pero ahora ya estaba instalado. Erich había cronometrado el primer movimiento de la obra musical aquella tarde, durante los ensayos, y sabía que duraba unos ocho minutos. Esperaba marcharse de allí entre el primer movimiento y el segundo, para que pareciese que iba a hacer una segunda visita al cuarto de baño. Si aquello había de suceder así, la música no tenía que tardar mucho en reanudarse.

Mientras contaba mentalmente los minutos que faltaban, oyó una voz familiar:

—Erich, cuánto me alegro de verte.

Era Oskar. Había dado por hecho que Oskar habría quedado exento de asistir al concierto para que pudiera estar con su familia. Sintiendo una punzada de pánico, se puso a buscar desesperadamente una manera de desembarazarse de él. Pero fue el propio Oskar el que le dio la solución:

—Tengo que hablar contigo acerca de Marina. Lo antes posible.

Erich prestó atención.

—¿Qué ocurre? ¿Está enferma? —Si a Marina le sucedía algo, si corría algún peligro, él abandonaría aquella aventura. Ya buscaría la manera de frenar el avance del ácido.

—No, no, no es nada de eso. Se encuentra bien, en estos momentos está acostando a las niñas, creo. —Oskar se ajustó las gafas y dirigió la vista hacia donde se hallaba sentado el Führer—. Pero esta tarde el Führer ha dicho algo que me ha dejado preocupado. Y después he encontrado una cosa en la casa, no sé si tú estarás al tanto de ello. Sé que Marina te tiene en muy alto concepto, por eso es posible que te haya dicho algo.

Erich se sintió aliviado de que Oskar no conociese hasta dónde llegaba su relación con Marina. Aunque Edith había adivinado la verdad años atrás, estaba bastante seguro de que había guardado el secreto y no había dicho nada a su esposo. En la actitud o la conducta de Oskar hacia él no había nada que hubiera cambiado en los últimos cinco años, cosa que sí habría sucedido si hubiera sabido algo.

Erich vio la oportunidad que estaba esperando para poner a salvo a Oskar.

—Oskar, si tiene que ver con Marina, no podemos esperar. ¿Por qué no nos vamos juntos al finalizar el primer movimiento? Si alguien pregunta, puedes decir que necesitas fumar.

Oskar se palmeó el bolsillo del abrigo para confirmar que se había traído la pipa. A continuación, asintió con un gesto de cabeza.

—De acuerdo. Vendré a buscarte cuando finalice el primer movimiento.

Se fue y ocupó un asiento reservado de la primera fila. Erich consultó de nuevo el reloj. Quedaban diez minutos.

Al capitán Heinrich Rodemann no le gustaba la música. Alteraba su concentración. Sobre todo la música como aquella, que era tan llamativa y clamorosa, que tanto insistía en ser oída. Aquella clase de música constituía un peligro para su misión, que no era otra que proteger la finca de Weber y garantizar la seguridad del Führer. Obviamente, Berlín iba a hacer uso de todos los recursos militares disponibles en aquella zona para proteger al Führer, y él mismo estaba bien preparado, incluso deseoso, para dar su vida por el Comandante Supremo. Cuando comenzó el concierto, Rodemann se apostó a corta distancia del cenador, en lo alto de un pequeño repecho desde el que podía ver toda la propiedad y detectar cualquier movimiento anómalo. Sus tropas patrullaban la finca a su alrededor, en circuitos organizados, igual que los electrones girando en torno al núcleo, le gustaba pensar, citando lo poco de las clases de física que recordaba de la hermana Monika, que solía golpearle con su regla en los nudillos. Cuando impartió las órdenes a sus hombres aquella tarde, les dejó bien claro que aquella misión era más seria que ninguna otra que les hubieran encargado hasta la fecha, y que toda irresponsabilidad acarrearía graves consecuencias. Recalcó la palabra «graves» al tiempo que hacía una pausa y daba unos golpecitos en el suelo con su rifle. Decidió que la expresión que lucían sus hombres en la cara era de puro pánico cerval, y se sintió complacido.

Naturalmente, alrededor del Führer había múltiples capas de seguridad, pero el capitán Rodemann advirtió que no todas ellas eran inexpugnables. Por ejemplo, aquellos individuos rubios y de uniformes ribeteados de color púrpura, los *Erleuchtete*. Doce de ellos habían venido acompañando al Führer; en cambio, ocho se habían dispersado hacia otros lugares y ya solo quedaban cuatro, los que estaban ahora de pie en los cuatro rincones del cenador. Rodemann conocía tan bien como todo el mundo la reputación que tenían aquellos jóvenes. Los había observado con fascinación y envidia cuando hicieron su grandiosa entrada por delante del Führer. Con fascinación porque una de sus muchas ambiciones era la de catapultarse, por medio de una magnífica hoja de servicios, hacia esa élite, y con envidia porque codiciaba aquellos uniformes, sabía que el color púrpura lo hacía especialmente atractivo.

De los cuatro *Erleuchtete* que ahora flanqueaban al Führer, tres estaban escuchando la música, según le parecía a él, con excesivo interés, a juzgar por la expresión de éxtasis que se reflejaba en sus rostros. También al Führer se le veía demasiado absorto, aunque Rodemann supuso que, de todos los asistentes, el Comandante Supremo era el que tenía más derecho a dejarse conmover. Tan solo un hombre parecía estar apropiadamente desconectado del concierto: el oficial apostado en la esquina suroeste del cenador. Dicho oficial estaba de espaldas a él, pero no dejaba de mirar alternativamente su reloj y el maletín que había en el suelo, a su lado. Que hubiera un maletín en un concierto al aire libre no lo sorprendía; se rumoreaba que el Führer nunca descansaba de sus asuntos oficiales, que siempre estaba preparado para firmar una orden militar o emitir un despacho soberano sin previo aviso. Sin duda, los documentos que contenía aquel maletín serían sumamente secretos, y el oficial encargado de ellos habría recibido la orden de protegerlos con su vida. Justo estaba empezando a admirar la tenacidad de aquel oficial cuando este se volvió, y pudo verle el rostro. Era el general Wolf. Una mezcla de furia y vergüenza hizo que Rodemann dirigiera su atención hacia otra parte. Fijó la vista más allá del público, en la entrada de la finca, y se tranquilizó al ver a dos de sus hombres flanqueando las estatuas del camino principal para vehículos. Con orgullo y satisfacción, vio que estaban todos en posición de firmes, tal como él se lo había ordenado. En contraste, observó con disgusto que los policías que no estaban bajo su mando se hallaban desperdigados por el césped, a todas luces ociosos. ¡Uno de ellos incluso estaba fumándose un cigarrillo! Se propuso averiguar cómo se llamaba aquel hombre y denunciarlo ante su superior.

De pronto la orquesta enmudeció. Debía de haber llegado al final del primer movimiento, se dijo Rodemann, volviendo a centrar la atención en el cenador. Un caballero de más edad que se encontraba sentado en la primera fila se levantó y sacó una pipa. Seguidamente, se encaminó hacia la entrada principal para fumar. Pero el suyo no fue el único sitio que quedó vacío junto al cenador: también había desaparecido el general Wolf; sin embargo, el maletín que tenía a su lado seguía estando en el suelo, donde un momento antes estaba el general, sin que nadie se ocupara de él. Lo más probable era que Woolf se hubiera ausentado para hacer uso de los aseos, pero en ese caso, ¿por qué no se había llevado consigo el maletín? ¿Pensaba que el entorno ya estaba lo suficientemente seguro para que él dejara el maletín solo durante unos minutos? En tal caso, aquel era otro ejemplo de cuán deplorable era el servicio que prestaban los subordinados del Führer. Si él hubiera sido el encargado de guardar aquella valija, la habría vigilado como Dios manda. El Führer no se merecía menos.

Aquella era una oportunidad que Rodemann no podía dejar pasar: un maletín secretísimo abandonado por el oficial de alto rango encargado de protegerlo, el mismo oficial que lo había avergonzado y ridiculizado a él delante de sus hombres. Si fuera a por aquel maletín, lo recogiera y lo guardara bajo estrecha vigilancia hasta que el Führer necesitara algún documento de los que contenía, estaría prestando un servicio de crucial importancia a su Comandante Supremo y a su país. Y si, en el momento adecuado, llegaba al conocimiento del Führer que él se había ofrecido a prestar dicho servicio porque el general Wolf le había fallado, y si por consiguiente despedía a dicho general por falta de atención y pereza... En fin, aquel sería un ejemplo de justicia divina que él agradecería mucho.

Fue hacia el cenador precisamente cuando la orquesta atacaba el segundo movimiento. Nadie se fijó en él. Agarró el maletín por el asa, lo levantó del suelo y regresó al repecho en el que había estado apostado. No había necesidad de hacerse visible a Wolf de inmediato, estuviera este donde estuviera. Que se preguntase qué había sucedido; se merecía sudar un poco.

El maletín pesaba más de lo que había esperado. Para dar un descanso a sus bíceps, se lo apoyó contra el pecho. Ya se estaba imaginando el gesto de consternación que iba a pintarse en el rostro de Wolf, ya se estaba viendo a sí mismo condecorado con una medalla de honor por el Führer en persona, frente a la Puerta de Brandenburgo de Berlín, con su madre presente en el acto, llorando lágrimas de orgullo... Justo en aquel instante, el ácido que había dentro del maletín disolvió el último milímetro del alambre de cobre que conducía hasta el fulminante y activó el explosivo plástico. Los gases explotaron hacia fuera con tal violencia, que arrancaron el torso del capitán Heinrich Rodemann y lo separaron de las caderas, destrozaron el cráneo y dispersaron una nube de fragmentos de su cuerpo por toda la extensión del cuidado césped de la finca.

Para Max Fuchs, era ahora o nunca. Aprovechando que la música se había reanudado. Apoyó las manos en la cintura de Lara, la atrajo hacia sí y la besó en el preciso momento en que estallaba la bomba.

Los espectadores reunidos en el embarcadero lanzaron una exclamación casi al unísono. Sabine Mecklen dejó escapar un chillido. Estaba demasiado aturdida para percatarse de que Johann se zambullía entre la multitud y desaparecía.

Rosie se incorporó de repente en la cama.
—¿Qué ha sido eso, abuela? ¿Qué ha sido eso?
A Edith, sobresaltada, se le resbaló de las manos el libro que estaba leyendo y miró hacia la ventana. De momento no respondió a la pregunta. Marina se puso en tensión. Se levantó de la silla situada junto a la cama de Rosie y de Sofía, en la que estaba sentada escuchando a Edith, volvió a recostar a Rosie contra la almohada, la arropó con la manta de algodón y le apoyó una mano en el pecho. Sofía, acostada al lado de Rosie, se había arrebujado bajo las mantas, pero con cuidado de dejar al aire la oreja derecha para que la voz de su abuela la transportara poco a poco hacia el sueño. Marina le acarició la cabeza, la única parte del cuerpo que tenía visible.
—¿Sofía? *Liebling?* —susurró Marina.

—Déjala tranquila, *Mutti*, está intentando dormirse —le replicó Rosie, removiéndose en el sitio—. ¿Qué ha sido esa explosión?

Edith miró a su hija, la cual se encogió de hombros.

—Ha sonado igual que un trueno muy fuerte, ¿verdad? A lo mejor es que se acerca una tormenta, Rosie. —Edith se agachó y recogió el libro del suelo—. Pero, al igual que la misión de las nubes es regar con lluvia la hierba y las flores para que puedan crecer, ahora tu misión es quedarte aquí tumbada escuchando, y después dormirte para que también tú puedas crecer. ¿De acuerdo?

—De acuerdo, voy a crecer y a ser más alta que nadie —aseguró Rosie.

—Es posible —dijo Edith, pasando la mano por una página del libro—. Ahora escucha.

Marina salió de la habitación de puntillas y se dirigió hacia el sótano.

Fritz Nagel había llevado a cabo una labor extraordinaria. El camión Volvo estaba en el granero con el capó abierto, y Marina vio inmediatamente que aquello iba a salir bien. Fritz se las había arreglado para introducir de nuevo el motor y sus muchos manguitos y cables en el lado derecho del capó, y había instalado una chapa metálica a modo de barrera entre dicho lado y el espacio que quedaba a la izquierda. Cubriendo la chapa había una placa de asbesto, a fin de aislar el lado izquierdo del calor excesivo: señal, comprendió Marina, de que Fritz tenía más idea de lo que se proponían hacer de lo que creían ellos. Era un espacio perfecto para ocultar a las dos niñas. Y ahora había llegado el momento de ponerlo a prueba.

Cuando oyó la explosión, Marina supo inmediatamente que aquella era la señal a la que se refería Johann. No tenía tiempo para preguntarse qué la habría causado. Bajó a toda prisa al sótano, sacó a las dos niñas polacas de la casa y se dirigió al granero de Nagel lo más rápido posible. Las calles se hallaban desiertas, pero dudaba de que permanecieran así mucho tiempo.

En el interior del granero, Marina recuperó las dos gruesas mantas que había escondido aquella mañana y las extendió sobre el lado vacío del capó. A continuación, indicó con una seña a las niñas que se acercasen. Levantó a la pequeña en alto para que viera mejor lo que era, ya que la mayor era lo bastante alta para verlo por sí sola.

—Aquí es donde vais a esconderos hasta que mi amigo os lleve a un lugar seguro —les explicó—. Habrá bastante ruido, y también es posible que haga mucho calor, porque tendréis el motor pegado a vosotras, al otro lado de esta chapa metálica. Pero aquí estaréis a salvo, así que no debéis preocuparos por el ruido ni por el calor, ¿de acuerdo? Puede que incluso tengáis oportunidad de dormir un poco. Eso sería estupendo.

Las niñas contemplaban la boca abierta del capó. La mayor miró a su hermana.

—*Dobra* —le dijo, afirmando con la cabeza. Para sorpresa de Marina, rápidamente se izó y se metió por el hueco. Luego, tocó la manta que tenía al lado—. *Chodź, Pola* —dijo haciendo una seña a su hermana pequeña—. *No chodź moja mała.*

Pola dudó un momento y miró a Marina buscando afirmación.

—Sí, adelante —la animó Marina—. No pasa nada.

Le dio a la pequeña un beso en la frente y la depositó sobre la manta. La hermana la rodeó con sus brazos en ademán protector. Durante unos instantes, Pola se relajó, incluso se tapó un poco con la manta como si estuviera instalándose, pero de repente soltó un chillido y miró en derredor.

—*Daiya!* —gimió—. *Nadzia, Nadzia, gdzie jest Daiya?*

Enseguida rompió a llorar. Marina no tenía ni idea de quién o qué era *Daiya*, pero sabía que era necesario acallar aquel llanto de inmediato. La niña mayor, Nadzia, lo comprendió también, y empezó a tranquilizar a su hermanita con palabras cariñosas. Le murmuró algo, tras lo cual la pequeña escondió el rostro en el pecho de su hermana y continuó sollozando, pero ya de forma más débil. Nadzia siguió hablándole en voz baja, hasta que poco a poco su monólogo fue transformándose en una nana para dormir que unas veces cantaba y otras simplemente tarareaba, sin dejar de mecer a Pola adelante y atrás.

Marina contemplaba la escena fascinada. Por segunda vez aquel día, se sorprendió de lo mucho que le recordaban aquellas niñas a sus propias hijas. ¿Sería Lara capaz de consolar así a Rosie? Nunca había visto a Lara exhibir instintos maternales, pero, claro, ¿por qué iba a exhibirlos a sus trece años? Siempre había habido alguien que cuidase de Sofía y de Rosie, y también de ella. Y se recordó a sí misma que dentro de poco habría también alguien que cuidase de aquellas dos niñas polacas. Johann se aseguraría de ello antes de separarse de ellas. Como para confirmar lo que estaba pensando, de improviso apareció el pastor abriendo de un tirón la puerta del granero. Se acercó al camión dando zancadas firmes y seguras.

—¿Ya está todo listo aquí? ¿Toda la carga en su sitio? —Johann inspeccionó la cabina del camión, la cual Fritz había llenado de cajas de tomates frescos, pepinos, patatas nuevas, coles y rábanos. También había botellas de leche y de nata de la propia granja de Fritz, a modo de centinelas montando guardia entre las cajas de verduras. Una vez satisfecho, Johann pasó a examinar el capó del motor—. ¿Y las niñas?

—Están listas.

Marina vio que Nadzia abría unos ojos como platos al ver aparecer al pastor, pero que se relajaba enseguida al reconocerlo. Johann regresó a la cabina posterior y le hizo una seña a Marina para que se acercase mientras él extendía una fuerte lona por encima de las mercancías.

—Ha habido un atentado contra el Führer —susurró con prisa a la vez que tiraba de una de las cuerdas—. Una bomba. En el concierto de Weber.

Marina lanzó un resoplido. Sabía que lo que se había oído tenía que ser alguna clase de explosivo. Tenía un millar de preguntas, pero la que importaba era solo una. Sintió la lengua paralizada.

—¿Y? ¿Ha muerto?

—No lo sé —admitió Johann al tiempo que pasaba al otro lado del camión—. Cuando ocurrió, yo me encontraba en el embarcadero, y eché a correr hasta aquí. No puedo quedarme a averiguarlo, tengo que sacar a estas niñas mientras reine la confusión y el caos. —Hizo el último nudo y se fue hacia un costado del granero, donde Fritz había amontonado unas balas de heno en un establo que no se utilizaba. Introdujo la mano por debajo de la primera de ellas, palpando, y sonrió cuando sus dedos sintieron el tacto metálico de las llaves del camión—. Si me marcho ahora, no creo que tenga problemas.

Regresó hasta el capó del camión, se sacó dos manzanas pequeñas del bolsillo y se las dio ambas a Nadzia.

Marina se dijo que, si el Führer había muerto, Johann tenía razón: no tendría problema alguno. Pero ¿y si el Führer había sobrevivido? Recordó lo que dijo durante la merienda, y aferró a Johann por la muñeca—. Johann, escucha, tengo que contarte una cosa. Es algo que ha ocurrido esta misma tarde. Creo... creo que el Führer lo sabe.

—¿Que lo sabe? —El pastor no intentó liberar el brazo—. ¿Qué es lo que sabe?

Marina dejó escapar una exclamación.

—¡No sé! —Rememoró la mirada depredadora, la abrumadora sensación que pesaba sobre ella de que iba a suceder una desgracia—. Pero sabe algo. Conoce tu nombre. Dijo que había recibido informes acerca de ti y de tus «actividades», aunque no sé lo que quiso decir con eso. —Calló unos instantes y se abstuvo de pronunciar la frase que iba a decir a continuación: «Y también de mis actividades.» No quería que Johann se preocupara por ella, porque ya tenía suficientes cosas con las que preocuparse. Y tampoco quería dar vida a aquella terrible posibilidad expresándola en voz alta.

—¿Qué? ¿Qué más?

—Ninguna otra cosa importante. —Johann la miró con gesto suspicaz, pero ella volvió a centrar la conversación en él—. Johann, lo que importa es que tú estás en peligro. Si el Führer aún vive, si ha sobrevivido a esa bomba, ya no estás seguro aquí.

Johann recibió aquella información con actitud estoica. Estudió las implicaciones sin que su semblante revelase emoción alguna. Finalmente, despegó los dedos de Marina de su muñeca.

—Pues si lo que dices es cierto, no es solo aquí donde no estoy seguro, y tampoco es Blumental. Yo también debo marcharme.

Marina sintió que se le llenaban los ojos de lágrimas.

—Pero ¿adónde? ¿Adónde irás?

Johann le apoyó suavemente las manos en los hombros. Había resolución en aquellas manos, y también convicción. Marina sabía que Johann conocía bien las brutalidades que había infligido el régimen del Führer y su guerra. En diversas ocasiones ella le había preguntado qué sabía al respecto, pero él siempre había eludido el interrogatorio diciendo: «Créeme, es mejor que no lo sepas. Es mejor que no tengas esas imágenes en tu cabeza, porque una vez que se te graben en el cerebro, ya no podrás borrarlas nunca.» Era probable que él supiera incluso lo que le había sucedido a la familia de aquellas dos niñas. Y, sin embargo, a pesar de todo lo que llevaba visto y oído en aquella guerra, a pesar de todo lo que sospechaba y todo lo que sabía, seguía conservando la fe en el mundo, en la bondad innata de la humanidad. Aquella fe resultaba atractiva. Atraía a la gente. La había atraído a ella. Durante mucho tiempo sintió envidia, sabedora de que ella jamás experimentaría una fe semejante hacia nada. Pero, en cambio, podía tomar prestado dicho sentimiento de Johann, y lo hizo ahora, absorbió su firmeza de espíritu a través de las yemas de sus dedos. Aquellas manos apoyadas en sus hombros la calmaron durante un instante. Sabía que era un sentimiento que no duraría mucho, pero quizá sí le durase hasta el día siguiente.

Johann la estaba mirando. Su expresión era de calma, como siempre, calma y determinación. Y, sin embargo, en sus ojos había algo más, algo que titubeaba. ¿Estaría esperando a que ella dijera algo? Cuando ella habló por fin, su voz fue un susurro:

—Vete.

Johann afirmó con la cabeza. A continuación, se inclinó y le dio un beso en la mejilla. Después se acercó al motor del camión.

—Bien, pequeñas, ¿estáis listas? Ya es hora de ponerse en marcha.

Pola se había dormido, pero Nadzia miró a Johann y esbozó una sonrisa tímida. Marina se asomó y le dio un último abrazo a la niña. Ella le apoyó un dedo en los labios.

—*Badz´cicho*.

Nadzia asintió y se tumbó, acurrucada, junto a su hermana. Marina las arropó a las dos con la manta. Johann cerró el capó. Acto seguido, se subió al camión, arrancó el motor y salió del granero. No miró atrás.

Por segunda vez en setenta y dos horas, Hans Munter se veía tumbado en el suelo, sin saber muy bien si estaba vivo o muerto. Era vagamente consciente de unos chillidos de mujeres y de unas voces que ladraban órdenes, pero se le hacía difícil distinguir lo que decían a causa del fuerte pitido que le perforaba los oídos. Después de quedarse unos instantes tumbado y muy quieto bajo los restos de sillas de madera que le habían caído encima, empezó a mover las extremidades para confirmar que todavía las tenía unidas al cuerpo y levantó la vista.

Lo único que alcanzó a ver fue una nube de humo y hollín, y un montón de trocitos de papel y de tela que flotaban en el aire. La mayoría de los asistentes al concierto que estaban a su alrededor empezaban a incorporarse despacio, palpándose el cuerpo en busca de posibles lesiones, algunos de ellos limpiándose la sangre de heridas superficiales y sollozando débilmente. Más allá, a su izquierda, divisó a Regina Mecklen, que estaba inclinada sobre el cuerpo de su hermana Gisela, llorando y dándole palmadas en las mejillas para reanimarla. Por todas partes pululaban soldados y policías, pero daban la impresión de vagar sin rumbo de un lado a otro, igual que las hormigas de un hormiguero.

Allá delante, donde antes estaba situado el cenador, no quedaban más que escombros y vigas de madera hechas añicos. Una tuba se había incrustado en una de las columnas derribadas, y varios miembros de la orquesta trabajaban afanosamente para retirar los cascotes que había alrededor, tan empeñados en liberar el instrumento como si este fuera un querido amigo. Había un cadáver en el suelo, debajo de otro montón de escombros del cenador, pero el pequeño grupo de soldados que acudió a toda prisa a la tarima no le hizo el menor caso; estaban concentrados en otra figura distinta que también yacía inmóvil en el suelo cerca de allí. Hans no acertó a ver de quién se trataba. Los soldados lo levantaron, lo llevaron hasta la hierba y lo depositaron sobre una manta. Hans vio que llegaba a toda prisa un médico con un estetoscopio colgando del cuello y se arrodillaba en el suelo. Durante los minutos siguientes Hans no vio nada, tan solo la espalda del médico, que intentaba reanimar al paciente. Para entonces, él ya se había recuperado lo bastante para reflexionar si resultaría muy impropio que se llevase a casa un poco de la comida destinada al bufé. Aunque el jardín de Weber era un mar de escombros, la vivienda en sí había sobrevivido a aquel ataque del enemigo —porque Hans estaba convencido de que había sido eso— y se mantenía totalmente intacta. Y sería una lástima que se desperdiciase toda aquella comida.

Sus pensamientos quedaron interrumpidos por una exclamación del médico. El paciente estaba incorporándose entre toses y expectoraciones, y estaba pidiendo un vaso de agua. Uno de los soldados sacó su cantimplora y se la ofreció. El paciente bebió con ansiedad y después arrojó la cantimplora a un lado. Luego se puso de pie lentamente, con los brazos extendidos, empujando el aire que lo rodeaba para reclamar su espacio. Cuando se volvió, Hans lo reconoció. Era el Führer.

Marina no perdió un momento en salir de la propiedad de Nagel. En cuanto se perdieron de vista las luces traseras del camión, sintió lo mismo que si acabaran de arrancarle algo importante. Pero no tenía tiempo para investigar aquel sentimiento; Erich la estaba esperando en el bosque de Birnau y tenía que acudir a su encuentro, para comprender lo que estaba sucediendo en aquel instante y lo que iba a suceder después. Una gran parte de lo que él había dicho la noche anterior estaba quedando clara: que era posible que tuviera que partir de forma repentina, que era posible que pronto cambiara todo. Marina se encaminó por la carretera hacia el norte, desesperada por verlo.

Solo cuando llegó a la casa de los Fuchs se percató de los haces de luz. Se detuvo un momento para volver la vista hacia Blumental. Por todo el pueblo había brillantes haces de luz procedentes de faros y de linternas que atravesaban las calles en todas direcciones, desde el lago hacia el norte y el este. Ya habían alcanzado el límite oriental del pueblo, al pie de la cuesta que tenía ella debajo. Donde vivía su familia.

¿Cuánto tiempo había transcurrido desde la explosión? ¿Media hora? ¿Más? Observó las luces parpadeantes que se aproximaban a su barrio y sintió náuseas. Si los soldados o la policía estaban yendo de casa en casa buscando a los asesinos, actuarían con violencia. Despertarían a las niñas. Edith estaba con ellas para tranquilizarlas, pero... Sofía era muy frágil.

Dio media vuelta y echó a correr cuesta abajo. Erich la estaba esperando, sí, pero aquello solo le llevaría unos minutos. Se quedaría en casa solo hasta que se marcharan los soldados, y después iría a encontrarse con él.

Alguien estaba aporreando la puerta con furia. Los paneles de roble temblaban a causa de la urgencia y la impaciencia de alguien que tenía muchas ganas de entrar. Edith, que estaba en la cama, se despertó sobresaltada. No tenía ni idea de qué hora podía ser, pero por la claraboya del techo se veía una oscuridad grisácea que aún no era el negro intenso de la noche cerrada. Después de acostar a las niñas, se había puesto el camisón y se había metido en la cama. Apenas llevaba un minuto durmiendo. Más tarde se diría a sí misma que aquello había sido una grave equivocación: no debería haberse puesto en situación de poder quedarse dormida, debería haberse quedado montando guardia.

Los golpes continuaban. Edith se puso las zapatillas que tenía al lado de la cama y cogió la bata. Abrió la puerta del dormitorio y se encontró con Sofía acurrucada contra la hoja. Tenía los ojos abiertos como platos y completamente negros. En cuanto vio a su abuela, se aferró a ella. Edith hizo una leve mueca de dolor cuando la pequeña le clavó las uñas a través de la tela de la bata.

—¿Rosie sigue dormida, a pesar de todo este ruido? —le preguntó, intentando emplear un tono de voz ligero. Sofía asintió con solemnidad—. Es increíble.

Con un cierto esfuerzo, levantó a Sofía del suelo. Luego deshizo el nudo de la bata y envolvió también a Sofía, que seguía apretada contra ella. Seguidamente, se dirigió hacia la escalera. Al pasar por delante de la habitación de las niñas, vio a Rosie en la cama que compartía con Sofía, abrazada a su osito *Hans-Jürg*. Lara estaba despatarrada sobre la cama doble que compartía con Marina, en ropa interior, dormida. A Marina no se la veía por ninguna parte.

Al llegar a la escalera, dudó en bajar el primer peldaño. No tenía ningún deseo de enfrentarse a quienquiera que estuviese llamando a la puerta con tanta violencia. Era algo ofensivo, invasivo, una prolongación de la agresión que había sufrido aquella tarde. Con qué alivio había echado el cerrojo aquella noche a la puerta de la calle antes de subir al piso de arriba, con qué gusto había fijado aquellos gruesos barrotes de hierro, como si fueran las defensas de una fortaleza, para proteger a su familia contra los peligros del mundo. Ahora, todas las fibras de su ser la instaban a que volviese a la cama con Sofía, tapase a las dos con las mantas y esperase a que terminara el asedio. Aunque no sabría decir por qué, tenía la seguridad de que lo que pretendía entrar en su casa era algo catastrófico, y estaba decidida a no permitirle el paso. Si se acercaba un ataque, la casa podría aguantarlo. Las protegería a todas. Lo único que tenían que hacer era quedarse quietas, dentro, y juntas. Pero ahora había alguien en el interior de la casa que se dirigía hacia la puerta. Alguien estaba rindiéndose. Oyó cómo se descorría el cerrojo, cómo las bisagras metálicas emitían un chirrido al ceder. Se asomó para ver quién era.

Era Oskar. Debía de haber entrado en casa por las puertas del porche, utilizando su llave, después de que ella se quedara dormida. Sujetaba la gruesa jamba de la puerta con la mano derecha, y su cuerpo no dejaba ver quién estaba fuera. Edith se percató de que llevaba puesto su uniforme militar. No iba vestido así cuando acudió al concierto. Pero ¿por qué se habría cambiado?

—¡Atrás! ¡En nombre del Führer, exigimos entrar en esta casa! ¡Ha de ser registrada!

Oskar se mantuvo impávido. La pretensión de aquel soldado se difuminó lentamente hacia el alto techo del vestíbulo. Ahora comprendió Edith por qué se había puesto Oskar el uniforme, y al instante se sintió agradecida hacia él por haber sido tan previsor. El uniforme informaba de su rango. Oskar, al ser general, superaba en rango a casi todo el mundo, podía negarle la entrada a cualquier otro soldado. Edith estuvo a punto de reír de alivio. Esperó fervientemente que su marido despidiera lo más rápido posible a aquel individuo.

Cuando Oskar habló por fin, lo hizo en tono calmo y lento:

—Buenas noches, lugarteniente Dietz. Normalmente, la persona de su regimiento a la que envían para comunicarme algo es el capitán Rodemann.

—General... señor... yo... le pido disculpas por haberlo molestado. —Edith se alegró mucho de que aquel soldado ahora estuviera solo farfullando—. Pero tengo órdenes directas del Führer, señor. —Como Oskar no dio señales de estar impresionado por aquella muestra de autoridad, el otro terminó hablando de forma inconexa, con frases sin terminar y exclamaciones entrecortadas. Lo cual no hizo sino aumentar las esperanzas de Edith—. ¡El Führer, señor! ¡Que acaba de sobrevivir a un terrible ataque que se ha perpetrado contra él! ¡Gracias a la intervención de nuestro capitán! ¡El cual ha perdido la vida en ese sacrificio, señor! —El soldado respiró hondo y continuó—: ¡Por eso estoy yo aquí, señor! Soy el nuevo capitán. Del regimiento... —Dejó la última frase sin terminar, como si él mismo, ahora convertido en capitán, no pudiera creerse lo que había sucedido.

Edith escuchaba con una profunda conmoción. ¿Un intento de asesinato? ¿Allí, en Blumental? De repente comprendió a qué se debía la fuerte explosión semejante a un trueno que habían oído. Que tuviera lugar un atentado contra el Führer no era nada nuevo; ya había sobrevivido a un puñado de conspiraciones destinadas a acabar con su vida. Por supuesto, él aprovechó cada uno de aquellos intentos fallidos en beneficio propio. Insistía en que era inmortal. O en que contaba con la protección de la Divina Providencia. Dios deseaba que llevara a cabo su misión. Las secuelas de aquellos intentos fallidos eran siempre espeluznantes.

—El capitán Rodemann, qué lástima. —El tono de voz de Oskar era de indiferencia—. Los héroes como él le prestan un gran servicio al Führer. Dígame, ¿ha resultado herido alguien más?

—Ha habido otra baja militar, señor, pero, aparte de eso, no, señor, nada serio. Era una bomba bastante potente, pero detonó a cierta distancia del público. Pero, señor... —El capitán Dietz dio un paso al frente, y Edith alcanzó a ver un poco de cabello rubio antes de que Oskar extendiera un brazo para hacerlo retroceder e impedirle la entrada.

—Capitán.

A Edith siempre la había maravillado la forma que tenía Oskar de emplear su tono de voz para resaltar su estatura. Su marido no era un hombre corpulento, pero cuando hablaba con autoridad, como estaba haciendo en aquel instante, lo que decía daba la impresión de emanar de una persona mucho más grande, una persona invencible, a la que no convenía contrariar.

El capitán Dietz lo miró fijamente por espacio de unos instantes, intentando evaluar a qué se enfrentaba.

—Señor, hay testigos que lo vieron a usted con el general Wolf poco antes de la explosión.

Por su silencio, Edith dedujo que Oskar no se esperaba aquello. Al cabo de un momento, respondió:

—Cierto, fuimos a fumar juntos un momento, entre un movimiento y otro, y la explosión nos pilló por sorpresa.

—¿El general Wolf se encuentra ahora con usted?

—No, he regresado a casa lo más rápidamente que he podido, para ver si mi familia se encontraba bien, y él, en fin, me imagino que habrá vuelto allá, a asistir al Führer.

—No es así —anunció el capitán Dietz—. Ha desaparecido.

Edith se quedó estupefacta. Aquel soldado hablaba como si albergara sospechas respecto de Erich. Pero, sin duda, Erich se encontraría en algún punto de la finca de Weber, socorriendo a los heridos o asegurándose de que el Führer fuera trasladado a un lugar más seguro. Erich no saldría huyendo si alguien recababa su ayuda, él no era así.

—El Führer ha ordenado que se registren todas las casas de la zona hasta que demos con él —declaró el capitán Dietz.

Oskar hizo un gesto pensativo, como si estuviera estudiando aquella posibilidad y la encontrara difícil de aceptar.

—No.

—¿Señor? —Esta vez, el que se sorprendió fue el capitán Dietz. Al hablar le salió un ligero graznido.

Oskar permaneció impasible, pero con actitud resuelta.

—No pienso permitirle que registre esta casa.

Edith sintió que se le aceleraba el corazón de alegría y miedo a la vez, dos sentimientos que competían por ocupar su pecho. No tenía ni idea del motivo por el que Oskar estaba adoptando aquella postura, pero la hacía muy feliz que estuviera defendiendo su hogar, el refugio que habían creado juntos y que habían poblado de hija y nietas que para ella eran el tesoro más preciado del mundo. Aun así, no pudo ignorar el estrépito de armas que oyó a continuación detrás del capitán Dietz, el cual indicaba que quizá no resultara tan fácil hacerlo retroceder. De forma instintiva, abrazó con más fuerza a Sofía. A aquellas alturas también se había despertado Lara a causa del griterío, se había situado al lado de su abuela y había empezado a tironearle de la manga con cautela. Edith le pasó un brazo por los hombros en ademán protector para consolarla.

El capitán Dietz se aclaró la garganta para continuar:

—Señor, debe permitirnos registrar esta casa. —Al ver que Oskar no hacía ningún movimiento para hacerse a un lado, adoptó un tono de súplica—. Si se niega, ¿cómo se lo voy a explicar al Führer?

Oskar respiró hondo, muy despacio. Edith lo observó conteniendo la respiración. Aquel era el momento de cerrar la puerta. No: de dar un portazo. «Da un portazo, Oskar.» Aguardó con todos los músculos en tensión.

Oskar no dio ningún portazo. En vez de eso, lanzó un profundo suspiro.

—Ah, sí, el Führer. No le gustan nada las desobediencias. No se preocupe, capitán. No voy a situarlo a usted en una posición tan poco envidiable. Se lo explicaré todo al Führer en persona. Iré con usted.

Edith cambió rápidamente de opinión. Un instante antes deseaba vehementemente impedir que aquellos soldados entraran en su casa; en cambio, ahora estaba dispuesta a dejarlos pasar, si con ello lograba que Oskar se quedara.

—¡No, Oskar, quédate! No tienes por qué irte con ellos. Déjales que registren la casa. Erich no está aquí.

Oskar levantó la vista hacia su mujer. Su semblante reflejaba una triste determinación.

—Edith, debo ir. Puede que Erich no esté aquí, pero tampoco está Marina. Debo ir con ellos hasta que sepamos que Marina se encuentra sana y salva. Buscarán en todas partes. En todas.

Su marido estaba diciendo tonterías.

—¡Pues que registren! —exclamó Edith, presa del pánico—. Déjales que registren la casa. No pasa nada. La registrarán y se marcharán. No van a encontrar nada. Y así podremos irnos todos a la cama.

—No pueden entrar en la casa, Edith —insistió Oskar en voz baja—. No pienso permitirles que entren. He dicho que no. Y deben respetar eso.

—Pero, Oskar... —Edith se zafó del abrazo de Sofía y rápidamente la dejó en el suelo, al lado de Lara, que estaba agarrada a la barandilla con tanta fuerza que tenía los nudillos blancos. Se fijó en su expresión y se dio cuenta de que la pequeña había entrado en uno de sus trances, pero en aquel momento no podía ocuparse de ella.

Bajó corriendo la escalera. Necesitaba estar más cerca de Oskar para convencerlo de que se quedara en casa. Necesitaba tocarlo. Cuando llegó a la puerta, frenó en seco. Oskar la estaba mirando fijamente, y de pronto su mirada pareció enfocarse más allá de ella, en la puerta que conducía al sótano. Estaba intentando decirle algo, pero, una vez más, ella no le estaba entendiendo.

—Edith —le rogó Oskar—, por favor dile a Marina que la quiero y que no debe sentirse culpable. Pero ahora debo marcharme. Confía en mí.

Dio un paso hacia ella, le cogió las manos y se las apretó con fuerza. Edith se sentía mareada y confusa. ¿Por qué iba a sentirse culpable Marina? ¿Qué estaba intentando decirle Oskar? Luego, mientras Oskar continuaba apretándole las manos, empezó a sentir lo mismo que sentía él: resolución, valor, agotamiento, tristeza. Miedo, no, ni siquiera una pizca de miedo. Pero amor... El amor que le estaba transmitiendo su esposo en aquel instante era arrollador.

—He de quedarme con el Führer hasta que regrese Marina sana y salva —siguió diciendo Oskar—. Y alguien ha de quedarse con las niñas. Alguien ha de quedarse en la casa. —Se inclinó y la besó suavemente, con delicadeza, en los labios. Luego se apartó y la miró—. Tú eres mi vida, Edith.

Edith estaba paralizada. Oskar le estaba enviando mensajes secretos que ella no lograba captar, acerca de Erich y de Marina, y también de algo que tenía que ver con el sótano, y ahora se marchaba sin dar explicaciones. Todo estaba desintegrándose muy deprisa y de manera inexplicable, y ella se veía impotente. Lo único que pudo hacer fue quedarse contemplando cómo se abría el grupo de soldados para dejar pasar a Oskar. Su marido se subió a un automóvil que estaba esperando fuera, el capitán Dietz cerró la portezuela, se acomodó en el asiento delantero y se perdieron en la oscuridad.

Diez minutos más tarde, irrumpió Marina en la casa.

La celda en la que encerraron a Erich Wolf antes de ejecutarlo hacía mucho tiempo que había sido abandonada por el monje franciscano que dormía en ella. La mayor parte del terreno que circundaba la abadía de Kreuzbach, situada debajo de Birnau, había sido transformada en viñedos, pero las gruesas paredes de piedra del dormitorio colectivo y de la sala capitular permanecían intactas. Ahora le prestaron un valioso servicio al capitán Dietz, dado que sus soldados, para satisfacer la indignación del Führer, empezaron a detener a conspiradores y cómplices por docenas. No solo las celdas individuales de aquel monasterio constituían un excelente lugar de detención; además, el claustro, con sus soportales, proporcionaba un emplazamiento perfecto para un pelotón de fusilamiento. Se estaban llevando a cabo ejecuciones cada hora, a la hora en punto, tan pronto como se arrestaba a los sospechosos y se los sometía a un juicio sumarísimo.

Para el general Wolf no hubo parodia de juicio, a petición suya. Cuando Erich vio el grupo de soldados del capitán Dietz subiendo la cuesta en dirección al bosque de Birnau, donde estaba aguardando él, supo de inmediato que el intento de asesinato había fracasado. Ya no tenía sentido continuar, y él nunca había sido de los que evitaban las consecuencias de sus actos.

De modo que aquel era el motivo de que Marina no hubiera acudido a la cita. Si el Führer seguía con vida, sin duda había impuesto un toque de queda. O tal vez Oskar se había negado a permitir que saliera de casa. Esa noche, cuando huyó de la explosión, solo volvió la vista atrás una vez, y vio a Oskar intentando calmar a una mujer histérica que llevaba una gran pamela de color rojo. Seguramente, después de aquello Oskar debió de regresar a casa de inmediato, con su familia, razonó Erich. Confiaba en que todos estuvieran sanos y salvos. Porque también eran la familia de él. Ahora lo sabía.

Se sentó en el frío banco de piedra y siguió esperando. Las campanas de Birnau acababan de dar los tres cuartos para la hora en punto. Se sintió agradecido de tener aquellos últimos minutos para sí. Se miró la guerrera, cubierta del polvo del camino, y se limpió metódicamente los dorados que ribeteaban las solapas. Los dorados de la caballería. Aquella noche, cuando estaba vistiéndose para el concierto, debería haber escogido la guerrera ribeteada de plata, que lo habría identificado como miembro de la guardia personal del Führer, en cambio supo que debía llevar los dorados. Su lealtad había sido siempre para con los caballos. No se arrepentía de ninguno de sus actos, el único arrepentimiento que sentía tenía que ver con la familia Eberhardt. Le habría gustado abrazar a Edith por última vez, pedirle perdón una vez más por tener que marcharse. Y le habría gustado hablar con Oskar, no para explicarse sino para dejar algunas cosas claras. Su gratitud por todo lo que Oskar le había enseñado: a ser un soldado excelente y mejor hombre. La admiración que sentía hacia él, la reverencia que sentía por sus principios morales y por sus prioridades, por su inteligencia y su ingenio. Y lo más importante de todo (aunque no sabía muy bien cómo reaccionaría Oskar a semejante declaración): su profundo e inequívoco amor hacia el hombre que ahora comprendía que había considerado un auténtico padre. Aquel amor estaba por encima de todas las preguntas que pudiera haberse hecho él acerca de la moralidad de Oskar, dada la posición que ocupaba en el gabinete del Führer. Él nunca le había formulado aquellas preguntas, simplemente porque no podía permitirse perder otro padre más en su vida. ¿Estaría Oskar decepcionado de él? Eso ya no importaba, se dijo con un sentimiento de alivio. Fuera cual fuese la reacción de Oskar, él ya no iba a estar presente para verla.

Y Marina. No sabría decir en qué momento se había enamorado de ella. Sabía que se había sentido atraído desde el primer día que la conoció. No sabía por qué, pero incluso cuando Marina era pequeña, su alma entró en contacto con la de él y lo reclamó para sí. En aquel momento no lo sabía, naturalmente, y se sintió muy turbado por los sentimientos que ella le iba despertando a medida que iba haciéndose mujer. Aquella fue la razón de que decidiera marcharse de casa: intentar distraer su corazón con otros perfumes. Pero no lo consiguió.

Erich, con gesto abstraído, empezó a abrocharse de nuevo la guerrera, comenzando por abajo, como hizo Marina aquella primera tarde en el granero. Sus dedos, como los de ella, recorrieron el perfil de cada botón de latón y masajearon los bordes de los ojales con el dedo índice y el pulgar. Lo inundó una oleada del perfume que usaba ella al recordar cómo hundió el rostro entre su pelo. Recordó su piel perlada y traslúcida, ofreciéndose sin reservas al contacto de sus dedos para que él la acariciara muy despacio, con sumo cuidado, como si ella fuera a disolverse si ejercía una excesiva presión. Aquella tarde, al igual que todos los momentos que había vivido con Marina, parecía estar al margen del tiempo, el espacio y la realidad, y a la vez constreñida por aquellos tres elementos. Marina le había dado los dos grandes regalos de su vida: la experiencia de su amor y Rosie.

Y así fue como Erich apartó de su mente los recuerdos de Marina y los puso, definitivamente, con ternura, junto a los de Oskar y Edith, los caballos de Niebiosa Podlaski, el cabello castaño y rizado y los hermosos ojos marrones de su hija. Cuando las campanas de Birnau dieron las doce, barrió por última vez las motas de polvo de las solapas de su guerrera. Se oyeron unos golpes en la puerta de su celda. Volvió el rostro hacia allí justo cuando entraban los soldados.

El camión Volvo llegó al punto de encuentro, situado cerca del borde oriental del Stierenwald, nada más pasar la frontera de Suiza. El conductor apagó el motor y dejó el capó abierto mientras iba a la cabina trasera a mirar algo que había debajo de la lona. Abrió varias botellas de leche hasta que localizó la que estaba llena de gasóleo. Seguidamente cerró el capó del motor, se subió a la cabina y metió primera. El camión continuó en dirección oeste, hacia Basilea.

Para cuando el director del orfanato y su enfermera llegaron a Stierenwald, poco antes del amanecer, los gases del tubo de escape del camión ya se habían mezclado con la niebla de la antigua pista forestal y habían desaparecido. A aquellas alturas, el camión ya había rebasado sobradamente Basilea y se dirigía al suroeste, hacia los puertos de Lisboa.

Epílogo

1966

Marina estaba en el porche, recorriendo el jardín con la mirada en busca de Edith. En el suelo de piedra, junto a la mesa, estaban sus botas de goma para jardinería, pero eso no quería necesariamente decir nada, dado que el sol llevaba todo el día calentando el césped. Marina conocía a su madre; si estaba en el jardín, había salido descalza.

Como no vio otra cosa que islas de flores que emergían del mar de hierba, decidió ir a mirar en la pérgola. Pasó por delante de la maraña de anémonas y malvarrosas, recién liberadas del exceso de vegetación que unos días antes las tenía confinadas; la verdad era que necesitaban contratar a alguien que las podase y recortase con regularidad. El jardín resultaba mucho más accesible cuando estaba bien cuidado. Marina tuvo que admirar la eficiencia de Lara. Cuando llegó, la semana anterior, no hizo más que echar una ojeada y de inmediato contrató a una partida de jardineros.

—¡Rosie no puede casarse en medio de esta selva de malas hierbas! —dijo—. Vamos a tener que repartir machetes para que los invitados puedan llegar hasta sus asientos.

Al día siguiente, cuatro hombres estaban ya limpiando, podando y recortando por todo el jardín, bajo la atenta mirada de Lara.

Marina pasó por debajo de las ramas del manzano, cuyo tronco estaba ya bastante lleno de nudos y tenía la corteza gris y cubierta de profundas arrugas. Pero todavía seguía dando frutos fielmente. Aquel día Marina vio unas diminutas manzanitas que se abrían paso entre el verde jade de las hojas de una de las ramas más bajas, la que colgaba por encima del ya obsoleto cajón de arena. Si Rosie se hubiera salido con la suya, todos los invitados estarían asando salchichas al fuego en aquel cajón de arena, para cenar aquella noche.

—A Sebastian le encanta asar cosas en la parrilla —había dicho—. Puede ocuparse él de cuidar el fuego.

—Antes tendrá que pasar por encima de mi cadáver —la desafió Lara—. Su única misión será ponerse bien guapo y ayudarme a elegir la empresa de cátering.

Había sido muy generoso por parte de Lara encargarse de pagarlo todo, se dijo Marina. Debía de irle muy bien con su negocio de ropa. Marina se sentía orgullosa de su hija mayor, que vivía sola en Düsseldorf, viajaba a las pasarelas de París, Milán y Nueva York y se codeaba con diseñadores internacionales. El éxito le sentaba bien sin subírsele demasiado a la cabeza, por lo cual Marina se sentía agradecida. En los últimos años, Lara se había mostrado muy solícita con Rosie, pues estaba deseosa de desarrollar la relación de hermanas que llevaba años cultivando.

La boda, por ejemplo. Lara quería tomar parte en todas las decisiones de Rosie. Naturalmente, en la práctica eso quería decir que aquella boda —o por lo menos la parte de espectáculo— era más de ella que de Rosie. Pero ni a Rosie ni a Marina les importó ceder dicha responsabilidad. Rosie ni siquiera tenía ganas de casarse. Sebastian se lo había pedido ya tantas veces, que el tema casi se había convertido en una broma entre ellos. En cambio, esta vez, Sebastian logró señalar los beneficios en cuanto a la seguridad social que implicaba legalizar su relación.

Marina se metió en la pérgola y encontró a su madre de pie junto a la fuente de Dafne, velada por una fina lluvia de gotitas de agua, con los zapatos en la mano. Su mirada estaba fija en un parche de florecillas azules que iba extendiéndose lentamente por el sendero del jardín en dirección al lago. Eran nomeolvides. Marina rodeó los hombros de su madre con el brazo y ambas permanecieron la una junto a la otra, contemplando las flores en silencio.

Con el paso de los años, Edith había hecho las paces con las pérdidas sufridas mejor que su hija. Cuando aparecieron las noticias y las fotografías de los campos de concentración, cuando se reveló la verdad acerca del genocidio cometido por el Führer, Edith comprendió por fin la desaparición de Oskar. La consideró un castigo dirigido a ella, y así se lo dijo a Marina. Fue el precio que tuvo que pagar por su silencio y su consentimiento. Cierto era que no sabía lo que habría hecho o lo que debería haber hecho si hubiera sabido la verdad en aquel entonces, pero eso no constituía una excusa. En su fuero interno, sabía que había tenido miedo: miedo del Führer, miedo de afrontar la posibilidad de que aquellos horrores estuvieran cometiéndose en su propia casa, miedo de que el hombre al que más amaba en el mundo pudiera estar involucrado en ellos. Había elegido la ignorancia. Y le arrebataron a Oskar. Igual que tantos seres queridos les habían sido arrebatados a otras personas. Lo único que podía hacer ella era aceptarlo, dijo, y procurar acordarse de él, de ellos, de todos los que se perdieron, con arrepentimiento y amor.

Marina, por otra parte, había pasado años intentando averiguar qué suerte había corrido su padre. Por supuesto, ella cargaba con un sentimiento de culpa mucho más fuerte por la desaparición de Oskar. El motivo era que había caído en la cuenta —cuando Edith se acordó y le contó que aquel día Oskar trajo el cubo de carbón lleno solo hasta la mitad— de que su padre debió de ver a las dos niñas polacas. De que aquella noche se ofreció a acompañar al capitán Dietz porque temía que los soldados descubrieran a las dos refugiadas. De que se fue para protegerla a ella y al resto de la familia.

Aquella revelación le supuso un duro golpe. Ansió poder explicarse ante su padre en persona, persuadirlo de que en realidad ella no había tenido otra alternativa cuando trajo el peligro a casa. ¿Le habría pedido perdón también por haberlo situado a él en una posición tan difícil? Quizá. Desde luego, le habría dado las gracias por protegerlos a todos. Pero no llegó a tener dicha oportunidad.

Marina nunca entendió por qué el Führer jamás dejó en libertad a su padre, si es que lo había encerrado en la cárcel, tal como Edith y ella suponían. Una vez que Johann se marchó a América, una vez que en Blumental dejaron de llevarse a cabo operaciones de refugiados, y sobre todo cuando a ella misma no llegaron a detenerla, ¿por qué no volvió Oskar? Los días se transformaron en semanas, luego en meses, y siguieron sin tener noticias de él. El amor que sentía Marina hacia su padre, avivado por su sentimiento de culpa hasta que derivó en histeria, exigía respuestas. Incluso después de que terminase la guerra y el Führer se suicidase, y todo su siniestro régimen se disolviese, siguió sin haber información. No había el menor rastro de Oskar en ninguna de las cárceles ni de los campos de concentración. Todas las pesquisas que hizo ella, a través de canales tanto oficiales como no oficiales, resultaron infructuosas.

Un día, ya por pura desesperación, saqueó el viejo escritorio Biedermeier de su padre. Retiró los armarios y desmanteló las baldas, incluso hizo presión sobre los paneles de madera buscando compartimentos secretos. Pero no descubrió nada nuevo ni extraordinario, sino tan solo montones de documentos oficiales y diversas libretas que escudriñó detenidamente pero fue incapaz de descifrar.

En cambio, aquel día encontró una carpeta pequeña y negra que, sin saber cómo, se había colado entre las guías, debajo de uno de los cajones intermedios. Pero no resultó ser nada más que un registro en el que Oskar había ido reseñando a mano todos los telegramas que había enviado desde el telégrafo de campaña que tenía en casa. Dicho registro abarcaba el año 1944. Al hojearlo, vio numerosas anotaciones de los dos últimos días en que estuvo Oskar, el 19 y el 20 de julio. Pero, al igual que con todos los registros de correspondencia que llevaba, Oskar había anotado únicamente las iniciales de la persona de Berlín a la que iban dirigidos los telegramas. «G. S.» No tenía ni idea de quién era aquella persona; y tampoco lo supo Edith cuando ella se lo mostró. Y no existía ningún registro público del personal del Tercer Reich que ellas pudieran consultar. Aquel librito era, como todo lo demás, un callejón sin salida.

Por otra parte, el destino que había sufrido Erich estaba muy claro. Y el de Franz también. El Führer hizo una declaración en público el día posterior al intento de asesinato, en la que tranquilizó a la gente demostrando que se encontraba bien y retando a todo aquel que tuviera información acerca de aquella conspiración a que guardase silencio. La declaración finalizó con una lista de nombres, todos ellos de conspiradores que habían sido juzgados y ejecutados. A la cabeza de la lista figuraba el nombre de Erich. Una semana más tarde, Marina recibió una carta en la que se la informaba de que Franz había fallecido en las playas de Normandía.

A Marina le resultó más fácil aceptar la pérdida de Franz, tal vez porque ya desde Stalingrado venía llorando al amable naturalista que había sido su primer amor. Aquel hombre apuesto y tranquilo en realidad había muerto en las nieves de un invierno ruso, y el soldado que fue a Normandía no era más que un espectro del anterior, un espectro que esperaba el proyectil que lo liberase para que pudiera volar junto con sus pájaros.

La muerte de Erich fue distinta. Al principio, simplemente no fue capaz de asimilar la realidad de que existiera un mundo en el que no estuviera Erich. Su desaparición fue demasiado brusca, y se llevó consigo todos los sueños que albergaba ella para el futuro. Además estaba furiosa con él, furiosa de que hubiera tomado parte en un intento de asesinato en un momento en que la guerra estaba ya tocando a su final; furiosa de que hubiera decidido poner en peligro su vida, y por extensión la vida de los dos juntos, implicándose en un acto tan temerario; furiosa de que la hubiera dejado sola. A modo de consuelo, y porque sabía que Erich lo habría querido así, se había quedado con su caballo *Arrakis*; había hecho que se lo mandaran y lo tenía alojado en un establo. Durante muchos años estuvo montando a *Arrakis* a diario, y durante varias horas cada vez. Para ella, aquel semental árabe era una extensión de su anterior dueño. Estando sentada a lomos de él era cuando más cerca se sentía de Erich, al que recordaba cabalgando con ella, abrazado con fuerza a su cintura.

Se estremeció involuntariamente al revivir aquel recuerdo.

—Este año hay muchas más flores que el año pasado —comentó Edith con un suspiro. Marina no se acordaba de cuántas florecillas azules había la primavera anterior. Edith alargó el brazo y estiró los dedos para medir la anchura del parche azul con la mano—. El año pasado solo me llegaban hasta el dedo corazón —dijo—. Este año me pasan del meñique.

—Ojalá los recuerdos fueran tan tenaces —dijo Marina. Porque los recuerdos que conservaba de su padre empezaban a borrarse. Tan solo quedaban imágenes sueltas: la forma en que Oskar fruncía los labios y metía las mejillas hacia dentro cuando encendía la pipa; la forma en que seguía el texto del periódico con el dedo mientras leía; la forma en que arrugaba la frente al lanzar una carcajada. Quizá fuera aquella la razón por la que volvía una y otra vez a revivir los recuerdos de Erich; no quería perderlo como temía estar perdiendo a su padre.

Edith seguía con la vista fija en las flores.

—Se extienden igual que las almas —dijo en voz baja.

Marina no la entendió.

—¿Los recuerdos?

Edith siguió hablando como si no hubiera oído la pregunta.

—Surge una flor, se abre y luego desaparece. Sus raíces se extienden por debajo de la tierra, por aquí y por allá. Con el tiempo, de esas raíces salen tallos, de los que salen otras muchas flores. —Buscó la mano de su hija—. Los recuerdos que tenemos de las personas que amamos se borran con el paso del tiempo, y nos da miedo pensar que ello quiera decir que nos hemos olvidado de ellas. —Marina asintió con la cabeza al tiempo que le acudían lágrimas a los ojos. La voz de Edith era tranquila y queda—. Pero lo que ocurre en realidad es que sus almas pasan a formar parte de nosotros, cada vez más, y de todos aquellos que las amaron. —Se volvió para mirar a Marina, y le enjugó las lágrimas—. Continúan floreciendo a través de nosotros. Olvidarlas a ellas sería como olvidarnos a nosotros mismos.

Marina apoyó la cabeza en el frágil hombro de su madre. No quería llorar en un día como aquel, pero resultaba imposible no experimentar un sentimiento de pérdida.

—Sigo echándolos muchísimo de menos —dijo—. En un día como hoy, deberían estar todos aquí. Sobre todo, Sofía.

Aquel mes de septiembre se cumplirían tres años del día en que encontraron sobre la mesa de la cocina una nota escrita por Sofía: «Ya no soporto vivir fuera del azul. Os quiero mucho a todas.» Unas semanas más tarde hallaron su cadáver en el lago. Se había metido en los bolsillos de la falda todas las piedras que le cupieron. Debió de entrar andando hasta que el agua le llegó a las rodillas, luego a los muslos y a la cintura. Continuó cuando le cubrió la barbilla, le entró en la boca y le tapó los ojos. ¿Tuvo arcadas en aquel momento? Por espacio de varios meses, Marina tuvo pesadillas en las que se ahogaba. Su esperanza era que Sofía hubiera entrado en una especie de trance, que en realidad no hubiera sentido el agua cubriéndole la cabeza y tragándosela entera, finalmente, para adueñarse de ella.

A Sofía la habría encantado celebrar los cambios que se estaban produciendo en la vida de Rosie. Quizá Rosie hubiera podido rescatar a su hermana del torbellino de dolor y desastre que había venido sufriendo desde la desaparición de Oskar. La promesa de la vida luchando contra la seducción de la oscuridad. Pero Sofía nunca había sido luchadora. Eso lo era Rosie. La reacción defensiva de Sofía consistía en replegarse sobre sí misma. El espacio azul al que se entregaba constituía su único consuelo.

—A Sofía le habrían gustado mucho estas flores —dijo Edith por fin.

—Creo que por eso sugirió Johann que las tuviéramos —dijo Marina.

—¡Oh, Johann! Eso me recuerda una cosa, querida. Tienes una carta suya en la entrada. Es la... ¿qué número hace ya? La quinta de esta semana, me parece.

De forma inesperada, Marina se ruborizó. Las cartas de Johann estaban siendo un regalo del cielo. Durante años, la familia había recibido cartas de Brooklyn de vez en cuando, pero cuando Johann se enteró por Edith de que Sofía había fallecido, empezó a escribirle a Marina a diario. Sus cartas estaban llenas de reflexiones acerca de la vida y la muerte, Dios y el espíritu humano, y también de numerosas anécdotas sobre las peculiaridades de los fieles de su iglesia. Contaba sus peripecias que vivía con sus revoltosos sobrinos, hijos de su hermana, y proclamaba las ventajas que tenía dirigir un coro en una residencia de ancianos, donde ninguno oía lo bastante bien para darse cuenta de que no sabían cantar. Le habló a Marina de Pola y Nadzia, las cuales se habían instalado en Nueva York y se habían casado, y posteriormente escribieron a Marina sendas cartas de agradecimiento. En resumen: la bombardeaba con mensajes de esperanza y de amor. Casi tres años de correspondencia diaria. Últimamente, Marina contestaba con la misma frecuencia. Era mucho más barato que llamar por teléfono, y descubrió que todos los días tenía ganas de hablar con él.

—*Mutti!* ¡Abuela! —La voz de Rosie se oyó con nitidez por todo el jardín.

—Ah —dijo Edith al tiempo que se volvía—. La reina nos saluda.

Marina rio, aliviada de que alguien la hubiera sacado de su ensoñación.

—Yo diría más bien que la reina es Lara. Rosie es solamente una princesa, aunque hoy sea el día de su boda.

—No, por supuesto, tienes toda la razón. La reina es, ha sido y siempre será Lara.

Las dos mujeres salieron de la pérgola justo a tiempo para ver que Rosie venía corriendo por el césped en dirección a ellas. Iba vestida con el traje de novia, se lo había puesto nada más despertarse, para no tener que cambiarse más tarde. Marina no la había visto con él desde el día en que lo escogieron, varios meses atrás. Se alegraba de que la modista hubiera podido adaptarlo a su barriga de siete meses de embarazo.

—¡Deja de correr! ¡Deja de correr o acabarás cayéndote, loca! —exclamó Lara, apareciendo en el porche—. ¡Están ahí mismo, Rosie! Mira, están saliendo de la pérgola.

Rosie frenó un poco y miró en aquella dirección.

—¡Ah, hola a las dos! —Se detuvo y les mostró una sonrisa luminosa—. ¿Qué tal el jardín?

—¡Dios mío, vaya una pregunta! —Lara llegó hasta su hermana y le pasó un brazo por los hombros—. No las distraigas con preguntas, Rosie. Si entretienes a la abuela preguntándola por el jardín y por las flores, no vamos a conseguir que se vista a tiempo.

—Ya voy, ya voy —dijo Edith, apoyándose en Marina—. De todas formas, ¿qué más da que me vista o no? Nadie va a fijarse en mí.

—Eso es lo que tú crees, abuela —replicó Rosie—. Tienes que estar lo más guapa posible, al menos hazlo por mí. Además, Lara tiene una sorpresa. ¡Ha encontrado un cura!

—¿En serio? —Marina había abandonado toda esperanza de encontrar a alguien de cualquier religión que quisiera oficiar la boda. El embarazo de Rosie ya era demasiado evidente, y aquella parte del país era demasiado católica—. ¿Quién es?

Lara no hizo caso de la pregunta de su madre.

—Abuela, deja que te ayude a subir la escalera —dijo a la vez que cogía a Edith de la mano.

—Gracias, Lara. Eres mi reina —contestó Edith, guiñándole un ojo a Marina y entrando en la casa.

—Cuánto me alegro de que haya salido el sol —dijo Rosie, mirando el cielo—. ¿Tú crees que aguantará?

—Cariño, hoy nuestro sol eres tú. —Y era cierto, se dijo Marina, porque en aquel momento la belleza de Rosie era extraordinaria. Lara le había recogido el cabello en un moño flojo, ligeramente despeinado, y le había prendido unas cuantas de las margaritas que tanto gustaban a Edith. Varios mechones sueltos enmarcaban su rostro, que se veía radiante de alegría.

Rosie lanzó una carcajada.

—Tienes razón, tienes razón. Si llueve, les diremos a los invitados que compartan toallas. —Apoyó las dos manos en la barriga—. ¡Uf! Alguien se está despertando.

Marina alargó una mano y la introdujo por debajo del vestido de Rosie, directamente sobre la piel. El bebé estaba cambiando de postura.

—¿Qué es eso? ¿Un codo o un pie?

—¿Quién sabe? Mientras haya dos de cada... —De repente Rosie levantó la vista—. Ajá, ahí está.

—¿Quién? —preguntó Marina, siguiendo la mirada de Rosie.

—El cura.

Un hombre venía hacia ellas, procedente del jardín. Había entrado por la puerta que daba al lago. Pero no venía subiendo por el sendero que discurría junto al castaño, que habría sido la ruta más directa. En vez de eso, estaba saliendo de la pérgola, donde unos minutos antes habían estado Edith y ella. Marina entrecerró los ojos, pero el visitante estaba demasiado lejos para poder verlo con claridad.

—En fin —dijo Rosie a la vez que daba media vuelta para regresar a la casa—. Voy a ver qué está haciendo Sebastian, a ver si ya se ha puesto los pantalones. Ningún novio debe presentarse sin el pantalón puesto, ¿no?

—Por lo menos hasta que se haga de noche —sonrió Marina—. Pero, Rosie, antes de irte dime quién es ese hombre. ¿Dónde habéis encontrado a ese cura?

—Oh, hemos tenido que ir muy lejos a buscarlo. Ha hecho un viaje muy largo. —Rosie dio un rápido abrazo a su madre y un beso en la mejilla—. Pero si te portas bien con él, a lo mejor se queda.

Marina se quedó observando la figura que se aproximaba. Había algo familiar en su manera de andar, ligeramente torpe a causa de su estatura, y también en su rostro tan redondo, y en aquellas gafas de montura metálica... y entonces lo reconoció.

Agradecimientos

Este libro no sería lo que es si no hubiera contado con el apoyo y las opiniones de tantos amigos y colegas a lo largo de estos diez últimos años. Retrocediendo en el tiempo, quiero empezar por mi enorme gratitud hacia Trish Todd, que acogió con cariño una historia que estaba en sus inicios y, junto con un equipo extraordinario de Touchstone, la modeló hasta transformarla en una obra de arte. Igualmente doy las gracias de corazón a Leigh Feldman por la fe que tuvo en el manuscrito desde un principio, por haberme guiado con mano experta y por mantener siempre un magnífico estado de ánimo. Y a Ilana Masad, por haberme sacado de una montaña de páginas y haberme abierto una puerta nueva. Me siento afortunada de haber contado con personas tan preparadas y tan entusiastas.

También estoy en deuda con la pluma capaz y segura de mi preciosa amiga y mentora Pamela Toutant, que pasó innumerables horas ayudándome a dar forma al borrador definitivo. Sus creativos golpes de perspicacia tuvieron una importancia absolutamente crucial, y le estaré eternamente agradecida por su ayuda y su amistad.

A lo largo del camino, numerosos amigos, colegas y familiares leyeron las primeras versiones del libro, y les doy las gracias a todos por sus críticas constructivas y su apoyo incondicional: Benson Forman, Kendall Guthrie, Judy Austin, Marianne Green, Katinka Werner, Rudolf Werner, Beth

Werner, Dan Simon, Anne-Louise Oliphant, Bill Wescott, Bob Zachariasiewicz y Terri Lewis. Muchas gracias también a la maravillosa Susan Chehak Taylor y a todos los autores de su clase de Novela Avanzada de 2013, que me sirvieron de ejemplo, y al Programa de Verano de Talleres para Escritores de Iowa.

A mis familiares cercanos —Geofrey, Julia, Anna y Emily—: la verdad es que no hay palabras que puedan expresar lo que siento y lo que os debo a cada uno de vosotros. Vivo todos los días en vuestra milagrosa red de amor y de estímulo. Sois mi mundo.